오프라인

오프라인

OFFLINE

어느날
갑자기

죽음은 사람을 조용하게 만든다.

-독일 속담

프롤로그

 그녀는 따뜻한 물을 잠갔다. 그리고 눈을 감은 채 몸에 남은 물기가 얇게 마를 때까지 그대로 서 있었다. 피부 위로 흐르는 물방울이 고스란히 느껴졌다.

 깔끔하게 접힌 수건이 유리벽으로 분리된 샤워부스의 입구 앞에 걸려 있었다. 그녀는 수건을 몸에 두른 뒤 샤워부스에서 나왔다.

 세면대 위의 커다란 거울에는 김이 서려 있었다. 거울 속 그녀의 얼굴이 뚜렷하게 보이지는 않았지만 형태는 어슴푸레 알아볼 수 있었다.

 그녀는 손을 들어 뿌연 거울에 가져다 대고는 두 번째 손가락으로 그녀의 머리 모양을 얼추 그리고, 점을 찍어 눈을 만든 뒤 부드러운 호를 그려 웃는 모양의 입을 완성시켰다. 그림의 아래쪽은 서로 뒤엉킨 하트 모양으로 장식했다. 그녀는 자신이 마치 사랑에 빠진 십 대처럼 행동하는 것 같다는 생각이 들어 미소를 지었다.

"유치하기는", 그녀는 김 서린 거울에 그려진 얼굴을 보며 말했다. 서서히 희미해지는 하트에 다시 시선이 닿자 온몸이 편안하고 안락한 기분으로 가득 차는 것을 느꼈다.

플로리안. 그를 알게 된 지는 몇 주밖에 안 되었지만 그는 그녀의 평범하던 삶을 하루아침에 다채롭게 바꾸어 놓았다.

그녀는 미소를 머금은 채 세면대 옆 선반에서 수건을 꺼냈다. 그리고 허리를 숙여 기다란 금발을 감싼 후 머리 위로 말아 올렸다.

선반 위에 올려 둔 손목시계는 벌써 저녁 아홉 시가 조금 넘었음을 가리키고 있었다. 고단한 하루의 끝이었다.

한 귀금속점의 회사 소개용 사진 촬영. 늘 해 온 일상적인 업무라고, 늦은 오전에 집을 나설 때까지는 적어도 그렇게 생각했다. 고객이 견디기 힘들 정도로 융통성 없는 소인배에 다혈질이리라고는 전혀 생각지도 못했으니까.

저녁 일곱 시까지 그녀는 단 하나의 액세서리만 지겹도록 촬영해야 했고, 귀금속점 사장인 베르너 디들러 — 그의 이름이 볼프강이었던가? — 는 촬영 내내 모든 컷마다 불평을 해 댔다.

그의 불평을 참아 내는 동안 그녀는 스스로에게 여러 번 되물었다. 아버지가 물려준 재산으로 편하게 살면 될 것을 왜 이런 짓을 하고 있는지. 그러고는 항상 그랬듯 이 질문에 스스로 답했다. 무언가 중요한 일을 하는 느낌, 바로 그 느낌이 항상 그녀를 움직였다.

그녀는 몸을 돌려 욕실을 나섰다. 레드와인 한 잔을 마실 시간이었다. 스마트 스피커가 놓인 거실장 앞을 지나가며 말했다.

"엘라, '휴식' 플레이리스트의 음악을 틀어 줘."

부엌으로 가 서랍에 있는 와인 오프너를 꺼낸 뒤, 집에 오자마자 작은 식탁 위에 미리 준비해 두었던 와인병을 열었다. 그러는 동안 그녀는 플로리안에게 전화를 해야 할지 고민했다. 그는 며칠간 로마로 출장을 갔다. 지금쯤이면 아마 사업 파트너들과 멋진 레스토랑에 앉아 저녁을 먹고 있을 테다. 다만, 그게 꼭 그녀의 생일날이어야만 했다는 사실이 정말 아쉬웠다. 세상의 그 누구보다도 그와 함께 이 밤을 보내고 싶었는데 말이다.

충전기에 꽂힌 전화기를 잠시 바라봤지만 이내 망설였다. 플

로리안이 그녀의 전화를 부담스럽게 느끼거나, 심지어 귀찮다고 생각하지는 않을까? 하지만⋯ 그의 목소리를 듣고 싶어 참을 수 없었다. 이건 그녀가 그를 사랑한다는 하나의 낭만적인 증거 아닐까?

그녀는 잔을 들어 스탠드 조명에 비추어 보고 와인의 황홀한 보랏빛에 만족해했다. 이어서 첫 한 모금을 입에 머금고 눈을 감은 채 숨을 들이마셨다. 체리와 블랙베리, 그리고 연초 잎이 어우러진 와인의 향이 환상적이었다. 잠시 후 그녀는 와인잔을 내려놓았다.

"생일 축하해, 카트린."

카트린은 다시 전화기를 바라봤다. 플로리안이 오늘 언젠가는 연락을 해서 그녀의 생일을 축하해 주기를 기대했다. 그렇지만 다른 한편으로는 그가 오늘 정말 바빠서 정신이 없으리라는 것도 예상할 수 있었다.

"에라 모르겠다", *그녀는 용기를 내서 충전기에 꽂혀 있던 전화기를 들었다. 손가락으로 전화번호를 누르는 동안 그녀는 자신이 아직도 플로리안의 번호를 저장하지 않았다는 사실에 의아해했다. 긴장과 기대감이 섞인 마음으로 전화기를 귀에 갖다 댔다.*

기다리던 통화 연결음 대신 '없는 번호'라는 여성의 안내 멘트

가 수화기 너머에서 독일어로, 그다음에는 영어로 흘러나왔다. 그녀는 어이없어하며 수화기를 내려놓고 전화번호가 표시된 작은 컬러 디스플레이를 바라봤다. 아닌데, 잘못 누른 게 아닌데.

"이상하네", 라고 중얼거리며 다시 한번 전화번호를 눌렀지만 바로 같은 안내 멘트만 들려올 뿐이었다.

카트린은 전화기를 부엌 작업대 위에 올려놓은 뒤 침실로 가서 그녀의 스마트폰에 연결된 충전 케이블을 제거했다. 그리고 부엌으로 향하며 스마트폰으로 다시 전화를 걸었다.

결과는 같았다. 없는 번호였다.

"젠장!" 그녀는 신음을 내뱉으며 휴대폰을 부엌 작업대 위 전화기 옆으로 거칠게 던졌다. *정말 환상적인 생일이군.*

그러고는 와인잔을 손에 들고 냉장고에 기대섰다. *지난 몇 주 동안 그렇게 자주 전화했는데, 플로리안의 번호가 어떻게 갑자기 사라질 수 있지? 그의 번호가 바뀌었더라면 그녀가 알고 있어야 하지 않나?*

플로리안은 한 통신사의 프로그래머로 일하고 있었다. 그가 무슨 일을 하는지 정확하게 알지는 못하지만 아마 새로운 전화번호를 받는 것쯤이야 그에게는 간단한 일일 것이 분명했다.

그녀는 와인을 크게 한 모금 마신 후 냉장고 문에서 몸을 뗐다.

"말도 안 되는 소리", 그녀는 큰 소리로 말하며 거실로 향했다.

다 해명하겠지. 아마 어떤 이유에서든 간에 플로리안이 로마에 있기 때문에 연결이 안 되는 것이리라. 아니면 휴대폰을 잃어버려서 유심 카드를 정지시켰을 수도 있고. 아니면 휴대폰을 도둑맞았을지도 모르고. 로마에는 소매치기가 득실거린다는 얘기를 자주 들었으니까 말이다.

소파에 편하게 자리를 잡고 앉은 후에야 그녀는 음악이 흐르지 않고 있음을 깨달았다.

오늘은 뭐 제대로 되는 게 하나도 없네.

"엘라?"

카트린은 스마트 스피커에서 그녀가 무엇을 원하는지 묻는 여성의 목소리가 흘러나오기를 기다렸다. 하지만 스피커에서는 아무 소리도 나지 않았다.

"엘라!"

그녀는 더 힘찬 목소리로 외친 뒤 기다렸지만 또다시 침묵만 흐를 뿐이었다.

"엘라, 몇 시야?"

이런 기본적인 질문에도 답이 없자 그녀는 낮은 소파 테이블에 와인잔을 두고 일어서서 서랍장으로 향했다.

스피커의 오른편에서 성냥개비 심지 크기로 파랗게 빛나는 LED 불빛을 보니 전원이 켜져 있는 것은 분명했다.

그래 좋아, 마지막 시도다.

"엘라! 몇 시지?"

또다시 아무런 반응이 없었다. 그녀는 어깨를 으쓱하고서 다시 소파로 돌아갔다. 정말 훌륭한 최첨단 기술이군. 만약 내일도 스피커가 작동하지 않는다면 기기를 반납할 것이다. 스피커를 산 지 몇 주 되지도 않았으니 말이다.

카트린은 텔레비전을 켜서 여러 채널을 돌려 보다 결국 영화 하나를 찾았다. 이미 시작한 지 조금 되긴 했지만 지금 같은 기분에 보기 적당한 낭만적인 내용이었다. 이 영화면 자러 가기 전에 그녀의 신경을 분산시키기 충분했다.

그리고 열 시 반이 조금 지났을 때 그녀는 텔레비전을 끄고 욕실로 갔다. 10분 뒤, 침대 옆 작은 테이블에 그녀의 스마트폰을 올려 두고 이불 아래 아늑하게 자리를 잡은 뒤 불을 껐다. 그리고 플로리안을 생각하다 이내 잠이 들었다.

무슨 이유로 잠에서 깼는지 알 수 없었지만 아직 한밤중이라는 것만은 알 수 있었다. 방 안은 거의 암흑 상태였다. 완전히 닫히지 않은 창문 셔터 틈 사이로 미세한 불빛만 들어오고 있었다. 오로지 그 빛에 의지해 간신히 시야를 확보했다.

다시 잠들기 위해 옆으로 돌아눕던 순간, 그녀는 숨을 멈췄다. 그녀의 이름… 누군가가 그녀의 이름을 말한 건가? 아니, 말한 게 아니었다. 속삭임이었다. 침실 밖 어딘가에서.

그녀는 침대에서 몸을 조금 일으켜 세우고 어둠 속에서 애써 귀를 기울였다. 그녀의 심장이 빠르게 뛰었다.

"카트린…."

다시 목소리가 들렸다. 목소리는 낯설고 유혹적이었다.

"카아아아트린…."

그녀의 등줄기가 서늘해졌고 이마에는 작은 땀방울이 맺혔다.

아니, 꿈이 아니었다. 누군가 그녀의 집에 있다는 생각은 그녀를 단 한 번도 경험해 보지 못한 공포로 몰아넣었다.

그러다가 이 상황을 설명할 수 있는 유일한 가설이 떠올라 살짝 진정했다.

플로리안. 그는 그녀의 보조열쇠가 어디 있는지 알고 있었다. 그가 불시에 찾아오고 싶을 때를 대비해 열쇠가 어디에 있는지 알려 준 적이 있었다. 그리고 바로 지금이 그 경우였다. 플로리안이 로마에 갔다고 한 말은 단지 그녀의 생일을 특별한 방법으로 놀래 주기 위한 거짓말이었던 것이다. 그와 잘 어울리는 방법이다. 그리고 이것이야말로 지금 상황을 가장 잘 설명할 수 있는 일이었다.

누군가가 거실에서 조용히 그녀를 부르기 위해 한밤중에 소리 없이 침입했을 리는 없었다. 그런 일은 싸구려 공포영화에나 나오지 여기, 그녀의 집에서 일어날 리는 없었다.

그래서 플로리안이 전화도 없고 연락도 되지 않았던 것이다. 아마도 지금 그는 큰 꽃다발을 손에 들고 히죽히죽 웃으며 거실에 서 있겠지.

"플로리안?"

그녀는 자신이 너무 작은 목소리로 속삭였다는 것을 인식하고 그의 이름을 한 번 더 크게 불렀다. 그리고 집중해서 다시 귀를 기울였다.

아무런 소리도 들리지 않았다. 플로리안은 분명 밖에서 그녀를 기다리는 동안 웃음을 참기 위해 대단히 애쓰고 있을 것이다.

그녀는 이불을 젖히고 다리를 침대 밖으로 뻗었다. 하지만 침실을 나서는 순간, 분명 이 상황에 대한 설득력 있는 가설을 떠올렸음에도 불구하고 등골이 서늘해지는 듯한 공포를 느꼈다.

거실로 나온 카트린은 문 옆의 스탠드 조명을 켜고 기대에 가득 차 주위를 둘러보았다.

그러나… 아무도 없었다.

"플로리안?", 또 한 번 물었지만 이제는 확신이 없었다.

"당신 거기 있는 거 다 알아. 이제 그만 나와. 나 겁주지 말고."

방 안의 침묵이 갑자기 부자연스럽게 느껴졌다. 물리적으로, 마치 누군가가 그녀의 귀를 솜으로 누르는 것 같았다. 심장 박동이 빨라지며 쿵쿵 뛰는 소리 덕분에 귀를 짓누르는 듯한 침묵은 깨졌지만 그것으로 상황이 나아지지는 않았다.

방금 뭐가 삐걱거린 건가? 옆에서 무언가 움직인 건가? 그럴 리가 없다, 그렇지?

"*카트린!*"

그녀는 날카로운 비명을 내지르며 그녀의 의지와 상관없이 뒷걸음질 쳤다. 방금 그것은 여자의 목소리였고, 그녀의 이름을 속삭이는 소리는… 미친 것 같았다.

"몇 시인지 알고 싶다고 했잖아."

카트린의 팔에 털이 곤두섰다. 엘라! 그녀의 시선이 스마트 스피커로 향했다. 하지만 이건 완전히 정신 나간….

"맞아." 간신히 조심스럽게 대답한 그녀는 자신의 목소리가 너무 가늘어 스스로도 놀랐다.

"죽을 시간이야, 카트린."

그녀는 더 이상 숨을 쉴 수가 없었다. 방이 빙빙 돌기 시작했다. 그녀는 손으로 문고리를 더듬은 뒤 문에 몸을 기댔다.

"뭐라고?" 그녀는 거의 들리지도 않는 목소리로 속삭였다.

"너는 죽을 거라고." 엘라의 목소리가 괴이한 멜로디로 속삭였다.

"그가 너를 데리러 올 거야."

심장이 갈비뼈를 세차게 두드려 숨을 쉬기 어려웠다. 올가미가 그녀의 가슴을 점점 더 단단하게 조여 왔다.

"누구… 시죠?"

"내가 누군지 알잖아, 카트린…."

귓속말 같던 속삭임은 중얼거리는 듯한 말투로 바뀌어 있었다. 더욱 끔찍한 것은 ― 그녀에게 말을 거는 그 소리가 더 이상 엘라의 목소리가 아니라는 사실이었다. 이제 그 소리는 남성의 목소리로 변해 있었고, 정말로 카트린이 아는 목소리였다. 하지만….

"너는 죽을 거야. 곧… 내가 곧 너를 데리러 갈 거야."

카트린은 그녀의 안에서 무언가가 일어나고 있음을 느꼈다. 자신의 의지와 상관없이 어떤 스위치가 눌린 것 같았다.

그녀는 문가에서 몸을 뗀 뒤 서랍장으로 빠르게 걸어가 떨리는 손으로 엘라의 전원 코드를 거칠게 잡아 뽑았다. 그리고 스피커를 높이 들어 온 힘을 다해 바닥으로 내던졌다. 그러자 그 안의 작은 폭탄에 불이 붙은 것처럼 스피커가 폭발했다.

그녀는 제자리에 서서 스피커 밖으로 튕겨져 나온 기계 부품들을 바라봤다. 대롱대롱 매달린 부품들이 마치 갈라진 배에서 튀어나온 내장 같다고 생각했다.

"엘라?"

그녀는 기다렸다.

5초… 10초. 아무런 소리도 들리지 않았다.

그녀는 자신에게 적의를 풍기는 것처럼 보이는 망가진 기계에 시선을 고정한 채, 한 걸음 그리고 또 한 걸음 뒷걸음쳤다. 그러다가 결국 황급히 몸을 돌려 불안한 걸음으로 그녀의 휴대폰이 있는 침실로 향했다.

경찰에 전화해야 한다.

휴대폰은 침대맡 수납장 위 전등 옆에 놓여 있었다. 검은 광택이 나는 디스플레이는 그녀에게 안도감을 주었다.

이 공포 속에서 그녀를 구해 줄 구세주.

그녀가 떨리는 손으로 휴대폰을 잡으려던 바로 그때, 갑자기 휴대폰 화면이 밝아졌다. 그리고 휴대폰 아래쪽 아주 작은 스피커에서 남자의 목소리가 속삭였다.

"아무 소용 없어. 너는 죽을 거야. 내가 너를 데리러 갈 거야. 곧."

1

"맙소사."

토마스가 고개를 끄덕이며 열심히 부두 앞 광장을 가로질러 걸어오는 젊은 남자를 가리켰다.

"미스터 쿨이네. 저 남자가 아직 안 온 그 사람인 거 같은데 내기할래? 나는 항상 운이 좋거든."

토마스 슈트라서는 조금이라도 외모를 중요하게 여기거나 옷을 잘 차려입는 사람들에 대해 성급하게 험담하는 경향이 있었다. 특히나 같은 성별에게는 더욱 심했다.

아마 그 스스로가 덥수룩한 턱수염에 촌스러운 니켈 안경을 쓰고 있고, 몸에 맞지 않는 커다란 옷을 입은 전형적인 'IT덕후'처럼 보이기 때문에 그런지도 몰랐다. 운동신경이라고는 전혀 없어 보이는 그의 몸 또한 그러한 이미지를 완성시켰다.

하지만 제니퍼도 이 상황에서만큼은 토마스의 발언을 이해할 수 있었다. 어느새 그들 앞에 가까이 다가온 그 남자는 토마스와 완벽히 정반대의 특성을 보여 줬기 때문이다.

남자는 제니퍼와 비슷한 삼십 대 초반 같아 보였지만 그 이상의 명백한 공통점은 없었다. 그는 눈에 띄는 새빨간 색에 하얀 대각선 무늬가 있는, 마찬가지로 눈에 띄는 글씨체로 '보그너'라는 브랜드가 자랑스레 적힌 다운점퍼에 회색 스키바지를 입고 있었다. 젤을 발라 너무도 단정하게 뒤로 넘긴 그의 머리카락은 마치 고동색 헬멧을 쓴 것 같았고, 얼굴은 햇볕 혹은 태닝샵에서 그을린 것 같았다.

그는 스마트폰을 앞으로 들고서는 기쁜 표정으로 셀카를 찍었다. 누구를 위해서인지는 모르겠지만 아마도 자신이 도착한 것을 기록하고 있는 듯했다. 게다가 흐린 날씨에도 불구하고 선글라스를 쓰고 있었는데, 선글라스는 거울처럼 반사되는 렌즈와 곡선의 형태 때문에 여피족이 쓰는 스키안경이라고 해도 무색할 지경이었다.

그가 그들 앞으로 다가와 나머지 얼굴 근육은 전혀 움직이지 않은 채 입술만 당겨서 빛나는 치아를 드러내 보였다. 미백 치료를 받은 것이 분명한 치아를 보자 제니는 자신의 생각이 정확하게 맞아떨어졌다고 생각했다. 스마트폰을 든 그의 팔이 아래로 내려갔다.

"안녕하세요. 다비드라고 합니다." 그는 주변을 돌아보며 그룹의 다른 일원들을 둘러봤다. "디지털 디톡스 모임, 맞죠?"

"맞습니다." 제니퍼와 토마스의 옆, 조금 전 자신을 요한네스 페터만이라고 소개한 여행사의 가이드가 대답했다. 그는 오십 대 초반이었으며, 촌스러운 스타일의 회색 머리칼이 귀의 절반 높이까지 내려와 있었다. "네, 맞습니다. 당신이 바로 저희가 지금 20분째 기다리고 있는 다비드 바이스 씨겠군요."

"미안합니다." 바이스는 전혀 미안하지 않은 태도로 대답했다. "아, 제가 다비드 바이스라 죄송하다는 게 아니라. 그건 절대로 죄송하지 않고요, 하하. 저를 기다리게 해서 죄송하다는 말입니다. 다시는 이런 일 없을 거예요."

그는 다시 한번 그의 치아를 드러냈다.

"알겠습니다." 페터만은 한두 걸음을 내딛더니 그를 포함한 열한 명의 정원이 다 모인 그룹을 향해 돌아섰다. 영하 5도에 장갑이 없어서인지 그는 여러 번 손을 비비더니 외투 주머니에서 종이 한 장을 꺼냈다.

"이제 다 온 것 같네요. 여러분, 이 환상적인 쾨니히 호숫가의 쇠나우에서 출발하는 여행에 오신 것을 진심으로 환영합니다. 우선 저희 '트리플-오-저니(Triple-O-Journey)'에 대해 소개하겠습니다. 저희 여행사에 관한 소개 자료를 아직 읽지 못한 분이 계시다면, 이름에 들어간 세 개의 오(Triple-O)는 아웃 오브 오디너리(Out Of Ordinary), 즉 일상적이지 않다는 것을 의미합니다. 저희는 패키지 여행은 하지 않고, 오로지 개개인에 맞춰서 구성된 여행만 예약 가능합니다. 그래서 여러분이 바로 이 자리에 모인 것이죠. 이건 조금 뒤에 더 자세히 설명드리도록 하겠습니다.

계속해서, 잠시 인원 체크를 하고 우리 모두가 손꼽아 기다려 온 순간을 맞이하도록 하겠습니다. 이 상자에…" — 페터만은 그의 뒤에 있던 여행가방 크기만 한 초록색 플라스틱 상자를 가리켰다 — "우리가 돌아오는 날까지 모든 전자기기를 보관할 겁니다. 걱정 마세요. 여러분이 기기를 다시 찾는 데 문제가 없도록 표시를 해 둘 겁니다." 그러더니 꾸민 듯한 미소를 지었다.

"저도 이번 여행이 처음이라 매우 기대됩니다."

그는 다시 한번 그룹을 둘러보고서는 손뼉을 쳤다.

"기기 반납이 끝나고 나면 바로 여행을 시작할 수 있습니다. 아,

한 가지 더 있군요. 모두가 괜찮으시다면 지금부터 서로를 이름으로 부르기로 하지요. 그러면 바로 연대감도 더 들고 딱딱하지도 않으니까요. 괜찮겠지요? 좋습니다."

그리고 페터만은 그의 옆에 서서 사람들을 향해 눈을 반짝이는 젊은 여자에게 고개를 끄덕였다. "엘렌 바이트너 씨부터 시작할게요, 그냥 엘렌이라고 부르겠습니다. 엘렌 씨는 여행산업 학사를 전공하고 석사로는 국제 여행, 이벤트 경영을 전공했습니다. 그리고 저희 회사에서 직장 생활을 처음 시작했죠."

이십 대 중반으로 보이는 엘렌은 그룹을 바라보며 조금 부자연스럽게 미소 지었다. 아마 그녀의 첫 번째 직장이라 모든 것을 특별히 잘 해내고자 해서 그런 것 같았다.

"엘렌 씨 뒤에 있는 이 눈부시도록 잘생긴 젊은 남자분은 니코입니다. 니코 슈베어테." 페터만이 운동으로 단련된 몸과 검은 머리칼을 가진 삼십 대 후반의 남자를 가리켰다. 그가 미소를 지으며 고개를 끄덕였다.

"그는 오스트리아, 정확하게 말하자면 포어아를베르크의 다밀스에서 왔고 저희 팀에 새로 합류했습니다. 니코는 아주 훌륭한 스키어일 뿐만 아니라 매우 경험이 많은 등산 가이드이기도 합니다. 그가 세인트 바르톨로메오부터 길 안내를 담당할 거고 우리 모두가 건강하게 돌아올 수 있도록 살펴 줄 겁니다."

제니퍼는 그 오스트리아인을 바라봤고 그에게 단번에 호감을 느꼈다. 그는 엄청난 미남은 아니었지만, 성인이 되기를 거부하는 사춘기 소년 같은 반항적인 매력을 발산했다.

"그리고 마지막으로 접니다, 요한네스. 저는 이 트리플 오 저니 팀을 책임지는 리더이고 이 투어와 관련된 모든 일의 책임자입니다. 저희 팀 소개는 이걸로 마치고요, 여러분도 아시다시피 이 여행의 목적지인 옛 산악인 호텔은 약 다섯 시간 정도의 가벼운 등산 후에 도착할 겁니다. 다른 모든 것들은 도착하면 말씀드리지요."

그가 다시 종이를 치켜들었다. "이제 여러분 차례입니다. 첫 번째로는 팀… 잠깐…." 이어서 검지를 뻗어 종이 위를 따라갔다. "아, 여기 있군요. 텔레커뮤니케이션 분야의 서비스 업체인 폭스 텔레콤 팀. 원래대로라면 아침부터 밤까지 스마트폰과 인터넷 관련된 일을 하고 있었을 네 명의 직원에게 닷새간 디지털 디톡스 휴식을 즐길 수 있는 기회를 제공하기로 했다고 하네요. 혹시 모르죠, 이 네 명이 며칠간 경험한 것을 바탕으로 회사가 이득을 보게 될지도."

페터만이 미소를 지으며 제니퍼와 토마스를 쳐다보자, 그 옆에서 열정적으로 잡담을 나누던 안나와 플로리안이 당황한 듯 미소를 지었다.

"제 생각에는 제니퍼 쾨니히 씨가 회사 직원들을 소개해 주는 게 가장 좋을 것 같네요." 그는 손을 뻗어 그녀를 가리켰다. "제니 씨, 부탁해요."

오늘 처음 만난 사람에게 성이 아닌 이름으로 불리는 것도 모자라, 불과 몇 분 만에 이름을 줄인 애칭으로 불리다니. 기록적으로 놀라운 일이었다. 그녀는 미소를 지어 보이며 고개를 끄덕였다.

"그렇게 하죠. 제 바로 옆에 있는, 여기 수염 난 인정미 넘쳐 보이는 사람은 토마스 슈트라서입니다. 토마스는 이십 대 후반이고 저희 중 가장 젊은 시스템 개발자죠. 그 옆에는 안나 지모니스, 정보 커뮤니케이션 기술자이고, 그리고 플로리안 트라펜, 토마스와 마찬가지로 시스템 개발자로 앱 개발을 담당하고 있습니다."

제니는 다비드 바이스가 플로리안의 이름을 듣고 순간 움찔하는 것을 눈치챘다. 그는 플로리안을 마치 아는 사람인 것처럼 바라봤다. 그녀는 그 장면에서 시선을 거두고 그룹을 향해 미소 지었다.

"각자 담당하는 업무에 대한 자세한 내용은 이 세 분이 이후 며칠 동안 여러분에게 직접 설명해 드릴 수 있을 겁니다. 스마트폰과 인터넷이 전혀 없으니 이야기 나눌 시간이야 충분할 테니까요."

"고마워요, 제니 씨." 페터만은 다시 대화를 이으며 손뼉을 쳤다. "이분들 외에는, 직장과 관계없이 여행을 예약하셨습니다. 바람직하게도, 스마트폰 없는 시간을 보내는 것이 유익할 것이라 생각해서 닷새간의 여행을 선택하셨죠. 그 네 분의 전우들은 바로 아니카 그리고 마티아스 바우슈터트, 부부이고 함께 작은 회사를 운영하고 있습니다. 그리고 보험회사에서 일하는 산드라 베버와 마지막으로 룩셈부르크에 있는 자산관리회사에서 일하고 있는 다비드 바이스입니다."

"파트너죠!" 바이스가 플로리안에게서 눈을 떼고는 소리쳐 말했다.

"제 소개에 시간을 조금은 더 쓰셔야죠. 저는 룩셈부르크에 있는 스위스 자산관리회사의 파트너입니다."

"아, 그러신가요." 페터만은 손에 들고 있던 쪽지를 접어 외투 주머니에 넣었다.

"다른 모든 것들은 앞으로 며칠 동안 서로 친해지면서 아시게 될 겁니다." 그는 다시 손뼉을 쳤다.

"자, 그렇다면… 이제 휴대폰을 반납하겠습니다. 닷새간 디지털로부터 해방되는 여행을 예약하셨음에도 태블릿이나 노트북, 기타 전자기기를 가져오신 분들은 다 저에게 주시기 바랍니다. 여러분을 믿겠습니다."

제니가 전원을 끈 그녀의 스마트폰을 첫 번째 순서로 내밀었을 때, 엘렌은 이미 초록색 상자를 든 손에 작은 봉투까지 함께 쥔 상태로 제니에게 미소 짓고 있었다.

"아니요, 휴대폰을 봉투에 넣고 겉면에 이름을 쓰신 다음에 봉투를 닫아 주세요. 그리고 이 상자에 넣어 주시면 됩니다."

그녀는 제니에게 두꺼운 하얀색 종이로 된 A5용지 크기의 봉투와 볼펜을 건넸다. 봉투에는 검은색으로 '오프라인'이라는 문구가 새겨져 있었고, 그 아래에는 이름을 적을 수 있는 빈칸이 있었다. 아래쪽 가장자리에는 트리플 오 저니의 로고가 녹색으로 작게 새겨져 있었는데, 겹쳐진 알파벳 오 세 개 밑에 저니라는 글자가 있는 모양이었다.

제니는 스마트폰을 봉투에 넣고 빈칸에 그녀의 이름을 적은 뒤 봉투를 접어 붙였다. 그녀가 다시 봉투를 건네자 페터만은 만족스러운 듯이 고개를 끄덕이고서는 부두 쪽을 가리켰다.

"훌륭합니다. 자 이쪽으로."

그녀는 몸을 돌리면서 자신이 여전히 여행 가이드를 성으로 부르고 있다는 사실을 깨달았다. 아마도 나이 차이 때문일 것이다. 그녀는 앞으로 그에게 말을 걸 때 주의해야겠다고 생각했다.

2번 정착장에는 나무로 된 하얀 배가 그들을 기다리고 있었다. 뱃머리에는 마르크트셸렌베르크라는 이름이 쓰여 있었다. 선내의 푹신한 벤치들은 칠십 명에서 팔십 명 정도의 승객을 수용할 수 있을 것 같아 보였지만, 이번 운항은 디지털 디톡스 여행 그룹과 그들의 수화물만 이용하도록 예약되어 있었다. 이 때문인지 쾨니히 호수를 건너 세인트 바르톨로메오까지 가는 40여 분의 투어를 하고자 아웃도어 옷을 입고 선착장 앞에 서서 기다리고 있던 몇몇 관광객들은 기분이 좋지 않아 보였다.

제니가 열려 있는 입구의 문을 지나 배 안으로 들어갔다. 마르크트셸렌베르크선의 내부는 따듯하고 조용했다. 제니는 배 뒤편의 창가 좌석에 자리를 잡았다. 그녀는 배낭을 옆에 내려놓은 뒤 차가운 유리창에 이마를 대고 밖을 내다보았다. 호수의 물이 너무 깨끗하고 투명해서 바닥까지 볼 수 있었다. 여러 이유가 있겠지만 무엇보다도 쾨니히 호수로는 폐수를 내보내지 않기 때문이라고 했다. 며칠 전에 한 기사에서 읽은 내용이었다. 그리고 호수 가장 깊은 곳의 수심은 190미터.

"아무도 옆에 못 앉게 하려고 배낭을 여기에 둔 거야?"

제니는 놀라 위를 바라봤다. 그녀는 플로리안이 옆에 서 있었다는 것을 전혀 알아채지 못했다.

"무슨 헛소리야. 너 같은 사람만 그렇게 생각할 거야." 그녀는 웃으며 그녀의 옆자리를 가리켰다. "그래서 뭐, 너 내 옆에 앉고 싶은 거야?"

플로리안은 두 손을 들어 보였다. "인류문명과 작별하기까지 몇 미터밖에 안 남았는데 조용히 휴식시간을 가지고 싶을 수도 있잖아. 뭐, 최고의 명상 같은 거 말야."

"무슨 소리야. 이리 와서 앉아." 그녀는 배낭을 들어 그녀의 뒤쪽 벤치에 놓았다.

플로리안은 친절하고 일도 잘하는 남자였다. 하지만 그녀가 팀원들과 정말 친구같이 지냈음에도 불구하고 때때로 그가 다섯 살이나 어린 여자를 상사로 받아들이는 것을 어려워하는 것 같은 느낌이 들곤 했다. 그는 그녀가 팀원들과 친구처럼 지내는 것도 처음에는 어려워했다. 플로리안이 첫날부터 그의 업무를 매우 잘 해낸 것을 보면 일 때문은 아닌 것 같았다. 하지만 그는 뭔가 짐을 끌어안고 사는 사람처럼 다소 폐쇄적인 인상을 주었다. 그래도 시간이 지나면서 점점 그에게 다가가기 쉬워졌고, 그는 이제 그녀가 모든 방면에서 인정하는 중요한 팀원이 되었다.

"그 다비드라는 사람은 밖에서 엘렌 씨, 요한네스 씨랑 언쟁을 하고 있더라고. 휴대폰을 내기 전에 중요한 전화만 몇 통 하겠다면서 말야." 플로리안이 제니 옆에 자리 잡으며 이야기했다.

"요한네스 씨가 그러면 그를 두고 출발하겠다고 하니까 그제야 포기하던걸. 그러고는 곧바로 봉투가 너무 얇아서 그의 신성한 휴대폰을 제대로 보호하지 못할 것 같다고 불평하더라고."

제니는 웃을 수밖에 없었다. "그래, 그와 아주 잘 어울려. 쉬운 사람처럼 보이지는 않더군."

플로리안은 그녀를 지나쳐 창밖을 바라봤다.

"그가 휴대폰 없이 어떻게 지낼지 기대되는데."

"그 점에 대해서라면 나는 나 자신부터 잘 해낼 수 있을지 걱정돼. 믿을 수가 없어, 벌써 허전한걸."

한동안 그들은 말없이 창밖을 내다보며 오리 두 마리가 유유히 배 옆을 헤엄쳐 가는 것을 관찰했다.

"쟤네들은 춥지도 않은가." 제니는 최소 얼기 직전일 호수의 물 온도를 생각하는 것만으로도 등골이 오싹해졌다.

"쟤네는 두꺼운…." 다비드가 소란스럽게 그들 건너편 의자에 자신의 배낭을 내려놓는 바람에 플로리안의 말이 끊어졌다. 그는 자리에 앉기 전에 제니를 보며 윙크했고, 묘한 눈빛으로 플로리안을 쳐다봤다. 그리고 자리에 앉아 마찬가지로 밖을 내다봤다. 나머지 그룹원들이 탑승하고 자리를 찾는 동안 그들은 한동안 생각에 잠겼다.

제니는 배 앞쪽에서 마티아스가 아내의 배낭을 그녀 앞 바닥에 내려놓는 것을 관찰했다. 그녀는 그가 그의 아내와 동갑이거나 혹은 두세 살 어릴 것이라고 생각했다. 그때 다비드가 말했다.

"플로리안 트라펜…."

제니와 플로리안이 그를 쳐다보았다.

"내가 당신의 이름을 어디서 알게 된 건지 계속 생각하는 중이에요. 그런데 생각이 안 나. 적어도 지금은 말이야. 하지만 내가 확신하건대 반드시 기억날 거예요. 분명 어디선가 당신을 봤단 말이지…."

2

 제니는 어깨를 으쓱 올리는 플로리안에게 의아하다는 표정을 지었다.

 "당신이 무슨 소리를 하는지 모르겠네요. 저는 우리가 단 한 번도 만난 적 없다고 확실히 말할 수 있습니다. 만난 적이 있다면 분명 생각이 나겠죠. 하지만 어쩌면 제가 당신 얼굴을 아직 제대로 보지 못해서 그런 걸 수도 있고요. 오늘처럼 흐린 날, 실내에서 반사되는 선글라스 뒤로 자기 눈을 감추고 있다면 누구인지 알아보기 어렵죠."

 "음… 아니, 만난 적은 없어요." 다비드는 플로리안의 비아냥거리는 말에 상관하지 않고 대답했다. "내가 생각하기엔, 내가 당신 이름을 어디선가 들었거나 읽은 적이 있는 것 같아요. 이미 말했듯이 분명히 다시 생각날 겁니다. 나는 코끼리 같은 기억력을 가지고 있거든."

그러고 나서 그는 다시 고개를 돌렸다. 적어도 당분간은 이 주제를 또 꺼낼 것 같지는 않았다.

제니는 플로리안과 의미심장하게 눈빛을 주고받은 뒤 다시 창밖의 환상적인 경관에 집중했다. 그녀는 이제야 그사이에 배가 출항해서 부두로부터 천천히 멀어지고 있다는 것을 깨달았다. 바깥 풍경은 산만 눈으로 덮인 것이 아니라, 호숫가와 그 주변까지 모두 빈틈없이 눈으로 덮여 하얀색을 띠고 있었다.

아직 눈을 치우지 않은 몇몇 집과 오두막의 지붕은 거의 50센티미터나 되는 눈의 무게로 신음하고 있었다. 이 지역을 잘 아는 사람에 따르면, 이곳 사람들에게는 2월 말경 이런 풍경이 일상적이라고 했다.

그러나 북독일 사람인 그녀에게 이러한 풍경은 흔히 볼 수 없는 광경이었다. 그래서 그녀는 자연의 위대함과 무서움보다는 눈 덮인 아름다운 경관을 즐겼다.

그녀는 다시 다비드에 대해 생각했다. 그는 그녀에게 끝없이 수수께끼로 남을 사람들 중 하나에 속했다. 그렇게 허풍스러운 태도로 거의 모든 사람에게 거부감을 주는 것이 사람들과 친해질 수 있는 방식은 아니라는 것을 그도 분명히 알고 있을 텐데. 아마도 그는 그런 것 따위 전혀 상관하지 않을 터였다. 그녀는 그의 잘난 척하는 표정을 흘끗 보고는 그녀의 추측이 맞을 가능성이 매우 높다고 생각했다.

앞서 예고한 것처럼, 중간에 에호 절벽 앞에서 5분간 정차한 시간을 포함하여 세인트 바르톨로메오에 도착하기까지 약 40분 정도 걸렸다. 에호 절벽 앞에서 보트 운전사는 열린 문 밖으로 트럼펫을 불어 쾨니히 호수의 그 유명한 메아리를 들려주었다.

몇몇 건물과 작은 교회밖에 없는 세인트 바르톨로메오 부두로 서서히 접근하기 직전, 그들은 처음으로 두꺼운 바츠만산의 오른쪽 측면을 명확하게 볼 수 있었다. 정상은 두꺼운 구름층 사이에 가려져 있었다. 약 2천 미터 정도 급경사로 이루어진 그 산은 전 세계 등산가들을 매료시키는 존재였다.

"자, 다들 잠시 들어 주세요." 그들 바로 위에 있는 천장 스피커에서 울리는 니코의 목소리가 그녀를 상념에서 벗어나게 만들었다.

"저희는 지금 배에서 내려 선착장 바로 앞에서 모일 겁니다. 저희 계획상 시간이 빠듯하니 내려서 돌아다니지 말아 주세요. 해가 떠 있는 동안 호텔에 도착하려면 바로 출발해야 합니다. 등반이 간단할 것 같지는 않아 보입니다. 자우가세의 구불구불한 산길이 얼마나 오르기 어려운지에 따라 5시간, 혹은 심지어 6시간까지 걸릴 수도 있어요. 게다가 오늘 밤에는 다시 눈이 올 것으로 예상됩니다."

"어렵다고요?" 배의 한가운데에서 토마스가 소리쳤다. 그의 목소리에는 근심이 가득했다. "호텔까지는 가벼운 산책길이라고 했잖아요."

니코가 소년 같은 미소를 지어 보였다. "걱정 마세요. 암벽 등반까지는 아니에요. 자우가세를 지나가는 길이 구불구불한 산길인 데다 안타깝게도 오르막길이에요. 마지막으로 눈이 온 후로 이미 며칠이 지났기 때문에 아마 지금쯤이면 길이 생겼을 것 같지만, 산책하는 수준은 아닐 거예요."

"최고군요. 오르막길이라는 건 정확하게 무슨 뜻이죠?"

"오르막길이라는 건 약 6백 미터의 거리에 걸쳐 3백 미터의 고도를 올라가야 한다는 뜻이에요. 다 합치면 32개의 곡선코스와 최대 40도의 경사죠."

"어이, 젊은 청년." 아니카 바우슈터트가 토마스를 불렀다. "나를 좀 보라고요. 나는 사십 대 중반인데도 거기까지 아무렇지도 않게 올라갈 겁니다. 당신이 가는 중에 피곤해지면 나한테 말해요. 그러면 내가 무거운 당신을 업고 올라갈 테니까."

이에 토마스와 제니를 제외한 모든 사람들이 웃음을 터뜨렸다. 그녀는 누군가가 외모 때문에 놀림당하는 것을 좋아하지 않았다. 더군다나 놀림당하는 사람이 그녀의 직원이라면 더욱 그랬다.

"방금 그 말이 토마스에게 정말 도움이 될지 잘 모르겠네요."

토마스 옆에 앉은 안나가 아니카 쪽을 보며 큰 소리로 말하자 아니카는 그에 양손을 들어 보였다. "미안해요, 나는 단지 조금 격려해 주고 싶었던 것뿐이에요. 나쁜 의도는 아니었어요."

"자." 니코가 다시 말을 시작했다, "겁먹을 것 없어요, 토마스 씨. 제가 지금부터 밖에서 스노 슈즈를 나눠 드릴 거예요. 그거라면 눈이 높게 쌓인 곳에서도 정말 잘 걸어갈 수 있어요. 기초체력만 있으면 문제없이 등반에 성공할 수 있을 겁니다."

바로 그 기초체력이 토마스의 문제라고 생각하며 제니는 의자에서 몸을 일으켰다. 토마스가 뛰어난 운동선수가 아니라는 것은 자명한 사실이었다. 그러나 그룹의 대부분이 몰랐던 것은 그가 패스트푸드와 단것에 애착이 있을 뿐만 아니라 심한 흡연자라는 사실, 그리고 짧은 계단만 올라도 숨을 헐떡거린다는 사실이었다. 어쨌든 다른 이유도 아니고 이 여행을 반드시 금연의 계기로 삼으려고 했다는 것은, 아니 더 정확하게 표현하자면 금연을 다시 시작하는 계기로 삼았다는 것은 칭찬할 만했지만, 그의 천식 증상이 그렇게 빨리 바뀌지는 않을 터였다.

그들은 배에서 내려 니코가 말한 것처럼 정박장의 끝에 모였다.

제니는 그녀가 입고 있는 아웃도어 점퍼의 지퍼를 목 끝까지 잠그고 목도리를 목에 더 단단하게 둘렀다. 차가운 바람이 아주 작은 틈새도 뚫고 들어와 추위가 실제보다 더 얼음장처럼 차갑게 느껴졌다.

이상하게도 그녀는 갑자기 그녀의 스마트폰을 손에 쥐고 이메일과 전화 목록을 확인하고 싶다는 강력한 충동을 느꼈다. 그녀는 집에 아무 일도 없고 하네스도 잘 지내고 있기를 바랐다. 그리고 그녀는 네 달 뒤에 올릴 결혼식을 생각했다. 그리고 재차 결혼을 하는 것에 대한 그녀의 생각에 귀 기울이려 노력했다.

"이봐, 걱정하지 말라고." 플로리안이 토마스의 어깨에 손을 얹었다. "우리도 여기 있잖아. 만약 정말로 힘들어지면 우리가 서로 도와주면 돼."

"그래, 한번 해 보자고." 토마스가 별 감흥 없이 대답했다.

제니는 그가 지금 이 순간 담배만큼 갈망하는 것이 없다는 것을 느낄 수 있었다.

"자."

페터만… 요한네스가 그룹 앞에 서서 여러 번 손뼉을 쳤다.

"세인트 바르톨로메오에 오신 것을 환영합니다. 니코와 엘렌이 여러분에게 등산화를 나눠 드리는 동안 제가 몇 가지 말씀을 드리겠습니다. 스노 슈즈는 필요할 때까지 여러분 짐에 묶어 두시기 바랍니다. 저는 이제 겸손히 산악가이드에게 바통을 넘기도록 하겠습니다. 여러분은 다행으로 생각하셔야 합니다. 저처럼 베르히테스가덴산에 대한 지식이 전혀 없는 사람이 여러분을 이끌게 된다면 우리는 아마 2시간 동안 같은 곳만 빙빙 돌다가 결국 여기로 다시 돌아왔을 테니까요."

모두가 웃었다. "그거야말로 여행 가이드가 되기에 최선의 조건이군요"라고 아니카의 남편 마티아스가 소리치자 모든 사람들이 또 한 번 웃음을 터트렸다. 그 와중에 제니는 지금까지는 전혀 알아채지 못했지만 마티아스의 몸매가 토마스와 비슷한 것을 발견했다. 그렇다면 그의 아내가 좀 전에 한 말은 더더욱 이해가 되지 않았다.

그들은 옷을 갖춰 입고, 여기저기 배낭에서 물병을 꺼내 물을 마신 뒤 다시 챙겨 넣었다. 그리고 제니가 상상했던 것과는 완전히 다르게 생긴 스노 슈즈를 받는 데 15분을 사용했다.

그녀가 어떤 오래된 영화에서 봤던 스노 슈즈는 나뭇가지를 엮어 만든 것으로, 거대하고 평평하며 납작한 바구니같이 생긴, 걷는 사람으로 하여금 오리처럼 걷게 만드는 신발이었다. 하지만 엘렌이 그녀에게 건네준 스노 슈즈는 그녀가 기억하는 것과는 전혀 다른 것이었다. 스노 슈즈는 탄소로 만들어져 있었고, 약 50센티미터 정도 크기에 복잡한 형태로 고정하는 부분이 있는 해변용 슬리퍼의 골격처럼 보였다. 엘렌의 말에 따르면 이 등산 보조 장치가 30도의 경사에서도 발을 수평으로 만들어 준다고 했다.

니코와 엘렌은 그룹원 모두가 이 최고급 등산 용품을 배낭에 고정시킬 수 있도록 도운 후 출발했다. 처음 30분은 호숫가의 길을 따라 편하게 걸었다. 이미 몇몇 등산객이 땅을 밟고 지나가면서 눈이 다져진 덕분이었다. 느슨하게 대열을 맞춰 걸어갔고, 지형이 약간 올라간 오른쪽으로 니코가 사람들을 이끌었다.

제니는 플로리안과 함께 대열의 끝에서 토마스의 옆을 지키며 걸었다. 그동안 안나는 그들보다 몇 미터 앞에서 그녀에게 끊임없이 떠들어 대는 다비드의 말을 들어 주는 데 집중하고 있었다.

니코는 훌륭하고 사려 깊은 안내자였다. 그는 재차 뒤쪽으로 돌아갔고, 모든 사람들을 지나 다시 앞으로 오면서 등산 속도가 괜찮은지 물었다.

만약 니코가 목표 지점까지 계속해서 그렇게 한다면 그가 걸은 거리는 아마도 다른 사람의 두 배는 될 것이었다. 그는 30분 간격으로 이동을 멈추고, 사람들이 몇 분간의 휴식을 즐기도록 했다. 제니는 진기한 바위들로 이루어진 풍경과 암벽을 바라보며 마음 속 깊은 곳에서 자신이 겸손해지는 것을 느꼈다.

그 후 그들은 여기저기 눈 위로 튀어나온 쓰러진 나무들과 나무 그루터기, 또는 오래되고 군데군데 썩은 나무 줄기들을 넘어가야 했다.

약 2시간이 지나자 제니는 혼자서는 되돌아갈 수 있을지 확신이 들지 않는 지점에 도달했다. 토마스는 오르막길을 오르자마자 땀을 뻘뻘 흘리며 숨을 헐떡이기는 했지만 상대적으로 잘 따라오고 있었다.

약 3시간을 등반한 후에야 그들은 자우가세의 구불구불한 산길에 도착했다. 니코는 멈춰 서서 그가 있는 곳에 모두가 도달할 때까지 기다렸다. 그리고 그 뒤로 가파르게 경사진 땅을 가리켰다.

"이제 자우가세에 도착했어요. 그리고 보시는 것과 같이 지금부터는 상당히 경사진 오르막길을 올라야 하죠. 하지만 우리는 해낼 수 있습니다. 보아하니 마지막으로 눈이 온 후에 이곳을 오르는 사람은 우리가 처음인 것 같아요. 즉, 눈 위로 우리가 따라

갈 수 있는 길이 아직 나 있지 않다는 뜻이죠. 여러분은 등산 보조 장치의 고정하는 부분이 산을 오를 때 얼마나 큰 도움이 되는지 직접 확인하실 수 있을 거예요. 여기서부터는 일렬로 서서 발을 잘 보면서 오세요. 아시겠죠? 그럼 이제 스노 슈즈를 신고 출발하겠습니다."

"어때?" 제니가 토마스에게 말을 걸었다. "괜찮겠어?"

그는 경사면을 바라보며 고개를 끄덕였다. "할 수 있을 거야." 그리고 찡그린 미소를 지었다. "나 이제 금연자잖아."

"바람직한 생각이에요." 제니의 뒤에 있던 여자가 말했다. 제니가 지금껏 한마디도 말을 나눠 보지 않은 보험사 직원, 산드라였다.

등산하는 동안 그녀는 산드라가 요한네스 또는 아니카와 마티아스 옆에 서서 가는 것을 보았다. 그녀는 제니보다 조금 나이가 많은 서른일곱 혹은 서른여덟쯤 되는 것 같았다. 머리에 쓴 밝은색 양모 모자 아래로 웨이브진 칠흑 같은 머리칼이 삐져나온 탓에 그녀의 얼굴은 실제보다 더욱 창백하게 보였다.

"맞아요." 제니가 그녀에게 동의하며 말했다. "너도 분명 아니카에게 업혀 가고 싶지는 않잖아."

"저도 그게 어떤 느낌인지 알아요." 산드라가 토마스를 진지하게 쳐다봤다. "그리고 당신 말이 맞아요. 그 비참한 걸 그만두고 나면 바로 숨을 더 잘 쉴 수 있다는 걸 느끼죠. 저도 담배를 끊은 지 그렇게 오래되지는 않았어요. 절대로 쉽지는 않았죠. 하지만 저 위에 도착하고 나면 당신 스스로가 대견하게 느껴지고 제대로 된 선택을 하셨다는 걸 알게 될 거예요."

"저도 그러길 바라는 바입니다."

토마스가 대답하며 그녀에게 감사의 미소를 전했다. 그리고 이어서 스노 슈즈를 신기 위해 몸을 굽혔다.

산을 오르는 동안 그들은 네 번의 휴식을 가졌다. 제니는 토마스가 더 이상 못 하겠다고 말한 것이 단 한 번뿐이라는 것을 다행스럽게 여겼다.

1시간 20분 후 그룹이 목적지에 도착했을 때 그들 앞에는 감격스러운 풍경이 펼쳐져 있었다.

모두가 숨을 헐떡이며 신음하는 동안 니코는 그들 앞에 서 있었다. 그는 마치 단 한 걸음도 걷지 않은 사람처럼 쌩쌩해 보였다.

"축하합니다, 다들 해냈어요. 다시 출발하기 전에 잠시 휴식을 취하면서 하헬쾨페와 바츠만의 전망을 감상하시지요. 아쉽게도 지금은 구름에 가려져 있긴 하지만요. 여기서부터는 오펜로흐와 작은 자우가세를 지나 계속해서 오르막길을 오르게 되지만 우리가 방금 올라온 구간만큼 길이 가파르지는 않습니다. 여기까지 오셨으니 나머지는 정말 산책하는 것처럼 느껴지실 겁니다."

그는 토마스에게 격려하듯 윙크해 보이며 계속해서 말했다.

"우리가 오를 가장 높은 지점의 고도는 푼텐 호숫가의 클레어링 하우스에 도달하기 전 지점인 1,670미터입니다. 거기서부터 호텔까지는 대략 1시간 정도만 더 가면 됩니다. 질문 있으신가요?"

"네, 저 질문 있습니다."

마티아스가 외치자 모두가 그를 쳐다보았다.

"제가 오늘 아침 라디오에서 일기 예보를 들었는데 눈이 많이 내릴 거라고 했어요. 저는 산에 대해 잘 모르지만 가끔 등산하는 사람들이 눈보라에 휩싸이게 되는 내용의 다큐멘터리를 본 적이 있습니다. 절대 우습게 볼 일이 아니던걸요. 제가 제대로 이해했다면 우리는 지금 원래 일정보다 꽤 늦어졌습니다. 등산 시간도 계획했던 것보다 오래 걸리고 있고요." 그는 곁눈질로 토마스를 흘끔거렸다. "게다가 쇠나우에서부터 이미 출발이 지연되었죠." 이제 그의 시선은 다비드에게로 향했다.

"만약 우리가 도착하기 전에 눈이 내리기 시작하면 어떻게 되는 거죠?"

다비드는 그의 지각에 대해 비꼬는 것을 이해하고 비죽거리며 눈썹을 치켜올렸다.

"아, 그러세요? 고작 그 10분 때문에 어제 당신 식사에 누가 플루토늄 한 줌이라도 넣은 것 같은 표정을 짓는 건가요?"

마티아스가 거기에 미처 반응하기도 전에 니코가 고개를 내저었다.

"기상 변화는 저녁쯤으로 예고되어 있어요. 만약 가는 중에 눈이 내리기 시작한다 하더라도 우리가 곤경에 처할 만큼 그렇게 빨리 기상 상황이 악화되지는 않을 겁니다. 만약 제가 그 점을 조금이라도 걱정했다면 우리는 아예 출발도 하지 않았을 거예요. 아시겠나요?"

"그렇다면 당신 말이 맞기를 빌어 보죠."

"좋아요. 그럼 출발하죠."

그들이 앞으로 닷새간 스마트폰과 인터넷 없이 지내게 될 곳에 도착하기까지는 3시간이 걸렸고 가는 길에 눈은 내리지 않았다.

제니가 토마스 그리고 안나와 함께 마지막 경사 구간을 올랐을 때 저녁 어스름이 깔리기 시작했다.

그들 앞에 놓인 호텔은 암벽으로 둘러싸인 작은 골짜기에 위치해 있었는데, 그 모습이 마치 깊은 숲속 한가운데에 있는 빈터를 연상시켰다. 해가 떨어지며 어스름이 깔리는 것만으로도 사방이

으스스하게 느껴졌다.

 건물의 모습을 보고 있던 제니의 몸이 부르르 떨렸다. 그녀의 옆에 있던 토마스도 그녀와 비슷하게 느꼈는지 나지막하게 중얼거렸다.

 "젠장, 빌어먹을 폐가네."

3

 제니는 스티븐 킹의 〈샤이닝〉에 나오는 건물을 떠올렸다. 물론 이 건물이 영화에 나오는 오버룩 호텔과 비슷하게 생긴 것은 아니었다. 다만, 땅거미가 내려앉은 좁고 굴곡진 호텔의 모습에 어딘가 거부감이 들었다. 마음 같아서는 지금 당장 스노 슈즈를 신고 집으로 돌아가고 싶었다. 가능하다면 최대한 빨리 호텔 근처를 벗어나고 싶었다.

 검은색에 가까운 어두운 나무로 이루어진 호텔은 마치 여러 채의 작은 건물들을 좌우대칭을 고려하지 않고 마구잡이로 붙여 놓은 것처럼 보였다. 게다가 우연히 그곳에서 자란 것으로 보기에는 너무나도 균일하게 배열된 여러 그루의 나무들이 호텔을 둘러싸고 있었다.

제니는 이 건물 전체에 방이 총 몇 개나 될지 예상하기 어려웠지만 분명 그녀가 안내 책자를 보고 예상한 것보다는 훨씬 많으리라 생각했다. 이제야 그녀는 왜 온라인 책자에 건물 내부 사진만 실려 있었는지 이해가 갔다.

"여기가 저희 호텔입니다." 당황해서 투덜거리는 사람들의 소리에 니코가 부러 더 큰 목소리로 설명했다.

"미래의 마운틴 파라다이스가 될 호텔입니다. 베르히테스가덴 알프스산에 있는 이 호텔의 이름을 왜 영어로 지었는지는 저에게 묻지 말아 주세요. 만약 여러분이 제가 2주 전쯤 시험여행으로 여기에 왔을 때 했던 것과 같은 생각을 하고 계시다면, 아마 지금 도망치고 싶으시겠지요."

"무슨 소리예요. 아주 대단한데." 다비드가 끼어들어 외쳤.

"이런 창고 같은 건물에 마운틴 파라다이스라니… 완전 내 스타일이에요. 여기에는 누가 삽니까? 예티?"

니코는 그에게 대꾸하지 않고 설명을 이어 갔다.

"하지만 제가 장담하건대 여러분은 아마 호텔 내부, 혹은 적어도 저희가 묵을 리모델링된 구역을 보시면 정말이지 긍정적인 의미로 놀라실 겁니다. 이 호텔은 10년 전쯤 처음 지어졌고 지금 보시다시피 수년에 걸쳐 점점 확장되어 왔습니다. 예전에는 여기서부터 등산을 시작하는 등산가나 암벽 등반가들을 위한 베이스캠프로 사용되기도 했습니다. 그러다 한 2년 전쯤 호텔의 이전 주인이 문을 닫으면서 한동안 방치되어 있다가, 한 투자자가 얼마 전에 이 건물을 사들여 대대적인 리모델링을 시작했지요.

제가 알고 있는 게 맞다면, 이곳은 온갖 스트레스와 혼잡함에서 벗어날 수 있는 고급 리조트로 만들어질 예정입니다. 저희 트리플 오 저니 운영팀은 우연히 이 호텔을 알게 되자마자 곧장 이곳이 저희의 새로운 디지털 디톡스 콘셉트를 테스트하기에 최적의 장소가 될 것이라고 생각했습니다.

만약 저희 여행이 우리 모두가 기대하는 것처럼 성공적으로 마무리된다면, 호텔 소유주와 트리플 오 저니 팀은 지속적인 협업을 하게 될 것으로 생각됩니다."

그는 팔을 넓게 벌려 옆쪽의 산을 가리켰다.

"여기는 정말 아무것도 없습니다. 인터넷도, 전화 신호도. 오직 완전한 고요뿐이지요."

"그럼 저희에게 긴급 상황이 생기면 어떻게 되나요?" 마티아스가 물었다. "맞아요." 그의 부인이 덧붙여 말했다. "만약 의사가 필요하면 어쩌죠?"

니코가 고개를 끄덕였다.

"그런 상황에 대비해서 산악구조대에게 연락할 수 있는 무전기가 있습니다. 호텔이 정말 외딴곳에 있기는 하지만 저희가 바깥 세상과 완전히 단절된 것은 아닙니다. 그럼, 충분히 설명을 드린 것 같군요. 이제 내려가서 여러분의 첫인상과는 달리 정말 보석 같은 곳에서 앞으로 며칠간 지내게 될 거라는 걸 직접 확인하시기 바랍니다."

말이 끝나기가 무섭게 다시 투덜거리는 소리가 들리기 시작했다. 그룹이 복잡한 심경으로 호텔로 향하는 동안 몇몇 사람들의 표정에는 불안한 기색이 역력했다.

높은 지대에서는 아쉽게도 보이지 않았던 호텔 입구가 여러 그루의 나무 뒤에 가려져 있었는데, 이것만으로도 사람들의 첫인상을 바꾸기에 충분했다.

입구가 있는 부분이 리모델링된 구역에 속한다는 것은 어렵지 않게 알아볼 수 있었다. 요한네스가 문에서 2미터 정도 떨어진 곳까지 다가가자 커다란 유리로 된 입구가 낮은 소리를 내며 열렸다. 입구는 밝은색 카라라 대리석으로 이루어진 널찍한 로비로 연결되었다. 나중에 리셉션이 될 곳에는 한 10미터쯤 되는, 마찬가지로 대리석으로 된 카운터가 놓여 있었다. 카운터 아래 숨겨진 조명이 넓은 대리석 표면에 근사한 파란색 빛을 비추었다. 리모델링할 때 돈을 아끼지 않은 것만은 분명했다. 투자자가 누구든지 간에 돈 걱정은 없는 사람일 것이다.

"와우!" 안나가 크게 소리를 냈다. 그녀의 목소리가 텅 빈 벽들 사이로 울려 퍼졌다.

"니코 씨 말이 맞네요. 이건 정말 기대를 못 했어요. 정말… 멋지네요."

"완전 내 스타일인데." 다비드가 말했다. "나중에 공사가 끝나면 다시 와 봐야겠어." 그는 처음으로 선글라스를 벗고 몸을 빙 돌려 건물 안을 둘러보았다.

그 와중에 제니에게는 그의 눈이 어두운 파란색이라는 사실이 눈에 띄었다.

그룹의 다른 일원들도 감격한 듯했다.

"자, 여러분."

요한네스가 말을 시작했다 — 손뼉을 치며 말을 시작했는데 그 소리가 마치 채찍 소리처럼 대리석 벽을 반사해 울렸다.

"여러분이 보시는 것처럼 우리는 여기 이 굉장한 리조트를 아직 완공되지 않은 상태에서 테스트해 볼 수 있는 행운을 얻었습니다. 리모델링은 현재 중단된 상태입니다. 공사를 담당하던 회사가 파산 신고를 하는 바람에 새로운 입찰이 진행되고 있기 때문이죠. 그래서 이 건물에는 저희밖에 없습니다."

옆쪽에서 중얼거리는 소리가 들려오자 제니의 관심은 요한네스에서 로비로 들어서는 두 남자에게로 향했다. 남자들은 그룹에서 몇 미터 떨어진 곳에 멈춰 선 뒤 말없이 요한네스 쪽을 바라보았다.

둘 중 나이가 더 많아 보이는 사람은 적어도 예순은 된 것 같았는데 놀라울 정도로 흰머리가 적었다. 특히 그의 얼굴과 이마에 파인 깊은 주름과는 대조되게 머리칼이 완전히 갈색이었다. 동그랗게 튀어나온 그의 배 때문에 그가 입은 작업복 멜빵바지가 터질 것 같아 보였다.

마찬가지로 작업복을 입은 그의 동료는 사십 대 초반 정도로 훨씬 젊어 보였다. 동료와 달리 그의 작업복은 마치 옷걸이에 걸린 것처럼 그의 몸에 헐렁하게 걸쳐 있었다. 그의 마르고 뾰족한 얼굴을 보고 있자니 제니는 족제비를 떠올릴 수밖에 없었다. 사람들을 차근차근 관찰하는 그의 눈빛은 다소 능글맞아 보였다.

"아." 요한네스가 소리를 냈다. 제니는 그가 이번에는 박수 치는 것을 까먹었음을 알아차렸다.

"때마침 오셨네요. 제가 방금 이 호텔에는 저희밖에 없다고 말씀드렸는데 완전히 맞는 말은 아니네요. 이 두 분도 계십니다. 이 분들은 건물 관리인이십니다. 아니, 정확하게 말하자면 이전 호텔의 관리인이십니다. 호르스트 씨는 곧 정년퇴직을 하실 예정이라 티모 씨 혼자서 미래의 마운틴 파라다이스 호텔을 담당하게 될 겁니다."

티모, 족제비같이 생겼군, 이라는 생각이 제니의 머릿속에 갑자기 떠올랐고 그다음 순간 그녀는 자신의 생각이 부끄러워졌다.

호르스트가 표정 변화 없이 고개만 끄덕인 반면, 티모는 입을 비죽거리고 웃으며 짧게 인사했다. 제니는 티모를 보며 그의 웃음 뒤에 상당히 음흉한 모습이 숨어 있는 것을 느꼈다.

"만약 여러분에게 무슨 문제가 생기면, 이분들을 믿고 찾으시기 바랍니다. 이 건물에 대해서는 이분들이 가장 속속들이 잘 알고 계시니까요."

하지만 제니는 그 두 사람에게서 딱히 신뢰가 간다는 인상을 받을 수 없었다. 특히 티모는 더 그랬다.

"저, 문제가 하나 있는데요." 당연히 다비드였다. "제 핸드폰이 작동을 안 해요."

아무래도 몇 명은 그와 비슷한 유머감각을 가지고 있는지 여기저기서 숨죽인 웃음소리가 들렸다. 하지만 두 건물 관리인은 다비드의 유머를 재밌게 생각하지 않는 것이 확실했다. 그 둘은 등을 돌려 로비를 나섰고 그러는 동안 호르스트가 몇 번이나 고개를 내저었다.

"엘렌이 곧 여러분에게 방을 보여 드릴 겁니다." 요한네스가 다시 사람들의 관심을 끌어모았다. "방은 모두 리모델링되었고 여러분이 투숙하는 첫 번째 손님입니다."

"식사는 어떻게 되죠?" 플로리안이 물었다. "여기 요리사도 있나요? 슬슬 배가 고픈 것 같은데요."

요한네스가 미소 지었다.

"우리의 배고픔은 요리사가 아닌 엘렌과 니코가 달래 줄 겁니다. 그들이 곧 부엌에서 요리를 시작할 거예요. 앞으로 며칠 동안 부엌에서 도와주고 싶은 분이 있다면 대환영입니다. 두 관리인을 제외하면 이 건물에는 저희밖에 없습니다. 하지만 저는 우리 모두 문제없이 잘 지낼 수 있을 것이라 믿습니다."

"흠, 또 생각난 게 있네요." 다비드가 끼어들며 말했다. "하우스 키핑은 어떻게 되나요? 그러니까 침대 정리나 새 수건 같은 거요."

이 질문에는 요한네스도 당황했다는 것이 눈에 확실히 보였다. 그도 점점 다비드에게 짜증이 나는 듯했다.

"저희 설명서를 보시면, 이 여행은 리모델링을 부분적으로 마쳤지만 아직 공식적으로는 재오픈하지 않은 호텔에서 지내게 된다고 쓰여 있습니다. 그래서 아직까지는 우리에게 호텔 서비스를 제공해 줄 직원이 없어요. 나중에 호텔이 정식으로 오픈하고 나서 다시 오면 그 모든 서비스를 누리실 수 있을 겁니다. 이번 여행 중에는 저희가 지내는 나흘간 사용하기에 충분한 수건 두 세트가 방마다 놓여 있을 뿐입니다. 그리고 침대 정리는 스스로 하시고요. 아시겠나요?"

다비드는 어깨를 으쓱하며 말했다. "알겠어요. 저는 그냥 궁금했을 뿐이에요."

"좋습니다. 질문에 대답이 되었다면 또 한 가지를 말씀드리겠습니다. 건물 여기저기 출입을 막아 놓은 곳이 있는데, 그런 구역은 들어가지 마시길 부탁드립니다. 아직 공사 중이라 위험할 수 있으니까요. 그곳에서 무슨 일이라도 생기면 아마 보험 처리도 안 될 거예요. 그러니까 이 규칙만 잘 지켜 주시기 바랍니다.

자, 그럼 지금부터 각자 방으로 가셔서 즐거운 마음으로 짐을 푸시기 바랍니다. 모든 방은 메인 구역에 있습니다. 한 시간 뒤에 여기서 다시 만나겠습니다. 등산으로 피곤하실 텐데 그때까지 좀 쉬고 몸단장도 하시고요."

객실은 모두 2층에 위치해 있었고, 로비 뒤편에 있는 곡선으로 된 널찍한 계단을 통해 갈 수 있었다.

제니의 방은 엘렌과 바우슈터트 부부의 방 사이였다. 그녀의 동료들이 왜 제니의 방은 따로 떨어졌냐고 묻자 엘렌은 모든 그룹원들이 서로를 더 잘 알 수 있도록 하기 위해 방의 배치를 섞었다고 설명했다. 제니는 옆방을 쓰는 게 서로를 더 알아 가는 데 도움이 된다고 생각하지는 않았지만 그냥 받아들이기로 했다.

방의 크기는 약 30제곱미터는 되는 것 같았고, 외벽에는 건너편 암벽을 마치 거대한 미술작품처럼 감상할 수 있는 파노라마식 창문이 있었다.

인테리어는 현대적이었고 가죽과 밝은색 나무가 세련되게 조화되어 산장 호텔만의 매력을 가지고 있었다. 바닥에 깔린 어두운 파란색 카펫은, 자신의 집이었다면 절대로 깔지 않았겠지만, 호텔 객실용으로는 훌륭했다. 욕조와 넓은 욕실은 로비와 같은 밝은 대리석으로 되어 있었다.

제니는 배낭을 풀고 옷장에 옷을 정리하는 동안 이곳에서 며칠간 만족스럽게 지낼 수 있을 것 같다고 생각했다. 적어도 방에 관해서만큼은 말이다.

제니는 하네스가 함께 왔더라면 더 좋았을지 생각해 보려고 노력했다. 하지만 회사의 사장인 페터 푹스가 프로그래머 직원 중 네 명에게 우스울 정도로 저렴한 가격에 인터넷과 휴대폰 없이 지내는 트리플 오 저니 여행을 제안했다고 얘기했을 때 그가 보인 반응이 떠올랐다.

"왜 그렇게 싸게 한대?" 하네스가 물었다. "그리고 다른 건 그렇다 치고, 왜 가고 싶은 거야?"

그녀는 하루 종일 휴대폰과 앱 프로그래밍을 다루는 회사의 직원으로서 자신들이야말로 디지털 디톡스를 테스트해 보기 위한 최적의 실험대상이라고 설명했다. 그리고 그녀가 생각하기에, 이것으로 그의 두 가지 질문에는 모두 답변이 된 것 같았다.

"나 같으면 반드시 휴대폰을 몰래 가지고 들어갈 거야." 하네스는 그렇게 대꾸했다. "그리고 진짜로 인터넷이 안 된다면 난 한 시간 내로 떠날 거야."

4

 그들이 모두 약속된 시간에 다시 로비에 모이자 눈이 격렬하게 내리기 시작했다.

 "와, 밖을 봐요!" 눈발이 날리는 걸 가장 먼저 발견한 토마스가 감탄을 내뱉으며 입구의 커다란 유리문 너머를 가리켰다. "다들 이것 좀 보라고요. 눈송이가 탁구공만 해요."

 조금 과장한 것 같기는 했지만 실제로 양탄자처럼 두껍게 쌓인 눈이 호텔 외부 조명에 비쳐 반짝반짝 빛나고 있었다.

 "만약 여기로 올라오는 길에 눈이 왔더라면…." 마티아스가 말을 끝내는 대신 마치 자동차 뒷유리창의 장식용 닥스훈트처럼 머리를 흔들었다.

"그럴 일은 애초에 없었을 겁니다. 우리는 언제쯤 눈이 내릴지 예상하고 있었으니까요." 요한네스가 설명했다.

"이제 저를 따라오시겠어요? 여러분은 어떠신지 모르겠지만 저는 배가 고프네요."

그는 사람들을 데리고 로비 왼쪽에 있는 복도를 따라 걷기 시작했다. 몇 미터 정도 가다 오른쪽으로 꺾으니 몇 걸음 떨어진 곳에 출입통제선이 쳐져 있어 더 이상 앞으로 나아갈 수 없었다. 통제선 뒤로는 불 꺼진 복도가 길게 뻗어 있었는데, 약 15미터를 넘어간 지점부터는 어둠에 잠겨 보이지 않았다. 바로 그곳부터 리모델링되지 않은 구역이 시작되고 있었다.

출입통제선 바로 앞에 위치한 문으로 들어가자 임시 주방이 나왔다. 약 40제곱미터 크기의 공간은 리모델링이 되어 있었다. 요한네스의 말에 따르면 이곳은 나중에 마운틴 파라다이스 호텔의 도서관으로 사용될 것이라고 했다.

세 벽면을 빙 두른 밝은색 나무 책장은 아직 비어 있었지만 그 높이가 천장까지 닿을 기세였고, 바닥에는 제니의 방에서 보았던 것과 같은 어두운 파란색의 카펫이 깔려 있었다. 방 한가운데에는 하얀색 식탁보로 덮인 길고 견고한 식탁이 준비되어 있었다. 식탁의 기다란 면을 따라 양쪽에 각각 다섯 개의 의자가 놓여 있었고 열한 번째 의자는 식탁 머리 쪽에 있었다.

식탁 옆 작은 테이블 위에는 접시 더미와 나이프, 포크, 그리고 스푼이 든 나무상자 두 개가 놓여 있었다. 그 옆에는 네 개의 크롬 빛깔 뷔페용 채핑 디시 밑에서 작은 초가 타고 있었다.

"자." 요한네스가 작은 테이블을 가리켰다. "편하게 음식을 담아서 자리에 앉으세요. 임시 식당이기는 하지만 저는 아늑하다고 생각합니다. 그리고 더 중요한 건, 제가 지난번 테스트 방문 시 알게 된 건데 니코와 엘렌이 요리를 매우 잘한다는 겁니다. 그럼 맛있게 식사하시기 바랍니다."

흑맥주 소스가 어우러진 고기 굴라시에 사이드 메뉴로 슈페츨레와 절인 적양배추가 나왔다. 모두가 각자의 접시에 음식을 담는 동안, 제니는 다른 사람들과 조금 더 친해져야겠다는 생각으로 산드라 옆의 빈자리로 향했다. 어쩌면 이 조용하고 조심스러운 여자는 누군가가 먼저 다가온다면 좋아할지도 모르니 말이다. 제니가 그녀의 옆에 앉아도 되는지 묻자, 다행히도 그녀는 미소 지으며 고개를 끄덕였다.

요한네스가 한 말은 과장이 아니었고 음식 맛은 정말 훌륭했다.

"호텔 운영자가 나중에 생필품을 여기까지 어떻게 가지고 올라올지 궁금하네요." 다비드와 안나가 그녀의 맞은편에 자리를 잡고 앉는 동안 그녀는 생각나는 대로 중얼거렸다.

"흥미로운 질문이네요." 산드라가 대답했다. "그 생각은 전혀 못 했어요."

"그거야 당연히 헬리콥터로 하겠죠." 다비드가 냅킨을 무릎에 펼치며 끼어들었다. "만약 여기 장사가 정말 잘되게 하려면 반드시 훌륭한 음식과 음료가 있어야 할 거예요. 캐비어, 샴페인 같은 그런 사치스러운 것들이요. 뭐 한 200인분 정도로 가정할까요? 그 정도 양이면 배낭으로는 여기까지 가져올 수 없어요."

"맞아요." 안나가 맞장구쳤다. "저도 아마 헬리콥터로 운반해 올 거라고 생각해요."

말을 마치고 그를 바라보는 그녀의 눈빛은 많은 의미를 내포하고 있었다. 안나가 첫 만남에 가졌던 다비드를 향한 혐오감은 이미 사라지고 없는 것 같다고 제니는 생각했다. 그녀가 그를 바라보는 눈빛은 오히려 그 정반대를 가리키고 있었다.

나머지 시간은 서로 가벼운 잡담을 나누면서 스마트폰 없이 지내는 것, 특히 메일 수신함이나 메신저를 빠르게 확인할 수 없는 것이 어떤 느낌인지 이야기하며 보냈다. 그녀는 다비드가 대화에 참여하지 않고 안나와만 시시덕거리는 것에 놀랐다.

어쨌든 공통적인 결론은, 기분이 조금 이상하고 휴대폰이 없으니 살짝 발가벗겨진 기분이긴 하지만 참을 만하다는 것이었다. 적어도 지금까지는.

식사를 마친 후 그들은 다 같이 테이블을 정리했다. 사용한 접시를 테이블과 기계들이 비치되어 있는 새로 설치된 부엌으로 가지고 갔다. 제니는 기계의 절반 정도만 그 용도를 파악할 수 있었다.

이어서 요한네스는 그들이 며칠간 함께 지내게 될 벽난로가 있는 방으로 사람들을 안내했다. 방은 양쪽으로 열리는 나무 문을 통해 로비와 분리되어 있었다. 요한네스가 문을 열고 한 걸음 옆쪽으로 비켜서자, 여기저기서 감탄이 터져 나왔고, 제니 역시 놀라 탄성이 나오는 것을 참을 수 없었다.

적어도 70 또는 80제곱미터는 되는 방은 거의 올덴부르크에 있는 그녀의 집만 했다.

방에는 모래 색깔로 된 돌로 만들어진 큰 개방형 벽난로가 널찍하게 자리 잡고 있었고 그 안에서 불이 활활 타오르고 있었다. 방의 나머지 공간에는 제니가 영국의 100년 전 신사클럽의 사진에서 본 것 같은 네 개의 소파 세트가 여기저기 자리 잡고 있었다. 소파 세트는 낮은 나무 테이블 주위를 어두운 적색의 안락한 소파 네 개가 둘러싸고 있는 구성이었다. 마호가니 나무판자로 만들어진 벽이 거의 완벽하게 클럽의 분위기를 자아냈다. 제니는 실제로 위스키와 시가의 향이 나는 것 같은 착각이 들었다.

"와, 놀라운걸." 가장 처음으로 방에 들어선 다비드가 감동에 찬 목소리로 말했다. "정말 멋진데."

제니도 방 안으로 몇 걸음 들어가자 반 정도 채워진 샴페인 잔과 온갖 종류의 술이 여러 병 눈에 들어왔다. 각각의 술은 술에 어울리는 잔과 함께 테이블 위에 준비되어 있었다. 그녀는 그중 진, 캄파리, 보드카 그리고 그녀가 끔찍하다고 생각하는 몇몇 위스키를 알아보았다.

요한네스가 음료를 가리켰다. "여기, 마음껏 즐기세요. 호텔에서 제공하는 환영주와 임시 바입니다. 오늘 밤은 무료로 제공됩니다."

모두 잔을 하나씩 손에 들고 건배를 한 다음, 안락한 소파에 몸을 파묻었다.

오직 엘렌만 서 있었다. 그녀는 사람들이 다 앉을 때까지 기다렸다가 볼펜으로 잔을 두드렸다. 그러자 대화가 잦아들었다.

"저, 그러니까…."

플로리안과 함께 안나와 마티아스 곁에 앉아 있던 제니는 엘렌이 안쓰럽게 느껴졌다. 정말 많이 긴장했구나. 그래도 사람들 앞에 서야 하는 직업을 앞으로도 계속할 계획이라면 적응해야 할 것이다.

제니 역시 많은 미팅을 주도한 경험이 있다. 그래서 그녀는 사람들 앞에서 처음으로 어떤 프로젝트를 소개하고, 누군가 그녀의 발표에 이견을 가질 것으로 예상될 때의 그 느낌이 어떤지 너무도 잘 알고 있었다.

"그러니까, 제가 지금 잠시 저희 계획에 대해서 말씀드리고자 합니다." 그녀가 긴장한 채 한쪽 다리의 무게 중심을 다른 쪽 다리로 옮겼다.

"오늘 다들 정말 힘드셨을 텐데, 여기 이렇게 모여 편안한 시간을 보내는 것으로 오늘 일정은 마무리할 것입니다. 어떠한 전자기기도 없이 보낸 하루가 어땠는지 짧게나마 다 함께 얘기하면 좋을 것 같네요.

내일은 아침 일찍 식사를 한 뒤 스노 슈즈를 신고 짧게 산책을 할 겁니다. 돌아와서는 맛있는 스프를 먹을 예정이고 오후는 자유시간입니다. 마지막으로 이 호텔의 웰니스 구역도 리모델링이 끝났다는 것을 알려 드립니다. 오후 다섯 시부터 이용할 수 있도록 사우나가 데워져 있을 겁니다. 보통 사우나, 저온 사우나, 그리고 습식 사우나가 있습니다. 자, 그리고 여섯 시부터는 요리를 시작할 겁니다. 요리를 도와주고 싶은 분이 계시다면 진심으로 환영합니다."

간신히 말을 마친 엘렌은 몸을 돌리려고 하다가 무언가를 잊은 것을 알아채고 다시 손을 들었다.

"아, 또 있네요. 여러분 방에 돌아가 보시면 설문지를 넣어 둔 서류철이 책상 위에 놓여 있을 겁니다. 우리가 곧 대화할 내용과 같은 내용이에요. 디지털 디톡스 일정을 어떻게 생각하시는지, 여러분의 기분이 어떤지, 그리고 어떤 부분이 아쉬운지, 이런 내용이죠. 여러분이 매일 저녁 하나씩만 써 주신다면 정말 감사하겠습니다. 자, 이게 다입니다. 감사합니다."

제니의 등 뒤에 있던 누군가가 박수를 치기 시작했다가 박수를 치는 것이 자기 혼자라는 것을 깨닫고 바로 그만두었다.

엘렌은 소파 두 개가 비어 있는 니코와 토마스의 옆에 앉았다.

"자, 그럼 괜찮으시다면 제가 먼저 시작하겠습니다." 보아하니 침묵을 깨고 다른 사람들을 대화로 유도하기 위해 요한네스가 곧바로 시작한 듯했다. 그의 건너편에 앉아 있던 산드라가 그를 흥미롭게 쳐다봤다.

"배에서, 그러니까 우리가 스마트폰을 제출하고 15분 정도 되었을 때 저는 처음으로 제 외투 주머니를 더듬거렸습니다. 사진을 찍으려고 했거든요. 그런데 텅 빈 주머니가 만져지니까 앞으로 5일 동안 스마트폰 없이 지내야 한다는 생각에 조금 겁이 났습니다. 그리고 우리가 세인트 바르톨로메오에 정박하고 나서는 그 감정이 제대로 공포가 되어 있었죠. 정말 솔직히 말해서…."

그는 잠시 말을 멈췄다.

"다른 사람은 몰라도 적어도 저는 스마트폰을 가지고 있어야 하지 않을까 생각했습니다. 긴급상황에 대비해서요. 더군다나 저는 디지털 디톡스 여행을 예약하지도 않았고, 직원으로 동행하는 거니까요."

다시 말을 멈춘 요한네스가 몸을 앞으로 구부린 뒤 팔꿈치를 허벅지에 받치고선 손바닥을 폈다. 마치 기도를 하는 모습 같았다.

"그리고 무슨 일이 일어났는지 아시나요? 저는 제가 왜 이 빌어먹을 휴대폰을 가지고 있어야만 하는지를 생각했어요. 스스로 설득력 있는 이유를 찾아내려고 했죠. 이게 바로 술이나 마약의 경우처럼 전형적인 금단 현상인 겁니다."

"그리고 지금은요?" 말이 끝나고 침묵이 불편할 정도로 길어지자 니코가 이어서 말했다. "지금은 어떠신가요?"

"여기로 올라오는 길에 사진으로 담고 싶은 멋진 풍경을 봤을 때는 더 이상 저절로 휴대폰에 손이 가지 않았어요. 그저 사진을 찍을 수 없다는 사실이 안타깝게 느껴졌을 뿐이죠. 그리고 등산

이 점점 힘들어졌을 때는 그룹에서 뒤처지지 않는 데에만 집중했습니다. 제가 다른 분들보다는 나이가 좀 많잖아요. 그러는 중에 휴대폰 생각은 완전히 잊어버렸어요. 여기에 도착하고 나서부터는 단 한순간도 휴대폰을 그리워하지 않았습니다. 그리고 이 느낌 정말 좋은걸요."

"제 생각에는 그게 바로 파블로프 효과인 것 같네요." 제니는 생각하던 것을 소리 내어 중얼거렸다.

옆에 있던 아니카가 눈썹을 치켜올렸다. "그 이름, 언젠가 들어본 적 있어요. 그런데 어떤 맥락에서 들었던 건지는 기억이 나지 않네요. 그게 뭐죠?"

"조건화를 한다는 내용이에요." 모두가 그녀에게 집중하자 제니가 설명했다.

아는 체하는 사람이 된 상황이 그닥 마음에 들지는 않았지만 더 이상 어떠한 설명 없이 지나가기는 어려울 것 같았다.

"짧게 설명하자면, 파블로프라는 러시아의 한 학자가 개들을 이용해 어떠한 조건에 따라 특정한 무의식적 반응을 보이는 이 연관성이 훈련을 통해 학습될 수 있다는 것을 증명한 실험입니다. 파블로프는 개들이 먹이를 보면 침을 흘린다는 사실을 확인했습니다. 반면, 종을 울린다고 침을 흘리지는 않지요. 그래서 그는 종을 울리고 나서 매번 먹이를 줘 봤어요. 그러니까 시간이 지나자 개들이 종 소리만 들어도 침을 흘리더라는 겁니다. 페… 아니 요한네스 씨가 방금 말한 것은 이와 아주 비슷해요. 아름다운 것을 보면 무의식중에 사진을 찍기 위해 휴대폰을 잡는 거죠. 평소 어떤 대상을 보고 사진으로 간직하고 싶다는 생각이 들면 했던 행동대로요. 제 생각에는 휴대폰 없이 동일한 상황을 두세 번 경험하고 나니까 그 연결고리가 끊어져서 더 이상 휴대폰을 찾지 않게 된 것 같아요."

"딸랑, 딸랑, 주륵, 주륵." 이 방의 반대편 끝에 안나와 함께 앉아 있던 다비드의 대꾸에 다시 낮게 웃음이 터져 나왔다.

"아니면 지금과 같은 경우에는 사진, 사진, 스마트폰, 스마트폰이 맞는 말이겠네요. 바로 제 경험을 덧붙이자면, 저는 쇠나우까지만 해도 스마트폰 없이는 두 시간도 못 버틸 거라고 생각했어요. 저는 보통 스마트폰을 끊임없이 사용하고 모든 일을 다 스마트폰으로 해결하거든요. 젠장, 스마트폰이랑 같이 잠까지 잔다고요. 근데 그냥 개무시를 했어요. 여행이 시작되고 그깟 기계는 정말 아무것도 아닌 게 되었어요."

그는 안나에게 윙크를 하더니 혀를 차며 입맛을 다시는 소리를 냈다.

다음 차례로는 산드라가 스마트폰이 없어 허전하기는 하지만 지금까지 두렵거나 불편함을 느끼지는 않았다고 이야기했다. 다음은 아니카의 순서였다. 결론적으로는 이야기들이 상당히 비슷했다. 스마트폰이 그립고, 심지어 때때로는 고통스러울 정도지만, 며칠 뒤면 이것도 끝나리라 생각하는 것이다.

토마스는 그룹의 마지막 순서로 아주 짧고 명확하게 그의 보고를 마무리했다. "스마트폰이 없으니 거의 미칠 것 같네요."

"날마다 휴대폰을 가지고 일하는 시스템 개발자시니까 이해가 되네요." 산드라가 이해한다는 듯이 말했다.

"자, 하지만." 요한네스가 다시 입을 열며 자리에서 일어나 잔을 채우기 위해 작은 테이블로 향했다. "바로 그거야말로 우리가 당신 팀이 이 여행에 참여하기를 원했던 이유랍니다. 여러분의 경우에는 극단적인 사례니까 토마스 씨, 반드시 매일매일 설문지를 작성해 주길 바랍니다. 오늘 저녁과 마지막 날이 얼마나 달라질지 정말 기대되네요."

토마스는 매일 작성하겠다고 대답했다. 그 후 그들은 작은 그룹으로 나뉘어 잠시 일반적인 잡담을 이어 갔다. 그러다가 어느 순간 다비드가 일어서더니 소파를 돌려서 다 같이 이야기하는 게 어떻겠냐고 제안했다. 그의 제안에 모두가 동의했고, 몇 분 뒤 무거운 안락의자를 벽난로 앞에 반원 모양으로 옮겨 놓았다. 마치 사랑의 유희를 즐기듯 장작을 감싸며 타오르는 불길을 모두가 바라볼 수 있는 배치였다.

"그건 그렇고, 플로리안 씨." 사람들이 자리에 앉자마자 다비드는 제니를 지나 플로리안을 볼 수 있도록 몸을 앞으로 기울이고선 말했다. "당신 아버지, 부자인가요?"

플로리안은 마치 다비드가 그에게 춤이라도 추길 강요한 것처럼 다비드를 쳐다봤다. "뭐라고요?"

"당신 아버지 돈 많냐고요, 재산."

"음… 무슨 얘기를 하려는 거죠?"

"당신 이름 말이야… 내가 얘기했잖아요, 어쩐지 알고 있는 것 같다고. 그리고 내 생각에는 뭔가 재산이랑 관련이 있었던 거 같아서 말이죠."

"완전히 잘못 알고 있는 걸 거예요. 우리 가족 중 부자는 한 명도 없어요. 내가 제일 없고요."

다비드는 검지를 흔들었다. "이봐요, 절대 그럴 리 없어요. 분명 나는 돈과 관련된 어떤 일로 당신을 알게 됐을 거예요. 그것도 아주 많은 돈 말이지. 나는 그런 쪽으로는 착각하지 않거든. 그게 내 직업이니까."

5

플로리안은 전혀 재미없다는 듯이 웃으며 다비드가 또 그 이야기를 시작했다는 사실을 믿을 수 없다는 것처럼 고개를 흔들었다.

"이 얘기는 이미 했잖아요. 나는 우리가 모르는 사이라고 확신합니다. 이제 이 얘기 좀 끝내면 안 되겠습니까?"

다비드는 크게 미소 지으며 마치 내가 너를 언젠가는 잡아낸다는 식으로 플로리안을 가리켰다.

"여러 사람이 같은 이름을 가질 수도 있다는 건 생각해 보지 않았나요?" 산드라가 물었다.

"오, 분명 있겠죠." 다비드가 그녀의 말에 쾌활하게 동의했다.

그의 시선이 그녀에게 향하기 전, 다비드는 플로리안과 눈빛을 교환했다.

"그런데 직업, 나이… 아니, 아니. 나는 내 감을 믿어요."

플로리안은 짜증이 나서 눈알을 굴리고는 마치 스스로를 진정시키려는 듯 깊게 심호흡을 했다.

"다시 한번 말할게요. 나도 그렇고 내 가족도 그렇고 그 누구든 간에 저와 상관이 있는 사람 중에 부자는 없어요. 저는 당신이 관심 가질 만한 대상이 아닙니다. 나는 진정한 노동을 통해 내 돈을 버는 아주 평범한 회사원이라고요. 재산도 없고 뭣도 없어요. 당신이 원래 알고 싶은 게 그런 거 아닌가요? 아니에요? 내 생각에 당신은 끊임없이 당신에게 터무니없이 많은 커미션을 내 가며 돈 관리를 맡길 고객을 찾고 있는 것 같군요."

"전혀 지식이 없는 사람치고는 상당한 의견인데."

다비드가 개의치 않고 대답했다.

"이제 플로리안 씨 좀 내버려 두죠."

요한네스가 평소와 같지 않게 직설적으로 말했다. 그의 말이 그렇게 직설적으로 변한 것은 아무래도 그가 음료바에서 벌써 세 번째로 가져온 위스키와 관련이 있는 것 같았다.

"그리고 당신이 그의 이름을 어디선가 읽었든지 말든지 그게 그렇게 중요한 게 아니잖아요."

 혀가 조금 꼬인 건가?

 "당신, 더 큰 문제가 없는 걸 감사하게 생각하라고요."

 그렇게 이야기하면서 다비드는 산드라를 한동안 쳐다봤다. 아마 다비드가 이름을 착각했을 수도 있다는 가능성을 그녀가 언급해서 그런 것으로 보였다.

 "제 생각에도 우리가 내일 오전에 어디로 산책을 갈지나 얘기하는 게 더 좋을 것 같네요." 아니카가 말했다. "저는 우리가 조금 운동이 되는 것을 했으면 좋겠어요. 예를 들면, 근사한 등산 같은 거요. 그러면 기운을 좀 쓸 수 있을 테니까요. 니코 씨, 우리 둘은 암벽을 좀 타는 거 어때요. 저는 항상 암벽 등반을 시도해 보고 싶었어요. 옛 산악인 호텔에 분명 장비가 있을 거예요."

 "그건 잘 모르겠네요." 니코가 부드럽게 웃으며 반박했다.

 "게다가 이런 날씨에는 전문 산악인도 암벽 등반을 하지는 않을 거예요. 초보자라면 더더욱 절대 생각할 수 없는 일이고요."

 아니카가 손사래를 쳤다. "그래서 제가 우리 둘이라고 말하는 거잖아요. 저는 기초체력은 좋아요. 꽤 버틸 수 있는걸요. 저를 과소평가하지 마세요. 몇 주 전에 스키를 탈 때 만난 청년들도 그랬거든요. 이십 대 초반으로 보이는 청년들이었는데, 가장 경사진 코스에서 그들이 제 바로 뒤에서 리프트를 탔죠. 정말 경사진 코스였다고요, 거의 수직처럼. 그 청년들이 '저 늙은 여자는 그냥 계속 정상에 머무르는 게 좋을 텐데' 하는 눈으로 저를 쳐다봤죠. 그런데 제가 그들 옆을 쌩하고 추월한 다음에 다들 도착할 때까지 밑에서 좀 쉬고 있었더니 상당히 놀란 것 같더라고요."

"맞아요, 제 아내는 정말 체력이 좋아요." 마티아스가 그녀의 말에 동의하고선 위스키를 한 모금 마셨다.

그게 우리가 모두 알아야 할 아주 중요한 사실인가, 라고 제니는 내심 생각했다.

"이 위스키…." 요한네스가 중얼거리더니 생각에 잠긴 듯 손에 든 빈 잔을 이쪽저쪽으로 돌리며 바라봤다.

"…정말 훌륭한데요."

그리고 몸을 일으켜서 다시 음료가 있는 테이블로 향했다.

"정말 다행스럽게도 위스키는 여기에 충분히 비축되어 있죠."

다시 한번 제니는 요한네스가 지금까지 즐긴 알코올이 전혀 효과가 없지는 않았다는 생각을 했다. 그녀는 오늘 밤 같은 일이 그에게 예외적인 것인지 일상적인 것인지 궁금했다.

"솔직히 말하자면, 지금 누군가가 저한테 메일을 보내거나 전화를 했는지 확인할 수 없는 게 상당히 짜증 나네요."

안나가 자백했다.

그에 토마스는 자포자기한 목소리로 말했다.

"그럼 나는 어떻겠어…."

"아, 다들 왜 그래요. 그럼 나는 어떻겠냐고요?"

당연히 다비드였다.

"당신들이 얘기하는 건 리사 피가 수잔네의 페이스북에 뭐라고 댓글을 달았는지 확인할 수 없는 그런 거겠죠. 아니면 최신 총싸움 게임을 할 수 없는 거나. 제발요, 제 스마트폰에는 어떤 것들이 있는 줄 아세요? 실시간 증권과 주가거래 시세예요.

저는 제가 지금 시장에서 일어나고 있는 일에 즉각 대응을 못해서 제 고객들의 투자금에 얼마나 큰 손실이 생길지 상상도 하기 싫어요. 정말 큰돈들이 왔다 갔다 한다고요.

그래서요? 내가 불평하는 거 들었나요? 아니죠, 왜 아닐까요? 왜냐면 나는 내가 직면하게 될 일을 이미 알고 있었고, 그걸 안 상태에서도 하기로 한 거니까요. 당신들도 마찬가지잖아요. 그러니까 좀 기분 좋게 있고 이렇게 휴식을 가지는 걸 기뻐하라고요."

"저는 멍청한 페이스북 댓글이나 보자고 스마트폰을 사용하는 게 아닌데요." 안나가 조금 전까지만 해도 열광적으로 찬탄하던 다비드에게 상처받은 것처럼 방어했다.

사랑싸움인가, 그렇게 생각한 제니는 그녀의 직원을 편들려고 했지만 안나의 말은 아직 끝난 것이 아니었다.

"당신은 믿지 않겠지만 우리도 업무상의 이유로 휴대폰을 사용해요. 바로 그게 우리 직업이기도 하고요."

"그리고 제 생각에는," 다비드가 총싸움을 언급한 것이 마치 자기 얘기를 한 것으로 생각한 토마스가 말을 시작했다. "당신은 한 순간도 쉬지 않고 당신이 얼마나 대단한 사람인지 모두에게 보여주려고 하는 대단한 허풍쟁이네요."

"이봐요 토마스 씨, 나는 중요한 사람이야." 다비드가 비웃는 듯한 미소를 지으며 대답했다. "내 고객들에게 물어봐요."

토마스의 말이 맞았다. 다비드는 명백히 공감능력이나 사회성이라고는 없는 허풍쟁이였다. 그러나 제니도 그에 대해 한 가지만은 인정해야 했다. 그는 끊임없이 남의 흠을 잡기는 하지만, 다른 사람들의 의견을 수용할 줄도 알았다. 다만 자신에 대한 비판은 단순히 한 귀로 듣고 한 귀로 흘리는 것 같았다. 그럼에도 불구하고 그녀는 조금 전 그가 한 말에 대해 아무 말도 없이 그냥 넘어가고 싶지는 않았다.

"저는 사람들이 자신의 스마트폰이나 노트북을 그리워하는 이유에 대해 함부로 판단할 수 없다고 생각해요. 또는 각자의 선택에 대해서도요. 다비드 씨, 당신에게는 중요하지 않다고 여겨지는 일들이 다른 누군가에게는 굉장히 중요한 일일 수도 있어요. 바로 그래서 우리가 여기 모인 것 아닌가요? 이 기계들을 멀리하는 게 우리에게 어떤 효과를 줄지를 다른 사람이 아니라 각자 스스로 찾아내기 위해서요?"

입을 다물고 있었다면 얼마나 좋았을까. 말을 끝내자마자 그녀는 생각했다. 도대체 왜 이렇게 계속해서 가르치는 것처럼 말을 하는 건지. 그녀는 단지 그녀의 의견을 말했을 뿐인데. 심지어 중요하지 않은 일도 그녀가 얘기하면 지적하는 것처럼 들리곤 했다.

"헤이." 갑자기 다비드가 그에 반응을 보였다.

"우리의 선생님이 되어 줘서 고마워요. 이제 모두 잘 알겠네요." 다비드 특유의 윙크가 뒤따랐다.

"그래도 난 당신이 마음에 들어요."

"자, 그럼 우리 건배하죠." 요한네스가 제안하면서 그의 잔을 들었다. 그러고는 그의 잔이 또다시 빈 걸 알아챘다.

"잠깐."

그는 두 번의 시도 끝에야 소파에서 일어설 수 있었다. 그러고는 비틀거리며 음료가 있는 탁자로 가서 그의 잔을 다시 채웠다.

"지칠 줄을 모르는군." 플로리안이 조용히 말했다.

제니도 동의하며 고개를 끄덕였다. "그렇게 안 봤는데, 그런데 아마 오래가지는 못할 거야."

요한네스는 자리로 돌아가 다시 앉으려다가 균형을 잃고 뒤로 넘어졌다. 가죽 쿠션이 그를 받아 내기는 했으나 갑작스러운 움직임으로 인해 위스키가 그의 바지와 스웨터 위로 쏟아졌.

"어쩌면 이제 자러 가는 게 좋을 것 같네요." 산드라가 말하며 가방에서 휴지 한 팩을 꺼내 그에게 건넸다. 제니도 같은 생각이었다. 그러자 요한네스가 그녀를 화난 눈빛으로 쳐다봤다.

"그건 내가 결정해요." 그는 산드라의 휴지를 거칠게 낚아챘다. 그리고 휴지 한 장을 꺼내면서 이해할 수 없는 무언가를 중얼거렸다.

제니는 그가 자신의 바지와 스웨터를 엉망으로 문지르는 것을 멍하니 바라보았다. 술을 마시면 사람이 얼마나 빨리 변하는지.

자리에 있는 다른 모든 사람도 침묵하며 그가 위스키 얼룩을 닦으려고 옷을 문지르는 것을 지켜보았다. 그가 문지른 부분은 전과 다름없이 축축했고 이에 더해 휴지의 작은 보푸라기까지 달라붙어 있었다. 요한네스의 부끄러운 행동에서 결국 먼저 주의를 돌린 건 니코였다.

"오늘 밤에 눈이 얼마나 내릴지 정말 궁금하네요. 어쩌면 우리가 계획한 이른 아침의 스노 슈즈 산책은 어려울 수도 있겠어요."

"저는 날씨가 어떻든 간에 갈 거예요." 아니카가 다시 한번 강조했다. 그녀는 보지 못했지만 그녀의 옆에서 마티아스가 눈동자만 이리저리 굴렸다.

요한네스는 옷을 닦는 걸 포기하고 쓰레기가 된 휴지를 탁자에 던지고선 남은 위스키를 단숨에 마셨다. 그는 잔을 내려놓은 다음 일어서서 산드라를 쳐다봤다. "난 이제 자러 갈 겁니다. 내가 그렇게 하고 싶으니까 그렇게 하는 거예요."

"왜 저를 쳐다보시는지 모르겠네요. 저는 그저 좋은 의미로 말한 건데…."

"하!" 요한네스가 소리를 내며 그룹을 둘러봤다. "좋은 의미로 했다고, 두 번씩이나, 하!"

니코가 자리에서 일어나 그를 도우려고 하자 요한네스는 그의 손을 한쪽으로 내치고선 그의 눈을 쳐다봤다.

"당신들은 이 여자를 몰라. 당신들은 이 여자를 모른다고."

그러면서 그는 몸을 돌려 플로리안과 제니를 지나 문 쪽으로 향했다. 그리고 그들 곁을 지나면서 뭐라고 중얼거렸다.

제니는 정확하게 알아듣지는 못했지만 마치 그가 "다들 당신의 실체를 알게 되면….."이라고 말한 것 같았다. 그녀는 자신 외에는 그 누구도 그것을 듣지 못했다고 확신했다. 그리고 요한네스는 문밖으로 나가 사라졌다.

"요한네스 씨에 대해서는 사과드립니다." 몇 초간의 침묵 끝에 엘렌이 말했다. "요한네스 씨가 왜 저러는지 모르겠네요. 저도 저런 모습은 본 적이 없어요. 원래 술을 거의 안 마시는 사람인데. 심지어 생일날도 제발 한 잔 정도는 좀 마시라고 계속 말해야… 어쨌든 그를 대신해서 제가 사과할게요. 내일 끔찍하게 창피해할 겁니다. 술을 잘 못 마시거든요."

"왜 당신한테 저렇게까지 공격적이었는지 알아요?" 제니가 산드라에게 물었다.

그녀는 어깨를 으쓱하며 고개를 흔들었다. "저도 그게 의문이에요. 제가 대체 그에게 무슨 짓을 했다는 건지 모르겠네요. 아마도 자러 가는 게 좋겠다고 얘기한 거 말고는."

제니가 고개를 끄덕였다. 요한네스가 밖으로 나가면서 무언가 말한 것을 들은 것 같다는 말은 하지 않았다.

"제가 생각하기에 저 착하신 분은 아마 내일 자기가 뭘 말하고 무슨 생각이었는지, 전혀 기억 못 할 거예요." 다비드가 추측했다. "어쩌면 핸드폰 금단 현상이 사실은 본인이 인정하고 싶은 것보다 더 심한 건지도 모르고요?"

제니는 그게 여행 가이드가 보인 행동에 대한 이유라고 생각하지 않았다. 하지만 그것 외에 무엇이 계기가 되었는지는 알 수 없었다.

"이런…." 다비드는 그의 잔을 들어 마치 그 안에서 미래를 내다보기라도 하듯 가만히 그 내용물을 바라보았다.

"휴대폰과 월드 와이드 웹의 보장 없이 보내는 하루는 여기까지군요. 점점 재미있어지겠는데요. 삼사일 후면 완전히 금단 증상이 생겨서 믿을 수 없는 장면들이 꼬리를 물고 이어질 게 벌써 눈에 보여요. 너무나 거칠고 기이해서 당장이라도 간호사 모니카 씨가 약 먹을 시간이라고 유혹의 소리를 내며 나타나는 장소로 착각할 정도로요."

제니는 웃음을 참으려고 노력하면서 다비드의 유머가 점점 더 그녀의 마음에 든다는 것을 인정했다.

삼십 분이 채 지나지 않아 한 명씩 모두 작별인사를 하고 침대로 향했다. 마지막으로 토마스가 믿을 수 없다는 듯 눈을 동그랗게 뜨며 남은 사람들에게 인사를 건넸다.

"과연 휴대폰 없이도 잠들 수 있을지 궁금하네요."

하지만 그에 대한 답은 그 누구도 알 수 없게 되었다.

6

 이른 아침부터 난폭하게 몰아치는 눈보라에 모두가 신경을 쏟느라 한동안 아무도 상황을 눈치채지 못했다. 제니는 세차게 불어 대는 바람 소리와 삐걱거리는 창문 때문에 새벽 다섯 시 반쯤 잠에서 깼다. 삼중의 창문도 아무 소용이 없을 정도로 바람 소리가 거셌다. 그녀는 일어나서 밖을 내다보다가 전등의 희미한 불빛 속에서 일어난 일을 보고 놀라 손으로 입을 막았다.

 눈발이 수평으로 날리며 창문을 스쳐 지나가고 있었다. 마치 춤을 추는 것처럼 눈송이가 미친듯이 소용돌이쳤다.

 창문 앞에 서 있는 두 그루의 나무는 금방이라도 부러지거나 뽑혀 나갈 정도로 옆으로 휘어 있었다. 이 정도의 눈보라는 한 번도 본 적이 없었다. 그녀는 다시 침대로 기어 들어와 누운 뒤 이불을 귀 끝까지 끌어당겨 덮었지만 한동안 잠들지 못했다. 그룹 중 누군가 다른 사람도 이 소음에 잠에서 깼는지 알아봐야 하나 생각했다.

이런 세찬 바람 속에서 거의 텅 빈 호텔을 혼자 돌아다녀야 한다는 것이 무섭지는 않았으나 — 그녀는 겁이 많은 편은 아니었다 — 선뜻 내키지도 않았다. 그래서 그녀는 이불 속으로 몸을 조금 더 말아 넣고는 그녀가 지금 거의 24시간째 휴대폰 없이 지내고 있다는 것으로 생각의 방향을 돌렸다. 그러다 어느 순간 다시 평온한 잠에 빠져들었다.

아홉 시쯤 로비에 들어선 제니는 밖을 보고 놀라 멈춰 설 수밖에 없었다. 거의 1미터 높이로 쌓인 눈이 출입구의 유리문을 막고 있었다. 게다가 눈은 지금도 계속해서 내리고 있었다. 눈발은 조금 약해졌지만 바람은 여전히 강해서 이미 쌓인 눈 위로 눈송이가 떨어지기까지 마구 소용돌이치게 하기에 충분했다.

당연히 날씨가 아침식사의 가장 큰 화두였기에, 처음에는 아무도 토마스가 없는 것을 알아채지 못했다.

호텔을 떠나는 것 자체가 가능할지, 그리고 앞으로 얼마나 더 눈이 내릴지에 대한 추측이 계속되었다. 니코는 일기 예보에서 말한 것보다 더 심하게 눈이 내리고 있다고 설명했다. 그 스스로도 2월 말에 이 정도의 눈은 비정상적이라고 말했다.

"지금 당장은 우리가 이 호텔 안에 편안하게 앉아 있을 수 있는 것만으로도 행복해해야 할 것 같은데요." 때마침 요한네스가 방에 들어오며 말했다. 그리고 자리에 앉기 전, 그가 모두를 향해 사과했다.

"어제 일에 대해서는 사과드리고 싶습니다. 제가 상당히 무례한 행동을 했다고 생각합니다. 사실 제가 술을 그렇게 많이 마시는 스타일이 아닌데, 심지어 고객들과 이동 중에는… 그런데…." 그는 당혹스러워하며 시선을 내리깔았다. "어쨌든 살다 보면 가끔은 자기 뜻대로 되지 않을 때도 있고 가끔은 보통과 다르게 행동할 때도…."

"저기 요한네스 씨." 다비드가 그의 말을 끊었다. 그는 심플한 회색 트레이닝 바지와 하얀색 티셔츠를 입고 있었다. "이제 괜찮으니까 좀 진정하시죠. 네, 맞아요. 당신이 어제 술을 들이부었고 마지막에는 뇌종양 걸린 당나귀처럼 행동했어요. 그래서요? 누군가를 죽인 것도 아니잖아요. 소리 지르면서 추태를 부린 것도 아니고. 어휴, 그게 뭐 별거라고요. 앉아서 해장이나 하라고요. 괜찮아요."

요한네스는 감사를 표하며 고개를 끄덕이고서는 다비드 옆의 빈자리에 앉았다. 제니는 요한네스가 산드라에 대해 암시한 것에 대해 정말 궁금했지만, 아마 언젠가는 알게 될 날이 오리라 생각했다.

"아침식사 뒤에 오전 산책은 어떻게 되는 거죠?" 아니카가 니코를 향해 물었다.

그는 고개를 좌우로 흔들었다. "절대 안 돼요. 밖에 나가면 바로 사방이 하얀 벽으로 둘러싸여서 몇 미터도 못 가 방향감각을 잃게 될 겁니다. 뿐만 아니라 눈이 허리까지 올라오기 때문에 호텔에서 10미터도 못 갈 거예요."

"산중의 외진 호텔에서 눈 속에 갇히다니." 안나가 탄식하며 다비드에게 의미심장한 눈빛을 보냈다. "꽤 낭만적인데요." 보아하니 그녀는 그의 어제저녁 발언은 용서한 듯했다.

문득 토마스가 자리에 없다는 것을 깨달은 제니가 플로리안에게 묻자 그가 어깨를 으쓱했다. "모르겠는데. 오늘 아침에는 아직 토마스를 못 봤어. 분명 늦잠 자고 있을 거야."

하지만 15분 뒤에도 토마스가 나타나지 않자 제니는 플로리안에게 그의 방문을 두드려 그를 깨울 것을 부탁했다.

2분 뒤에 돌아온 플로리안이 방문은 열려 있고 토마스는 침대에 없다고 말하자 제니는 이상하게 생각하기는 했지만 다른 사람들처럼 그가 곧 나타날 것이라고 믿었다. 아마도 호텔 이곳저곳을 살펴보려고 잠시 산책을 하고 있는 것 같았다.

하지만 9시 45분이 되자, 제니는 요한네스에게로 가서 점점 그녀의 직원이 걱정된다고 말했다.

"흠…." 요한네스는 말을 우물거렸다. 제니의 생각에, 그는 지금 이 상황에서 어떻게 행동해야 할지 딱히 알지 못하는 것 같았다. "그냥 조금만 더 기다려 보는 게 어때요? 분명 곧 나타날 겁니다."

"컴퓨터 천재는 어떻게 된 거지?" 다비드가 식탁을 가로질러 물었다. "어디 구석에 숨어서 몰래 가지고 들어온 핸드폰 가지고 놀고 있는 거 아닌가?"

"말도 안 되는 소리." 요한네스의 옆에 앉아 있던 마티아스가 대답했다. "여기는 신호도 안 잡혀요."

다비드가 어깨를 으쓱하며 공모라도 하듯 윙크를 했다. "게임을 하거나 저장된 사진들을 보는 데에는 신호가 필요 없죠. 그런데 진심으로…."

그는 제니에게로 방향을 틀었다. "그가 어젯밤에 얘기한 걸 생각하면 예비로 둔 휴대폰을 가지고 어딘가에 틀어박혀 있을 수도 있어요."

제니는 잠시 생각했지만 토마스는 그런 멋없는 속임수를 쓰기에는 너무 똑똑하다고 생각했다. 게다가 그는 모두가 9시경에 아침식사를 위해 모이기로 한 것을 알고 있었다. 그녀는 그가 아침에 유독 입맛이 좋다는 것을 알았다. 음식이 그를 기다리고 있는 걸 알면서도 45분이나 휴대폰을 가지고 놀 리가 없었다.

"아니요. 저는 그렇게 생각하지 않아요."

"잠을 자기는 한 건가요?" 산드라가 물었다.

그건 제니도 전혀 생각 못 한 것이었다. 그녀는 플로리안을 의문스럽게 바라보았고 그에 플로리안은 잠시 생각했다. "네, 잔 건 맞아요. 토마스의 침대가 흐트러져 있었어요. 거기에 누워 있던 건 확실해요."

"창문 밖은 확인해 봤어?"

플로리안은 머리를 저었다. "아니. 왜? 설마 창문을 뛰어넘었을 거라고 생각하는 건 아니지? 너 우리 토마스를 알잖…"

"아니, 분명 뛰어넘지는 않았겠지. 하지만 혹시 토마스가 밖으로 넘어졌을지도 모르잖아?"

"그냥 넘어졌다고? 진심으로 토마스 슈트라서가 이런 날씨에 상쾌한 공기를 쐬려고 자발적으로 창문을 열었을 거라고 생각하는 거야? 토마스가?"

"아니, 혹시 몰래 담배 피우려다가?"

제니는 그가 이 생각을 안 한 건 아닐 거라는 표정으로 플로리안을 쳐다봤다. 플로리안은 대답을 하지 않고 몸을 돌려 1층으로 향했고 이번에는 제니도 그를 따라나섰다.

다행히도 토마스의 방 창문 아래쪽에 쌓인 눈에는 어떠한 흔적도 없었다. 하지만 그것만으로는 토마스가 어디에 있는지 알 수 없었다. 그녀는 그가 실종된 데에는 적절한 이유가 있을 것이라 생각했다. 그리고 그녀 안의 목소리가 조용히 속삭였다. 그 실종 이유는 사람들 마음에 들지 않을 것이라고.

그녀가 아침식사 공간으로 돌아오자 모두가 기대에 찬 눈빛으로 바라봤다. "아무것도 없어요." 제니가 말했다. "못 찾았어요."

다비드가 자리에서 일어섰다. "좋아요, 그렇다면 그가 어디 있는지 슬슬 찾아보는 게 좋겠어요."

"저도 같이 갈게요." 니코가 선언했다. "건물 안 어딘가에는 있겠지요. 절대 밖으로 나가지는 않았을 겁니다. 그렇다면 누군가는 봤을 거예요. 그리고 나갔다고 해도 5미터도 채 못 갔을 겁니다."

그는 문 쪽으로 가서 다른 사람들을 향해 몸을 돌렸다. "두 명씩 다섯 팀으로 짝지어서 호텔 전체를 샅샅이 뒤져 보도록 하죠."

"그가 통제선을 넘어가서 리모델링이 안 된 구역을 돌아다니고 있는 건 아니었으면 좋겠네요." 요한네스가 말하며 자리에서 일어났다. "거기서는 다치기가 쉬워요. 만약 그가 거기 어딘가에 누워 있는 거라면 그를 찾는 데 시간이 꽤 걸릴 수도 있어요."

"그런 일은 없길 바라야죠." 플로리안이 대답을 하고선 제니에게 고개를 끄덕였다.

"그럼 출발하죠. 나는 너랑 같이 갈게. 우리는 식당 뒤쪽을 찾아보는 게 좋겠어."

제니도 그에 동의했다. 그들은 로비를 나와 복도를 따라 걸었다. 식당을 지나자 아직 리모델링되지 않은 구역으로 이어졌다. 출입통제선 앞에 잠시 멈춘 그들은 앞에 놓인 복도를 바라보았다. 복도는 어제저녁과는 달리 더 이상 어둡지 않았다.

뒤쪽의 열린 문들을 통해 어스름한 햇빛이 들어오고 있었다.

하지만 몇 미터만 지나자 주변이 완전히 달라졌다. 마치 거대한 사암으로 된 것 같은 착각을 불러일으키는 외벽이 갑자기 끝나고, 더러운 회색의 회반죽이 덕지덕지 붙어 있는 오래된 벽이 나타났다. 마찬가지로 어두운 빨간색 양탄자가 깔려 있는 복도도 여기서 끝이 났다.

조금 더 먼 곳에는 기계들이 놓여 있고 바닥에 건축 자재들이 널려 있었다.

"자 그럼…." 플로리안이 먼저 출입통제선을 넘어간 뒤 제니를 위해 선을 아래로 잡아 내렸다.

복도를 따라 걷는 동안 두 사람은 각 방을 들여다보았다. 이 구역을 사용할 수 있기까지는 아직 리모델링할 것이 많아 보였다.

복도의 끝에는 초록색 철문이 있었다. 철문 위에 붙은 누렇게 변한 표지판이 직원만 출입 가능한 곳임을 나타냈다. 문 안쪽과 바깥쪽 손잡이에는 더러운 스티로폼 조각이 테이프로 고정되어 있었는데 문이 잠기지 않도록 해 놓은 것 같았다.

제니는 문을 열고 어두운 지하로 향하는 시멘트 계단을 바라봤다. 불과 몇 미터 앞이었다.

"내 생각에는 아래까지 내려갈 필요는 없을 것 같은데." 플로리안이 계단 아래를 슬쩍 내려다본 후 말했다. "토마스가 아래 있다면 불을 켰겠지."

그가 오른쪽 문 뒤 벽의 전등 스위치를 누르자 아래층이 환해졌다. 제니는 마지막 계단 아래의 콘크리트 바닥을 보았다. "네 말이 맞는 것 같네." 제니는 플로리안의 말에 동의했다. 아래 창고, 아니, 그 아래가 무엇이든 간에 그녀는 저 아래로 별로 내려가고 싶지 않았다.

"불이 들어오는 건 어떻게 알았지?" 제니는 몸을 돌려 문이 스티로폼에 다시 닿도록 밀며 물었다.

"뭐라고?" 플로리안이 깜짝 놀라 그녀를 바라보는 바람에 그녀는 미소를 지을 수밖에 없었다. 그러나 그는 겉보기에 사소해 보이는 것들에 주의를 기울이고 질문하는 자신의 특성을 잘 알고 있었다.

"불 켜기 전에 토마스가 저 아래 있다면 아마 불을 켰을 거라고 했잖아. 그래서 물은 거야, 어떻게 알았는지…."

플로리안이 손을 들어 보이며 그녀의 말을 끊었다.

"그런 이상한 것들을 물어보는 걸 보니, 지금 다시 전형적인 제니퍼 님 나셨네. 휴, 전등 스위치가 있으니까 어디엔가 불이 들어오는 전등이 있을 거라고 예상한 거지. 당연한 거잖아."

아마도 정말 그랬을 것이다. 그녀의 이러한 질문에 대화 상대가 짜증스럽게 반응하는 것은 이번이 처음이 아니었다. 하지만 다른 사람은 발견하지 못하는 것들이 눈에 띄는 것은 그녀도 어쩔 수 없는 일이었다. 그녀의 생각을 바로 입 밖에 내지 않는 연습이 필요했다.

"맞아, 당연한걸. 미안." 그녀는 대충 변명했다. "너도 알잖아, 가끔 중요하지 않은 작은 것들이 내 눈에 띄는 거. 멍청한 거라도 말이야."

그제야 플로리안의 얼굴에도 미소가 번졌다.

"그래, 나도 알지. 하지만 가끔 네 질문들로 나를 기습 공격할 때가 있어."

"그럼 다시 계속해서 우리의 턱수염 난 동료나 찾아보자고."

그들은 다시 로비까지 돌아가서 건너편의 문으로 들어갔다. 빈 방을 잇는 통로들은 거의 미로에 가까웠고, 결국은 마찬가지로 리모델링되지 않은 호텔의 다른 구역으로 이어졌다. 지하로 가는 계단이 없다는 사실을 제외하면 그곳은 방금 전과 매우 비슷해 보였다. 적어도 그들은 계단을 발견하지 못했다.

"와!" 제니는 그들이 들어간 여러 개의 문들이 연결된 큰 홀을 인상 깊게 둘러보았다. 맞은편 벽에 늘어선 창문들을 통해 보이는 암석층은 눈보라로 인해 흐릿하게만 보일 뿐이었다.

"이 호텔 정말 거대하다. 여기서는 정말로 길을 잃기 쉽겠어."

"그러니까 말이야." 플로리안이 그녀의 말에 동의했다. 그러더니 가만히 서서 귀를 기울였다. "저기 누군가가 있어." 그가 속삭였다.

잠시 후 제니도 들었다. 오른편의 여러 방들 중 한 곳에서 설명할 수 없는 소리가 들렸다. 덜커덩거리는 소리가 나더니 누군가 욕하는 소리가 들렸다.

"완전 토마스 같은데." 플로리안이 속삭이고서는 몸을 움직였다. 그러나 그가 겨우 두 걸음을 떼자마자 문들 중 하나가 열리면서 마티아스가 홀로 들어왔고 그의 아내도 따라 들어왔다.

"안녕하세요, 저 뒤에는 없어요. 우리가 다 찾아봤습니다. 지하에만 안 가봤어요. 전등이 안 들어오더라고요. 그러니까 토마스 씨도 저 아래 있을 가능성은 희박하다고 봐야겠죠."

제니는 잠시 승리에 가득 찬 시선으로 플로리안을 쳐다봤다.

"아니겠죠, 불도 없이 저 아래에서 뭐 하고 있겠어요. 다른 쪽에도 아무것도 없었어요."

"그러면 이제 돌아가자고요." 아니카가 제안했다.

"어쩌면 그 사이에 그가 나타났을지도 모르죠."

하지만 토마스는 나타나지 않았다.

모두가 모여 있는 로비로 제니 일행이 들어서자 갑자기 사위가 조용해졌다.

"뭐예요?" 거기 있는 얼굴들을 보자 제니는 제대로 이상한 기분이 들기 시작했다. "이걸 1층에서 찾았어요." 다비드가 진지한 말투로 이야기하며 그녀에게 다가와 무언가를 내밀었다. "안나 씨가 말하기로는⋯ 한번 보세요."

제니는 스마트폰 디스플레이 위에 대각선으로 난 미세한 금을 바라보았다. 곧이어 부서진 케이스의 오른쪽 위 모서리를 잡아주는 동그란 스티커로 시선이 향했다. 그녀의 불길한 예감은 마치 주먹으로 배를 꾹 누르는 느낌으로 바뀌었다.

"네." 그녀가 잠긴 목소리로 말했다. "토마스의 회사 휴대폰이에요."

7

 엘렌은 고개를 흔들었다. "하지만 휴대폰은 쇠나우에서 모두 제출했잖아요. 그가 휴대폰을 봉투에 담아 박스에 넣는 것을 제가 직접 봤어요."

 "그렇다면 그건 개인 휴대폰이겠네요." 안나가 설명했다. "이 기기는 회사에서 받은 휴대폰이에요. 저도 같은 것을 가지고 있어요."

 예상치 못한 사건으로 잠시 놀랐던 제니의 이해력은 다시 평소와 같이 체계적으로 작동했다. 스마트폰을 찾은 것만으로는 아직 아무것도 확신할 수 없었다. 하지만 분명한 것은 다비드가 추측했던 것처럼 토마스가 기계를 몰래 가지고 왔다는 것이었다.

"이걸 정확히 어디서 찾았어?" 제니는 안나를 향해 물었다. 당연히 안나와 다비드가 함께 토마스를 찾으러 다녔으리라 생각했기 때문이다.

"다비드 씨가 찾았어. 우리는 떨어져서 돌아다녔거든. 내가 2층을 확인하는 동안 자신이 1층을 찾아보면 시간을 절약할 수 있을 거라고 다비드 씨가 말해서."

"복도 가운데에 놓여 있었어요." 다비드가 설명했다. "우리가 머무는 방들 뒤편의 다른 쪽에서 찾았어요. 당연히 그 위의 모든 빈방들도 살펴봤는데 토마스 씨는 거기에 없었어요."

"그쪽은 왜 갔을까?" 아니카가 마치 혼잣말을 하듯 바닥을 보며 중얼거렸다. "거긴 아무것도 없는데."

"보아하니 정말 호텔 탐사를 한 것 같은데요." 요한네스가 추측했다.

"우리 다시 한번 수색을 해 보는 게 좋을 것 같아요. 이번에는 더 체계적으로요." 요한네스의 옆에 서 있던 산드라가 제안했다. 제니는 아침식사 때부터 그녀가 어제보다 더 창백해 보인다는 것을 눈치챘다. 가까이서 보면 산드라의 눈 밑으로 내려온 어두운 그림자도 확실히 눈에 띄었다.

"네, 그렇게 하죠. 그런데 괜찮아요? 굉장히 피곤해 보여요."

산드라가 손을 내저었다. "아무것도 아니에요. 저는 호텔 침대에서는 항상 잠을 잘 못 자요. 그리고 그 폭풍까지…."

그리고 아마도 요한네스가 내뱉었던 묘한 암시도 원인 중 하나였으리라 제니는 생각했다. 그것이 어떤 의미였든 간에 말이다.

"자, 그렇다면." 니코가 로비를 가리켰다. "제가 호텔 규모를 제대로 파악했다면 아무래도 두 명씩 다니는 것보다는 출발하기 전에 구역을 정한 후 각자 다니는 것이 좋겠어요. 요한네스 씨, 건물 관리인은 어디서 찾을 수 있죠?

"뭐라고요? 아, 네… 저기 앞에, 리셉션 옆에 있는 문으로 들어가면 돼요. 지하에 그들의 사무실과 정비실이 있어요."

"좋아요. 여기서 잠깐만 기다려 주세요. 금방 올게요."

니코가 로비를 떠나는 사이, 제니는 생각에 잠겨 여행 가이드를 바라봤다. 위스키 한 병으로 작은 실수를 하기는 했지만 요한네스는 친절한 남자였다. 그 실수도 그렇게 나쁘지는 않았다. 하지만 그가 상황을 잘 통솔하고 있다는 인상은 주지 않았다. 이제 그는 어찌할 바를 모르고 니코가 책임을 떠맡는 것에 기뻐하는 것처럼 보였다.

게다가 눈에 띄는 것은 그가 거의 언제나 산드라의 주변에 있다는 거였다. 문제는 둘 중 누가 그렇게 행동하냐는 것이었다. 하지만 제니는 그 생각을 머릿속에서 밀어냈다. 지금 당장은 더 중요한 일이 있었다. 그녀는 작은 꼬마 아이처럼 호텔에서 길을 잃은 그녀의 직원을 찾아야 했다.

니코가 돌아왔을 때는 두 건물 관리인도 함께였다. "보아하니 제대로 된 호텔의 도면은 건설회사만 가지고 있는 것 같네요." 그가 자신 뒤에 멈춰 서 있는 두 남자를 가리키며 말했다.

"하지만 호르스트 씨가 말하기로는," 그가 몸을 돌렸다. "아, 직접 설명하는 것이 좋겠어요."

호르스트가 말을 시작하기까지는 상당한 시간이 걸렸다. 그는 마치 우선 적당한 단어들을 찾아야 하는 것처럼 보였다.

"뭐 그러니까, 이 호텔은 지금까지 여러 번 증축되었소." 호르스트는 슈투트가르트 지역 어딘가에서 온 것이 틀림없었다. 그 이상한 사투리를 제니는 그녀의 상사이자 회사의 사장인 페터 푹스 덕분에 잘 알았다. 슈투트가르트에서 태어나 자란 그는 호르스트와 매우 비슷한 말투를 사용했다.

"그래서 설계도면이 몇 개나 있는지, 어떤 것이 최신인지 전혀 모르오. 어쨌든 호텔 내부는 모든 게 상당히 구불구불 복잡하네. 만약 누군가 여기에 숨어 있다면… 그러니까 만약 누군가가 발견되지 않기를 바란다면 찾기 힘들 거요."

"하지만 토마스 씨가 우리를 피해 숨을 이유가 뭐가 있죠?" 산드라가 제니를 향해 물었다. 마치 제니는 그 답을 알고 있어야 한다는 것 같았다.

"자, 여러분." 다비드가 손뼉을 쳤다. 제니는 순간 자기도 모르게 요한네스 쪽을 바라봤다.

"이제 그가 왜 그런 일을 했겠냐, 아마도 이렇지 않겠냐, 이런 질문은 그만하죠. 가능한 시나리오는 세 가지밖에 없어요. 첫째, 우리의 토미는 정말로 우리랑 숨바꼭질을 하고 있는 거고 우리에게 발견되기를 원치 않는 거예요. 무슨 이유든 간에요. 둘째, 그가 실제로 다쳐서 꼼짝도 못 하고 어딘가에 쓰러져 있는 거예요. 그리고 셋째, 누군가 다른 사람이 어떤 이유에선가 그가 발견되지 않기를 바라는 거죠. 끝. 논리적이죠, 그렇죠?

그리고 우리가 논리에 대해서 얘기하고 있으니까 말인데요. 멋진 작업복을 입으신 우리 호르스티 씨가 말한 거, 저는 완전히 믿어요. 이 낡아 빠진 건물은 거대할 뿐만 아니라 미로처럼 복잡하게 되어 있어요. 그러니까 사실 우리 모두가 바라는 건 당연히 우리 토미가 스스로 다시 나타나는 겁니다. 다만 우리한테 이렇게 스트레스를 줬으니, 나타나자마자 저한테 한 대 얻어터질 테지만요. 우리가 수색작전에서 그를 찾을 확률은 두 번째 시나리오에서 가장 높아요. 그가 부상을 당해서 어딘가에 누워 있고 마침 우리 중 누군가가 그에게 가까이 갔을 때 그가 큰 소리를 낼 수 있다면 말이죠. 그런데 만약 세 번째 시나리오가 맞다면, 여러분, 그때는 문제가 심각해지는 겁니다."

그 후로 이어진 침묵은 아마 몇 초분이었겠지만, 정말 길게 느껴졌다. 그사이에 여러 사람의 얼굴이 창백해졌다. 결국 마티아스가 침묵을 깨며 욕설을 내뱉었다.

"당신은 뭐, 당신이 오늘 저녁에 우리를 모두 식당으로 불러서 사건을 어떤 천재적인 방법으로 해결했는지 얘기해 주는 탐정 에르퀼 푸아로라도 되는 줄 아는 거요?"

"우리는 산악구조대를 불러야 해요." 아니카가 끼어들었다. 그녀는 자신의 남편이 한 말을 부끄러워하는 것처럼 보였다.

반면 다비드는 크게 히죽거리며 마티아스에게 눈을 깜빡여 보였다. 제니는 그에게 차라리 감사함을 느꼈다. 지금처럼 좋지 않은 상황에서 서로 다투는 것은 도움이 되지 않았다. 토마스에게는 절대로.

게다가 다비드의 거만한 태도는 마음에 들지 않았지만, 그가 결국 그녀가 이미 생각했던 것들을 입 밖에 냈다는 것만은 인정해야 했다. 단지 그녀라면 다르게 표현했을 테지만 말이다.

"아직 아무 일도 일어나지 않았어요." 니코가 그 특유의 천진한 방식으로 대화를 이어 갔다. "산악구조대는 누가 부상당했거나 긴급사태일 때 부를 수 있어요. 정말 다행스럽게도 아직 그런 상황은 아니잖아요. 그리고 저는 상황이 거기까지 가진 않을 거라고 확신해요. 우리가 상의한 대로 움직이는 게 좋겠어요." 그는 다시 관리인에게 물었다. "호르스트 씨 그리고 티모 씨, 저희가 수색 구역을 배정하는 것을 도와주실 수 있나요? 우리는 열한… 아 죄송해요. 열 명이에요."

"물론이죠." 티모가 족제비 같은 미소를 지으며 말했다. 정말이지 지금 상황에 절대 어울리지 않는 미소였다.

"그리고 여자분들 중에 누군가가 혼자 다니기 무섭다면 그것도 문제없습니다." 그의 미소는 점점 커졌다. 그러자 호르스트가 거의 눈에 띄지 않게 고개를 흔들며 언짢은 눈빛으로 그의 동료를 쳐다봤다. 그에 티모는 헛기침을 하더니 바로 입을 다물었다. 제니가 예상했던 것과는 달리 이번에는 다비드도 가시 박힌 말로 대응하는 것을 참았다.

"그럼…." 호르스트는 작업복의 바지 주머니에서 두꺼운 종이를 꺼내 뭔가 대단한 듯이 펼쳤다. 그것은 A3 크기의 종이 두 장이었다. "이건 내가 내부 사용 목적으로 만들어 둔 약도요. 여기에 세세한 부분은 표시되어 있지 않고 규격 기준도 맞지는 않지만 대부분의 방은 표시가 되어 있소. 하지만 1층과 지하층뿐이요."

그는 미래의 리셉션으로 가서 카운터에 두 약도를 모두 늘어놓았다. 모두가 그를 따라갔다. 제니가 티모의 옆을 지나는 순간, 그가 윙크를 던졌다.

호르스트는 모두가 그의 주변에 빙 둘러 모이기를 기다렸다. 그는 도면에 대해 이야기하기 전에 다비드에게 말을 걸었다.

"내 이름이 호르스티라고 불릴 일은 내 인생에 단 두 번밖에 없소. 하나는 아주 오래전, 유치원 때니까. 그다음 경우는 아마도 언젠가 먼 미래에 누군가가 밀어 넣은 싸구려 양로원에서 내가 침을 흘리며 앉은 채 창밖이나 바라볼 때일 거요. 그때가 되면 뭐 아무것도 상관없겠지. 그러니까 지금을 포함해서 그때까지는, 내 이름을 호르스트라고 제대로 불러야만 할 거요."

한동안 그들은 서로의 눈을 바라보며 다비드가 어떻게 반응할지 기다렸다. 다비드는 짧고 요란한 소리의 웃음을 내뱉은 후 건물 관리인에게 손을 내밀었다.

"명확한 말씀이십니다. 맘에 들어요. 호르스트 씨, 미안합니다. 앞으로 그런 일 없을 거예요."

건물 관리인은 마주 손을 내미는 대신에 고개를 끄덕인 후 약도에 집중했다. 제니의 생각으로 약도는 몇 가지 규격표시를 제외하고는 꽤 전문적으로 보였다.

그녀는 플로리안과 함께 1층의 수많은 방 중 아직 절반도 확인하지 못했다는 것을 깨달았다.

"이렇게 하는 게 좋겠소…." 호르스트가 연필로 도면에 연달아 구역들을 표시하고 한 사람 한 사람에게 명확하게 그들이 그 구역을 맡을 수 있는지 물었다. 그러고 나서는 담당자에게 그곳까지 어떻게 가는지 설명했다.

몇 분 뒤 모든 탐색구역이 지정됐다. 건물 관리인은 자신을 포함해 니코, 다비드, 안나, 티모가 지하를 탐색하는 것으로 정했다. 그곳은 수색이 가장 힘든 곳이기 때문에 다섯 명이 가기로 했다.

제니, 엘렌 그리고 산드라는 1층. 요한네스와 플로리안은 2층. 그리고 마티아스와 아니카는 3층과 4층을 담당하기로 했다. 호르스트의 말에 따르면 3층과 4층에는 게스트룸밖에 없기 때문에 탐색하기가 쉬웠다.

그들이 출발했을 때는 한 시 반이 조금 넘은 시간이었다.

제니가 수색해야 하는 곳은 대부분 플로리안과 이미 다녀온 곳이었다. 하지만 적막한 복도와 방을 혼자 지나가려니 완전히 다른 곳처럼 느껴졌다. 밖은 계속해서 눈이 내리는 가운데, 작은 창문이나 열린 문틈으로 들어온 흐릿한 일광만이 복도와 방을 겨우 비추고 있었다.

수색을 하며 그녀가 바깥 안뜰로 통하는 문이 있는 방에 들어갔을 때, 그 문은 위쪽 3분의 1만 간신히 눈에 덮이지 않은 상태였다. 그녀가 그날 아침 엄청난 양의 눈을 보고 느꼈던 감동은 처음으로 무거운 공포로 바뀌었다.

누군가가 불투명한 흰색 천을 문에 걸어 둔 것처럼 쌓여 있는 눈을 뚫고 밖으로 나가기란 거의 불가능해 보였다. 눈이 가슴 높이까지 쌓여 있어, 이 위협적인 흰색 말고는 아무것도 보이지 않는 저 바깥에서 어떤 일이 벌어질지는 굳이 말할 필요도 없으리라.

그 순간 그녀는 처음으로 만약 필요한 경우 산악구조대가 이런 날씨에 호텔까지 올 수 있을지 걱정이 되었다.

10초가 지났는지 아니면 2분이 지났는지도 모른 채, 한동안 가만히 생각에 잠겨 눈이 1밀리미터씩 쌓이는 것을 지켜보던 제니는 간신히 마음을 다잡고 문에서 시선을 뗐다. 우선은 토마스를 찾아야 했다. 그의 직속 상사로서 그녀는 그에 대해 책임감을 느꼈다.

결국 그들은 회사의 지시에 따라 회사 비용으로 여기 와 있는 것이기 때문에 이 호텔에 머무르는 이유의 적어도 절반은 일 때문이었다. 그녀는 방을 나와 다른 방들로 이어지는 다음 복도로 갔다. 이제 그녀에게 이 건물은 밖에서 보이는 것보다 안이 훨씬 큰 마법의 건축물처럼 느껴졌다.

구부러진 복도는 마찬가지로 열린 문이 있는 곳에서 끝이 났다. 그 문 뒤에는 크고 어두운 방이 있었다. 커튼이나 못질을 한 나무 판자로 창문을 모두 가린 것 같았다. 조금 더 방 안 깊숙이 스며든 희미한 빛줄기 덕분에 몇몇 기계의 윤곽과 그 뒤 천장에 걸려 있는 비닐 방수포는 알아볼 수 있었다. 방수포는 거대한 방의 앞쪽 공간과 완전한 어둠 속에 놓인 다른 공간들을 분리하고 있었다.

아니, 거의 완전한 어둠이었다. 왜냐하면 조금 멀리 떨어진 왼편에서 촛불 같은 희미한 빛이 깜빡이는 것을 보았기 때문이다. 그녀는 문의 양쪽 손잡이 높이에서 벽을 더듬거리다가 마침내 전등 스위치를 찾고선 불을 켰다. 불은 켜지지 않았다.

"젠장." 그녀는 조용히 말을 내뱉은 뒤 반쯤 찡그린 눈으로 자신이 서 있는 위치에서 가능한 한 많은 것을 살펴보려고 노력했다. 그때 방수포 너머에서 작은 소리가 들렸다. 무언가 자그마한 물체가 넘어진 소리 같았다. 그와 동시에 깜빡이던 빛이 사라지고 방수포 뒤쪽이 완전한 어둠에 놓였다.

제니는 움직임을 멈춘 채 숨을 참고 귀를 기울였다. 다시 소리가 났다. 조그맣게, 이번에는 질질 끄는 듯한….

"토마스?"

그녀는 그의 이름만 속삭이고선 방수포 뒤의 어둠 속에 애써 귀를 기울였다. 하지만 아무런 반응이 없자 점점 차오르는 공포를 누르며 크게 소리쳤다.

"토마스, 너니? 말 좀 해 봐!"

아무 소리도 들리지 않았다.

그러나 그녀는 거기에 누군가가 있다는 것을 확신했다. 어쩌면 어떤 이유로 토마스가 대답을 할 수 없는 상황인지도 몰랐.

그녀의 심장 박동이 점점 빨라지면서 그 소리가 저 먼 구석까지 들릴 정도로 크게 갈비뼈를 두드렸다.

몸을 떨며 방 안쪽으로 한 걸음, 그리고 또 한 걸음을 옮긴 후 그 자리에 서서 침묵 속에 귀를 기울였다.

"토마스."

계속해서 천천히 다가가는 동안 제니는 자신이 왜 속삭이는지 알 수 없었다. 지금 그녀는 비닐 방수포에서 서너 걸음 떨어진 곳에 있었다. 그녀가 팔을 뻗으면 충분히 닿을 거리였다. 제니는 가쁜 숨소리가 방 안에 다 들릴 정도로 갑자기 부자연스럽게 크게 숨을 쉬었다.

그녀가 다시 한번 토마스를 부르기 위해 입을 뗐을 때, 찰싹하는 소리와 함께 방수포에 밝은 점이 나타났다. 점은 곧바로 손바닥 모양이 되어 가슴 높이에서 불투명한 방수포를 밀었다. 제니가 날카로운 비명을 지르는 사이, 두 번째 손이 바로 옆에 나타났다. 그녀는 그 손이 토마스의 것이 아니라면 즉시 몸을 돌려 도망칠 수 있도록 크게 한 걸음 뒤로 물러났다.

갑자기 방수포가 바스락거리며 갈라지더니 한 형체가 모습을 드러냈다. 토마스가 아니었다.

공포에 질린 제니가 그를 알아보기까지는 아주 잠시 시간이 걸렸다.

"티모 씨?"

"그래요!"

건물 관리인이 대답하며 양손을 작업복 바지 깊이 넣었다.

"젠장, 여기서 뭐 하고 있는 거예요? 다른 사람들과 함께 아래에서 수색해야 하잖아요. 놀라서 죽기 일보 직전이었다고요!"

"아니 뭐, 아래는 탐색을 끝냈다고요." 그가 능글맞게 히죽거리면서 말을 이었다. "그래서 여기 위쪽을 더 수색해 보기로 한 겁니다."

"그럼 당신 손으로 이 비닐 덮개에 그런 짓은 왜 한 거죠?"

"무슨 말을 하시는 건지 모르겠는데요. 저는 단지 틈새를 찾은 것뿐이에요."

그녀는 그의 말을 단 한마디도 믿지 않았다.

"그래서요?" 제니는 머리로 방수포 쪽을 가리켰다. 그에 티모가 어깨를 으쓱했다.

"아니요. 저기는 아무것도 없어요. 그럼 저는 계속해서 찾아볼게요."

그녀가 뭐라고 대답하기도 전에 그는 그녀를 지나 몇 초 후 시야에서 사라졌다.

제니는 다시 몸을 돌려 비닐 방수포를 바라보았다. 티모는 저 뒤에서 무언가를 한 것이 분명했다. 그리고 그러는 동안 그는 양초 혹은 작은 손전등을 빛의 근원으로 사용했다. 하지만 그녀가 방수포 뒤를 확인해 봐야 할지 결정하기도 전에 날 선 비명이 들려왔다.

아래층에서 울리는 비명 소리는 콘트리트 벽에 가로막혔음에도 너무나 날카로워 혈관의 피가 얼어붙을 정도였다.

누군가 토마스를 찾은 것이 분명했다.

8

 제니는 토마스를 본 순간, 이 장면이 그녀의 기억 속에 평생 각인될 것을 알았다.

 토마스는 완전히 벌거벗은 채 세탁실 구석 바닥에 앉아 있었다. 새하얀 반죽 같은 나체의 토마스가 등을 기댈 수 있도록, 니코가 그의 뒤에 버팀목처럼 앉아 한쪽 팔을 토마스의 가슴 위에 얹고 있었다. 다행히 토마스의 엄청난 배가 허벅지까지 출렁이며 내려와 그 아래 털이 난 부분을 가려 주었다.

 그 두 사람 앞에 엘렌이 눈물을 흘리며 무릎을 꿇고 있었다. 그녀는 한 손을 입에 대고 마치 주문을 외듯이 계속 중얼거렸다.

 "어머나 세상에, 끔찍해라. 세상에⋯ 어머나⋯."

그 옆에는 안나가 마비된 것처럼 서서 말없이 토마스와 니코를 바라보고 있었다.

제니는 토마스가 의식이 있는지 확신할 수 없었다. 그의 호흡은 간헐적이었고 머리는 마치 끔찍한 악몽을 꾸고 있는 것처럼 이쪽저쪽으로 움찔거렸다. 그 와중에 커졌다 잦아들길 반복하는 신음이 그의 닫힌 입에서 계속 흘러나왔다. 그 소리가 너무나 끔찍해서 지금껏 들었던 그 어떤 것보다도 제니를 두렵게 만들었다.

타일이 깔린 세탁실의 냉기에도 불구하고 토마스의 얼굴은 온통 땀범벅이었고, 눈과 입 주변의 수염에는 더러운 오물이 말라붙어 있었다. 그의 팔은 뼈가 없는 것처럼 힘없이 상체 옆에 축 늘어져 있었다.

제니는 엘렌의 옆에 무릎을 꿇고 앉아 아주 잠시 망설인 후 토마스의 젖은 이마에 한 손을 얹었다. 그러자 그녀의 손길을 느낀 것처럼 순간 그의 신음이 커졌지만 머리는 더 이상 움직이지 않았다. 그제야 제니는 그의 눈에 묻은 게 오물이 아니라, 피딱지라는 것을 알아차렸다. 눈은 퉁퉁 부어 있기까지 했다.

"이럴 수가"라고 중얼거리며 그녀는 무의식적으로 손을 뗐다.

"토마스의 눈 말이야. 무슨 일이 일어난 거지?"

"저도 잘 모르겠어요." 니코가 억눌린 것처럼 들리는 목소리로 말했다. "그런데 마치…." 그는 침을 삼키며 제니를 정면으로 바라봤다. 그녀는 그의 얼굴에 드러난 공포를 명확하게 알아챌 수 있었다.

"마치 눈이 뭐랄까… 탄 것처럼 보이는데, 그렇죠?"

"세상에나, 맙소사." 엘렌이 한탄하며 울기 시작했다. 그러는 동안 제니의 눈앞에는 시뻘겋게 달군 칼날로 죄수의 눈을 지지는 영화의 한 장면이 떠올랐다.

그녀는 다시 한번 그 끔찍한 상처를 쳐다보고서는 토마스를 도울 수 있는 무언가를 해야만 한다고 생각했다. 그랬다. 그녀가 토마스를 도와야만 했다. 보아하니 적어도 지금 이 순간만큼은 니코를 제외하고 다른 누구도 토마스를 도울 수 있는 상황이 아니었다. 하지만 니코는 무거운 몸이 넘어지지 않도록 하는 데 몰두하고 있었다. 그녀는 정신을 집중했다. 그리고 모든 감정을 배제한 채 목적에 맞게 행동할 것을 스스로에게 명령했다.

과거에 그녀는 이 방법 덕분에 거의 반사적으로 다른 이들을 도울 수 있었다. 수많은 부상자와 사망자를 낳았던 고속도로 대형 추돌사고. 사고 현장에 구급차와 구급대원들이 도착할 때까지 그녀는 사람들의 절단된 팔다리를 묶어서 지혈하고 벌어진 상처들을 응급 처치했다. 그렇게 30분이 흐른 뒤, 그녀는 고속도로 옆

풀밭에 주저앉고 나서야 갑자기 속이 안 좋아지면서 지난 30분간의 모든 공포를 전부 다 토해 냈다.

"이게 대체 무슨…." 다비드가 제니의 뒤로 방에 들어섰고, 곧바로 분명하지만 작은 목소리로 내뱉었다. "이런 빌어먹을!" 그리고 다비드와 함께 세탁실로 들어온 것으로 보이는 요한네스도 중얼거렸다. "세상에나!"

그사이에 나타난 플로리안이 도저히 믿을 수 없다는 눈빛으로 토마스를 바라보았다. 자리에서 일어나며 플로리안을 본 순간, 발 밑이 꺼지는 착각이 들 정도로 무시무시한 생각이 제니의 머릿속을 스쳐 지나갔다. 만약 이 호텔에 우리 말고 아무도 없었다면….

그녀는 이 터무니없는 생각에서 이어지는 합당한 결론 때문에 이성이 마비되지 않도록 생각을 떨쳐 버리려 애썼다.

"토마스를 어떻게든 위층으로 데려가야 해요." 그녀가 지시했다. "분명 저체온 상태일 거예요. 그리고 상처를 치료하려면 구급상자, 연고 그리고 붕대가 필요해요."

그녀의 시선이 건물 관리인을 찾아 헤메다가 입구에 기대서 있는 티모에게서 멈췄다. 그는 바닥에 앉아 있는 토마스에게는 그닥 관심이 없어 보였다. 비닐 방수포가 덮인 방에서 있던 상황이 제니에게 섬광처럼 떠올랐으나 그녀는 그 생각도 애써 떨쳐 냈다.

"티모 씨, 호텔 어딘가에 분명 들것과 구급상자가 있는 응급 처치실이 있죠?"

"그 방은 더 이상 없어요." 티모가 대답하며 적어도 문틀에서는 몸을 일으켰다. "리모델링 중이에요. 하지만 들것은 아직 있어요. 그리고 붕대랑 연고 뭐 그런 것들도 있어요. 그런데 죄다 분명히 유통기한이 지났을 거예요."

"그래서요? 그것들 좀 가져다줄래요? 그리고 조금 서두르시겠어요?" 제니는 지금 순간만큼은 우물쭈물하는 태도를 참을 수가 없었다.

"그러려면 누군가는 같이 와야 해요. 혼자서 다 나르기는 어렵다고요."

"내가 할게." 플로리안이 말했다.

"서둘러 줘." 제니는 티모와 함께 방을 나가는 그에게 한 번 더 소리쳤다. 그러고 나서 다시 토마스 앞에 무릎을 꿇고 앉아서 물었다. "토마스의 입은 어떻게 된 거죠?"

"저도 모르겠어요." 니코가 말했다. "미처 거기까지는 신경을 못 썼어요."

"그래요, 그럼 위로 올라가서 한번 보자고요. 우선 여기서 나가 몸을 따뜻하게 감싸 줘야 해요."

그녀의 시선이 땀으로 뒤덮인 토마스의 얼굴로 향했다. 상처로 가득한 그의 얼굴이 다시 앞뒤로 움직였다. 그녀는 한 손을 힘없이 축 처진 토마스의 오른팔에 얹었다.

"토마스?"

그녀가 이름을 불러 봤지만, 토마스가 이를 인식한 듯한 낌새는 전혀 없었다.

"토마스, 내 말 들려?" 그녀가 더 크게 반복했다. "어떻게든 내 말이 들린다는 걸 보여 줄 수 있겠어?"

아무런 반응이 없었다.

"그는 끔찍한 통증에 시달리고 있을 거야." 다비드가 그녀의 등 뒤에서 중얼거렸다. "아마 정신이 혼미해서 지금 주변에서 무슨 일이 일어나고 있는지 전혀 모를 거야. 빌어먹을, 어떤 개자식이 이런 짓을 한 거지?"

"다른 문제도 있어요." 니코가 괴로워하는 듯한 목소리로 말했다. "방금 토마스 씨를 부축해서 제게 기대도록 했을 때 몸이 완전히 축 처져 있었어요. 의식이 있는데도 불구하고요. 제가 토마스 씨의 몸을 들어 올릴 수 있도록 움직이는 것도 전혀 없었어요. 정말이지 아무 반응도… 없었어요."

"여기 들것이요!" 플로리안이 초록색 천으로 감싼 두 개의 나무 막대를 토마스 옆 바닥에 내려놓은 뒤 펼쳤다. "안 돼, 혼자서 옮기기는 힘들어요." 그가 신음하듯 말하면서 두 개의 구부러진 가로대를 고정시켜 들것을 조립했다. 제니는 재빠른 시선으로 티모가 다시 오른손에 주황색 가방을 들고 입구에 가만히 서 있는 것을 확인했다.

호르스트는 아직도 나타나지 않은 것인지, 적어도 제니는 그를 보지 못했다.

"다비드 씨와 마티아스 씨는 플로리안과 니코 씨가 토마스를 들것에 싣는 것을 도와주세요." 제니가 지시했다. 그러자 호명된 사람들은 아무 말 없이 토마스의 옆에 쪼그리고 앉아 그의 팔을 잡았다. 그들은 제니의 지휘를 따르기로 한 듯했다. 어쩌면 제니가 지휘를 맡은 사실을 다행스럽게 여기는 것 같기도 했다.

플로리안이 들것을 그들 가까이로 밀고서는 토마스의 무거운 몸을 천 위로 올리는 것을 도왔다. 거대한 몸은 물에 젖은 자루처럼 축 늘어져 있었기 때문에 그를 들어 올리는 것은 남자 네 명에게도 상당히 힘든 일이었다.

제니는 네 사람이 들것을 들고 방에서 나갈 때까지 다른 사람들과 함께 기다렸다. 그러고 나서 산드라, 요한네스, 안나, 엘렌이 마치 행렬처럼 뒤를 이어 따라갈 때도 한동안 그 자리에 그대로 서 있었다.

모두가 세탁실을 떠나고 나자 그녀는 방 안을 둘러보았다. 녹슨 자국이 가득한 세탁기들이 일렬로 서 있었다. 동그랗고 까만 세탁기의 문들이 공포에 질린 그녀의 모습을 즐겁게 쳐다보는 괴물의 부릅뜬 눈처럼 보였다.

토마스가 있던 자리는 축축하게 번들거렸고, 그 주변에서 하나의 불규칙한, 부분적으로 지워진 지름 약 10센티미터 정도의 얼룩을 발견했다. 그 앞에 쭈그려 앉음과 동시에 그녀는 그것이 피라는 사실을 알아차렸다. 그녀는 다시 일어서서 피가 토마스의 몸 어디에서 나온 것일지 생각했다. 그리고 방을 나서면서 잠시 고민한 후 왼쪽으로 몸을 돌렸다.

그녀는 천장에 여러 개의 두꺼운 절연 파이프들이 뻗어 있는 이 음산한 복도가 위층으로 올라가는 계단에서 끝나기를 바랐다. 이 길이 그녀가 비명을 듣고 공포에 질려 아래로 달려 내려올 때 왔던 길인지 분간할 수 없었다. 기억나는 것은 오로지 그녀가 계단 끝에서 누군가가 대답할 때까지 여러 차례 "여보세요"라고 소리친 후 목소리가 나는 곳으로 따라간 것뿐이었다.

다른 사람들이 토마스를 그의 방으로 데려가기 위해 1층 계단에 도달했을 때 그녀도 그들을 따라잡았다. 2분 뒤, 니코, 플로리안, 다비드, 그리고 마티아스가 헐떡이며 들것을 침대에 내려놓고 깊게 숨을 몰아쉬었다.

엘렌이 하얀색 이불을 토마스의 벗은 몸 위로 덮는 동안 토마스는 다시 신음하며 고개를 양쪽으로 흔들기 시작했다. 제니는 점점 그의 신음 소리가 마치 절박한 부름처럼 들린다고 생각했다. 아마도 그는 견디기 힘든 고통을 느끼고 있을 것이다.

"구급상자 어디에 있죠? 약과 붕대가 필요해요."

티모는 방에 없었지만 밖에서 "여기요!" 하는 소리가 들렸다. 잠시 후 그가 나타나 그녀에게 구급상자를 건넸다. 그 순간, 그녀는 그가 자신에게 미소 짓는 것 같다는 느낌이 들었고 동시에 그녀가 잘못 생각한 거라 믿고 싶었다. 누구도 그렇게 무감각할 수는 없었다.

그녀의 뒤에서 다른 사람들이 방 안으로 들어와 떠드는 동안 그녀는 재빨리 구급상자를 열었다. 누군가가 흐느껴 울었다. 그녀는 빠른 동작으로 약 포장들을 샅샅이 확인했다. 놀랍게도 약의 종류가 꽤나 다양했고 상태도 상당히 좋은 것처럼 보였다. 가위, 반창고, 가제 붕대 같은 잡다한 도구들은 일단 신경 쓰지 않았다.

그녀는 통증을 가라앉히기 위한 진통소염제 물약과 알약을 찾았다. 우선 응급 처치를 시작할 수는 있었다. 그녀는 물약으로 결정했다. 토마스의 입에 흘려 넣기에는 그쪽이 아마도 더 간편할 것이었다.

"뭔가 찾았어?" 플로리안이 그녀의 뒤에서 물었다. 그녀는 고개를 끄덕이고선 그에게 약병을 보여 주었다. 그리고 비어 있는 침대 모서리의 좁은 가장자리에 앉아 토마스의 피딱지가 진 입술을 바라보았다. 토마스는 이제 고개를 가만히 둔 채 더 이상 앓는 소리도 내지 않았다.

"토마스?"

그녀가 불러도 아무런 반응이 없자 반복해서 이름을 더 크게 부른 뒤 그의 팔을 살짝 건드렸다. 하지만 결과는 똑같았다. 그녀가 그의 이마를 만질 때에서야 토마스가 날카로운 신음과 함께 머리의 움직임으로 반응을 보였다. 제니는 자신이 얼굴을 만질 때만 그가 무언가를 느낀다고 생각하면서도 부디 그녀가 착각한 것이기를 간절히 바랐다.

순간적으로 든 생각에 그녀는 다시 한번 그의 팔을 눌러 보았다. 또다시 전혀 반응이 없자, 엄지와 검지로 토마스의 피부를 잡아 충분히 아플 정도로 세게 꼬집었다. 아무 반응도 없었다.

"어때요?" 그사이에 제니 옆에 자리를 잡은 산드라가 그녀 쪽으로 몸을 기울이며 조용히 물었다.

"아무것도 못 느끼죠? 그렇죠?"

제니가 산드라를 절망적인 눈빛으로 바라보자 그녀는 고개를 끄덕이며 마찬가지로 조용히 말을 이었다. "이미 지하에서 그를 들어 올릴 때 몸이 힘없이 축 늘어진 것을 보면서 그가 아무것도 느끼지 못한다고 생각했어요." 산드라의 목소리는 차분하고 친절하게 들렸다. "그리고 또 눈에 띈 게 있어요."

"이름을 불러도 아무런 반응을 하지 않아요." 제니가 대답했다. "오직 제가 그의 얼굴을 만질 때만 반응이 있어요. 그 말을 하는 건가요?"

"네, 제 말이 그 말이에요. 그런데 저도 확실하지는 않았어요. 우선 진통제부터 주세요."

제니는 고개를 끄덕이고선 진통제 병의 뚜껑을 열었다.

"이 약을 토마스에게 흘려 넣을 방법을 찾아야만 해요. 토마스?" 이제는 그가 그녀의 목소리에 반응하지 않을 거라고 거의 확신했으나 그래도 다시 한번 시도했다.

"입을 열 수 있겠어? 토마스?"

그녀는 곁눈질로 산드라가 일어서는 것을 보았다. 다음 순간 다비드가 제니 옆에 나타나 갑자기 토마스의 얼굴로 그의 손을 가져갔다. 그리고 엄지와 중지를 이용해 딱지가 진 입술을 잇몸이 보일 정도로 크게 벌렸다.

"자 이제 그 빌어먹을 진통제를 이 사이로 떨어트려 봐요."

벌어진 입술 사이로 토마스의 신음이 점점 커지면서 더 날카롭게 울렸다. 하지만 놀랍게도 그는 고개를 돌리지는 않았다. 오히려 입을 벌리고 소리를 냈는데 그 소리가 제니를 공포에 떨게 만들었다. 썩은 내가 나는 숨이 그녀를 덮치는 바람에 속이 울렁거렸다. 하지만 진정한 공포에 사로잡힌 순간은 그녀가 마지못해 토마스 쪽으로 몸을 구부렸을 때였다.

손에 든 병을 조심히 들어 올리던 제니가 갑자기 움직임을 멈추더니 무언가에 사로잡힌 사람처럼 그의 벌어진 입 속을 빤히 응시했다.

"토마스의 혀가…." 그녀가 속삭였다.

"혀가… 없어요."

9

 한순간에 방 안이 조용해졌다. 하지만 그것도 잠시, 다비드가 처음으로 다시 말을 시작했다.

 "혀가 없다는 게 무슨 말이에요? 말도 안 되는 소리. 혀가 사라진다는 게 말이 안 되잖아요. 아마도 입 속에 당신이 보지 못하는…."

 "사라졌다고요." 제니가 그의 말을 날카롭게 끊었다. 그녀는 지금 자신이 감당할 수 있는 한계에 도달했고, 당장이라도 비명을 지르며 방에서 뛰쳐나가기 직전임을 느꼈다.

 "상처가 보인다고요!"

 "제가 좀 봐도 될까요?" 제니의 어깨에 손을 올린 것은 산드라였다. 산드라는 제니가 지금 어떤 기분인지 이해한다는 듯이 그녀를 쳐다봤다. "잠깐 쉬어요."

 아무런 대답 없이 제니는 땀에 젖어 번들거리는 토마스의 얼굴을 한 번 더 쳐다본 뒤 자리에서 일어섰다.

 그녀는 다비드와 플로리안, 그리고 기꺼이 자리를 비켜 주는 다른 사람들을 지나 방의 벽에 기대 그대로 미끄러져 주저앉았다. 눈과 귀를 닫고 그저 이 상황으로부터 잠시 도망치고 싶다는 욕구가 강력했지만 한 가지 생각이 그녀를 가로막았다. 그녀가 깨달은 것, 그것은 너무나 끔찍해서 모든 다른 생각들을 순식간에 몰아냈다. 토마스의 눈은 심각한 상처를 입었다. 어쩌면 완전히 망가졌을지도 모른다. 혀는 사라진 상태였고 누가 그에게 말을 걸어도 반응하지 않았다.

 혹시 그의 귀를 확인하면 거기서도 상처를 찾게 될까? 누군가가 그를 보지도 듣지도 못하고, 더 이상 말조차 할 수 없도록 만든 걸까? 그리고 만약 그의 몸이 감각이 없는 게 사실이라면⋯ 그렇다면 그는 더 이상 보지도 듣지도 못할 거고, 목 아래로는 아무것도 느끼지 못할 것이다. 그녀는 이것이 토마스에게 어떤 의미일지를 이해하려고 시도하는 동안 자신의 입에서 신음 소리가 새어 나오는 것을 들었다. 그는 완전히 이 세상과 모든 감각으로부터 단절된 것이다. 스스로의 안에, 깜깜하고 소리도 감각도 없는 동굴 속에 갇힌 것이다. 그 생각만으로도 그녀는 겁에 질려 목이 졸리는 듯했다. 만약 그녀가….

쿵쿵거리는 소리가 제니를 끔찍한 생각에서 빠져나오게 했다. 당황한 그녀는 고개를 들어 문틀을 꽉 붙들고 있는 요한네스의 시뻘게진 얼굴을 보았다.

"무전기." 그가 숨을 헐떡거렸다. 계단을 뛰어 올라온 것처럼 보였다. "무전기가 작동이 안 돼요. 누군가가 망가뜨려 놨어요."

다른 사람들이 이 소식에 경악하는 소리가 들려왔지만 마치 먼 곳에서 일어나는 일처럼 느껴졌다. 사람들이 뭐라고 말하는지는 알아들을 수 없었다. 제니는 마치 외부 관찰자처럼 자리에서 일어나 요한네스를 지나쳐 방을 나갔다. 그때 요한네스가 무언가 말을 했지만 그 말은 그녀에게까지 전해지지 않았다.

제니는 그녀 앞에 펼쳐진 복도를 바라보았다. 복도가 이상하게 이쪽저쪽으로 흔들리고 있었다. 같은 리듬으로 누군가가 그녀를 향해 다가왔다. 남자였다.

그는 작업복을 입고 있었다. 복도는 점점 더 크게 움직이더니 물리적인 법칙과 모든 상식을 거스르며 옆으로 기울어졌다. 그리고 갑자기 남자의 얼굴이 그녀 위로 가까이 나타났다. 그녀는 눈을 크게 뜨고 마치 물속에서 내지르는 비명과 같은 소리를 들었다. 그대로 그녀는 새카만 바다로 빠져들었다.

제니가 다시 눈을 떴을 때는 그녀가 기절하기 직전과 거의 동일한 장면이 눈앞에 펼쳐졌다. 한 가지 다른 점이 있다면, 이번에는 당장이라도 그녀의 위로 떨어질 것 같은 걱정스러운 얼굴 셋이 그녀를 뒤덮고 있다는 것이었다. 제니는 아직 정신을 완전히 차리지 못해 그들의 이름이 더디게 떠올랐으나, 그들을 알아볼 수는 있었다.

플로리안과 안나가 그녀의 옆에 무릎을 꿇고 있었고, 그 옆에 서 있는 사람은… 나이 든 건물 관리인, 그의 이름이 뭐였더라… 호르스트! 이제 제니는 그녀가 마지막으로 본 얼굴이 그의 얼굴이었던 것도 기억해 냈다.

"정신이 좀 들었군." 플로리안이 미소를 지어 보이려 노력했으나 억지스럽게 느껴질 뿐이었다.

"무슨 일이 일어난 거지?"

"말하자면, 당신이 복도에서 내 품으로 떨어졌소." 호르스트가 설명했다. "마지막 순간에 간신히 당신을 붙잡아서 바닥에 내려놓는 것 말고는 아무것도 할 수가 없었다오. 그때 눈이 커져서 나를 보더니 눈알이 돌아가더군."

"얼마나 기절해 있던 거죠?"

"몇 분 정도야." 플로리안이 설명했다.

제니는 단숨에 몸을 일으키려고 했지만 바로 다시 뒤로 넘어졌다. "천천히." 안나가 힘없는 목소리로 조언했다. "조금 더 기다려."

제니의 시선이 그녀의 두 눈을 향했고 그 안에서 어렴풋한 절망을 인지했다. 그다음 순간, 토마스가 떠올랐다.

그의 심각한 부상들….

제니는 자신이 아직도 바닥에 있는 것을 확인하고서는 유일하게 서 있는 사람인 호르스트에게 손을 내밀었다. "저 좀 도와주세요."

잠시 망설인 뒤 그가 그녀의 손을 잡고 일으켜 세웠다. 그녀는 복도를 바라보았다. 약 10미터 정도 떨어진 토마스의 방에서 낮은 목소리들이 흘러나왔다. 무슨 말을 하는지는 이해할 수 없었다.

"토마스는 어떻게 됐지?" 그녀는 이제 함께 서 있는 안나와 플로리안에게 물었다. 플로리안이 피곤해하며 어깨를 으쓱했다.

"나도 몰라. 지난 몇 분간 우리는 여기 네 옆에 있었으니까."

"그럼 한번 가서 보는 게 좋겠어." 그녀가 거의 문 앞에 도착했을 즈음 엘렌이 빨개진 눈을 하고 그들 쪽으로 왔다. 제니는 걸음을 멈추었다. "어떻게 됐어요?"

"그는…." 눈물이 엘렌의 뺨을 타고 흘렀다. "다친 부분이 더 있어요. 귀에서는 피가 나오고, 그리고 목에는… 그게…." 그녀는 고개를 숙인 채 어깨를 몇 번 들썩거리더니 다시 위쪽을 쳐다봤다. "베이거나 바늘로 찔린 것 같아 보여요. 니코가 말하기로는 그래서 몸을 움직일 수 없는 거라고 하네요."

그러니까 실제로 누군가가 토마스의 눈과 귀를 멀게 했을 뿐 아니라, 말도 못 하고 움직이지도 못하게 만든 거였다. 그 잔인한 정신병자임이 틀림없는 자. 그리고 자신들과 함께 이 호텔에 있는 누군가가.

이어서 다비드, 마티아스 그리고 아니카가 방에서 나왔다.

"괜찮아요?" 다비드가 물었다. 그의 얼굴에도 놀란 기색이 역력했다.

제니는 고개를 끄덕이고선 그들을 지나 방으로 가려고 했으나 마티아스가 길을 막아서며 진지한 표정으로 말했다.

"지금 당장은 우리가 그를 위해 할 수 있는 게 없어요. 우선 니코 씨가 그의 곁에 있을 거고 그다음에는 우리가 차례로 곁을 지킬 거예요. 제가 한 시간 뒤에 니코 씨와 교대해 줄 거고 저 다음에는 다비드 씨가 할 거예요. 우리 모두 아래서 만나기로 결정했어요. 이제 무엇을 해야 할지 상의해 봐야만 합니다. 그러니까 바로 같이 가죠."

"우리가 무엇을 해야…" 그때 방에서 나오던 요한네스가 빈정

대는 어조로 말을 따라 하더니 고개를 절레절레 흔들며 그들을 지나갔다.

제니는 잠시 그를 보고 나서는 다른 사람들에게 고개를 끄덕였다. "곧바로 갈게요. 우선 토마스를 다시 한번 살펴보고 싶어요." 마티아스가 길을 비켜 주지 않자 그녀는 그를 한쪽으로 밀었다.

니코는 토마스의 침대 위, 제니가 앉았던 자리에 자리를 잡고 있었고 산드라는 그 옆에 서 있었다.

그녀가 방으로 들어서자 니코가 잠시 몸을 돌렸으나 곧바로 토마스의 이마에 얹은 수건을 들어 플라스틱 대접에 넣고 헹궜다. 그사이에 누군가가 부엌에서 대접을 가져다 놓은 듯했다. 그리고 헹군 수건을 다시 같은 자리에 얹었다. 뒤이어 그는 수건으로 토마스의 귀에서 나오는 피를 닦아 냈다.

"이제 좀 괜찮아요?"

"네, 토마스는 좀 어떻죠?"

"정신을 잃었어요." 산드라가 조용히 말했다. 그녀는 모성애가 넘치는 몸짓으로 그녀의 팔 아래를 잠시 어루만지더니 방을 떠났다.

"정신을 잃다니요?" 제니는 다시 니코에게 물었다. "진통제 때문인가요?"

"아마도요, 어쩌면 통증 때문일지도 모르고요. 게다가 열도 높아요. 귀에서 끊임없이 피가 난다는 건 전해 들었나요? 우리가 그의 목에서 상처를 발견한 건요?"

"네, 베인 듯한 상처가 있다고 들었어요."

"제 생각에는 의도적으로 찌른 것 같아요. 누군가가 작정하고 목 아래를 마비시키려고 척수를 다치게 한 겁니다."

제니는 토마스의 상처로 뒤덮인 눈을 보고 있으려니 눈물이 흐르는 것을 막을 수 없었다. 그녀는 손등으로 눈을 닦았다.

"이 모든 상처들이요… 이것들을 다 합친다면 이게 그에게 무엇을 의미하는지 아시나요?"

"네." 니코는 몇 초 뒤 말을 덧붙였다. "상상도 할 수 없고 상상하고 싶지도 않지만요."

"어떤 괴물이 이런 짓을 할 수 있을까요?"

니코는 아무런 대답도 하지 않았다. 그는 다시 물수건을 대야에 담그고 물기를 짠 후에 그녀에게 말했다.

"당신도 내려가 보는 게 좋겠어요. 지금은 이 멍청한 물수건이나 빨면서 진통제를 주는 것 외에 우리가 토마스 씨를 위해 할 수 있는 게 없어요. 이건 지금부터 제가 몇 시간 동안 할 거예요. 그 다음에는 마티아스 씨가 교대해 줄 거고요. 제 생각에는 당신이 저 아래 내려가서 대화를 조금 조율할 필요가 있을 것 같아요. 지금 다들 감정이 상당히 끓어올라 있는데 요한네스 씨가 대화를 잘 이끌어 나갈 것 같지는 않거든요."

제니는 니코에게 고개를 끄덕이고서는 토마스를 보지 않은 채 몸을 돌렸다. 하지만 복도로 나가자마자 울음이 터져 나와 몇 걸음을 채 떼지 못했다.

그녀가 잠시 후 벽난로가 있는 방에 들어섰을 때 아니카와 요한네스 사이에서는 열띤 토론이 진행되고 있었다.

"그렇게 할 수는 없어요. 이해를 좀 해 주세요." 요한네스가 말하고서는 도움을 청하듯이 제니 쪽으로 시선을 돌렸다.

아니카가 손을 내저었다. "아, 정말 쓸데없는 소리! 당신은 아마 못 하시겠죠. 하도 운동을 안해서 세 걸음만 걸어도 숨이 찰 테니까요. 그런데 당신에게 부탁할 사람은 아무도 없어요. 저는 단지 제가 할 수 있다는 얘기라고요."

마티아스가 곁눈질하는 것을 그녀는 눈치채지 못했거나 의도적으로 그것을 무시하고 있는 듯했다.

"저는 매년 적어도 2주씩은 눈이 많이 쌓인 곳에서 스키를 타요. 그렇기 때문에 고작 이 정도의 악천후로는 나를 막을 수 없어요. 지금 당신이 우리를 도울 수 있는 방법이 있나요? 만약 더 좋은 생각이 있다면 한번 말해 보세요. 자."

"더 좋은 생각 따위 없습니다. 적어도 지금은요. 그래도 저는 이 그룹에 대한 책임이 있고, 누군가가 자살행위와도 같은 선택을 하려는 걸 그냥 두고 볼 수 없어요."

"당신 말은, 이 호텔에 있는 정신병자가 우리에게도 그런 짓을 하기 전에요?" 마티아스가 도전적으로 대꾸했다.

"죄송합니다만." 요한네스가 앉아 있는 소파의 뒤에 서서 제니가 끼어들었다. "우리가 호텔을 떠날 수 있는지를 얘기하고 있는 건가요?"

"아니요." 아니카가 퉁명스럽게 대답했다. "제가 제 남편과 함께 호텔을 떠나서 도움을 요청할지를 얘기하고 있는 거예요. 우리 여행 가이드님은 무전기가 망가질 때까지 할 수 있는 게 없었고 우리가 지금 어떻게 해야 할지도 전혀 모르고 계시는 게 분명해 보이니까요. 다른 누군가가 함께 가기를 원하는 것도 아니에요. 만약 저희가 해내지 못한다면 똑똑하신 여러분은 지금처럼 계속 호텔에 갇혀 있는 거고, 만약 제가 거기까지 무사히 내려간다면 구조될 거예요."

제니는 숨을 크게 쉬었다. 그리고 그게 가능하기만 하다면 그걸 해낼 수 있는 사람은 오히려 니코밖에 없다고 이의를 제기하기 전에 다비드가 소파에서 몸을 일으켰다. "가장 먼저, 어떤 변태 같은 개자식이 토마스 씨에게 그런 짓을 한 건지 생각해 봐야 하지 않아요? 오직 두 가지 가능성밖에 없잖아요. 이 호텔에 우리 말고 다른 누군가가 존재하거나, 아니면…." 그는 천천히 시선을 한 사람에서 다른 사람으로 옮겼다. "토마스 씨에게 그런 짓을 한 사람이 우리 중 한 명이거나."

"건물 관리인을 잊어서는 안 됩니다." 플로리안이 말을 덧붙였다.

"말도 안 돼요." 엘렌이 말했다 "우리 중 누가 그런 끔찍한 행동을 할 수 있겠어요? 그리고 무엇보다도 그런… 그런 짓을 하는 방법을 아는 사람이 있겠어요…?" 그녀가 흐느끼며 말을 흐렸다.

"문제는 그런 사이코패스들이 자기들의 판타지를 이마에 써 붙이고 다니지는 않는다는 거죠." 플로리안이 말했다.

"셜록 홈스의 유일한 후계자 납셨네." 마티아스가 비웃는 조로 말했다. 하지만 제니는 플로리안의 말에 동의할 수밖에 없었다. 누가 다른 사람의 머릿속을 들여다볼 수 있단 말인가?

그녀는 곁눈질로 산드라가 일어서서 방을 나서는 것을 보았다.

"어쨌든 저는 제 생각대로 하겠어요." 아니카도 자리에서 일어나더니 옆구리에 손을 올렸다. "지금 유일하게 할 수 있는 방법은 저와 마티아스가 적어도 그 호수에 있는 산장까지 가 보는 거예요. 호수 이름이 뭐였죠? 푼텐 호수였나요? 여기서 거기까지 한 시간 남짓 걸렸잖아요."

플로리안이 손을 올렸다. "그래서 그게 어쨌다는 겁니까? 그 산장은 닫혀 있어요. 다들 봤잖아요. 거기에는 지금 아무도 없어요. 그리고 이런 날씨에는 거기서부터 세인트 바르톨로메오까지 절대로 못 갈 겁니다."

"그거야 여기서는 알 수 없죠. 어쨌든 그렇게 되면 조금은 해낸 거잖아요."

"아니카 씨, 하나만 물을게요." 다비드가 차분하고 냉정한 목소리로 말을 꺼냈다. "당신의 주된 관심사는 일단 이 호텔을 떠나는 건가요? 토마스 씨에게 일어난 일을 봤기 때문에요? 범인이 아직 여기 있을 것 같아서요?"

"뭐라고요?" 다비드의 질문에 마치 정곡을 찔린 것처럼 아니카가 벌컥 화를 냈다. "그게 무슨 뜻이죠?"

"그게 무슨 말이냐면 말이죠. 이런 날씨에 호텔을 떠나겠다는 당신의 무모한 생각이 우리를 구하려는 게 아니라 오로지 당신 자신을 구하기 위한 게 아닐까 하는 생각이 든다는 말입니다."

10

"무슨 터무니없는 소리!" 마티아스가 크게 소리쳤다.

그러나 다비드는 마티아스를 향해 손바닥을 내보이며 양손을 들어 올리고서는 말했다. "그냥 갑자기 든 생각일 뿐이에요. 그리고 다른 사람들 의견도 좀 알고 싶었고요."

"이 토론은 더 계속할 필요가 없겠어요."

갑자기 방 입구에 나타난 산드라가 던진 말에 모두가 그녀를 바라봤다.

"방금 로비에 가 봤어요. 그사이에 쌓인 눈 때문에 문이 거의 완전히 막혔어요. 만약 2층 당신 방의 창문을 넘어서 나간다고 하더라도," 그녀가 아니카를 향해 계속해서 말했다. "목까지 눈에 잠길 거고 1미터 정도밖에는 가지 못할 거예요."

"그건 제가 알아서 확인하겠어요." 아니카가 냉정하게 대답하고서는 산드라를 지나 방을 나갔다.

"요한네스 씨." 안나가 멍하니 자기 앞을 응시하고 있는 여행 가이드에게 말했다. "이 호텔에 우리 말고 다른 누군가가 있을 수도 있나요?"

그는 어깨를 으쓱했다. "그건 건물 관리자에게 물어봐야겠죠. 하지만 거참, 이 호텔은 정말 거대하다고요. 우리가 도착하기 전에 누군가가 여기 들어왔다면 우리가 찾을 수 없게 숨는 건 아무 문제도 없을 겁니다. 아마 여러분도 토마스 씨를 찾으면서 그건 알아차렸을 거예요."

"왜요? 우리는 그를 찾았잖습니까." 마티아스가 반박했다.

"우리가 언젠가는 반드시 찾을 수 있을 만한 곳으로 토마스가 옮겨져 있었기 때문에 찾을 수 있었던 거예요." 제니가 대답했다.

"범인이 우리가 토마스를 찾길 원했다는 말인가요?"

"네, 제 생각에는 그래요. 그리고 누가 범인이 한 사람이라고 그래요? 토마스는 결코 가볍지 않아요. 토마스에게 저지른 짓은 어딘가 다른 장소에서 일어난 게 분명합니다. 2분 만에 끝날 일이 아니에요. 그리고 의료 도구나 장비들이 사용되었고요. 어떤 방식으로 했는지는 모르겠지만 토마스를 세탁실로 옮긴 건 분명해요."

"여기 모인 사람들이 각자 자기 소개 때 말한 그런 사람이 맞는지 누가 장담할 수 있죠?" 방을 나갔다가 다시 돌아온 아니카가 문 가까이에 서서 물었다.

"어때요?" 산드라가 다소 공격적으로 물었다. 언제나 사려 깊어 보이던 여자에게서 처음 발견한 모습이었다. "제가 말한 걸 두 눈으로 직접 확인하니 이제 믿을 수 있겠어요?"

아니카는 어깨를 으쓱하고는 그녀의 자리로 돌아갔다. "지금 상황에서는 호텔을 떠나는 게 정말로 어려워 보이네요."

요한네스는 어깨를 으쓱했으나 아무런 대답도 하지 않았다. 대신 다비드가 말했다.

"얘기가 다 끝났다면 건물 관리인과 니코 씨를 부르는 게 좋겠어요. 현재 이 호텔에 머무르는 모든 사람들이 함께 모여 있자고 제안해야겠어요."

"니코 씨도요?" 제니가 놀라서 물었다. "니코 씨는 마티아스 씨가 교대해 줄 때까지 토마스 곁에 있는 걸로 생각했는데요."

"저는 니코 씨도 여기 함께 있는 게 중요하다고 생각해요. 토마스 씨가 잠들어 있는 상태면 한동안은 혼자 둬도 되잖아요."

제니는 생각이 달랐다. "만약 토마스가 깨어나면요? 그리고 아무도 본인 곁에 없다는 걸 알게 되면요? 자기가 지금 어디에 있고 자기 주변에서 무슨 일이 일어나고 있는지 아무것도 모르는 채로요? 움직이지도, 도움을 청하지도 못하는 상태로요?"

"당신 말이 맞네요. 제가 거기까진 생각을 못했어요."

"얼마나 소름 끼치는 생각인지." 엘렌이 본인 스스로에게 말하는 것처럼 낮은 목소리로 말했다. 그리고 고개를 들어 모든 사람을 차례로 쳐다봤다. "만약 우리가 정말 이 호텔에 있는 유일한 사람들이라면, 그리고 지금 모두를 다 불러 모은다면… 토마스 씨에게 그런 짓을 한 사람이 우리와 함께 이 자리에 앉아 있는 거잖아요, 그죠? 그 생각에 소름이 끼치는 건 저뿐인가요?"

"우리 중 하나는 아니에요." 안나가 한 치의 의심도 허락하지 않겠다는 듯이 굳은 목소리로 말했다. 아니카가 냉소적으로 웃었다. "아 그래요? 어떻게 그리 확신하죠?"

"논리로요. 범인은 도망칠 어떠한 기회도 없이 우리와 함께 여기 갇혀 있어야 하니까요."

이번에는 아니카가 쳇 하는 소리를 냈다. "그러니까 당신은, 이런 짓을 할 수 있는 사람이" 그녀는 동시에 위쪽을 가리켰. "고작 그런 이유로 범행을 저지르지 않게 된다고요?"

"안나 씨 말이 맞아요." 요한네스가 말했다.

"우리 중에 범인이 있는 건 말도 안 됩니다. 이런 작은 그룹에서는 잠재적 용의자의 범위가 너무 명확하기 때문에 경찰이 범인을 상당히 빨리 찾을 테니까요."

"경찰이 언젠가 여기로 오거나, 우리가 여기서 나간다는 전제 조건하에 말이죠." 마티아스가 반박했다.

하지만 요한네스가 바로 부정했다. "늦어도 이틀이나 삼 일 뒤에는 그렇게 될 거예요. 이 눈보라가 끝없이 계속될 리는 없으니까요."

"그 이틀, 삼 일 동안 많은 일이 일어날 수도 있죠." 제니가 말했다. "저도 이 호텔 어딘가에 숨어 있는 다른 누군가가 한 일이라 믿어요. 하지만 그 사람도 호텔을 빠져나가지는 못했을 거예요. 즉, 우리는 지금 그 사람 또는 그들과 여기 함께 갇혀 있는 거죠. 그러니까 현 상황에서 우리가 어떻게 행동해야 할지 대책을 세워야만 해요. 그래서 저는 건물 관리인들도 불러와서 우리가 할 수 있는 일에 대해 함께 생각해 보자는 다비드 씨의 의견에 동의해요."

토마스에 대한 생각을 떨쳐 버리고 이 끔찍한 상황에 최대한 침착하게 대응하기 위해서는 많은 노력이 필요했다. 하지만 이런 침착함을 유지하는 것이 스스로에게도 도움이 된다고 느꼈다.

"알겠어요. 제가 건물 관리인들을 찾을 수 있는지 한번 볼게요." 플로리안이 일어나서 방을 나갈 준비를 했다.

"잠깐 기다려요." 요한네스도 자리에서 일어섰다. "저도 같이 가겠습니다. 여기 온 게 처음이긴 하지만 적어도 조금은 건물 구조를 알아요."

두 사람이 호르스트와 티모를 데리고 돌아오는 데에는 5분도 채 걸리지 않았다. 요한네스를 제외하고 모두가 자리에 앉자 요한네스가 평소와 같이 손뼉을 쳤다. 그래도 첫날보다는 훨씬 덜 요란했다.

"우리 모두…."

"질문이 하나 있어요." 티모가 학교에서 하듯 손을 들며 말을 끊었다. "여기서 뭐 하는 거죠?"

"말을 끊지 않고 끝까지 들으면 알게 되실 겁니다." 다비드가 티모를 나무라고서 다시 요한네스 쪽을 봤다. 요한네스는 다비드에게 감사의 뜻으로 고개를 끄덕인 뒤 다시 말을 이었다.

"자, 제가 정리를 해 보겠습니다. 토마스에게 뭔가 끔찍한 일이 일어난 건 모두 알고 있죠. 그리고 우리는 적어도 하루 이틀은 여기 갇혀 있게 될 거고요. 그리고…."

"이미 말했듯이 그건 우리도 이미 다 알고 있어요." 티모가 다시 한번 그의 말을 끊었다. "그런데 왜 우리가 여기 모여 앉아 있는 거냐고요. 제 말은, 호르스트 씨와 저 말입니다."

"왜냐하면 당신들도 여기 모인 다른 사람들과 마찬가지로 위험에 처해 있으니까요." 티모의 예의 없는 태도에 짜증이 난 제니가 날카롭게 설명했다.

"그리고 마찬가지로 범죄 혐의가 있고요." 다비드가 덧붙였다. 그에 건물 관리인이 시뻘건 얼굴을 하고 자리에서 벌떡 일어났다.

"아, 그런 식이군. 우리가 고급스러운 옷이 아닌 작업복을 입고 다니는 사람들이라서, 그래서 저절로 의심이 가나 보지?"

다비드는 차분하게 대답했다. "여기 모인 다른 모두와 마찬가지라고 말했잖아요. 못 들었습니까? 아니면 이해가 어려운 겁니까? 지금 당신의 행동 때문에 조금 의심이 드는 건 사실이군요."

"허참." 티모가 경멸하듯 혀를 차더니 다시 소파에 앉았.

제니는 호르스트가 그의 동료에게 나무라는 듯한 시선을 던지는 것을 눈치챘다. 그리고 토마스를 찾던 중 있었던 그들의 이상한 만남에 대해 이야기를 꺼내야 할지 곰곰이 생각했지만 그러지 않기로 결정했다. 적어도 지금 이 상황에서는. 그가 거기서 무엇을 했든, 어쩌면 그녀가 그 일을 이미 잊었다고 그가 믿게 만드는 게 더 나을 수도 있었다. 그리고 그녀를 괴롭히는 또 다른 의문이 하나 있었지만 그것도 나중에 단둘이 있을 때 물을 예정이었다.

"우리가 구체적으로 어떻게 해야 하는지 얘기하려던 거 아니었나요?" 아니카가 물었다.

"제 생각에 지금부터 우리 모두 항상 같이 있는 게 좋겠어요." 엘렌이 제안했다. "우리 외에 다른 누군가가 호텔에 있든 없든 간에, 우리가 계속 다 같이 있으면 그 누구에게도 더 이상 그런 일이 일어나지 않을 거예요."

"저도 그렇게 생각해요." 안나가 그녀의 말에 동의했다.

"그럼 우리는 어떻게 하라는 거요?" 호르스트가 물었다.

엘렌은 그 질문을 이해하지 못하겠다는 것처럼 이마를 찡그렸다. "당연히 두 분도 함께 있어야죠."

"그렇게는 곤란하오. 이곳에는 매일매일 처리해야 하는 일이 많은데, 그 일들을 그냥 단순히 제쳐 둘 수는 없소."

"지금 무슨 일이 일어났는지 보고서도요?"

제니가 물었다. 호르스트는 이 상황을 받아들이기 힘들어하는 것 같았지만, 토마스에게 일어난 일을 떠올리자 생각이 바뀌는 듯 보였다.

"그렇지만…." 호르스트는 이제 조금 진정한 듯한 그의 동료를 쳐다봤지만 그의 동료는 시선을 피했다.

"그래, 좋소. 원칙적으로는 가능할 수도 있을 듯하오."

"저도 좋은 생각인 것 같아요." 다비드가 동의했다. "그러니까, 잠자는 시간은 빼고요."

"하지만 밤 시간대가 제일 중요하잖아요." 엘렌이 생각에 잠겨 중얼거렸다. "토마스 씨는 밤중에 사라졌다고요."

"미안하지만 저는 그건 힘들겠어요. 아홉… 열한 명의 성인과 한방에서 자며 코 골고 방귀 뀌는 소리를 듣지는 않을 겁니다."

그리고 다비드는 아니카와 마티아스를 한 번 쳐다본 뒤 말을 덧붙였다. "그리고 알 게 뭐예요. 아니요, 절대 안 돼요. 낮에는 좋아요. 저녁시간에도 괜찮고요. 하지만 밤에는 절대 싫습니다. 다들 문 잠글 수 있잖아요. 뭐 옷장 하나를 더 밀어 둬도 되고요. 이 미스터 다비드 바이스가 여자랑 한 침대에서 자는 건 최대 두 명까지예요."

"역겨워라!" 아니카가 그렇게 내뱉더니 몸을 앞으로 숙이고선 그녀의 손가락을 크게 벌린 입 속으로 집어넣는 시늉을 했다.

"저도 우리가 잠자리에 들기 전까지 함께 있는 걸로 충분하다고 생각해요." 플로리안이 다비드의 말에 동의했다. 하지만 마티아스가 그에 이의를 제기했다. "하지만 그건 토마스 씨한테 별 도움이 되지 않았어요. 그렇지 않나요?"

"차이점은, 토마스는 지금 우리가 처해 있는 이 위험에 대해 알지 못했었다는 거죠." 제니가 덧붙였다. "우리는 지금 이 문제에 대비할 수 있잖아요. 예를 들면, 문을 확실하게 잠그는 거요."

"잠긴 문으로 그 사람을 정말 막을 수 있을지는 모르겠지만." 산드라가 말했다. "하지만 저도 적당한 개인 공간이 필요해요. 적어도 잠잘 때는요."

"우리가 생각해야 할 게 또 한 가지 있어요." 다비드가 다시 말을 시작하더니 마치 누군가가 질문해 주기를 기다리는 것처럼 잠시 말을 멈췄다. 제니가 그를 도와주었다. "그게 뭐죠?"

"이유요. 범인은 왜 이런 짓을 했을까요? 이게 토마스 씨와 관련된 일일까요? 그리고 범인은 왜 그를 그냥 죽이지 않고 이런 수고를 들였을…."

"당신은 토마스 씨가 죽기를 바랐던 것처럼 들리는군요." 마티아스가 쏘아붙였다.

그에 다비드가 처음으로 자신에 대한 통제력을 잃었다. 그의 얼굴에 2~3초 정도 어두운 붉은 그림자가 드리워졌고, 파란 눈은 마티아스를 향해 번뜩거렸다. 그러나 바로 다음 순간, 그의 입가에 다시 거만한 미소가 번졌다.

"친애하는 마티아스 씨, 만약 제가 당신 뇌의 특정 부위를 뜨거운 바늘로 찌른다면 당신은 아마 평생 행복해질 수 있을 겁니다. 어떻게 생각하세요?"

"실제로 수차례 칼에 찔리고, 어쩌면 뜨거운 바늘로 말할 수 없는 고문을 당했을 사람이 저 위에 누워 있다는 걸 생각하면 방금 한 말은 적절하지 않은 것 같네요." 제니가 마티아스 대신 대꾸했다. 마티아스의 발언이 다비드의 반응만큼 경솔했다고 생각하기는 했지만 말이다.

"당신 말이 맞아요. 제가 어리석었네요. 미안해요." 다비드는 순순히 사과했지만, 곧바로 마티아스를 화난 표정으로 쏘아봤다. "당신, 한 번만 더 나를 그런 사람 취급했다가는 다음번에는 그냥 넘어가지 않을 겁니다. 약속하죠."

11

잠시 침묵이 이어졌다. 티모가 일어서서 말을 꺼낼 때까지 모두가 허공만 바라봤다.

"자, 저야 뭐 여러분이 여기 다 같이 옹기종기 모여 있어도 상관없어요. 하지만 저는 안 합니다. 당신들 중 한 명이 저 위에 불쌍한 인간을 끔찍하게 망가뜨려 놨어요. 저는 그런 미친놈이랑 이 방에서 함께 자지 않을 겁니다. 누가 알아요, 범인이 밤에 무슨 생각을 할지."

그러고는 방을 떠나려고 몸을 돌렸다. 그때 아니카가 말했다.

"당신이 범인이 아니라고는 누가 그러죠?"

티모는 멈춰 서서 아니카 쪽으로 몸을 돌렸다. 그의 얼굴에 크게 미소가 번졌다. "아무도 그러지 않았죠."

그리고 그는 방을 나섰다.

"참, 저게 의심스러운 행동이 아니라면 나도 더 이상 모르겠네요." 마티아스가 말했다.

안나는 고개를 절레절레 흔들었다. "아뇨, 저건 너무 의심스러워요. 만약 그가 토마스에게 그런 짓을 한 범인이라면 분명 가능한 한 눈에 띄지 않게 행동할 거예요, 그렇지 않아요? 그도 자기 행동이 어떤 영향을 끼치는지 알 거 아니에요."

"나는 모르겠어요." 플로리안이 생각에 잠긴 채 손으로 그의 턱을 문질렀다. "그런 짓을 할 수 있는 사람은 생각하는 게 우리와 완전히 다르다는 걸 잊어선 안 돼요. 스토커들도 자기가 피해자의 한 발짝 한 발짝을 감시할 권한이 있다고 믿잖아요."

곁눈으로 어떤 움직임을 느낀 제니가 몸을 돌렸다. 다비드가 한 손을 이마에 올리고서 믿을 수 없다는 듯이 플로리안을 쳐다봤다.

"이제 알겠다!" 그가 큰 소리로 말했다. "그렇지, 플로리안 트라펜! 당신 이름을 경제 잡지에서 읽었어. 이미 조금 지난 일이지만, 적어도 일 년 반인가 이 년인가, 그래서 바로 생각이 안 났던 거지."

제니는 플로리안 쪽을 흘끗 봤다가 그가 눈에 띄게 창백해진 것을 발견했다.

"우리 회사에서 자산을 관리하던 공장주의 상속녀에 대한 이야기였어. 그래서 내가 그 기사를 읽은 거고." 다비드는 이제야 기억이 떠오른 것을 믿을 수 없다는 듯 고개를 흔들었다. "완전히 정신 나간 일이었지. 그 여자는 남자친구 때문에 미쳐 버렸는데, 그 남자가 그녀의 휴대폰, 스마트 스피커, 그리고 다른 기기들을 어떻게 조작했는지 그 전자기기들이 밤에 그녀가 죽임을 당할 거라고 속삭이게 했다더군. 정말 비열한 짓이지. 그 여자는 결국 자살 시도를 해서 정신병원으로 보내졌고."

다비드가 잠시 말을 멈추더니 플로리안의 눈을 뚫어지게 쳐다봤다.

"그녀의 남자친구 이름이 플로리안 트라펜이었어."

누군가가 신음했고 그러고 나서 몇 초간 침묵이 감돌았다. 그사이, 자리에 있던 모든 사람의 시선이 플로리안에게 향했다. 제니 역시 당황하여 플로리안을 바라봤다. 그리고 그가 뭔가 반응을 보이기를, 그러니까 그건 오해이며 플로리안 트라펜이라는 이름을 가진 동명이인이라고 반박하기를 기다렸다.

"개소리하지 마." 플로리안이 마침내 말을 내뱉었다.

다비드가 이마에 주름을 지어 보였다. "뭐가 개소리라는 거지?

그 기사가? 그게 당신에 대한 이야기가 아니라고?"

"그 모든 기사는 다 헛소리야. 나는 완전히 결백해. 경찰도 그렇게 인정했고."

"그럼 저 일이 사실이라는 거야?" 제니가 조용히 물었다. 믿을 수가 없었다.

"아니라고, 젠장." 플로리안이 등받이에 몸을 던지고서는 손으로 얼굴을 쓸었다. "내가 방금 말했잖아, 나는 아무런 죄가 없다고. 그 여자가 나를 스토킹했던 거야, 내가 한 게 아니고. 나에 대한 수사는 끝났어. 나는 죄가 없었고 지금도 죄가 없어. 그게 다야. 그 모든 건 거의 2년 전에 일어났고 이미 다 끝난 일이라고. 그 일은 충분히 오랫동안 날 따라다니며 괴롭혔어. 이제 그 이야기에 대해서는 단 한마디도 하지 않겠어."

그 말과 함께 그는 몸을 돌려 방을 떠났다.

다시 긴 침묵이 흘렀다. 느낌상 상당한 시간이 지난 후 아니카가 침묵을 깼다.

"지금 어떤 사람들이 여기 함께 있는 건지 믿을 수가 없네요." 그녀의 시선은 요한네스로 향했다.

"어떻게 저런 과거가 있는 사람이 우리 그룹에 있을 수 있죠. 휴대폰도 없이, 그러니까 바깥세상과의 어떠한 연결고리도 없이요? 믿을 수가 없네요."

요한네스는 그녀가 방금 말한 것을 이해할 수 없다는 듯이 그녀를 쳐다봤다. "어떻게 저런 사람이 우리 그룹에 있을 수 있냐는 게 무슨 말이죠? 우리는 고객들이 여행을 예약한다고 해서 그들의 범죄 이력 증명서를 요구하지는 않는다고요."

아니카가 비꼬듯이 중얼거렸다. "보시다시피 범죄 경력을 확인하는 게 나쁜 생각 같지는 않네요."

"맞아요!" 다비드가 동의했다. "그리고 여행 전에 모두 거짓말 탐지기로 조사받아야 해요. 자신의 운동 능력에 대해 거짓말한 게 없는지 확인할 필요가 있죠."

아니카가 그를 사납게 노려보더니 조용히 말했다.

"멍청한 인간."

그에 다비드는 오히려 그녀에게 미소 지었다.

제니는 이 모든 것을 더 이상 1초도 견딜 수 없다는 느낌을 받았다. 머릿속의 생각은 토마스와 자신들이 처한 위험에서 계속 맴돌고 있었다. 그런데 플로리안이 스토커일 수 있다니. 게다가 서로를 향한 이 적대적인 분위기….

아니, 그녀는 휴식이 필요했다. 생각을 정리해야만 했다. 그녀는 자리에서 일어나 아무런 말 없이 방을 떠났다.

로비를 가로지르면서 입구 쪽을 바라보았다. 그 앞에는 하얀 벽이 우뚝 솟아 있었다. 그리고 눈은 계속해서 내리고 또 내렸다. 그녀는 지금 자신의 방으로 가는 것이 좋은 생각인지 잠시 고민했지만 그렇게 하기로 결정했다. 어쨌든 간에 그 방은 그녀가 문을 잠글 수 있는 유일한 방이었고 그 사실이 그녀에게 조금이나마 안전한 느낌을 주었다.

2층에 도착하자 그녀는 우선 토마스의 상태를 확인하기 위해 그의 방을 잠시 들여다보기로 결정했다.

그녀가 방으로 들어서자 살짝 열어 둔 창문 옆에 서 있던 니코가 돌아봤다. "아, 왔군요." 그의 목소리에서 피곤이 느껴졌다.

"그래요, 토마스는 좀 어떤가요?"

니코는 아무런 움직임 없이 누워 있는 토마스를 바라봤다.

"계속 기절해 있는 상태예요. 제가 의사는 아니지만 상태가 매우 안 좋은 것 같아요. 열이 높고 맥이 미친 듯이 뛰고 있어요. 상처가 감염된 걸지도 몰라요. 하지만 방금 말했듯 어디까지나 추측일 뿐이에요."

그녀는 토마스의 모습을 보고 눈물이 흐르는 것을 참을 수 없었다. 얼른 눈물을 닦았다.

"의사의 진찰을 받기까지는 시간이 꽤 걸릴 것 같아요."

"그때가 너무 늦지 않기를 바라야죠."

"저도 그러길 바라요." 제니는 침대로 가서 토마스의 젖은 이마에 손을 얹었다. 그리고 너무나 뜨거운 이마에 놀라 순간 손을 뗄 뻔했다. 그의 입술은 터져 있었고 눈의 상처는 끔찍해 보였다. 화상을 입은 눈꺼풀 주위의 피부가 벗겨져 그 아래 검게 그을린 살이 드러났다. 그의 입 안은 또 어떨지 상상도 하고 싶지 않았다. 토마스에게서 나는 단내와 썩은 내 때문에 니코가 창문가에 서 있던 것 같았다.

그녀는 두 걸음 뒤로 물러섰다. "언제 교대하죠?"

"제 생각에 한 15분 정도 뒤에요. 다른 사람들은 어때요?"

제니가 절망적이라는 듯 어깨를 으쓱했다.

"분위기가 굉장히 안 좋아요. 우리 모두에게 어려운 상황이에요. 사람들은 지금 서로를 공격하고 비난하기 시작했어요."

"어서 이 눈보라가 그치고 어떻게든 바깥에 우리 상황을 알릴 수 있기를 바라자고요."

"저도 그러길 바라요. 이따가 봐요."

마지막으로 토마스를 한 번 쳐다본 후 제니는 그 방을 떠나 세 칸 건너편에 있는 그녀의 방으로 갔다.

빗장을 걸어 문을 잠근 후 그녀는 한동안 닫힌 문을 바라보았다. 그러고 나서 방을 더 안전하게 만들기 위해 문 옆에 있던 거대한 나무 옷장을 끙끙거리며 밀고 와 문 앞에 세웠다. 그제야 그녀는 침대로 가 한숨을 내쉬며 매트리스에 쓰러졌다.

그녀는 침대에 누워 하얀 천장과 현대적이고 평평한 전등을 바라보며 생각을 정리해 보려고 했다.

하네스와 그녀가 과연 네 달 뒤에 있을 결혼식을 치를 수 있을지, 하는 생각이 머릿속을 비집고 들어왔지만 지금은 생각하지 않기로 했다. 그 모든 것은 지금 처한 현실과 동떨어진, 팔다리나 목숨을 잃을 수도 있다는 두려움이 없는 세계에나 속하는 것이었다. 이 두 세계는 무슨 일이 있어도 연결되어서는 안 됐다. 그녀가 느끼고 있는 공포가 그녀의 정상적인 삶으로 넘쳐 흘러 들어갈까 두려웠다. 하지만 그 일은 다비드가 플로리안이 연루된 그 믿을 수 없는 이야기를 했을 때 이미 일어나 버렸다.

그 사건에 대한 플로리안의 반응이 이상했다. 이해할 수 없었다. 그는 왜 그렇게 서둘러 그 이야기를 멈추고 싶어 했을까? 그가 스토커나 한 여자를 죽이겠다고 협박하는 사람은 아닐 거라고 확신했다. 그를 잘못 봤을 리는 없었다.

나중에 다른 사람들이 곁에 없을 때 플로리안에게 한번 그 일에 대해 물어보리라. 비록 그는 더 이상 그 일에 대해 아무것도 듣고 싶지 않아 했지만 말이다. 어쨌든 그녀는 플로리안이 1년 전에 폭스 텔레콤에 입사한 후부터 그의 상사였으니 말이다.

제니는 그녀의 내면에 귀를 기울여 만약 플로리안과 단둘만 남겨지는 상황이 온다면 겁이 날지 곰곰이 생각했다. 결론은, 절대 그렇지 않다였다.

오히려 티모와 플라스틱 천막이 있던 그 방에서의 상황이 더 공포스러웠다. 그녀는 그 순간이 떠오르자 몸서리를 쳤다. 다음 순간, 상처투성이인 토마스의 얼굴이 눈앞에 나타났다. 그녀는 그 상처들과 그 상처가 토마스에게 어떤 의미일지에 대해 생각했다. 피부 위로 얼음장 같은 한기가 감돌자 몸이 오싹해져 제니는 팔뚝을 문질렀다.

이제 토마스는 자기 안에 갇힌 것이다. 보지도, 듣지도, 느끼지도 못하는, 그 어떠한 소통도 불가능한 상태. 그를 위해서는 차라리 의식이 없는 게 나을 수도 있었다. 그리고 어쩌면 죽는 것이 그에게는 최선일지도 모른다는 생각이 그녀의 머리를 스쳤다. 그녀는 방금 자신이 그런 생각을 했다는 것에 너무도 놀라 몸을 벌떡 일으켜 자리에서 일어났다. 아니, 자꾸 혼자 생각에 잠기게 되는 것을 보면, 아무래도 방으로 돌아온 건 좋은 생각이 아니었나 보다. 다른 사람들이 서로 말다툼하는 것을 듣고 있는 쪽이 더 나을 것 같았다. 그러면 적어도 그녀의 주의가 다른 곳으로 분산됐으니까.

문 앞으로 옮긴 옷장을 원래 있던 자리로 돌려놓는 것은 쉽지 않았다. 그러나 결국 몇 번의 시도 끝에 그녀는 옷장을 제자리로 되돌려 놓을 수 있었다.

그녀가 벽난로가 있는 방으로 돌아왔을 때 그곳에는 엘렌과 니코만 앉아 있었다.

제니가 빈 소파들을 가리켰다. "다른 사람들은 어디로 갔죠?"

"대부분은 자기 방으로 돌아갔어요." 엘렌이 말했다. "모든 게 좀 감당하기가 힘들잖아요."

"마티아스 씨는 토마스 씨 곁에 있어요." 니코가 설명을 덧붙였다. "5분 전에 교대를 해 줬어요."

두 사람 옆에 앉은 제니가 엘렌에게 물었다. "요한네스 씨도 자기 방으로 갔나요? 어쨌든 간에 그가 이 여행의 책임자인데."

호러 여행, 제니가 머릿속으로 덧붙였다.

엘렌이 고개를 끄덕였다. "네, 요한네스 씨는 완전히 지쳤어요. 당신 말이 맞아요. 사실 그가 이 모든 것을 책임져야 하죠. 하지만… 글쎄요, 얼마 전부터 문제가 좀 있는 것 같아 보이기는 했어요. 회사가 누구인지 모를 비밀스러운 투자자에게 팔렸거든요.

어쨌든 그 이후로는 계속 이상하게 행동했어요. 자세한 이야기도 하지 않고. 그래서 저는 뭔가 있다는 느낌이 계속 들었거든요."

"음…." 제니가 신음을 흘렸다.

"저는 아직 완전 신입이라 그 일에 대해서는 아무것도 말할 수 없어요." 니코가 말을 덧붙였다. 하지만 제니는 그가 요한네스에 대해 무언가를 알게 됐다 하더라도 그 어떠한 것도 말하지 않았으리라 확신했다. 누군가에 대해 이야기하는 것은 그의 스타일과 맞지 않았다.

"어쩌면…." 제니가 말을 시작하다가 갑자기 문 앞에 나타난 마티아스와 아니카에게 주의를 빼앗겼다. 두 사람은 굳은 표정으로 서 있었다.

"어떻게 된 일이죠?" 니코가 물었다. "마티아스 씨, 왜 토마스 씨와 함께 있지 않는 거죠?"

"더 이상 그럴 필요가 없어졌어요." 마티아스가 조용히 말했다. "그는 죽었어요."

12

"말도 안 돼!"

제니는 고개를 숙이고 눈을 감았다. 그리고 그녀의 방에서 했던 끔찍한 생각을 떠올렸다. 미친 것 같지만 동료의 죽음에 부분적으로 책임이 있는 것처럼 느껴졌다. 물론 완전히 말도 안 되는 생각이었지만.

"제기랄." 니코가 말했다. "그런데 그럴 거라고 생각은 했어요. 다른 사람들도 알고 있나요?"

"아니요. 그가 더 이상 숨을 쉬지 않는다는 것을 눈치채자마자 저는 제 아내에게 가서 아내를 데리고 바로 이리로 왔어요. 저희는 우리가 다 함께 모여 있는 것으로 결정됐다고 생각했습니다."

그런데 그가 먼저 그의 아내가 혼자 있는 방으로 갔다는 것은 그녀가 봤을 때 모순이었다.

"그렇다면 제가 다른 사람들을 부를게요." 니코가 다시 방을 떠났다. 그동안 아니카와 마티아스는 매우 지친 듯이 소파에 앉았다.

"언제…." 제니가 물었다.

마티아스가 고개를 저었다. "저도 모릅니다. 니코 씨와 교대를 하고 나서 저는 우선 창문가에 있었어요. 방 안의 냄새가 견디기 힘들 정도였거든요. 그러다가 제가 침대 쪽으로 갔을 때 그의 가슴이 더 이상 움직이지 않는 것을 발견했죠. 그러니까 몸을 움직일 수는 없었지만 숨을 쉴 때는… 어쨌든 저는 그의 목과 손목에서 맥박을 확인했어요. 그런데 아무것도 잡히지 않았죠."

"여기 누가 있었네." 다비드가 방으로 들어와 제니의 옆에 앉으며 물었다. "당신은 토마스 씨와 함께 있어야 하는 거 아닌가요?"

마티아스가 고개를 저었다. "더 이상 그럴 필요 없게 되었어요."

"뭐가 필요가 없게," — 다비드가 말을 잠시 멈췄다. — "이럴 수가. 그가…."

"네."

"그럼 이제 우리는 단순히 변태 같은 개자식이 아니라 변태 같은 살인자를 상대해야 하는 거군요. 그렇다고 개자식이 아니라는 건 아니지만요."

니코는 플로리안, 안나, 그리고 산드라를 데리고 돌아왔다. 그들의 얼굴을 보아하니 이미 그들도 무슨 일이 일어났는지 알고 있는 것처럼 보였다.

제니는 잠시 현장에 있는 사람들을 확인했다. "요한네스 씨는 어디에 있죠?"

"그는 건물 관리인들을 찾고 있어요." 니코가 설명했다.

"이런 상황에서 여행 가이드는 오히려 우리와 함께 있어야 하는 거 아닌가요?" 아니카가 물었다. 그러나 다른 누구도 그에 대답할 생각은 없는 것처럼 보였다.

"누가…." 간신히 입을 연 안나가 말을 계속 잇기 전에 잠시 숨을 골랐다. "토마스가 죽는 순간에 누가 그의 곁에 있었죠?" 안나는 그 주제에 관해 이야기하는 것 자체가 힘들어 보였다.

"저요." 마티아스가 대답했다. "저는 한동안 창가에 서 있었어요. 제가 침대로 돌아왔을 때 그는 이미 숨을 멈춘 상태였죠."

"한동안 창가에 서 있었다고요?" 플로리안이 반복했다. "당신이 토마스를 살폈어야 하는 동안에요?"

"그래요. 그게 어떻다는 거죠? 그 방의 냄새가 얼마나 심했는지

압니까? 도저히 참을 수 없는 상태였다고요."

플로리안이 고개를 저었다. "그 얘기는, 당신이 창밖을 내다보면서 신선한 공기를 즐기는 동안 토마스는 비참하게 죽어 갔다는 거예요."

"뭐라고요?" 마티아스가 갑자기 흥분했다. "한 가지는 정확히 하죠. 그가 어떻게, 무슨 이유로 죽었든 어쨌건 저는 아무것도 할 수 없었어요. 제 잘못이라고 말하는 것은…."

"예를 들면 토마스가 그의 혀, 그러니까 남아 있는 혀에 질식했다면요? 그 혀가 얼마나 붓고 곪아 있었는지 우리 모두 봤잖아요. 만약 혀가 기도를 막았다면 그는 질식했을 거고 그 사실을 알릴 방법이 없었을 거예요. 바로 그것 때문에 방의 냄새가 좋지 않았을 수도 있다는 건 생각하지 못했나요?"

"이제 그만하시죠." 아니카가 자신의 남편을 편들었다. "마티아스는 니코 씨와 교대를 하고 나서 창문가로 갔어요. 내 남편은 자원해서 한 거예요! 똑똑히 아시라고요! 제 남편이 교대했을 때 토마스 씨가 아직 살아 있었다고 누가 장담할 수 있죠? 어쩌면 니코 씨는 그 불쌍한 인간에게 무슨 일이 일어났는지 알았을 수도 있지 않나요?"

제니는 니코 쪽을 바라봤다. 니코는 잠시 움찔했지만 여전히 차분한 목소리로 대답했다.

"저는 3~4분 간격으로 토마스 씨의 맥박을 확인했어요. 마지막으로는 제가 그 방을 떠날 때, 그때 그는 분명히 살아 있었습니다. 제 생각에 우리는 그 불쌍한 사람이 죽어 갈 때 누가 뭘 했고 안 했고를 토론할 때가 아니에요. 이 호텔에 병적인 살인마가 있다는 걸 알게 된 지금, 앞으로 뭘 해야 할지 토론해야 해요. 한 가지 사실만은 확실하잖아요. 누군지 몰라도 토마스 씨에게 이런 짓을 한 그 사람이 이 호텔에 우리와 마찬가지로 꼼짝없이 갇혀 있다는 거."

하지만 아니카는 조금 진정하는 듯하더니 다시 플로리안을 향해 말했다. "그건 그렇다 치더라도 당신 같은 과거를 가진 사람이 다른 사람을 비판하고 심지어 의심한다는 건 더럽게 뻔뻔스럽다고 생각해요. 토마스 씨에게 이런 짓을 할 수 있는 사람이 누구인지 먼저 생각해 봐야 할 것 같네요."

"*우리*와 *그 사람*이라고 말했는데," 제니가 플로리안을 향한 아니카의 졸렬한 공격을 무시하고 니코를 향해 그녀의 머릿속에 스친 생각을 말했다. "그러니까 당신은 범인이 우리 중 한 명은 아니라고 생각하는 건가요?"

"네, 저는 전적으로 그렇다고 생각해요. 제 느낌입니다."

"그럼 호르스트와 저에 관한 당신의 생각은 어떤가요?" 벽난로 방의 문으로 들어서며 티모가 물었다. "저희에 대해서도 확신합니까?"

티모는 그의 동료, 그리고 요한네스와 함께 제니 쪽으로 다가오면서 마치 레몬이라도 깨문 것 같은 표정을 지었다.

"저는 확신 못 하겠는데요." 니코가 대답하기도 전에 다비드가 끼어들었다. "의심받는 불쌍한 건물 관리인인 척하기 전에 당신의 그 콤플렉스는 좀 넣어 두시죠. 이건 당신뿐만 아니라 여기 있는 다른 모든 사람들에게도 해당되는 거라고 장담할 수 있으니까요."

"저도 모든 가능성을 염두에 두어야 한다고 생각해요." 산드라가 말하며 한 사람 한 사람을 쳐다봤다. "우리 중 누군가가 그런 짓을 할 수 있을 거라고 생각하지는 않지만 우리 외에 누군가가 호텔에 있는지 없는지를 알기 전에는 그 가능성을 완전히 배제할 수는 없어요."

그 후 이어진 침묵에 제니는 거의 육체적으로 괴로움을 느꼈다. 마치 이 청각적인 진공 상태가 그녀의 몸을 뚫고 들어오는 것 같았다. 공포가 어두운 종소리처럼 점점 더 명확하고 위협적으로 그들에게 드리웠다.

"이제 토마스 씨는 어떻게 하죠?" 엘렌이 희미한 목소리로 무한

하게 느껴지던 침묵을 깼다.

"뭘 어떻게 하냐고요?" 아니카가 되물었다. "아무것도 할 수 없죠. 그를 다시 살려 낼 수는 없으니까요."

"당신 남편에게 저 말이 대체 무슨 뜻인지 설명해 달라고 하세요." 다비드가 비꼬았다. 그에 아니카는 그를 분노에 찬 눈으로 노려보고서는 마티아스를 의문스럽게 쳐다봤다.

"냄새 얘기를 하는 거야." 마티아스가 말했다. "살아 있는 동안에도 냄새를 참을 수가 없었는데 그가 죽었다면⋯."

"그를 차가운 방으로 옮겨야 해요!" 아니카가 말했다. "이 호텔에 냉동실이 있지 않나요?"

엘렌이 고개를 끄덕였다. "네, 그런데 아직 작은 방만 완공된 상태고 거기에는 저희 식료품이 있어요."

"나 참, 여러분⋯." 다비드가 자리에서 일어나 고개를 저었다. "다들 충격으로 뇌가 어떻게 되기라도 한 건가요? 지금 저 밖이 거대한 냉장고잖아요."

"맞아요." 니코가 그의 말에 동의했다. "만약 안쪽으로 열리는 문 중 하나를 열고 눈을 2~3미터 정도 파내면 토마스 씨를 두기에 충분할 거예요."

제니는 이 대화를 그저 한 귀로 흘려들었다. 지금 이 대화가 클

라우스 페터 볼프의 범죄 스릴러나 제바스티안 피체크의 심리 스릴러 속에 나오는 대화가 아니라 현실에서 이루어지는 대화라는 사실을, 그리고 그녀의 직원인 토마스 슈트라서의 시체를 저 밖에 있는 눈 속에 파묻는 일에 관한 것이라는 사실을 믿을 수 없었기 때문이다.

"그런데 대화가…." 그녀는 이 자리에 있는 사람들을 둘러보았다. "여러분도 저처럼 지금 일어나고 있는 일들을 믿을 수가 없으신가요? 이 모든 게 그냥 끔찍한 꿈이고 언젠가는 깨어나서 천만다행이라 생각할 것 같다는 느낌이 들어요."

플로리안이 어깨를 으쓱했다. "내 생각에 그건 자연스러운 보호장치일 거야…."

제니는 곁눈질로 아니카가 무언가를 말하려 했으나 그녀의 남편이 그녀의 팔에 한 손을 얹으며 막는 것을 지켜보았다.

"되도록이면 최대한 빨리 토마스 씨가 죽었다는 사실을 받아들여야 해요." 마티아스가 말했다. "그리고 우리 중 누구라도 그다음이 될 수 있다는 것도요."

"이런 일이 또다시 일어날 수도 있다고 생각하시는 거예요?" 엘렌의 얼굴이 잿빛처럼 창백해졌다.

마티아스가 크게 웃음을 터트렸다. "순수하신 건가요, 아니면 그런 척을 하시는 건가요? 이게 만약 토마스 씨를 개인적으로 노린 일이었다면 왜 누군가가 그를 불구로 만들기 위해 여기까지 따라오는 수고를 해야 했는지 생각해 보시죠. 게다가 지금처럼 그 누군가도 더 이상 여기서 탈출할 수 없다는 게 확실하고 우리에게 발견될 위험까지 있는 상황에서요. 아니, 아니에요. 제 생각에 이 정신병자는 특정 인물을 노리는 게 아니라 누구든지 고통을 주려는 겁니다. 운이 나쁘게도 토마스 씨가 첫 번째 희생양이 된 거죠."

"무시무시한 생각이네요." 안나가 말하며 팔뚝을 문질렀다.

"누군가가 이 건물 안에 몸을 숨길 수 있나요? 아무도 찾을 수 없게 말입니다." 요한네스가 호르스트를 향해 물었다. 그가 건물 관리인들과 이 방에 들어온 이후 처음으로 대화에 참여했다.

"숨길 수 있소." 호르스트가 대답했다. "내가 내 인생의 상당 부분을 여기서 보내기는 했지만, 이곳 어딘가에 나도 모르는 방들이 있을 수도 있다고 생각하오."

"그 말은 우리가 수색을 펼쳐도 별 효과가 없을 거라는 건가요?" 다비드가 확인차 물었다.

"완전히 정신 나간 살인자를 찾으러 나선다고요?" 아니카가 고개를 저었다. "그건 안 돼요. 그러려면 우리가 흩어져야 하는데 그건 그 정신병자의 먹잇감이 되는 거나 다름없다고요."

"당신 혼자 찾으러 가면 되겠네." 마티아스가 한편으로는 비웃는 듯 다른 한편으로는 화가 난 듯 다비드를 쳐다보며 문 쪽을 가리켰다. "내 생각에는…."

"됐어요." 다비드가 그의 말을 끊었다. "당신 생각이 궁금하면 당신 아내분에게 물어보죠."

"유치한 말다툼 좀 그만하시죠." 안나가 끼어들었다.

"이제 어떻게 해야 할지를 알고 싶네요." 요한네스가 여전히 이 그룹의 리더로서 그의 역할을 다하길 바라며 제니가 말했다.

그때 요한네스가 산드라를 의미심장한 눈빛으로 바라봤다. 하지만 산드라는 그 시선을 무시했다. 요한네스가 했던 말이 다시 떠올랐다.

다들 당신의 실체를 알게 되면….

제니는 이 말의 숨은 의미를 찾아내야만 했다. 그녀는 그가 단지 술에 취해서 그런 말을 한 것이 아니라는 것을 알았다.

13

 제니는 플로리안과 다비드 외에 티모도 니코가 토마스의 시체를 밖으로 옮기는 것을 돕겠다고 한 데에 놀랐다. 다른 사람들도 놀란 것 같았다.

 그들은 토마스의 무거운 몸을 침대 시트로 감싼 후 들것에 올려 방을 나섰다. 그리고 끙끙대며 계단을 내려갔다. 다른 사람들은 마치 장례식장에 온 것처럼 로비에 서서 진지한 표정으로 그들을 지켜보았다.

 로비 뒤편에 있던 문들 중 하나가 그들 뒤로 닫히자 남은 사람들은 다시 몸을 돌려 말없이 벽난로 방으로 들어갔다. 오직 엘렌의 나지막한 흐느낌만이 간간이 무거운 침묵을 깼다. 제니는 계속해서 눈앞에 섬광처럼 떠오르는 끔찍했던 토마스의 얼굴을 떨쳐 내려 노력했다. 참혹하게 훼손된 눈과 혀, 귀의 상처들… 눈과 귀가 모두 멀어 버리고 몸을 전혀 움직일 수 없는 상태에서 느낄 상상도 못 할 고통. 자신의 주변에서 일어나는 일을 전혀 인지할 수 없다는 것, 어떤 방식으로든 의사표현도 할 수 없다는 것.

그녀는 토마스에게 일어난 일과 관련 없는 다른 곳으로 그녀의 생각을 옮기려 노력했다. 그리고 다비드가 플로리안에 관해 읽었다는 그 기사를 떠올렸다. 그녀는 그 일을 어떻게 받아들여야 할지 곰곰이 생각했다. 플로리안이 진실을 말하고 있다는 것은 단 한 순간도 의심치 않았다.

그럼에도 불구하고 그녀는 그가 왜 그 일에 대해 아무것도 말하지 않았는지 궁금했다. 두 사람이 이미 상당히 괜찮은 신뢰관계를 쌓았음에도 불구하고 말이다. 그녀는 플로리안과 그 일에 대해 이야기해야만 했다. 하지만 대화는 나중에 해도 괜찮았다. 우선 그들은 이 상황을 극복할, 아니 살아남을 궁리를 해야 했다. 누군가에게 알리거나 도움을 요청할 수 있는 방법이 없다 할지라도 말이다.

그녀는 스마트폰의 여러 부정적인 측면에도 불구하고 언제 어디서나 연락할 수 있다는 점이, 무엇보다도 다른 사람에게 언제든지 연락할 수 있다는 점이, 얼마나 유용했는지 생각했다. 지금 당장 도움을 요청할 수 있다면 얼마나 좋을까 하는 생각도 들었다. 하지만 통신망이 없는 이런 외진 지역에서라면 휴대폰이 있어도 누군가에게 연락할 수 없을 것이다.

네 사람이 돌아오기까지는 거의 한 시간이 걸렸다. "그는 저기 있는 문 약간 뒤쪽에 두었어요." 지친 기색의 니코가 자리에 앉은 후 설명했다. "힘들었어요. 처음에는 눈을 방 안으로 퍼내야만 했고요."

"앞으로 눈이 얼마나 더 올 것 같아요?" 안나가 물었다.

니코가 양손을 올렸다. "저도 모르겠어요. 이런 건 한 번도 경험해 본 적이 없어서요."

"그 얘기는 누군가가 우리를 확인하러 올 때까지 며칠이 걸릴 수도 있다는 건가요?"

"그러지 않기를 바라야죠. 하지만 네, 이론적으로는 충분히 그럴 수 있습니다."

마티아스가 콧방귀를 뀌었다. "그리고 그 사이코패스도 우리처럼 여기 꼼짝없이 갇혀 있고요. 아주 희망차네요."

"무전기는요?" 플로리안이 요한네스를 향해 물으며 그를 멍한 상태에서 끌어냈다. "음… 뭐라고요?"

"무전기 말이에요. 어쩌면 고칠 수 있지 않을까요?"

"아니요. 잊어버리세요. 그건 그냥 고물 덩어리입니다. 누가 그렇게 고장 낸 건지는 모르겠지만 아주 대단하더군요."

"음…." 호르스트가 중얼거렸다.

"뭐죠?" 건물 관리인이 말을 계속할 것 같지 않자 다비드가 초조해하며 물었다.

"아, 그냥 생각일 뿐이네만."

"그 생각이 뭔데요? 같이 좀 알죠?"

"무전기는 호텔 투숙객이 우연히 발견할 수 없는 방에 있었다는 사실이 방금 생각났소. 그 방은 눈에 띄지 않는 아주 외진 곳에 있다오. 그러니 그걸 망가뜨린 사람은 작정하고 무전기를 찾으러 다녔거나 그 방이 어디 있는지 알고 있는 사람일 거요."

"티모 씨와 당신은 알고 있죠." 아니카가 확신하며 말했다.

"그래요. 그리고 다른 몇몇 사람들도요." 티모가 짜증 난 듯 대답했다. "예를 들면 우리가 토마스 씨를 찾으러 다녔을 때 당신도 당신 남편과 함께 그 방 근처에 있었죠." 티모가 호르스트에게 대답을 요구하는 듯이 쳐다봤다. "내 말이 맞죠?"

호르스트가 고개를 끄덕였다. "맞네."

아니카가 분노하며 펄쩍 뛰었다. "미쳤군요, 당신들. 나는 무전기가 어디에 있는지 몰라요. 호르스트 씨를 만났을 때 우리는 그저 다른 사람들처럼 그 뚱뚱한 인간을 찾고 있었어요. 만약 그 기기가 어딘가 근처에 있었다면 그건 완전히 우연일 뿐이에요. 호르스트 씨랑은 다르게요." 그녀는 손가락으로 건물 관리인을 가리켰다. "당신은 그게 어디에 있는지 알고 있었잖아요. 그리고 그 근처를 서성거리고 있었고요. 그렇다면 우리 중 누가 더 의심스러운가요?"

"당연히 다시 작업복 입은 멍청한 인간들이겠죠." 티모의 얼굴이 빨갛게 달아올랐다. "당신 같은 부잣집 사모님들은 우리 같은 사람들을 당신네 마음대로 다룰 수 있다고 믿지. 그리고 우리는 당신들이 뭘 하든 간에 그냥 믿는 멍청한 놈들이라고 말이야."

"저기요." 니코가 그를 진정시키려 끼어들었다. "그렇게 바로 큰소리를 낼 이유는 없어요."

티모가 그의 쪽으로 몸을 돌렸다. "나한테 이래라저래라 하지 말아요." 그리고 다시 아니카를 향했다. "그런 거잖아, 그렇지? 예를 들면 당신이 정신병원에 있었다는 사실에 관심을 갖는 인간은 아무도 없겠지."

그 순간, 모두가 침묵했다. 아니카의 얼굴에서 모든 색이 순식간에 빠져나갔다. 그리고 다른 사람들은 그녀를 놀란 눈으로 쳐다봤다. 오직 다비드만이 입을 비죽거리며 미소를 지었다. 하지만 그의 미소에는 재미보다는 괴로움이 더 많이 녹아 있었다.

"이거 점점 재밌어지는군."

"사실이에요? 그러니까…." 안나가 도움을 청하며 주변을 둘러봤다.

그때 마티아스가 처음으로 반응했다. 그는 자리에서 벌떡 일어나 흥분한 발걸음으로 티모 앞에 가서 섰다.

"당신이 그걸 어떻게 알아?"

"맞다는 거군요." 안나가 믿을 수 없어 하며 희미한 목소리로 말했다.

"믿을 수가 없죠, 그렇죠?" 티모가 마티아스에게 형식적으로 말을 뱉었다. "멍청한 건물 관리인도 인터넷으로 다 읽고 쓸 줄 안다고요. 아직 문도 열지 않은 이 호텔에 예외적으로 허가를 받고 오는 사람들은 어떤 사람들인지 그 관리인이 미리 조금 조사를 해 봤죠."

제니는 그렇다면 티모가 왜 플로리안의 과거에 대해서는 아무 것도 몰랐는지 의문스러웠다. 아니면 그가 이미 알고 있었음에도 지금까지 아무 말을 하지 않은 것인지. 그리고 그녀는 그가 사람들의 과거를 호텔에서 조사한 것이 아니라는 점도 알아차렸다.

이 근방 수 킬로미터 내에는 통신망이 없으니까 말이다.

"제 아내는 아파서 잠시 클리닉에서 휴식을 취한 겁니다." 마티아스가 큰 소리로 말했다. "그게 어때서요? 당신이랑은 전혀 상관없는 일이에요." 그리고 모두를 향해서 말했다. "당신들도 모두 마찬가지입니다. 토마스 씨를 죽인 정신병자나 신경 쓰라고요. 그는 아직도 여기 있어요. 그리고 제가 장담하건대 그는 지금 이 방 안에 있어요."

마티아스의 말에 제니는 등골이 서늘해졌다. 그녀의 시선이 무의식적으로 사람들을 한 명씩 차례차례 지나쳐 갔다. 여기에 모인 사람 중 누가 토마스에게 한 것처럼 잔인한 짓을 저지를 수 있을지 생각했다.

"우울증이 있었어요."

아니카가 몇 차례 숨을 쉬고서는 단호한 목소리로 말했다. 그리고 그녀의 남편에게 다시 자리에 앉으라고 가리켰다. 하지만 마티아스는 그걸 따를 생각이 전혀 없어 보였다.

"그건 아무와도 상관없는 일이라고, 젠장."

그에 아니카는 마치 지금까지 다비드를 위해 아껴 둔 것처럼 보이는 눈빛으로 마티아스를 쳐다봤다. "내 인생이야. 그리고 내가 옳다고 생각하는 대로 얘기할 거야, 그러니까 앉아."

마티아스가 투덜거리며 다시 아니카의 옆에 앉고 나서야 그녀는 시선을 아래로 떨군 채 말을 이어 갔다.

"2년 정도 전이었어요. 어머니가 돌아가셨을 때죠. 저희 아버지는 이미 5년 전에 돌아가셨고요. 갑자기 혼자가 된 것처럼 느껴졌어요. 마치 이 세상에 홀로 남겨진 것처럼요. 그리고 제가 그다음 차례라는 것을 알게 되었죠." 그녀가 고개를 들었다. "제가 무슨 말을 하는지 이해하시나요? 부모님이 살아 계시는 동안은 자신의 나이를 잘 생각하지 않죠. 제 차례가 될 때까지 아직 한 세대가 남았으니까요. 그러다가 아주 갑작스레 늙어 죽어야만 하는 바로 다음 세대에 속하게 된 거죠."

아니카가 잠시 말을 멈췄고, 마티아스가 그 잠깐을 이용했다.

"이 정도 까발렸으면 충분할까요?"

"이 생각이 제 머리를 떠나지 않았어요." 아니카가 동요하지 않고 계속해서 말했다. "모든 게 아무런 의미 없이 느껴졌어요. 어머니의 죽음으로 내 인생도 거의 끝난 것 같았죠. 이 생각에서 벗어나 보려고 노력했지만… 그러고 나서 갑자기 생리가 멈췄어요."

"아니카! 지금 이건 정말 너무…."

"아니!" 그녀가 남편의 말을 끊었다. "알고 싶다잖아. 그래서 말해 주는 거야. 어머니가 돌아가시고 몇 달 후 저는 사십 대 중반이 되었고 이미 갱년기가 왔어요. 그걸로 끝이었죠."

"아니카는 자발적으로 입원을 해서 정신과 치료를 받았습니다." 마티아스가 다른 사람들과 마찬가지로 아니카의 이야기를 귀 기울여 듣던 티모를 쳐다보며 말을 덧붙였다. "자발적으로! 그리고 몇 주 뒤 다시 괜찮아져서 집으로 돌아왔어요. 그게 다입니다. 어때요? 만족해요? 이 훌륭한 폭로로 얻은 게 뭐요?"

"뭘 얻으려고 한 건 아니었는데요." 티모가 대답했다. "나는 단지 당신들이 항상 우리를 하찮은 쓰레기처럼 대하는 게 지긋지긋했을 뿐이에요. 당신들 한 명 한 명은 저와 호르스트 씨를 합친 것만큼 숨길 게 많으면서도요."

제니는 티모가 이 그룹의 사람들에 대해서 무얼 더 알고 있을지 생각했다. 그리고 자신에 대해서도.

"협박하는 건가요?" 플로리안이 티모를 노골적으로 혐오하며 쳐다보았다. 그에 티모는 다시 뻔뻔스러운 미소를 지었다.

"왜? 내가 찾아낸 것 중에 당신을 위협할 수 있는 게 있나?"

"지금 이 상황에서 할 말이 아니란 건 알지만." 플로리안이 대답하기도 전에 다비드가 끼어들었다. 제니는 다시 그가 이 말싸움을 끊어 준 것에 감사했다. "아침을 먹은 후로 아무것도 먹은 게 없어요. 배에서 꼬르륵 소리가 나는데 여러분은 안 그런가요?"

동의하는 듯한 웅얼거림으로 대답이 돌아왔다. 엘렌이 자발적으로 요리를 하겠다고 나선 안나, 산드라, 니코, 그리고 요한네스와 함께 부엌으로 사라졌다. 그동안 나머지 사람들은 식탁을 준비했다. 모든 사람들이 이 일상적인 일을 기분 전환으로 여기며 환영하는 것을 느낄 수 있었다.

메뉴는 카레, 바나나, 그리고 베이컨을 곁들인 야채 그라탱이었다. 요리는 훌륭했지만 음식이 절반이나 남았다. 몇 입 먹자 처음의 배고픔이 사라져 버린 게 제니만 그런 것이 아님이 분명했다.

식기를 세척기에 정리해 놓고 뒷정리를 끝낸 후 모두가 다시 벽난로 방에 모였다. 오직 건물 관리인들만 빠져 있었다. 호르스트가 식사 후 설명한 바에 따르면 그들은 난방장치를 정비해야 했다. 장비에 고장이 있는데 아직 수리가 되지 않아 몇 가지는 날마다 수동으로 조작해야 했다.

니코가 벽난로에 불을 지피는 동안 엘렌과 산드라는 모두를 위해 음료를 준비했고, 모든 준비가 끝나자 그들도 소파에 앉아 벽난로의 불을 지켜보았다.

티모가 폭발했던 일과 아니카가 정신병원에 있었던 일은 다시 언급되지 않았다.

"오늘 밤은 어떻게 하죠?" 안나가 한동안의 침묵을 깨며 말을 꺼냈다.

"잠을 자야겠지요?" 당연히 다비드였다.

"우리 층 빈방에 있는 매트리스를 여기 아래로 가지고 와서 까는 방법이 있지요." 니코가 제안했다. "그러면 우리 모두 같이 있을 수 있어요."

"절대 안 돼요." 다비드가 선언했다. "당신들은 기꺼이 유스호스텔의 다인실처럼 지내도 괜찮겠지만 난 안 돼요."

아니카가 마티아스에게 무언가를 속삭이자 마티아스 또한 적극적으로 고개를 저었다. "그 정신병자가 이 호텔 어딘가에 숨어 있는 제삼자가 아니라 우리 중 한 명이라면요? 그렇다면 그가 우리 곁에 누워서 우리 혀를 자르거나 눈알을 뽑는 순간까지 기다리면서 편안히 잠이나 자고 있어야 하나요?"

"그건 말도 안 되는 소리예요." 요한네스가 미약하게나마 니코의 제안에 힘을 보태려고 시도했다.

그러자 마티아스가 비웃으며 눈썹을 올렸다. "그러세요? 지금 딱딱하게 굳은 채 저 밖 얼음 속에 누워 있는 불쌍한 자식은 보아하니 그게 말도 안 되는 헛소리라는 건 전혀 몰랐나 봅니다."

그에 요한네스는 아무런 대꾸도 하지 못했다. 어느 누구 하나 말을 꺼낼 생각이 없어 보였다. 제니는 주변을 둘러보았다. 눈에 들어온 사람들의 모습은 그리 놀랍지 않았다. 창백하고 퀭한 얼굴, 빨갛게 충혈된 눈과 그 밑에 깊게 드리워진 다크서클. 모두 긴장감에 지쳐 있었다. 그녀도 마찬가지였다.

"좋아요." 제니가 나직이 말하며 자리에서 일어났다. "저는 지금 제 방으로 가서 문을 단단히 잠그고 옮길 수 있는 모든 가구를 문 앞으로 밀어 놓을 거예요. 그리고 침대로 가서 잠을 청할래요. 더 이상은 안 되겠어요."

아무도 그녀를 막으려고 하지 않았다.

"잘 자요. 우리 내일 보자고요."

그녀가 거의 문 앞에 다다랐을 때 다비드가 말했다.

"부디 우리 모두 다요."

14

 그녀는 번개처럼 머리를 관통하는 섬광에 잠에서 깼다. 정신이 혼미한 상태에서 간신히 의식을 붙든 후 깨달은 건 오직 하나였다. 이 말로 표현할 수 없는, 참을 수 없는 고통에서 벗어나야 했다. 이 고통이 그녀의 정신을 불태워 버리기 전에. 그녀는 입을 크게 벌리고 그녀의 폐에서 짜낼 수 있는 모든 힘을 동원해 소리를 질러야만 했다. 지금 당장.
 그러나 입술이 조금도 움직이지 않았다. 그녀의 입술이 무언가로 붙어 있는 것 같았다. 그 무언가는 아주 조금 느슨해졌다가 그 다음 순간에는 뺨에서 피부를 뜯어낼 것같이 강해졌다. 튀어나온 비명이 그녀의 닫힌 입 안에서 맴돌았다. 눈에 전해져 오는 고통조차 잠시간 뒤로 밀려날 만큼 끔찍할 정도로 입술이 찢어지는 느낌이 강해졌다.

그녀의 눈… 이 어둠… 아니 눈꺼풀을 들어 올리려 시도했으나 이마 뒤에서 천둥 번개가 치고 머리에 끓는 용암이 흐르는 감각이 들자 바로 포기했다. 그녀는 그녀의 의식이 이 공포로부터 도망치고 싶어 하는 것을 느꼈지만 그에 맞서 싸웠다.

그녀는 자신에게 무슨 일이 일어나고 있는지 알아내야만 했다. 내면의 한 목소리가 그녀에게 알려 주고 싶어 했지만 마음속 무언가가 그 목소리를 듣길 거부하고 있었다.

또다시 정신을 잃을 위기가 찾아왔지만 그녀는 한 번 더 그에 대항하고자 했다. 아니, 어쩌면 그 반대일지도 모른다. 어쩌면 그녀의 정신은 그녀가 이 끔찍한 악몽에서 벗어날 수 있도록 은총을 베풀고 싶은지도 몰랐다. 그래야만 한다. 점점 힘이 빠졌다. 그녀의 눈이 불타는 듯한 고통을 뒤로한 채 쓰러졌다.

그녀가 의식을 되찾자 처음으로 내쉰 호흡과 함께 곧바로 다시 지옥 같은 고통이 시작되었다. 그녀의 모든 희망이 산산조각 났다. 지금 그녀가 겪고 있는 고통, 이것은 꿈이 아니라 현실이다. 그녀 안의 목소리가 점점 더 커지고 있었다. 너무도 선명하게.

아무리 외면하고 싶어도 그 목소리가 하는 말을 들어야만 했다.

토마스를 생각해! 토마스와 똑같은 모습이 되고 말 거야.

공포가 뜨거운 파도처럼 밀려와 순식간에 그녀를 잠식하고 그녀의 이성을 밀어냈다. 생존을 위한 본능적인 의지만 남았다.

그녀는 몸에 세게 힘을 주었다. 그녀를 붙들고 있는 모든 것에 격렬히 저항하며 온 힘을 다해 팔다리를 움직여 보려고 노력했다. 하지만 돌아온 결과는, 그녀가 지금 묶여 있고 심지어 등을 대고 누워 있다는 사실을 깨닫게 된 것뿐이었다. 그러나 살고 싶다면 무엇이든 해야만 했다. 그녀는 혼신의 힘을 쏟아 눈과 입을 열어 보려 했지만 다시 고통의 호수 속에 빠질 뿐이었다. 주변이 온통 깜깜해졌다.

그녀는 다시 한번 은혜로운 무의식에서 깨어났다. 이번에는 고통 때문에 정신을 잃고 죽을 것이라 확신했다. 그녀는 그렇게 해야만… 그래, 좋은 생각이다. 그녀는 스스로를 밀어붙였다. 그녀는 그렇게 해야만 했다. 반드시. 그렇게 해야만 했다. 그래야만 했다.

생각하자. 그래, 맞아. 마음의 소리를 듣는 거야. 지금 미쳐 가고 있는 건가? 이렇게나 빨리? 아니, 계속하자. 생각을 하자. 해야만 한다. 주변에서 일어나는 모든 일에 주의를 기울여야 한다. 그래야만 한다. 거기에 그녀의 인생이 달렸다. 그녀는 직감적으로 그 사실을 알았다.

새로운 불꼬챙이가 그녀의 머리를 관통했다. 배 속에 담긴 내용물이 갑자기 위로 치솟을 정도로 강한 통증에 견딜 수가 없었다. 그녀는 닫힌 입 속에서 구토를 했다. 코에서는 무언가가 흘러나왔다. 그녀는 마치 익사하는 사람처럼 공기를 코로 들이마시면서 액체까지 기도로 빨아들였다. 기침을 해야만 했지만 그럴 수 없었다. 그녀는… 그녀는 질식해서 죽게 될 것이다. 지금.

그리고 다시 감각이 희미해지면서 정신을 잃기 직전에 그녀는 얼굴에 닿는 무언가를 느꼈다. 갑자기 날카로운 통증이 날아들었다. 아까와는 다르게 뺨에서 시작되는 고통. 그리고 그녀의 입이 자유로워졌다.

그녀는 입을 크게 벌려 침을 뱉은 뒤 마치 한 번도 숨을 쉬어 본 적 없는 사람처럼 숨을 쉬었다. 그녀는 폐에 공기를 넣고 몇 차례 쓸개즙을 뱉어 낸 뒤 계속해서 다시 호흡했다. 살아 숨 쉬고 있다. 누가 이런 짓을 한 건지는 모르겠지만 그 사람이 방금 그녀를 죽음에서 구해 냈다.

너에게 더 끔찍한 짓을 하기 위해서야. 내면의 목소리가 악의에 차 속삭였다. 그럼에도 불구하고, 아직까지는 살아 있었다.

그녀는 말을 해 보려고 했다. 그녀를 괴롭히는 사람에게 왜 이런 짓을 하는지 물어보려 했다. 하지만 처참한 신음에 지나지 않는 첫 단어가 그녀를 다시 발작과도 같은 기침으로 이끌었다. 격한 기침이 잦아들자 무언가 차가운 것이 그녀의 입술과 볼에 놓이고, 꾹 눌리다가… 떨어졌다. 그녀의 입이 다시 붙여졌다. 어떤 목소리가 말했다.

"조용히 해."

동시에 그녀는 누가 그녀에게 이런 짓을 했는지 알아차렸다.

"너?" 도저히 믿을 수 없어 고통을 참고 소리를 내 보려고 했지만 입에서 나는 소리는 오직 "으음?"뿐이었다.

또다시 패닉에 빠질 것 같았지만 그녀에게 아직 남아 있는 감각으로 주변에 집중해 가까스로 이를 멈출 수 있었다.

그러자 처음으로 어떤 냄새가 그녀의 코끝을 스쳤다. 썩은 곰팡이 냄새. 하지만 더 지독한 것은 불에 탄 고기 냄새였다. 그녀는 그 냄새가 어디서 오는지 짐작할 수 있었다. 아니, 알고 있었다. 아주 명확하게 느낄 수 있었다. 그 냄새가 그녀에게서 나는 것이었기 때문에.

그녀가 맡는 이 냄새는 그녀의 살이 타는 냄새였다. 그녀의 눈이었다. 그녀는 토마스의 눈을 봤었다. 그리고 다른 상처들도.

그녀는 자신 앞에 펼쳐질 일들을 알았고 누가 그녀에게 이런 짓을 하고 있는지도 알았다. 그럴 수 있을까? 이게 실제로 가능한 걸… 아니! 그녀는 자신이 방금까지 알고 있다고 믿었던 것들을 받아들이기를 거부했다. 그럴 수는 없는 일이었다. 그녀가 무언가 착각하고 있는 게 분명했다. 그 목소리를 한 번만 더 들을 수 있다면.

네가 더 이상 아무것도 듣지 못하게 되기 전에, 그녀 안의 목소리가 속삭였다.

갑자기 다리 사이에서 무언가 따뜻한 것이 느껴졌다. 축축한 따뜻함. 그것은 허벅지 안쪽까지 점점 퍼짐과 동시에 빠르게 식었다.

그녀는 달라붙은 입술 안에서 흐느껴 울었다. 눈 없이도 울 수 있을까? 눈 없이… 눈이 먼 채로. 그녀는 다시 비명을 지르려고 시도할 수밖에 없었다.

어느 순간 그녀는 진정했다. 다시 그녀의 이성이 되돌아와 마침내 명확하게 생각을 할 수 있는 상태가 되었다. 한 가지 의문이 떠올랐다.

어떻게 이런 상황까지 오게 된 거지? 완전히 지친 상태로 침대에 누운 것까지는 기억이 났다. 잠시 토마스에 대해 생각하다가, 그것도 잠시, 잠이 든 것이 분명했다. 잠에서 깨자 이곳에 있었다. 얼음장같이 차가운 손이 그녀의 이마 위에 놓이더니 그녀의 머리를 바닥으로 세게 짓눌렀다. 그녀는 홱 하고 머리를 움직여 그 손을 떼어 내려고 했다. 잠깐 동안은 성공했으나 그 손이 다시 그녀의 이마 위로 올라왔다.

무언가가 그녀의 목에 닿았다. 따끔따끔 찌르는 느낌 뒤에 곧바로 눈의 통증을 넘어서는 지옥 같은 통증이 이어졌다. 닫힌 입 안에서 내지르는 그녀의 비명이 머릿속에 울려 퍼졌다.

고통이 참을 수 없는 크기로 퍼져 나가자 그녀의 입 속에서 짐승이 울부짖는 것과 같은 울음소리가 뚝 끊어졌다. 마치 비명은 고통스러운 부위를 벗어날 수 없는 것처럼.

그런 다음 모든 것이 다시 깜깜해졌다.

15

 제니는 놀라서 벌떡 일어났다. 그녀가 누워 있는 곳이 그녀의 집 침대이기를 바라며 잠시 주위를 살폈다. 곧이어 자신이 어디에, 어떤 상황에 처해 있는지 깨닫고선 공포에 질려 신음했다.

 밤중에 얼마나 자주 깬 건지 이제 셀 수도 없었다. 네 번? 다섯 번?

 그게 중요한가? 그녀는 매시간 잠에서 깼고 무언가 긍정적인 일이 있기를 소망했다. 예를 들면 눈보라가 그치기를. 산악구조대가 무언가 잘못됐다는 것을 알아채기를. 그리고 우리를 찾아 나서기를.

 어서 구조되어 이 공포에서 벗어날 수 있다면, 더 이상 자기 목숨을 걱정하지 않아도 된다면 세상이 얼마나 아름다울까.

언제든지 스마트폰을 손에 들고, 누구든지 얘기하고 싶은 사람과 전화할 수 있는 것.

제니는 불을 켜고 침대 옆 나이트 테이블 위에 놓인 그녀의 손목시계를 들여다보았다. 곧 여섯 시였다. 그녀는 불을 끄고 다시 베개에 얼굴을 묻었다. 밖은 아직 어두웠다. 창문을 통해 들어오는 바깥 조명의 희미한 빛만이 가구들의 윤곽을 비췄다. 완전한 어둠 속에 있지 않기 위해 그녀는 일부러 커튼을 완전히 닫지 않았다.

제니는 늦은 밤중에 어떤 소리를 들은 것이 떠올랐다. 그녀가 놀라서 처음으로 깨어났을 때였다. 그게 정확히 언제였는지, 그녀가 깨어 있을 때 그 소리를 들은 건지, 아니면 그 소리에 그녀가 깬 건지는 기억할 수 없었다. 그 이후에 다시 잠들기까지는 꽤 오랜 시간이 걸렸다. 비닐 방수포가 걸려 있는 어두운 방에서 티모와 마주쳤던 상황이 떠올랐기 때문이다. 그때도 분명 무슨 소리를 들었다.

그녀는 이불 속으로 더 깊이 웅크리고 들어가 다른 것을 생각하려고 노력했다. 그리고 결국 플로리안에게 물어볼 질문에 집중하는 데 성공했다. 대체 2년 전에 무슨 일이 있었던 건지. 그녀는 그가 스마트폰이나 스마트 스피커를 이용해서 어떤 여자를 죽이겠다고 협박하는 일이 실제로 가능할지 곰곰이 생각했다. 기술적으로야 가능하겠지만 그가 그런 짓을 할 사람이라고는 생각할 수 없었다. 플로리안은 그런 사람이 아니다. 하지만… 다른 사람의 머릿속을 어떻게 들여다보겠는가?

그러다가 어느 순간 그녀는 다시 잠이 들었다.

새벽 여섯 시. 일어나야 할까? 다른 사람들도 이미 깨어 있지 않을까? 그들도 그녀와 비슷한 상태라면 가능한 일이다.

그녀는 이불을 턱까지 끌어 올렸다. 아니야, 다시 한번 잠들도록 해 봐야지. 그날 일어난 일을 생각하면 아무래도 잠을 잘 자두는 게 중요했다.

그녀가 다시 잠들기 전 마지막으로 떠올린 생각은 토마스에게 벌어진 일이었다.

하지만 잠시 후 그녀는 다시 잠에서 깼고 결국 자는 것을 포기했다.

샤워를 마치고 옷을 입은 후 일곱 시가 조금 넘어 그녀의 방을 떠났다. 그녀의 얼굴에서 묻어나는 피로를 화장으로 감추려는 시도는 애초에 하지 않았다. 이런 상황에서 그녀가 어떻게 느끼는지 다른 사람들이 봐도 전혀 상관 없었다. 게다가 다른 사람들도 마찬가지일 것이었다.

다비드, 엘렌, 마티아스, 그리고 아니카는 이미 임시 식당에 둘러앉아 별 의욕 없이 삶은 계란, 토스트, 그리고 치즈와 소시지들로 구성된 아침식사를 입에 넣고 씹고 있었다. 제니가 아침 인사를 건넸지만, 대답을 한 것은 오직 다비드와 엘렌뿐이었다. 아니카와 마티아스는 제니를 향해 잠깐 고개를 끄덕인 후 계속해서 아침식사에 집중했다.

"다른 사람들은 아직 자는 건가요?" 제니가 질문 뒤 엘렌의 옆자리에 앉았다.

"모르겠어요." 엘렌이 대답했다.

"우리들 중 몇몇은 다른 사람들보다 잠을 잘 자는 것 같네요." 다비드가 음식을 씹으며 말했다. 그리고 마티아스와 아니카를 보며 말을 덧붙였다. "당신들 말이 맞아요. 수면 부족은 기분에 부정적인 영향을 미치죠."

쨍그랑 부딪히는 소리와 함께 아니카의 포크가 그녀의 접시 위로 떨어졌다. "당신, 제발 그 주둥이 좀 다물 수 없어요? 당신들 중 한 명이 사람을 불구로 만들고 죽였어요. 그리고 우리는 그런 인간과 함께 여기 갇혔다고. 제대로 잠을 잘 수 있는 상황이 아니란 말이야."

"당신들 중 한 명이라고?" 다비드가 눈썹을 치켜올리며 지적했다. "하지만 당신네 둘도 우리와 마찬가지로 이 훌륭한 그룹에 속하는데."

"우리는 거의 항상 같이 있고 우리 둘 중 하나는 범인이 아니라는 것을 안다는 차이가 있지."

다비드가 고개를 절레절레 흔들었다. "우리가 그 불쌍한 인간의 시체를 밖으로 옮기느라 얼마나 고생했는지 기억한다면 한 사람이 그를 움직이기는 쉽지 않겠다는 생각이 바로 든단 말이지."

"그건…." 아니카가 반박하려 했지만, 엘렌이 그녀의 말을 끊었다. "아니카 씨, 좀 공평하게 행동하세요. 당신들이 우리 중 한 명을 의심했죠, 안 그래요? 그래서 다비드 씨도 당신들과 똑같이 말한 거고, 당신들도 우리와 같은 입장이라는 걸 알려 준 거예요. 그 이상도 이하도 아니에요. 결국에는 우리 모두 같은 상황에 처해 있다고요."

"한 사람만 빼고 말이죠." 마티아스가 투덜거리며 말했다.

"어쩌면 두 사람이요." 다비드가 음울하게 히죽거리며 덧붙였다.

"안녕하세요." 입구 쪽에서 말소리가 들린 후 잠시 뒤에 플로리안이 제니 옆으로 다가왔다. 그는 뭔가가 걱정스러워 보였다.

"혹시 안나 봤어?"

갑자기 주먹 하나가 제니의 명치를 강타한 것 같았다. "아니, 왜? 아직 자고 있겠지."

플로리안이 고개를 저었다. "아닐 거야. 먼저 일어나는 사람이 다른 사람을 깨우기로 약속했거든. 내가 방문에 노크를 했는데 대답이 없어서 문을 두 주먹으로 세게 두드렸는데도 반응이 없어."

"그건 저도 들었어요." 요한네스가 말했다. 그는 산드라와 함께 플로리안의 조금 뒤편에 서 있었다. 제니는 그것을 지금에서야 발견했다. "마치 누군가가 문을 때려 부수려는 것처럼 들렸어요. 내 방이 네 칸이나 떨어져 있는데 심지어 나도 그 소리를 듣고 잠에서 깼죠. 만약 그녀가 그 소리를 못 들었다면…."

말이 끝나자마자 제니는 일어서서 서둘러 출구로 향했.

"다시 해 보죠."

제니는 계단을 두 칸씩 뛰어 오르더니 잠시 후 헉헉거리며 안나의 방문 앞에 섰다.

"안나?"

그녀는 큰 소리로 외치며 초조하게 방문을 두드리고선 귀를 기울였다. 그러나 방 안에서는 아무 소리도 들리지 않았다. 그녀는 다시 두 주먹으로 매끄러운 나무를 세차게 두들겼다. 그러나 여전히 아무런 반응이 없었다. 절망감이 차오르며 그녀의 힘을 앗아 갔다. 이런 일이 있을 수는, 있어서는 안 됐다.

그녀는 문고리를 잡아 흔들고 발로 문을 차다가… 결국은 포기했다. 황동색의 손잡이를 잡은 채로 그녀는 차가운 문에 머리를 대고 눈을 감았다.

안나가 지금 샤워를 하는 중이거나 귀마개를 하고 있는 것이 아니라면 방에 없는 것이리라. 하지만 안나는 아래층에도 없었다. 그리고 전날 일어난 일을 생각한다면 절대로 호텔 안을 산책하고 있을 리도 없었다. 아니다, 그렇다면 한 가지 가능성밖에 남아 있지 않았다.

제니의 감은 눈꺼풀 사이로 눈물이 흘러나왔다. 그녀는 흐느껴 울었다.

누군가가 조심스럽게 한 손을 그녀의 어깨 위에 올리고 이름을 부르자 제니는 몸을 돌려 플로리안의 가슴에 고개를 묻었.

"아직 아무것도 확실하지 않아." 그는 그녀를 달래려 노력했다. "호텔 어딘가에 있을 수도 있어." 제니는 고개를 들어 그의 눈을 바라봤다. "정말 그렇게 생각해?"

"응"이라고 그의 입이 말했지만 눈은 아니라고 하고 있었다.

"제가 해 봐도 될까요?" 니코가 조심스럽게 그녀의 팔에 손을 대고 옆으로 밀었다. 그는 손에 들고 있던 열쇠를 열쇠구멍에 꽂았다.

문은 손쉽게 열렸고 문 앞에는 아무런 가구도 없었다. 니코를 따라 재빨리 방으로 들어온 제니는 안을 둘러보았다. 그녀가 우려했던 것처럼, 그리고 그녀가 이미 생각했던 것처럼 침대는 비어 있었다.

침대를 사용한 흔적이 있었으나 첫날 밤에 사용한 것일 수도 있었다. 몇 걸음 안 가 욕실에 다다른 제니는 문을 열고 타일이 깔린 작은 욕실도 살펴보았다. 마찬가지로 텅 비어 있었다.

그때 한 가지 생각이 떠올랐다. 그녀가 니코를 향해 물었다.

"열쇠 어디서 난 거예요?"

"건물 관리인들한테서요. 그들이라면 예비 열쇠를 가지고 있어야만 하니까요."

"뭐라고요? 그… 남자가 제 방 열쇠를 가지고 있다고요?" 문가에 서 있던 아니카가 경악하며 소리쳤다. "그런데도 당신들은 여전히 누가 이런 끔찍한 일을 저질렀는지 모르겠다는 거예요?"

"믿을 수가 없군요." 마티아스도 말했다.

"호르스트 씨와 티모 씨는 어디 있죠?" 제니가 급히 물었다.

"아래층에요. 제가 모든 문과 창문을 확인해 봐야만 한다고 애기했어요. 어딘가에 흔적이 있을 수도 있으니까요."

"여러분, 우리 모두 바로 아래 식당으로 모여야 합니다." 다비드가 제안했다. "이제 어떻게 해야 할지 얘기해야만 해요." 그리고 니코를 보며 덧붙였다. "건물 관리인들도요."

"누군가가 안나 씨를 찾으러 나서자고 말을 꺼내기 전에." 사람들이 아래로 내려가는 동안 아니카가 말을 꺼냈다. "미리 말하죠. 우리는 최소 세 명씩은 같이 다녀야만 수색에 참여할 거예요. 그러면 그 정신병자가 한 그룹에 있더라도 2 대 1이니까요."

제니는 아니카를 별로 좋아하지는 않았지만 그녀의 생각이 논리적이라고 생각했다.

그리고 사람들이 니코와 건물 관리인들을 기다리기 위해 자리에 앉자, 다비드는 말없이 바구니에서 토스트 한 조각을 꺼내 소시지와 치즈를 얹은 후 한 입 베어 물었다. 제니는 이런 상황에서 어떻게 뭘 먹을 수 있는지 궁금했다. 그녀는 한 입도 소화시키지 못할 테다.

그녀의 시선이 산드라에게 향했다. 그녀는 평소보다 더 창백하고 연약해 보여 금방이라도 부서질 것 같았다. 제니 자신에게 조금이라도 힘이 남아 있었더라면 위로해 주기 위해 일어나서 그녀에게로 갔을 것이다. *다들 당신의 실체를 알게 되면…*

제니는 요한네스가 만취된 상태에서 말한 그 문장이 지금 이 순간에 떠오른 것이 놀라웠다. 우리가 처한 상황과 관련이 있는 걸까? 산드라가 무언가 공개하고 싶어 하지 않는 사실이 있나? 안나가 사라진 것과 관련이 있는 것은 아닐까? 그녀가 산드라에게 그에 대한 이야기를 꺼내 보기로 결심한 순간, 니코가 건물 관리인들과 함께 방에 들어섰다.

"당신들이 모든 방의 열쇠를 가지고 있나요?" 세 사람이 자리에 앉기도 전에 아니카가 바로 성급히 물었다.

호르스트는 천천히 의자에 앉으면서 어깨를 으쓱했다. "당연히 가지고 있소. 열쇠가 분실되면 우리가 방문을 열 방법이 있어야 하니 말이오."

"아니요. 당신들이 그럴 필요는 없죠. 그건 프론트 데스크에서 할 일이지, 건물 관리인이 할 일은 아니죠."

"문제는 데스크 직원들이 너무 잘 숨어 있어서 찾을 수가 없다는 거죠." 티모가 냉소적으로 대답했다. "마치 아예 여기 없는 것처럼 잘 숨었죠."

"그러니까 당신들은 밤에 우리가 자고 있는 동안 어떤 방이든 들어갈 수 있는 거네요."

"또 시작이에요? 또 우리 짓인 건가요?" 그는 방금 막 자리에 앉앉음에도 불구하고 의자가 뒤로 넘어질 정도로 자리에서 벌떡 일어났다. "당신들 그거 알아? 난 당신같이 멍청한 인간들 더 이상 못 참겠어. 나는 빠질 거야."

"아니. 그렇게는 안 돼요." 마티아스가 소리쳤다. "완전 반대라고. 당신은 이 사건에 상당히 깊게 연루되어 있는 게 분명해!"

"꺼져, 이 개새끼야." 티모가 몸을 돌려 방을 떠나려고 하자 마티아스가 양 뺨이 시뻘게져 다른 사람들을 향해 말했다.

"다들 그냥 저렇게 가게 둘 겁니까?"

어두운 방에서의 장면이 다시 제니의 눈앞에 떠올랐다. 비닐 방수포와 알 수 없는 소리, 그리고 티모가 그녀를 놀래켜 겁을 준 것. 그것이 고의였음을 그녀는 확신했다. 그리고 그 비닐 뒤 어두운 곳을 어슬렁거린 이유로 건물 관리인이 댄 뻔한 변명에 대해서 생각했다. 거기에 뭐가 있던 거지? 하지만 만약 지금 티모에게 그 일을 묻는다면, 그를 범인으로 모는 게 될 것이다.

그렇게 제니가 갈등하는 사이, 티모는 이미 문을 나가 버리고 없었다.

"저 사람, 분명 뭐든 할 수 있다고!" 마티아스가 티모를 향해 뒤에서 소리쳤다. 그는 이제 얼굴이 완전히 새빨개졌고, 흥분해서 숨까지 헐떡거렸다. 마치 제정신이 아닌 것 같았다.

"그리고 나는 저자가 이런 변태 같은 미친 짓을 충분히 저지를 만한 사람이라 믿는다고요. 다들 그냥 저렇게 가게 둘 건가요? 저 사람이 우리 중 다음 누군가를 불구자로 만들 때까지 마냥 기다릴 겁니까?"

순식간에 너무 많은 일이 빠르게 지나가서 제니에게는 몇 초 정도가 증발해 버린 것처럼 느껴졌다. 그 순간, 그녀의 옆에서 그림자가 날아오며 바람이 스쳤다. 그와 동시에 큰 소리가 나더니 한바탕 소동이 일어났다. 누군가가 비명을 질렀다.

그리고 그녀의 눈에 들어온 것은 바닥에 넘어진 의자와 그 옆에 쓰러진 마티아스였다.

16

 티모가 씩씩거리며 마티아스 옆에 서서 검지를 쭉 뻗어 그를 가리켰다.

 "살짝 민 건 경고야. 한 번만 더 내가 그 거지 같은 일과 관련이 있다고 주장하는 순간 앞니를 다 날려 버릴 테니까."

 플로리안과 니코가 다가와 티모의 팔을 붙잡고 그를 마티아스에게서 떼어 냈다.

 "이제 그만하시죠." 니코가 여전히 증오에 가득 찬 눈빛으로 마티아스를 노려보고 있는 건물 관리인에게 소리쳐 나무랐다. "폭력은 안 돼요."

 "당신들 이제는 저 인간을 제발 좀 가두라고요." 아니카가 경멸하는 조로 중얼거렸다. 그러고서는 천천히 자리에서 일어나 그녀의 남편 옆으로 가서 무릎을 꿇었다. "괜찮아?"

"아니, 제기랄!" 마티아스가 크게 욕설을 내뱉더니 신음하며 일어섰다. 하지만 그는 더 이상 아무런 말도 하지 않았고 심지어 티모 쪽을 쳐다보지도 않았다.

플로리안은 건물 관리인을 똑바로 쳐다볼 수 있도록 옆으로 한 걸음 옮겼다. "이게 다 무슨 짓입니까?"

티모는 마치 플로리안이 그에게 날짜를 물어보기라도 한 것처럼 그를 쳐다봤다. "이봐 당신, 저 개새끼가 방금 뭐라고 했는지 못 들었어? 당신이라면 누가 당신을 끔찍한 살인자로 몰아간다면 가만히 있을 거야?"

"완전히 틀린 말은 아니에요." 여전히 자신의 자리에 앉아 있던 다비드가 맞장구를 쳤다.

플로리안이 그를 향해 말했다. "글쎄, 당신은 이 모든 일에 별 관심이 없는 것 같은데요."

"나까지 성급하게 의자를 박차고 일어나서 나아지는 게 뭔데요? 당신 두 사람이 잘 처리하고 있잖아요."

제니는 다비드의 이 무심함이 진짜인지 아니면 그의 진짜 모습을 숨기기 위한 가면인지 의문스러웠다. 그리고 고민하고 있던 것이 다시 떠올랐다. 티모와 이상하게 마주친 일에 대해서 이야기해야 할까? 분위기가 이렇게 달궈진 순간에? 게다가 훨씬 더 중요한 뭔가가 있지 않았나?

"우리 이제 진정하고 안나 씨 일에 집중하는 게 좋겠어요." 산드라가 제니가 생각하고 있던 것을 그대로 말했다. "그게 지금 가장 중요하잖아요. 만약 그녀가 정말…."

산드라는 말을 잇기 전에 잠시 눈을 감았다. "우리가 허비하는 1분 1초가 그녀에게는 끔찍한 결과를 초래할 수 있어요."

"저도 그렇게 생각해요." 다비드도 자리에서 일어섰다. "그런데 좋은 생각이긴 했지만, 우리가 세 사람씩 팀을 나눈다면 두 명이 남아요." 그의 시선이 티모에게로 향했다. "제가 티모 씨와 함께 한 팀으로 움직이도록 하죠."

건물 관리인이 고개를 흔들었다. "내가 함께 갈 거라고 누가 그랬지?"

"안 갈 거예요?"

이 다비드라는 사람은 정말로 겁이 없거나 그의 자기과시욕 때문에 방금 어리석은 선택을 한 것 같았다. 제니라면 얼마를 준다고 해도 티모와 단둘이 이 미로에서 복도와 방을 돌아다니지 않을 것이다.

한동안 다비드와 티모가 식탁을 사이에 두고 서로의 눈을 빤히 쳐다보았다. 제니에게는 그들이 마치 머릿속으로 결투를 벌이는 것처럼 보였다. 끝내 티모의 입가에 그 족제비 같은 비웃음이 다시 나타났다.

"당신 같은 잘난 척쟁이와 이 호텔의 어둡고 외진 곳들을 순찰할 기회를 어떻게 놓칠 수 있겠어."

"그럼 그렇게 하자고요." 니코가 다른 것은 허용하지 않을 듯한 단호한 어조로 결정했다. "여러분, 지금 무슨 일이 일어난 건지 잊지 않기를 바랍니다. 만약 우리 모두가 두려워하고 있는 그 일이 일어난 거라면 안나 씨는 지금 큰 위험에 처한 거예요. 그리고 이 정신병자의 만행도 아직 끝난 게 아니라는 거죠."

"우리 같이 찾으러 갈래요?" 제니 옆에 서 있던 산드라가 물었.

"네, 그럼요. 하지만 남자 한 명을 더 데리고 가는 게 좋겠어요. 플로리안 괜찮겠어요?"

제니가 잘못 본 것이 아니라면 산드라는 그녀의 제안이 내키지 않은 듯했다. 산드라가 우물쭈물하며 고개를 끄덕였다. "네, 그럼요."

제니가 그녀의 눈을 쳐다봤다. "다른 사람을 데려가고 싶어요?"

"아니요, 괜찮아요. 그냥 다비드 씨가 말했던 게 생각나서요. 그

살해 협박 이야기요." 주위를 둘러보던 그녀의 시선이 마티아스와 아니카로 향했다. "하지만 잘 생각해 보니 플로리안 씨는 다른 몇몇 사람들보다는 더 나은 선택일 것 같네요."

"맞는 말이에요. 저는 일년 반째 플로리안과 함께 일하고 있는데 괜찮은 사람이에요."

"지금 이 상황에서는 그냥 신경이 곤두서요. 갑자기 모두로부터 위협을 받는 동시에 모두가 위험에 처했어요. 끔찍해요."

결국 마티아스와 아니카는 요한네스와 팀을 이루었고, 남은 니코와 호르스트 그리고 엘렌이 함께 다니기로 했다.

어떤 팀이 호텔의 어느 구역을 수색할지 결정하고 30분 후 다시 이 식당에서 만나기로 약속한 뒤 출발했다.

제니, 산드라 그리고 플로리안은 지하의 한쪽 구역을, 니코, 호르스트 그리고 엘렌이 다른 구역을 수색하기로 했다. 1층과 2층은 아니카, 마티아스 그리고 요한네스가 담당하기로 했고, 높은 층들은 다비드와 티모가 맡았다.

플로리안이 앞장서서 아래층으로 이어지는 계단이 있는 복도를 향해 갔다. 산드라가 마지막으로 따라왔다.

혹시 산드라는 제니를 플로리안과 그녀 사이의 벽으로 삼으려는 생각인 걸까? 아니면 단지 제니의 오해일 뿐일까?

그리고 그들은 계단 앞에 도착했다. 계단을 내려가는 동안 제니는 으스스한 기분을 느끼며 토마스가 그 아래에서 발견된 것을 떠올렸다. 만약 이번에 안 나도….

"먼저 세탁실부터 확인해 보는 게 좋겠어." 플로리안이 몸을 돌리지 않은 채 말했다. "아무것도 찾지 못하기를 빌자고."

그들은 난방용 파이프가 있는 통로에 도달했다. 제니는 그 파이프를 기억하고 있었다. 하지만 거친 콘크리트 벽 양쪽에 몇 미터마다 작은 복도와 문들이 있다는 것은 지금에서야 발견했다. 플로리안은 망설임 없이 그곳을 지나 세탁실로 향했다.

회색 철문이 달린 캐비닛 앞을 지날 때였다. 그 왼편은 몇 미터 앞이 완전한 암흑 속에 잠긴 복도로 이어지고 있었다. 제니는 갑자기 무슨 소리를 들었다고 생각했다. 그녀가 갑자기 멈춰 서는 바람에 산드라가 그녀에게 부딪혔다.

"오, 미안…."

"쉿!" 제니는 손가락을 입술 위에 대고 복도가 갈라지는 곳을 가리켰다.

플로리안도 멈춰 서서 몇 초간 집중해 귀를 기울였다. 하지만 아무 소리도 들리지 않았다.

"무슨 일이야?" 그가 속삭였다.

"저기에 뭔가 있었어." 제니도 이제는 아주 조용히 얘기했다.

"둔중한 소리, 혹시 못 들었어?"

플로리안이 고개를 저으며 그녀를 지나쳐 복도까지 몇 걸음 걸어갔다. 그는 양쪽 벽을 보더니 그가 찾고 있던 무언가를 발견했다. 다음 순간, 천장의 네온등이 번쩍이며 켜졌고, 그들은 방금 전까지 어두웠던 복도가 약 5미터 앞의 문에서 끝난다는 것을 알게 되었다.

그는 산드라와 제니 쪽으로 몸을 돌리고선 속삭였다.

"여기서 잠깐 기다려요. 내가 한번 확인해 볼게요."

플로리안이 문에 가까워지는 동안 제니의 맥박은 점점 빨라졌다. 그가 문에 다다라서 손잡이로 손을 뻗었을 때는 자신도 모르게 숨을 참았다. 문은 잠겨 있지 않았다. 플로리안이 문을 조심스럽게 밀어 열었다. 그가 문을 20센티미터 정도 열었을 때 날카롭게 끼익거리는 소리가 났다. 제니는 자신도 모르게 움찔했고 그녀의 뒤에서 산드라가 날카로운 비명을 질렀다. 플로리안도 놀라 몸을 움츠렸지만 재빨리 문을 확 열더니 문 뒤의 벽을 더듬었다.

그러자 곧바로 안이 밝아졌다. 그는 빠른 걸음으로 방으로 들어가 사방을 둘러보았다. 이윽고 그가 몸에서 힘을 빼는 것이 보이자 제니도 숨을 내뱉었다.

"여기는 아무것도 없어." 플로리안이 이제는 평소와 같은 목소리로 말하면서 방 안을 다시 한번 둘러봤다. "상자 몇 개랑 오래된 세탁물 카트밖에. 네가 뭘 들은 건지 모르겠지만."

"나도 잘 모르겠어. 내가 생각하기에는…."

산드라가 그녀의 팔뚝을 잠깐 쓸었다. "신경이 예민해져서 그럴 거예요."

"모르겠어요. 뭔가가 있었던 것만은 확실한데."

"어쨌든 여기 이 방은 아니야." 플로리안이 말하고서는 복도의 불을 다시 껐다. 그리고 그의 시선이 문이 두 개 달린 옷장처럼 생긴 철문을 향했다. 자물쇠는 달려 있지 않았다. 문고리를 잡고 양쪽 문을 동시에 열어젖힌 플로리안이 인상을 찌푸렸다. 기름지고 썩은 냄새가 그들을 덮쳤다. 몇 개의 녹슨 캔과 용기에서, 그중 일부는 정체불명의 물질이 안에 든 채로 선반 위에서 썩고 있었다. 플로리안은 캐비닛을 다시 닫고 앞쪽을 가리켰다.

"세탁실로 가죠."

잠시 옆쪽 복도를 바라본 제니가 고개를 끄덕이고선 플로리안을 따랐다. 산드라도 여전히 그녀의 뒤를 따라왔다.

제니도 이제는 자신이 소리를 들었다고 착각한 것이리라 생각했다. 산드라의 말이 아무래도 맞는 것 같았다. 그녀는 신경이 곤두서 있었다. 게다가 잠을 너무 적게⋯.

오래된 세탁실까지는 아직 조금 떨어져 있었지만, 목소리들은 분명하게 들려왔다. 니코와 엘렌이었다. 그들은 다른 방향에서 세탁실을 향해 온 것이 분명했다.

플로리안이 제일 먼저 문에 다다랐을 때 니코가 이미 그에게로 다가와 있었다. "여기에는 없어요." 그가 답답한 표정으로 플로리안을 지나쳐 갔다. 그 뒤를 따라온 엘렌과 호르스트가 방금 왔던 방향으로 다시 되돌아가는 니코를 따라가기 전 걱정스러운 눈빛을 주고받았다.

"오케이, 그럼 계속해서 가자." 플로리안이 말했다. 하지만 그의 목소리에서도 안나를 찾으리라는 희망이 점점 사라지고 있음을 느낄 수 있었다.

복도를 계속 지나 방 하나하나를 확인한 후, 아무런 소득 없이 약속한 시간에 식당으로 돌아갔다. 그리고 그곳에서 놀라운 것이 그들을 기다리고 있었다.

17

그녀는 불의 소용돌이 속에서 깨어났다. 소용돌이의 중심은 더 이상 눈이 아니었다. 통증은 이제 그녀의 머리 전체에서 목까지 퍼지며 점점 더 격렬해졌다. 그녀가 지금껏 경험해 보지 못한, 적막 속에 놓인 칠흑 같은 어둠, 실명.

그녀의 입 속은 메마른 사막 같았다. 침 한 방울 삼킬 수 없었지만 조건반사적으로 그것을 갈구했다.

하지만 그것은 마치 스스로 목구멍에 칼을 꽂는 느낌이었다. 그녀는 겁에 질려 신음하려고 했으나 그마저도 할 수 없었다. 본능적으로 손을 들어 지독한 통증이 있는 부위를 만져 보고 싶었지만 아무 일도… 일어나지 않았다. 이렇게 단단히 묶여 있을 리는

없었다. 그런 일은 불가능하다.

그녀의 뇌가 팔과 근육에 내린 명령은 어딘가로 가는 중에 길을 잃은 것이 분명하다. 그녀는 조금이라도 팔과 손, 손가락을 움직여 보려고 다시 시도했으나… 역시 아무 일도 일어나지 않았다. 이럴 수는 없다. 발 한쪽? 발가락 하나? 전혀 반응이 없었다. 그녀는 머리를 들어 올려 보려고 했다. 머리가 움직이기는 했으나 곧바로 힘없이 떨어졌고 그녀가 할 수 있는 일이라고는 다시 정신을 잃지 않도록 버티는 것뿐이다.

그녀는 토마스를 생각했다. 눈이 멀고, 귀가 멀고, 온몸이 마비되어 의사를 전달할 수 없는. 지금의 그녀처럼? 지금 그녀도 귀가 멀고 온몸이 마비되었나? 그녀도 다시는 말할 수 없는 걸까?

마음속의 공포가 점점 더 커지고 있었다. 두려움이 극에 달해 그녀의 정신을 파괴하리라.

혀! 그녀의 혀가 느껴진다. 토마스처럼 잔혹한 상처는 없었다. 하지만 그게 무슨 위로란 말인가?

자신의 숨소리가 들리지 않는다. 그녀는 사람이 귀머거리가 되면 자신의 목소리를 귀로 들을 수는 없어도 머리 안에서는 들을 수 있으리라 항상 생각했다. 하지만 지금 이곳에는 청각적인 진공상태 외에는 아무것도 없었다.

그녀는 왜 이런 생각을 하는 걸까? 이미 미친 건가? 그녀가 어떻게, 어디에 있는지 그리고 혼자 있는지조차 모르면서 이런 어리석고 말도 안 되는 생각을 할 수 있나? 어쩌면 누군가가 이미 그녀를 찾았을지도? 지금 모두가 그녀를 둘러싸고 서 있을 수도 있다. 하지만 그녀가 그것을 인지할 수도, 그리고 자신의 존재를 알릴 수 없는 것일지도 모른다.

오직 머리로만. 토마스처럼. 머리만이라도 이리저리 움직여 보려 했지만 그 시작부터 말로 표현할 수 없는 고통의 파도가 밀어닥쳐 몸이 굳었다.

갇혔다. 그녀는 자신의 몸에, 자신의 세계 안에 갇혔다. 의사소통을 할, 그리고 어떤 방식으로든 의사를 전달할 방법 없이. 만약 고통, 공포를 느끼면… 그녀가 화장실에 가야만 하면. 그녀는 아무것도 할 수 없고 누구에게도 말할 수 없다.

너는 지금 이 순간부터 죽을 때까지 세상에서 가장 외로운 인간이야, *그녀 안의 목소리가 말했다. 적어도 그 목소리는 아직 거기 있었다. 그 소리는 귀로 들을 필요가 없었다. 마치 그녀의 정신 속 어느 한구석에서 나는 듯했다.*

너는 지금 이 순간부터 죽을 때까지 세상에서 가장 외로운 인간이야….

그녀가 그 문장의 전체 의미를 이해하자, 형언할 수 없는 공포가 굶주린 포식자처럼 그녀를 덮쳤다. 딸깍, 그녀의 머릿속에 무언가 균열이 생겼다.

들을 수 있는 균열이 아니라 느낄 수 있는 것. 내면에서 일어나는 현상. 그것은 그녀에게 무언가 영향을 미치고 있다. 그녀를 변화시키고 있다.

그녀는 이 균열과 함께 그녀 자신 안의 모든 것이 한순간 완전히 어두워진 듯한 느낌을 받았다. 마치 딸깍 소리와 함께 퓨즈가 끊어지면서 정전된 방에 있는 것처럼.

그리고 그곳에는 또 하나의 목소리가 있었다. 그 목소리는 그녀의 눈앞에 나쁜 모습들을 보여 주는 그 목소리와는 달랐다. 그 목소리는… 재미있었다.

눈앞에 보여 주다. 방금 '눈앞에'라고 생각한 건가? 하하. 무슨 눈 말인가? 정말 그녀가 그런 건가? 방금 그녀의 눈을 가지고 농담한 것에 대해 속으로 웃은 건가? 더 이상 존재하지 않는 그녀의 눈에 대해서?

그녀는 이성을 잃어 가고 있다. 이제는 확신한다.

하지만… 그 정신병자는 대체 왜 그녀의 혀 대신 목에 무슨 짓을 한 거지?

그녀에게 다른 생각이 떠올랐다. 그녀는 당분간 아무와도 연락이 닿지 않길 바랐다. 지금 그것 하나만은 제대로 해냈다.

하하.

18

제니의 팀이 가장 마지막으로 식당에 도착했다. 그녀는 방에 들어서자마자 그 물체를 보았다. 그것은 아침식사의 잔해들이 여기저기 남아 있는 식탁 위에 놓여 있었다. 그 누구도 더 이상 정리 정돈은 신경 쓰지 않았다.

그런데 어느 각도에서든지 볼 수 있도록 누군가가 그 주변을 치우고 정리해 두었다.

플로리안, 산드라, 그리고 제니가 점점 가까이 다가가자 모든 시선이 그들에게 쏠렸다.

"이게 뭐죠?" 산드라가 물었다. 그에 당연히 다비드가 대답했다. "칼이죠?" 제니가 보기에 그 물체는 약 10센티미터 정도의,

칼날에 홈이 있는 전형적인 아웃도어용 칼이었다. 올리브그린 색상의 손잡이는 플라스틱으로 만들어진 것처럼 보였다.

하지만 제니의 눈을 사로잡은 것은 그게 아니었다. 어느 한 부분에 그녀의 시선이 머무른 뒤 신음이 흘러나왔다. 칼날에는 어두운 자국이 있었다. 그녀가 법의학자도 아니고 단 한 번도 범행도구를 본 적은 없지만 그것이 핏자국이라는 것, 아마도 사람의 피라는 것을 확신할 수 있었다.

"우리가 이걸 찾았어요." 마티아스가 마치 자기의 소유권을 행사하기라도 하듯이 말했다.

"통제된 구역의 리모델링되지 않은 방들 중 한 곳에 있었어요."

제니의 속이 울렁거렸다. "통제된… 구역이요? 거기가 어디였죠?" 그녀의 시선은 그녀가 어찌 할 수도 없이 티모에게로 향했다. 눈이 마주친 티모는 마치 자신을 향한 그녀의 관심이 놀랍다는 듯 인상을 썼지만 그다음 순간 무언가가 떠오른 것처럼 표정이 변했다. 무언가 불편한 일이. 한순간에 그의 얼굴이 매우 창백해진 것 같았다.

"호텔의 뒤쪽 구역 1층이요." 마티아스가 설명했다. 제니의 관심이 다시 그에게로 돌아갔다. "그리고 그게 다가 아니에요. 이것도 거기 있었어요." 그는 식탁 위에 놓인 칼에서 조금 떨어진 곳에 있는 투명한 봉지를 가리켰다. 담뱃갑 크기의 봉지는 약 4분의 1 정도가 밝은 크리스털 같은 물질로 채워져 있었다.

"이게 뭐죠?" 산드라가 물었다.

"전문가는 아니지만," 다비드가 말했다 "제 예상으로는 마약이에요. 아마도 크리스털 메스요."

제니의 생각들이 요동쳤다. 뒤쪽 건물의 리모델링되지 않은 방….

"칼이 분리된 구역에 있었다고 했죠." 제니가 다시 마티아스를 향해 말했다. 흥분과 함께 점점 더 속이 메스꺼워졌다. "그 구역이 어떻게 분리되어 있었죠?"

"비닐 천막으로요." 그녀의 남편 대신 아니카가 대답했다. 제니의 손이 흥분으로 덜덜 떨리기 시작했다. 그녀는 티모 쪽을 쳐다보지 않기 위해 노력했다.

"천막이 천장에 달려 있었는데 그 뒤는 깜깜하고 상당히 으스스해 보였어요. 우리 대단하신 여행 가이드님께서 우리에게 방을 가리켜 보여 주고 본인은 밖에서 기다릴 테니 우리끼리 안으로 들어가라고 했죠."

아니카는 요한네스에게 경멸의 시선을 던졌다. 요한네스가 그에 대해 무언가 말하려고 하다가 고개를 저으며 그만두었다.

"제니 씨." 니코가 그녀에게 말을 걸었다 "그 방에 대해 아는 거 있어요?"

"네. 토마스를 찾으러 다닐 때 그 방에 가 봤어요. 하지만 천막 뒤는 보지 않았어요. 관심을 다른 곳에 뺏겼거든요."

그녀는 티모를 보지 않을 수가 없었다.

티모의 표정이 다시 변하더니 얼굴이 붉게 물들었다. 그는 마치 눈빛으로 그녀를 굴복시키려는 것처럼 그녀를 쳐다봤다.

제니는 어떻게 해야 할지 몰랐다. 그녀는 건물 관리인을 거기서 보았다. 어쩌면 그는 그녀가 천막 뒤를 보지 못하게 하려고 그녀를 놀랜 것일 수도 있다.

만약 그녀가 지금 그 일을 언급한다면, 이는 곧바로 모두에게 티모가 사이코패스라는 명백한 단서가 될 것이었다. 티모는 안 그래도 그의 태도 때문에 범인처럼 보이고 있었다.

티모에 관한 것이라면 왜 확신이 들지 않는지 제니 스스로도 알 수 없었다.

"제니 씨?" 다시 니코였다. 그의 시선이 그녀와 티모 사이를 왔다 갔다 했다. "무슨 일인지 우리에게 말해 주지 않겠어요?"

"제가…." 그녀가 말을 더듬으며 도움을 청하듯 플로리안 쪽을 쳐다봤다. 하지만 그는 눈을 내리깐 채 바닥만 쳐다보고 있었다. 그는 아마도 지금 그 칼로 인해 그의 동료이자 친구인 토마스에게 일어난 일을 생각하고 있는 것 같았다. 그리고 아마 안나에게도.

제니는 그녀의 직원인 안나에게 책임감을 느꼈다. 그녀를 찾지 못했다. 어쩌면 아직 늦지 않았을 수도 있다. 만약 범인이 지금 그녀에게로 돌아가서 그의 작업을 계속하지 못하게 된다면….

그녀의 시선이 다시 티모에게 향하자 그는 그녀가 무슨 생각을 하고 있는지 알고 있는 것 같았다. 그는 거의 간청하는 몸짓으로 눈에 띄지 않게 고개를 흔들었다.

"제가 거기 갔었어요." 그녀는 확신에 찬 목소리로 말했다. "그리고 천막 뒤에서 어떤 소리가 나는 걸 들었어요."

"아니야!" 티모가 조용히 애원하듯이 말했다.

"제가 거기 누구 있냐고 묻자 그 소리가 멈췄어요. 그리고 천천히 걸으면서 발을 질질 끄는 듯한 소리를 들었죠."

"아니라고!"

"제가 점점 가까이 다가가니까 누군가가 천막 뒤에서 나와 저를 놀라게 했죠."

다시 한번 두 사람의 시선이 마주쳤다.

"바로 티모 씨였어요."

"아니라고 제기랄!"

티모가 소리치며 그녀에게 달려들었다. 하지만 티모가 그녀에게 닿기 전에 니코와 다비드가 그를 막았다. 티모는 그들을 밀쳐 내려고 했지만 니코가 그의 팔을 잡아 뒤로 꺾었다. 티모가 고통에 인상을 찌푸렸다.

"당장 놓지 못해, 이 개새끼야!" 티모가 악을 썼다.

"그게 지금에서야 생각나다니 정말 굉장하네요." 아니카가 제니를 공격했다. "우리에게 당장 말했어야죠. 또다시 누군가가 사라지기 전에요."

"처음부터 저 자식이 한 짓일 줄 알았어." 마티아스가 분노를 터뜨렸다.

"죽여 버릴 거야, 이 개 같은 새끼!" 티모가 니코의 손에서 벗어나 마티아스에게 달려들려 했다. 그러자 다비드가 주먹으로 그의 배를 쳤다. 신음과 함께 티모가 몸을 앞으로 구부리며 털썩 주저앉았다.

"어이 형씨, 미안하게 됐지만 앞으로 이런 행동은 자제하라고." 다비드가 그에게 경고했다. "다음번에는 이렇게 가벼운 한 대로 끝나지 않을 거야."

티모가 고개를 들고 제니에게 알 수 없는 눈빛을 던졌다. 이 상황을 불러온 그녀에 대한 질책은 느낄 수 있었으나 그가 방금 전 마티아스와 그녀에게 달려들었을 때 보인 증오는 더 이상 느껴지지 않았다.

"안나 씨는 어디 있지?" 아니카가 물었다.

티모가 그녀를 보고 입꼬리를 아래로 당겼다. "내가 그걸 어떻게 알아?"

"왜냐면 네가 그녀를 어딘가에 붙잡아 놨으니까."

"개소리하지 마. 당신들 여기서 무슨 일이 일어나고 있는지 모르겠어? 이쪽에는 휴식을 즐기려는 훌륭하고 멋들어진 도시 신사 숙녀분들이 계시고 반대쪽에는 단순 노동자들이 있지. 그리고 누군가가 살해당했어. 그럼 당연히 누가 범인이겠어? 그래, 작업복을 입은 저 멍청한 인간들 중에 하나겠지. 그리고 모두가 정말 그렇게 믿도록 칼을 몰래 밀어 놓으면 되는 거야. 당신들은 정말로 내가 누군가를 죽인 칼을 어딘가에 그냥 두고 올 정도로 멍청하다고 생각해? 당신들이 바로 찾을 수 있도록? 아니면 반드시 찾게 되도록?"

바로 그 질문에 대해서는 제니도 지금 곰곰이 생각하고 있었다. 티모의 말도 상당히 일리가 있었다.

"바보들 같으니라고. 생각을 한번 해 봐. 수색이 시작될 거라는 건 나도 알았는데. 그러면 그 젠장할 칼을 내가 숨겼겠지. 그게 내 거라면."

"완전히 틀린 말은 아니에요." 다비드가 평소와 같이 차분한 톤으로 말했다.

"이 마약은 뭐지?" 마티아스가 봉투를 티모 앞에 들어 보였다. "이것도 당신 게 아니라고 하겠지? 누가 당신한테 이런 걸 떠맡겼을까?"

대답을 한 건 티모가 아니라 호르스트였다.

"아니오!"

그는 떨어져서 지금까지 이 모든 일을 아무 말 없이 지켜보고 있었다. 이제 모든 시선이 그를 향했다.

"그 더러운 것은 티모의 것이 맞소. 그건 내가 안다오. 그를 계속 설득하려고 했으니까. 하지만 저 칼은," 그가 식탁 위를 가리켰다. "저건 그의 물건이 아니오. 티모가 다혈질에 흥분을 잘하기는 해도 절대로 누군가에게 그런 짓을 할 수 있는 사람은 아니라고 장담하네."

"정말 웃기네요!" 마티아스가 말했다. 제니는 그가 마치 어려운 사건을 해결한 경찰이라도 된 것처럼 행동한다고 생각했다. "그가 무슨 짓을 할 수 있는 사람인지는 그동안 우리가 봐 왔어요. 특히나 나는 더욱더요. 그리고 저런 마약이 어떤 영향을 미치는지도 알고 있지요. 아마도 마약에 완전 취한 상태에서 자기가 중요한 수술이라도 집도하는 유명한 의사인 줄 알았을 겁니다."

"맞아, 그리고 나는 아주 기쁜 마음으로 네 이를 다 뽑아 버릴 거야. 왜냐면 너는 엄청난 개새끼니까." 티모가 맹렬하게 욕설을 퍼부었다. "하지만 저건 내 칼이 아니고 당신들 친구한테 그런 짓을 한 것도 내가 아니야. 그리고 안나란 여자가 실종된 것과도 나는 아무 관련이 없다고, 제기랄."

"그건 경찰이 판단할 일이야. 만약 우리가 여기서 구조된다면."

"하지만 그때까지는 시간이 좀 걸릴 거예요." 요한네스가 지적했다. "그럼 그때까지 어떻게 하죠?"

마티아스는 마치 그에 대한 대답은 명백하다는 듯이 어깨를 으쓱했다. "그를 가둬야죠."

"뭐라고?" 티모가 갑자기 흥분했다. "당신들 미쳤어? 너희들이 뭐라도 된다고 생각하는 거야? 그건 감금이라고. 당신들 목숨을 걸어야 할 거야."

"저도 그건 좀 어려울 것 같다고 생각해요." 니코도 우려를 표현했다.

"칼이 발견된 곳에 그가 있었다는 사실만으로는 아무것도 증명할 수 없어요. 우리가 경찰처럼 그를 감금할 수는 없다고요. 범죄 사실을 증명하기 전까지 그는 무죄니까요."

"아? 그래요? 그러세요?" 마티아스가 의기양양하게 허리에 손을 얹었다. 그것은 제니가 이제껏 그에게서 보지 못한 모습이었고 그에게는 그닥 어울리지 않았다. 그런 것은 오히려 그의 부인에게 더 잘 어울렸다. 하지만 그의 컨디션은 최고였고, 마치 스스로가 수사반장이라도 된 것처럼 생각하는 것 같았다.

"제 개인적인 생각으로는 살인자일 가능성이 높은 사람은 가두는 것이 좋다고 봅니다. 그 사람이 내 혀를 자르고 눈알을 태워 버리기 전에요. 여기에는 경찰이 없으니 우리가 스스로 해결해야 해요."

엘렌이 한동안 티모를 쳐다보다가 니코에게 물었다.

"토마스 씨는요? 그리고 안나 씨는요? 그들의 권리는 누가 책임지죠? 게다가 어쩌면 안나 씨는 아직… 아시잖아요. 우리의 잘못된 판단 때문에 저 사람이 부당하게 감금되는 거라 하더라도, 그렇게 해서 안나 씨를 구할 수 있을지도 모른다고 생각하면 가둘 만한 가치가 있는 것 같아요."

제니는 자신이 티모와 마주친 얘기를 했을 때와 비슷하게 그녀가 지금 큰 실수를 하는 것은 아닌지 고민했다.

"아니 그렇지 않아, 이런 젠장!" 티모가 소리를 내질렀다. "그건 감금이야. 감옥에 갈 일이라고."

"그와 관련해서 아마도 우리 가이드님이 뭐 하실 말씀이 있는지 들어 봐야 하지 않을까요?" 다비드가 제안했다. "원칙적으로는 그가 책임자잖아요."

모두의 시선이 절망적으로 고개를 흔드는 요한네스에게로 향했다. "아니요, 책임 없어요."

다비드가 눈썹을 올렸다. "없다고요?"

"이건 여러분이 민주적으로 결정할 문제입니다." 그렇게 말하며 요한네스는 자리에서 일어나 출구 쪽으로 향했다. 그리고 산드라에게 의미심장한 눈빛을 보냈다. "저는 기권하겠습니다."

그대로 그는 방을 나갔다.

"자, 그럼 투표하죠." 마티아스가 결정했다. "우리 스스로를 지키고 어쩌면 안나 씨를 구할 수 있도록, 저자를 감금하는 것에 찬성하시는 분들은 손을 들어 주세요."

제니는 가장 먼저 산드라 쪽을 보았다. 그녀가 제니의 시선에 응답하며 고개를 흔들었다.

"미안해요, 하지만 당신이 티모 씨를 거기서 봤다는 사실만으로 그를 감금하기에는 증거가 충분하지 않네요."

"저도요…." 제니의 말에 산드라는 분명 놀란 듯 보였다.

다음으로 그녀가 플로리안을 보자 그는 망설이며 손을 들었다. 그녀의 시선을 느끼고 그는 고개를 숙였다.

"안나를 위해서."

마티아스와 아니카가 손을 든 것은 그다지 놀랍지 않았고, 엘렌이 찬성한 것 또한 충분히 예상한 일이었다. 하지만 니코 역시 천천히 손을 들자 그녀는 깜짝 놀랐다.

제니는 이 등산 가이드가 티모의 유죄에 대해서 마티아스와 아니카만큼 확신하고 있는 것은 아니라고 믿었다. 그는 그렇게 말하기도 했다. 반면, 다른 한편으로는 많은 것들이 실제로 티모에게 불리했다.

"지금 우리가 하고 있는 일에 확신이 들지는 않아요." 니코가 말했다. "하지만 저는 이 그룹에 책임감을 느껴요." 그러고 나서 그는 바로 티모를 향해 말했다. "진심으로 미안하게 됐어요."

"엿 먹어!" 건물 관리인이 대꾸했다.

"당신은요?" 마티아스가 다비드에게 물었다. "당신이 나를 싫어한다는 건 알지만, 이 일은 나만의 문제가 아니라 우리가 지켜야 할 우리 모두의 목숨이 달린 일이에요. 자, 그래서요?"

제니는 다비드가 지금 이런 상황에서도 어떻게 저리 거만한 미소를 지을 수 있는지 의문이었다.

"당신이 당신을 생각해서 이러는 게 아니라는 말은, 티모 씨가 그 정신병자라는 사실만큼이나 믿기지 않아요. 내가 좀 전에 잠깐 그와 단둘이 돌아다녔잖아요. 물론 그가 조금 태도를 바꿀 필요는 있고. 뭐, 그 크리스털 같은 걸로 꾸준히 뇌세포를 날려 버리고 있기도 하지만, 누군가의 신체를 훼손한다고요? 심지어 죽이기까지 하고? 아니에요."

"당신은 단지 나에게 반대하려고 이러는 거지." 마티아스가 통명스럽게 말했다. 그러자 다비드가 크게 웃었다.

"당신이 나한테 그 정도로 중요한 존재는 아니에요."

"당신은요?" 아니카가 제니에게 말을 걸었다. "당신이 우리에게 이 결정적인 단서를 줬잖아요."

"저는 티모 씨를 그 방에서 만났다고만 얘기했고 다른 어떤 말도 하지 않았어요."

"그래서요?"

그녀는 고개를 흔들었다. "아니요. 그를 감금해서는 안 돼요."

"그럼 다섯 표 대 네 표에 기권 하나네요." 호르스트도 손을 들지 않은 것을 보고 나서 아니카가 발표했다.

"잠깐만요." 무슨 말을 하려는지 스스로도 정확히 알 수 없었지만, 제니가 불쑥 끼어들었다. 모두가 그녀를 쳐다봤다. 티모까지도.

"부탁인데 다시 한번 생각해 보세요. 티모 씨가 그 방에 있었다는 거, 그리고 어쩌면 마약을 한다는 게 범인이라는 증거는 아니에요. 여러분이 지금 티모 씨를 가둔다 해도 이 일은 계속될 수 있어요. 왜냐하면 진짜 범인은 이 호텔 어딘가에 숨어 있으니까요. 여러분이 이렇게 해서 얻을 수 있는 것은 딱 하나, 이 그룹이 더 약해지는 것뿐이에요."

그녀가 느끼기에도 매우 얄팍한 주장이었다. 하지만 그녀의 양심 때문에 적어도 시도는 해 봐야 했다. 어떤 면에서 그녀는 지금 일어난 일에 죄책감을 느꼈다.

"자, 그렇다면…." 하지만 마티아스는 그녀의 말을 무시한 채, 여전히 티모의 팔을 등 뒤에서 붙들고 있는 니코를 바라봤다.

"가둬요."

19

"부엌 옆에 거의 완공된 큰 냉장실 하나가 있어요." 엘렌이 말했다. "냉장 설비는 아직 설치되지 않았지만 단열문은 이미 있어요. 밖에서 문을 잠그고 추가로 빗장까지 질러 놓는다면 안에서는 열 수 없죠."

"아 훌륭하네요!" 마티아스는 감격한 듯 외쳤다. "우리가 경찰에게 그를 넘길 때까지 아주 편안한 독방이 되겠네요."

엘렌이 티모에게 말했다. "미안하게 됐지만, 그곳이 찬 바람 들고 리모델링 안 된 어딘가보다는…."

"엿 먹어."

엘렌은 욕설에도 별다른 반응을 보이지 않고 오히려 그의 눈을 똑바로 바라봤다. "안나 씨가 어디에 있는지 말해 준다면, 끔찍한 일을 멈출 수 있도록 당신이 우리를 도왔다고 경찰에게 말해 줄게요."

티모가 고개를 흔들면서 큰 소리로 부자연스럽게 웃었다.

"나는 모른다고. 좀 알아들으라니까!"

"다시 한번 생각해 보시죠."

"좋아. 잠깐 생각해 볼까… 아니라고!"

그는 그녀를 향해 마지막 말을 크게 외쳤다.

"됐어요." 마티아스가 잘난 체하며 말을 끊었다. "이 사람을 치워 버리자고요."

"잠깐!" 티모가 마티아스 쪽을 향해 말하자, 모두가 기대에 찬 눈으로 티모를 바라봤다.

"방금 호르스트 씨가 한 말, 대부분은 맞아. 한 가지만 빼고 말이지. 내가 당신한테 무슨 짓이든 할 수 있다는 거. 당신도 느끼게 될 거야. 내가 이 일과 아무 관련이 없다는 게 밝혀져서 풀려나면, 그 순간부터 당신은 혼자 있을 때마다 매분 매초 주변을 잘 둘러보는 게 좋을걸. 왜냐면 내가 당신 뒤에 있을 테니까."

제니는 마티아스가 애써 평정심을 유지하고 있는 것을 보았다. 티모가 한 말이 그의 신경을 건드린 게 분명했다. 그녀는 조금이나마 통쾌한 기분이 들었다.

"와! 대단한 대사인데요!" 다비드가 폭발한 티모의 뒤를 이어 떠들었다. "내가 그거 베르히테스가덴의 용감한 형사 마티아스에 대한 영화에 사용해도 될까요?"

"당신은 저리 꺼져." 티모가 차갑게 대꾸했다.

"어이, 나는 당신 가두는 거에 반대했어. 조금이라도 감사해야 하는 거 아닌가."

사람들이 티모를 데리고 방을 나서기 전, 니코와 제니의 시선이 마주쳤다. 그녀는 등산 가이드가 이 상황을 전혀 달가워하지 않으며 사실은 이 소동을 막고 싶어했음을 명확하게 느낄 수 있었다. 하지만 결국 그룹에 대한 그의 책임감이 더 컸으리라. 적어도 요한네스보다는 나았다.

"자, 갑시다." 마티아스가 명령조로 말하며 아니카, 엘렌과 함께 방을 나섰다. 그 뒤로 티모가 니코와 플로리안 사이에서 팔을 붙잡힌 채 끌려 나갔다.

제니는 플로리안의 태도가 여전히 의아했다. 티모를 가두는 데 찬성했기 때문이 아니라 그가 그렇게 한 방식이 문제였다. 그는 마치 그것을 원치 않는 것 같았다. 그렇다면 대체 왜 손을 든 걸까? 플로리안에게 그것에 대해 얘기해 봐야겠다고 생각했지만,

그 전에 해야 할 다른 대화도 있었다.

그녀는 주변을 둘러보았다. 산드라도 마찬가지로 방을 떠났다. 그녀가 어디로 향했는지 알 것 같았다.

그리고 제니도 방을 나가려던 순간, 그녀는 다비드의 표정이 변한 것을 눈치챘다. 다비드는 의자들 중 하나에 앉아 그 앞의 식탁을 멍하니 바라보며 생각에 빠진 채 빵 부스러기를 검지로 이리저리 굴리고 있었다. 그가 누군가를 비꼬거나 비웃지 않고 진지하게 생각하는 모습을 본 것은 이번이 처음이었다. 그녀는 그의 어떤 얼굴이 진짜인지 궁금했다.

제니가 예상했던 대로 산드라는 로비에 있었다. 그녀는 요한네스와 대화를 나누는 중이었다. 다만 제니가 예상치 못했던 것은 그들이 서로 얘기를 나누는 방식이었다. 둘은 얼굴이 거의 맞닿을 정도로 맹렬히 토론을 하고 있었는데, 제니에게는 두 사람의 그런 모습이 상당히 낯설게 느껴졌다.

"그들은 그럴 권한이 있어요!" 제니가 그들 곁에 다가왔을 때 요한네스가 날카롭게 말했다. 하지만 제니가 가까이 온 것을 알아채자마자 그는 한 걸음 뒤로 물러서며 다른 방향을 바라보았다.

"우리가 무슨 권한이 있다는 거죠?" 제니는 대화에 끼어들면서 그들 앞에 멈춰 섰다. "첫날 밤에 한 그 말과 관련된 건가요? 다른 사람들이 당신의 실체를 알게 된다면, 이라는 말이요?"

산드라가 요한네스에게 고개를 끄덕였다. "그래, 좋아요. 말하세요. 이제는 다 상관없으니까." 그러고는 그대로 돌아서서 그들을 떠났다.

요한네스는 말없이 산드라가 간 방향을 바라보면서 그녀가 식당 쪽으로 완전히 사라질 때까지 기다렸다.

"산드라 씨는 보험사 직원이 아니에요. 저를 이 직장에서 내쫓으려는 사람입니다."

"뭐라고요? 저는 이해가…."

그가 벽난로가 있는 방을 향해 고개를 까닥했다. "안으로 들어가죠. 얘기를 나누기에는 저 안이 더 좋을 것 같아요."

방 안에는 아늑하게 타오르는 벽난로 앞에 커다란 안락의자가 여러 개 있었다. 요한네스는 문을 닫고 제니 옆에 있는 의자에 앉았다. 제니는 누가 벽난로의 불을 계속 지피는지 궁금했지만, 지금은 그 의문을 뒤로하고 요한네스에게 관심을 집중했다.

"우리 회사는 얼마 전 어떤 투자자에게 팔렸어요." 그가 말을 시작했다. "회의가 한 번 있었는데 그 투자자가 보낸 사람이 우리에게 조직을 개편하고 있으니 앞으로 모든 게 더 좋아질 거라는 둥, 어쩌고저쩌고 말하더군요….

그러고 나서 디지털 디톡스라는 주제에 관한 메일을 받았죠. 그게 바로 이겁니다. 아, 물론 지금 일어난 이 어처구니없는 일과 관련된 게 아니라 핸드폰과 인터넷 없이 보내는 시간이요. 여유를 되찾기, 본질적인 것들로 되돌아가기 등등. 이 호텔의 새로운 주인들과 이미 연락해서 여기서 보내는 기간도 합의를 했다고 하더군요. 저는 좋은 아이템이라 생각했고 저희 신입인 니코와 함께 이곳으로 왔습니다. 모든 걸 직접 보고 준비를 하려고요."

그는 말을 잠시 쉬고 그의 두 손을 바라봤다.

"그러고 나서 며칠 전, 산드라 씨가 제 앞에 나타났어요. 그녀는 서류를 하나 가지고 왔는데 거기에 그녀가 새로운 경영진에게 고용됐고, 이 디지털 디톡스 콘셉트를 개발했다고 쓰여 있었어요. 그리고 그녀가 숨은 관찰자로서 이 여행에 참가할 거라는 내용도요. 이 일을 좀 배우기 위해서요. 비밀리에 말입니다."

그가 짧게 소리 내어 웃었다.

"말하자면 그녀가 저를 이 자리에서 몰아내고 제 후임이 된다는 거죠."

요한네스가 고개를 들어 제니를 바라봤다.

"이게 제 나이 또래에게는 어떤 의미인지 아시나요? 끝이라는 이야기입니다. 끝. 더 이상 다른 일자리는 찾지 못한다고요. 실

업자가 돼서 사회보조금이나 받겠죠. 다시 말해 사회적인 추락, 정말 끝장이요."

그 말을 들으니 요한네스의 몇 가지 태도가 이해되었다.

"안타깝네요. 하지만 산드라 씨가 당신 포지션을 맡으려고 한다는 거 확실해요? 제가 그녀와 조금 얘기를 나눠 봤는데 인정사정없이 냉정한 커리어 우먼 같지는 않던데요."

요한네스가 고개를 저었다.

"그 말이 아닙니다. 저도 그녀에게 개인적인 악감정은 없어요. 하지만 팩트는, 그녀가 저를 대체하기 위해 새로운 사장에게 고용된 사람이라는 겁니다. 저는 이런 특별한 여행을 전문으로 하는 여행사의 요구사항에 맞지 않아요. 그러니까 산드라 씨를 관찰자로 보낸 거죠. 여행이 끝나면 그녀는 아마도 보고서를 쓸 거고 저를 내쫓을 무슨 이유라도 찾을 거예요."

"지금은 다 아무 의미 없겠지만요."

"네, 그 말이 맞아요. 그래서 제가 그녀에게 진짜 정체를 모두에게 밝히라고 했던 겁니다. 이 끔찍한 상황은 더 이상 디톡스 여행과 아무 상관이 없어요. 그러니 이제 관찰할 것도 없죠. 하지만 그녀는 여행사의 직원이자 저의 후임자로서 여러분을 책임져야 할 의무가 있어요."

"그건 당신 말이 맞아요." 제니가 그의 말에 동의했다.

"방금 당신 말대로 산드라 씨가 그녀의 비밀을 그룹 사람들에게 솔직하게 털어놓아야 하는 것은 맞아요. 하지만 다른 한편으로 생각해 보면, 그녀는 아마 지금 같은 상황에서 당신의 주도권을 뺏고 싶지 않을 거예요. 당신에게 당신의 능력을 보여 줄 기회를 주고 싶겠죠. 어쨌든 간에 저 밖에는 꽁꽁 언 시체가 있고 제 직원 중 또 한 명이 사라졌다는 사실을 고려할 때, 이 모든 건 그렇게 중요한 일이 아니라고 생각해요. 그리고 건물 관리인 한 명이 몇몇 사람들에 의해 냉장실에 감금되기도 했고요."

"네, 저도 알아요. 그래서요?"

"예를 들면, 당신은 그런 일이 일어나지 않도록 아까 투표에서 당신의 표를 던질 수 있었죠. 우리의 여행 가이드인 당신이 기권하고 책임을 우리한테 떠넘긴 건 별로 도움이 되지 않았어요."

"제가 투표에 참여했다 해도 결과는 바뀌지 않았을 겁니다." 요한네스가 변명했다. "저는 이곳에 처음 방문했을 때부터 티모 씨를 기분파에 불친절한 사람이라고 느꼈어요. 게다가 다혈질에 공격적이까지 하니 저는 그가 무슨 짓이라도 할 수 있다고 생각해요. 아마 저도 그를 가두는 데 찬성했을 겁니다."

둘은 한동안 말없이 나란히 앉아 불을 바라봤다. 요한네스의 태도는 제니를 놀라게 했지만, 한편으로는 이런 상황에서 정상적으로 행동할 수 있는 사람은 아무도 없으리라는 생각도 들었다. 게다가 지금 정말로 더 중요한 일이 있었다. 안나를 찾아야만 했다.

그녀는 자리에서 일어나 요한네스의 어깨에 손을 얹었다.

"안나를 찾아볼까요?"

"네, 그러죠."

그도 자리에서 일어나 그녀와 함께 벽난로 방을 나섰다.

로비로 나가자 마티아스와 그 일행이 그들에게 다가왔다. 티모는 없었다.

"관리인은 이제 안전한 곳에 있어요." 그가 말했다.

제니는 그들의 앞에 섰다.

"저는 아직도 이게 맞는 일이라고 생각하지 않아요."

"네 알아요. 하지만 관심 없습니다. 우리는 민주적으로 투표를 했어요. 그리고 민주주의의 본질은 다수결에 따르는 겁니다."

"옳소!" 그들 뒤 어딘가에서 다비드가 소리쳤다. "그리고 똥은 맛있죠. 수백만 마리의 파리들이 착각할 리는 없으니까요."

"이제야 한숨 돌리겠네요." 마티아스는 다비드를 무시하며 말을 이었다. "지금부터는 한 사람씩 흩어져서 안나 씨를 찾으러 다닐 수 있겠어요. 그게 훨씬 더 효율적이겠죠. 이제 더 이상 위험하지 않으니까요."

 그것이 얼마나 큰 착각인지 그는 알지 못했다.

20

그녀는 그 자리에 누워서 기다렸다.

무엇을 기다리는지는 알지 못했다. 손길? 새로운 고통? 하지만 그가 그녀에게 무얼 더 할 수 있단 말인가? 인간에게 할 수 있는 모든 것은 이미 다 했다.

그녀는 자신이 언제부터 기다리고 있는지 알지 못했다. 몇 시간이었나? 며칠인가? 그녀는 마지막으로 일어난 일에 대해 생각했다. 정신을 잃지 않도록 계속해서 다른 곳으로 관심을 돌리고 있었다.

그러니까, 그녀의 머리가 다시 한번 갑자기 중심을 잃고 뒤로 젖혀질 것처럼 움직인 후로 시간이 얼마나 지났지? 마지막 순간

에 머리가 뒤로 꺾이는 건 막을 수 있었지만 목 근육이 긴장되는 바람에 소리도 지르지 못할 정도의 극심한 고통이 찾아왔다. 이제 누가 그녀에게 무슨 짓을 하든 그녀는 그걸 막을 수 없을 뿐만 아니라 아마 그걸 알아채지조차 못할 것이다.

그녀는 모서리 같은 무언가에 뒤통수를 부딪힌 것이 기억났다. 얼마 지나지 않아 머릿속에서 약한 진동이 느껴졌고, 그 후 충격과 함께 다시 진동이 이어졌다. 이 모든 것이 그녀를 고통의 불바다에 빠트렸다.

그런 다음 오랫동안 침묵이 흘렀다. 영원과도 같던 시간이 지나고 어느 순간, 그녀는 두 뺨 위로 불어오는 시원한 바람을 느꼈다. 처음으로 이 느낌이 얼마나 형언할 수 없는 것인지 알아챘다. 아무것도 느끼지 못한다는 것. 뭘 불평하는 거야? 그녀 안의 새로운 목소리가 말했다. 아무것도 느끼지 못해도 상관없잖아. 맞는 말이었다. 이 목소리가 있는 것 자체는 좋았다. 마치 그녀 안에 새로운 친구가 생긴 것처럼.

적응해, 목소리가 다시 말했다. 앞으로 누군가와 관계를 맺는 건 다 네 안에서만 이루어질 거야. 그 밖의 다른 것도 모두. 벌써 잊은 거야? 지금부터 너는 죽을 때까지 이 세상에서 가장 외로운 인간이라니까. 너에겐 오직 나뿐이라고.

정신 차려, 그녀 안의 다른 목소리가 말했다. *이성의 목소리.*

너에게 속삭이는 저 목소리는 광기야. 듣지 마. 그러지 않으면 너는 완전히 미쳐 버리고 말 거야. 지금 네가 있는 곳이 어딘지 알아내려고 노력해. 다른 사람들이 너를 찾았는지 아닌지도.

도대체 어떻게? 그녀는 *이성의 목소리에게 소리치고 싶었다. 나는 지금 나한테 무슨 일이 일어나고 있는지, 내가 있는 곳이 어디인지도 알 수 없는데.*

그럼 지난 몇 시간 동안 무슨 일이 있었는지 생각해 봐. 정신 똑바로 차려. 다른 건 없어. 자, 다시 처음부터 시작해 보자. 마지막으로 움직인 뒤 얼마나 시간이 흘렀지?

엿 먹어, *그녀가 이성의 목소리에게 말했다.*

만약 누군가의 손 하나가 그녀의 뺨이나 이마에 닿는다면 얼마나 좋을까. 그 손이 그녀를 어루만지고, 그녀를 이 끔찍한 고독에서 꺼내줄 수만 있다면. 지금 이 순간 그녀가 원하는 건 그뿐이었다. 그저 누군가가 그녀를 만지는 것. 그녀의 얼굴, 그녀가 느낄 수 있는 곳을.

그녀는 토마스를 떠올렸다. 피딱지가 내려앉은 입술과 불에 탄 눈으로 누워 있던 모습. 그녀도 분명 지금 그렇게 보일 것이다.

토마스. 그녀는 그와 같은 상황이다.

그녀는 여기, 가장 외로운 고독 속 어딘가에 누워 그저 기다리고 있다. 토마스도 그렇게 누워 있었다. 사람들이 그를 발견해서 침대로 옮길 때까지.

그리고 얼마 지나지 않아 토마스는 죽었다.

그녀도 원했다. 죽음을.

21

모두가 다시 식당에 모이자 또다시 마티아스가 갑자기 이 그룹의 대표처럼 행동하는 것과 티모에 대한 열띤 토론이 시작되었다. 특히 다비드의 발언들이 마티아스를 점점 더 분노하게 만들었다.

비록 제니는 티모를 가두는 것에 찬성하지는 않았지만 지금 당장은 더 중요한 일이 있었다.

"우리 이 이야기는 좀 그만두고 안나를 찾는 데 다시 집중할 수 없을까요?" 다비드와 아니카가 다시 말싸움을 시작하기 전에 제니가 끼어들어 소리쳤다.

"제니 씨 말이 맞아요." 마티아스가 말했다. "그리고 이제는 우리가 개별적으로 움직일 수도 있잖아요. 그러면 훨씬 더 효율적으로 수색할 수 있겠죠."

산드라가 고개를 저었다. "어쩌면, 여러분이 저를 지나치게 겁이 많은 사람이라고 생각할지도 모르겠지만 저는 이 호텔 안을 혼자 돌아다니고 싶지 않아요."

이로써 산드라는 제니가 생각하던 것을 또 한 번 똑같이 입 밖으로 꺼내 줬다. "그럼 우리 같이 찾으러 가죠."

마티아스가 짜증이 난 듯 눈알을 굴렸다. "토마스 씨의 살인자는 갇혀 있어요. 그러니까 더 이상 겁낼 필요 없다고요. 안나 씨를 찾을 확률을 높이려면 한 사람씩 움직여야 해요. 두 분도요. 여러분이 그녀를 찾든지 말든지 상관하지 않는 게 아니라면요."

제니는 곁눈질로 다비드가 무언가 대꾸하려는 것을 보고 선수를 쳤다.

"이제 적당히 하시죠." 그녀가 날카롭게 말했다. "산드라 씨와 저는 함께 수색을 가고 싶으면 그렇게 할 거예요. 당신이 우리를 막을 수는 없어요. 왜 이 일에 대한 결정권이 당신에게 있다고 생각하는지 모르겠지만, 분명히 말씀드릴 수 있어요. 만약 누군가가 책임이 있다면 그건 산드라 씨예요. 왜냐면 그녀는 트리플 오저니 여행사의 직원 중 한 명이니까요."

심지어 다비드조차 그 사실에 "뭐라고요?"라는 말밖에 하지 못한 채, 다른 사람들처럼 산드라를 의문에 찬 눈빛으로 쳐다볼 뿐이었다. 산드라는 이에 대답하기 전에 제니에게 의미심장한 눈빛을 보냈다.

"그래요, 맞아요. 사실 저는 얼마 전에 이 회사에 입사했고, 말하자면 익명으로 이 여행에 참여하게 됐어요. 왜냐하면 디지털 디톡스라는 개념을 제가 만들어 냈거든요. 중립적인 관찰자로서 고객들이 이 여행을 어떻게 느끼는지, 또 우리가 어떤 점을 개선할 수 있을지 알고 싶었어요. 하지만 책임에 관한 거라면," 그녀의 시선이 다시 제니에게로 향했다. "그건 요한네스 씨에게 있어요. 이 여행의 가이드는 요한네스 씨이고, 만약 디지털 디톡스가 저희 회사의 고정 프로그램 중 하나가 된다면 앞으로도 요한네스 씨가 그 역할을 계속 맡게 될 테니까요."

"모든 게 정말 끔찍할 정도로 흥미롭네요." 아니카가 토를 달았다. "그럼 안나 씨는 어떻게 할 거죠?"

"이제 찾아야죠." 다비드가 산드라와 제니 쪽을 향해 말했다. "저는 두 분 의견에 완전히 동의합니다. 그러니 혼성팀을 만드는 게 어때요? 아마도 그편이 더 안전하지 않겠어요? 그렇죠?"

그 부분에는 제니도 동의했다. 하지만 제니가 산드라와 그에 대해 이야기를 나누기도 전에 그녀의 뒤에서 호르스트가 말을 걸었다. "제니 씨, 괜찮다면 내가 동행하겠소. 안나 씨는 당신 직원이고 이 건물 안은 내가 잘 아니까."

"좋아요. 그러면 우리가 지하를 맡죠. 출발하자고요."

다른 대답을 기다리지 않고 제니는 바로 방을 떠났다. 호르스트가 그녀의 뒤를 따랐다.

계단을 내려갈 때 건물 관리인이 먼저 말을 꺼냈다.

"티모를 방에 가둬 놓는 건 말도 안 되는 일이오. 그는 이 끔찍한 일과 전혀 상관이 없소. 그건 내가 보장한다네."

"저도 마티아스 씨처럼 확신하는 건 아니에요. 하지만 티모 씨에게 불리한 정황이 몇 가지 있고, 그리고 그의 태도도…."

그녀는 비닐 방수포가 걸려 있던 방을 떠올렸다.

계단 끝에 도착하자 호르스트가 그들 오른편에 있는 문 하나를 가리켰다. "이쪽으로 가면 빈방 몇 개가 나올 거요. 누가 이미 여기를 확인했는지 모르겠군."

"저도 몰라요. 한번 확인해 볼까요."

호르스트는 고개를 끄덕였지만 문 앞에 가만히 멈춰 섰다.

"티모의 행동에 관해서 말인데, 그럴 만한 이유가 있소. 몇 년 전에 한 여성 고객이 티모를 도둑으로 몬 적이 있어서 그때부터 저렇게 된 거요. 그녀의 비싼 장신구를 훔쳤다고. 10만 유로 상당의 목걸이였지."

"그 여자가 어떻게 티모 씨를 도둑으로 몰게 된 거죠?"

"티모가 그녀의 방에서 나오는 걸 봤다고 주장했소. 그리고 잠시 후에 목걸이가 사라진 것을 발견했고."

"하지만 티모 씨는 아니었던 건가요?"

"아니었소. 하지만 큰 소동이 일어났지. 경찰이 신고를 받고 티모를 데려갔으니까. 티모는 자신은 절대로 그 방에 들어간 적 없고 이 사건과도 아무런 관련이 없다고 맹세했소. 하지만 모두 그 여자의 말만 믿었지. 영장 심사 판사는 티모를 특수절도죄로 미결 구류시켰다오. 티모가 그 목걸이가 어디 있는지 말하지 않았다는 이유로 말이오. 그러고 나서 티모는 그곳에서 다른 수감자들에게 상당히 심한 괴롭힘을 당했소. 그들은 티모를 두들겨 패서 훔친 물건이 있는 곳을 말하게 하려고 했다오. 거의 죽을 만큼 두들겨 팼지."

"끔찍하네요."

"그랬소. 그리고 일주일 뒤에 그 여자가 사기꾼이라는 사실이 밝혀졌다오. 그 여자는 큰 보험에 가입해 둔 그 목걸이를 이미 한참 전에 스스로 팔아 치웠던 거요. 상처가 다 나을 때까지 티모는 꽤 오랜 시간 병원 신세를 졌소. 육체적인 상처 말이오. 심리적인 상처는 절대로, 제대로 회복되지 않았지."

"그 이야기를 들으니 몇 가지는 이해가 되네요."

"그 일 이후, 티모는 부당한 대우를 받았다고 느끼면 극도로 공격적인 반응을 보인다오. 하지만 토마스 씨와 안나 씨를 그렇게 만든 건 티모가 아니라고 내 장담하네. 지금 거기 갇혀 있는 건 티모를 반 미치게 할 거요. 난 티모를 알고 있소. 만약 거기서 조만간 나오지 못하면 아마 완전히 미쳐 버릴 거요."

"이해해요. 티모 씨가 안타깝네요. 이 이야기, 나중에 다른 사람들에게도 하는 게 좋겠어요. 아마 그러면 그들이 실수했다는 걸 인정할 테니까요. 제가 도와줄게요. 하지만 지금은 우선 안나를 찾아야 해요."

호르스트가 고개를 끄덕인 뒤 문을 열었다.

복도를 따라 위치한 방은 여기저기 먼지가 쌓인 상자와 녹슨 기계들만 놓여 있을 뿐 대부분 비어 있었다. 그들이 들여다본 방 중 가장 큰 방에는 포장을 뜯지 않은 정원용 가구들이 천장 바로 아래 높이까지 쌓여 있었다. 먼지가 두껍게 쌓인 것으로 보아 새로운 호텔 주인의 물건일 리는 없었다.

그들은 세탁실 쪽으로 되돌아갔다. 그곳은 제니가 이미 플로리안 그리고 산드라와 함께 갔던 곳이었다.

회색 캐비닛을 지나갈 때 제니는 그녀가 들었던, 아니면 그녀가 들었다고 생각했던 그 소리를 기억해 냈다. 그녀는 망설이며 그 옆으로 갈라지는 복도를 쳐다봤다.

"왜 그러오?" 호르스트가 마찬가지로 멈춰 서며 물었다.

"제가 첫 수색에서 플로리안이랑 산드라 씨와 이곳을 지나갈 때 무슨 소리를 들었다고 생각했어요. 하지만 이 복도 끝에 있는 방에는 아무것도 없었죠. 제가 느끼기에도 그 소리는 더 가까운 곳에서 나는 것같이 들렸어요."

"음…." 호르스트는 금속판으로 된 캐비닛을 바라보더니 문을 양쪽으로 열었다. 처음처럼 불쾌한 냄새가 그들을 덮쳤다.

오래된 깡통들을 차례로 보고 나서 그는 어깨를 으쓱했다.

"쥐였을 확률은 거의 없을 것 같네만. 이 캐비닛에는 쥐들이 기어 들어갈 틈이 없소." 그는 다시 문을 닫았다.

"어쩌면 그 소리가 더 뒤쪽 방에서 들린 게 아닐까요? 거기는 쥐들이 있을 수도 있어요."

호르스트가 전등 스위치를 켜자 복도 천장의 네온등에 불이 들어오면서 그 문을 비추었다.

"저기에는 예전에 쓰던 장식품이 들어 있는 박스들이 있소. 크리스마스, 부활절, 뭐 그럴 때 쓰는 것들이오."

"네, 플로리안이 박스들이랑 오래된 세탁물 카트에 대해 얘기했어요." 제니가 기억해 냈다.

"세탁물 카트? 그건 내가 모르는 거요. 하지만 이상한 우연이군. 그렇지 않소?"

제니는 이해하지 못했다. "네?"

"그러니까, 토마스 씨는 예전 세탁실에서 발견되었잖소. 그 안에는 나도 모르는 오래된 세탁물 카트가 하나 있었지."

확실히 부인하기 어려운 연관성이었다.

"내가 한번 확인해 보지."

문 쪽으로 향하는 호르스트의 뒤를 제니도 따랐다.

이번에는 자신도 방 안을 들여다볼 생각이었다.

호르스트가 문을 열고 단번에 전등 스위치를 찾았다. 네온 조명에 불이 들어오자 플로리안이 묘사한 광경이 나타났다. 먼지 덮인 상자들이 벽 쪽에 쌓여 있고, 그중 몇 개는 방 한가운데에 있었다. 반대편 벽과 상자들 사이에는 그녀가 다른 호텔에서도 본 적 있는 세탁물 카트가 하나 놓여 있었다. 카트는 두 개의 쇼핑카트를 합한 정도의 크기였고, 파란색의 단단한 천으로 감싸여 있었는데 몇몇 곳은 해져서 얇아지고 색이 바랜 상태였다.

문 옆에 있던 제니는 그 카트 안에 뭐가 있는지 볼 수 없었다. 플로리안도 이 이상 방 안으로 들어갈 수 없었기 때문에 안쪽을 더 자세히 보지 못한 것이라 생각했는데. 그는 왜 더 제대로 살펴보지 않은 걸까? 지금 호르스트는 제대로 확인하고 있었다.

카트 앞에 도착한 호르스트의 표정이 돌변했다.

눈 깜짝할 새에 일어난 일에 제니는 심장이 멎을 뻔했다. 그녀는 재빨리 건물 관리인에게 다가섰다.

안나가 카트 바닥에 구겨진 채 누워 있었다. 부은 채 감겨 있는 그녀의 눈은, 정확하게 설명하기는 어렵지만, 당장 보기에 토마스의 상황과는 달라 보였다.

제니는 카트의 가장자리에서 몸을 구부려 안나의 경동맥에 손가락 두 개를 얹었다. 그러고 나서 몇 초 뒤 안심하며 숨을 내쉬었다.

"살아 있어요."

22

 그녀는 갑자기 목에 무언가 닿는 느낌에 소스라치게 놀랐다. 움직일 수 있었다면 아마 몸을 크게 움찔했을 터였다. 목에 닿는 부드러운 손길이 즉시 새로운 고통의 물결을 일으켰지만, 그건 안나가 일생에서 느꼈던 것 중 가장 아름다운 감각이었다.

 그녀는 자신이 발견되었는지, 자신을 만지고 있는 사람이 여행 그룹에 속한 사람인지 알 수 없었다. 이 사실을 깨닫자 절망의 물결이 다시 한번 그녀를 덮쳤지만, 이성의 목소리가 그 사람을 그룹의 누군가라고 믿어야 한다고 말했다. 이 손길은 그녀의 정신이 붙잡아야 하는 닻이라고.

 그러다 갑자기 손길이 사라졌다. 목에서 손이 떨어졌다. 즉시 공황이 돌아왔다. 안나는 절망에 빠져 울부짖고, 간청하고 싶었다. 다시 한번 그녀를 덮친 얼음처럼 차가운 외로움에 맞서 무엇이든 하고 싶었다. 절망에 맞서. 하지만 할 수 없었다. 그녀는 더 이상 아무것도 할 수 없었다.

그녀의 정신이 무너지는 순간 들었던 목소리가 떠올랐다. 그 목소리는 아마도 그녀가 그녀의 인생에서 들은 마지막 소리일 것이다. 착각한 건 아닐까? 아니, 틀림없이 착각한 것이다.

조용히 해.

영원할 거야. 그 감촉을 다시 느낄 수만 있다면.

그녀는 속으로 필사적으로 울부짖었다. 소리 없이, 눈물 한 방울 흘리지 않고. 그리고 새로운 목소리가 냉소적으로 속삭였다. 그녀의 고통이 곧 끝날 것이라는 희망이 아직 남아 있다고, 토마스는 아주 빨리 죽었다고. 그녀는 다시 감동을 받았다.

전보다 훨씬 더 강렬하게, 손가락 한두 개가 그녀의 뺨을 쓰다듬었다. 그녀는 그 감촉을 느끼기 위해 온 힘을 다해 고개를 살짝 돌렸다. 당황한 듯 손가락이 잠시 사라졌지만 곧바로 손 전체가 그녀의 이마에 닿았다. 그 느낌이 너무 좋아서 그녀는 잠시 고통을 잊어버릴 정도였다.

아니, 이 부드럽고 사랑스러운 손길은 괴물의 것이 아니다. 그녀를 아끼는 사람의 손길이다.

그리고 무언가가 그녀에게 말하고 있었다.

그 사람이 바로 제니라고.

23

제니는 서둘러 중앙 입구로 가서 온 힘을 다해 다른 사람들에게 소리친 후 곧바로 다시 안나에게 돌아왔다. 그녀는 변함없는 자세로 세탁물 카트 안에 있었다.

"안나."

안나가 들을 수 있는지는 확실하지 않았지만 속삭였다.

"나 여기 있어. 넌 더 이상 혼자가 아니야."

제니는 다시 한번 몸을 카트 안으로 기울인 뒤 한 손을 뻗어 조심스럽게 안나의 볼을 쓰다듬었다. 안나의 머리가 조금 움직였다. 즉, 그녀는 의식이 있는 상태였고 누군가 그녀를 만지는 것을 느끼고 있었다.

"당신 손을 느꼈소." 호르스트도 확신에 차 말했다. 호르스트를 힐끗 본 제니는 그의 눈에 눈물이 고인 것을 발견했다.

"이건 티모가 한 게 아니오. 절대로."

제니는 다시 안나에게 집중했다. 그녀는 그들이 처음 그곳을 수색했을 때도 안나가 이미 그 자리에 있었는데 단순히 플로리안이 카트 안을 확인하지 않았기 때문에 안나를 발견하지 못한 것인지 궁금했다. 하지만 지금은 이 의문을 잠시 미뤄 두어야 하리라.

다비드와 산드라가 가장 먼저 그들이 있는 곳에 나타났고 2분 정도 뒤에 다른 사람들도 나타났다.

플로리안이 방으로 들어와 안나가 있는 곳을 보자 그의 얼굴이 창백해졌다. "여기는 이미 확인했었는데." 그가 나지막한 목소리로 말했다. 그리고 제니의 시선을 느끼자 황급히 말을 덧붙였다. "그때는 이 카트 안에 없었어. 그건 확신해."

제니는 그의 눈을 똑바로 쳐다봤다. 확신한다고 했다.

정말일까?

마지막으로 마티아스와 아니카가 나타났다. 빨래 운반 카트 안을 오래 들여다본 후 아니카는 역겨워하며 얼굴을 찌푸렸다.

"이런 미친 새끼. 당장 가서 그놈도 때려죽여야 해요!"

"당신이라면 그렇게 할 수 있을 것 같군." 호르스트가 침울하게 대답했다. "하지만 티모가 한 짓은 아니오."

"아 그러세요? 어떻게 그리 확신하는 거죠?"

그것에 대해 제니도 떠오르는 생각이 있었으나 나중으로 미뤄 두었다. 우선은 안나를 돌봐야 했다.

축 처진 몸을 카트에서 들어 올려 다비드가 구해 온 들것으로 옮기기는 상당히 힘들었다.

그들은 계단을 올라 안나를 로비로 데려갔다. 그곳에서 다비드가 멈춰 선 뒤 플로리안, 니코 그리고 마티아스에게 들것을 내려놓으라고 몸짓했다.

"위층, 안나의 방이 아니라 벽난로 방에 그녀를 누일 수 있는 자리를 만드는 게 좋겠어요. 그러면 우리가 다 함께 그녀를 돌볼 수 있고 누구도 저 위에 그녀와 단둘이 있게 되지 않을 테니까요. 누가 알아요…."

"또 시작인가요?" 마티아스가 짜증을 내며 물었다. "그 정신병자는 우리가 가뒀다고요. 제발 받아들이시죠."

제니가 손을 들었다. "다비드 씨가 제안한 대로 하는 것에 찬성해요."

마티아스와 아니카를 제외한 다른 사람들도 다비드의 제안에 찬성했다. "제 생각에도 티모 씨가 한 짓이 맞는 것 같지만." 엘렌이 역시 손을 들면서 덧붙였다. "우리 모두가 곁에 있다면 안나 씨에게도 좋을 거예요."

"어차피 그녀는 아무것도 못 느껴요." 마티아스가 떨떠름한 표정으로 말했다.

"그건 당신이 알 수 없죠." 산드라가 받아쳤다. "아니면 당신이 의사라서 첫눈에 보자마자 그녀의 부상이 얼마나 심한지 알 수 있나요?"

"자, 그러면." 논쟁을 끝내기 위해 다비드가 말을 돌렸다. "저는 위에 가서 매트리스를 하나 가지고 올게요. 누가 같이 갈래요?"

니코가 말없이 그를 따라갔다. 그리고 잠시 후 그들은 벽난로 앞에서 조금 떨어진 곳에 임시 잠자리를 마련한 뒤 안나를 그 위에 눕혔다. 구급상자는 그 옆에 놓여 있었다.

토마스와 같이 안나도 목에 1센트 동전 크기만 한 상처가 있었다. 상처는 부어 있었고 무언가에 찔린 것처럼 보였다.

그들은 안나를 바로 눕혔다. 제니는 매트리스 가장자리에 앉아 안나가 느끼고 있을 고통을 줄여 주기 위해 액상 진통 소염제를 그녀의 입가에 떨어뜨렸다. 그러고 나서 다시 그녀의 뺨을 쓰다듬으며 그녀의 눈과 목에 난 작은 상처들을 살펴보았다.

안나의 눈꺼풀은 딱지가 앉고 빨갛기는 했지만, 토마스와 달리 불에 타지는 않았다. 의학적인 지식은 거의 없지만 제니는 이 부상의 원인이 어쩌면 산성 물질일 수도 있을 것이라 생각했다.

또 한 가지 토마스와 다른 것은 목의 후두 높이에 난 상처였다. 무슨 일이 일어난 건지 파악하기 위해 반드시 의사일 필요는 없었다. 특히나 안나의 혀는 무사했다.

"눈의 상처가 토마스랑은 달라 보여요." 제니가 말했다. "그리고 후두를 다친 것처럼 보여요."

"열이 있나요?" 다비드가 물었다.

제니가 안나의 이마에 손을 얹었다. 차가웠다.

"아니요."

"그럼 제가 생각해 둔 가설이 하나 있어요."

제니는 다비드 쪽으로 몸을 돌리다가, 마티아스가 눈동자를 굴리며 조소를 머금는 것을 보았다.

"당연하시겠죠. 에르퀼 푸아로 탐정님은 가설이 있으시고 분명 그 천재적인 걸 우리에게도 곧 알려 주시겠죠."

다비드는 그를 무시했다.

"무엇이 토마스 씨의 죽음을 야기했는지 정확히는 모르지만, 그는 상처 때문에 극심한 고열에 시달렸어요. 그러니까 혈액 순환이 안 되어서 죽었을 가능성이 있는 거죠." 그는 잠시 말을 쉬었다. 그의 시선은 안나에게 멈춰 있었다. "안나 씨의 부상은 달라요. 설사 같은 결과로 이어질지라도요. 안나 씨는 확실히 눈이 멀었고 귀도 들리지 않아요. 더 이상 말을 할 수 없고 움직일 수도 없어요. 토마스 씨처럼요. 하지만 열은 없어요."

"그러니까, 범인이 실험을 했다는 건가요?"

다비드가 고개를 끄덕였다. "네, 제 생각에는 그가 피해자를 죽이려고 하는 것이 아니라 반대로 이런 부상에도 불구하고 살아남게 할 방법을 찾는 것 같아요."

"세상에." 산드라가 소리를 내더니 그녀의 입을 잠시 손으로 막았다. "그건 정말 훨씬 무서운…."

"네, 그리고 저는 여기서 그런 일을 할 만한 유일한 사람이 누군지 알죠. 그 사람은 우리가 가둬 놨고요." 마티아스가 말하고서는 자만하며 덧붙였다. "내 완고함 덕분에요. 저는 처음부터 그 인간이 불쾌했어요."

"만약 티모가 무죄로 밝혀져 다시 자유로워진다면, 그는 분명히 당신의 그 완고함에 대해 짚고 넘어가려 할 거요." 호르스트가 으르렁거리며 말했다.

"그렇다면 당신에게는 그 칼이 티모 씨가 있던 곳에서 발견된 게 참 잘된 일이었겠군요." 다비드가 말했다. 마티아스가 그에 대답하기 전에 제니는 한 가지 의문이 떠올라 요한네스에게 물었다.

"잠깐만요, 당신들이 그 칼을 찾았을 때 어땠다고 했죠? 누가 제일 먼저 칼을 발견했나요?"

요한네스가 어깨를 으쓱했다. "마티아스 씨요."

"흥미롭군요." 다비드가 말했다. 그는 보아하니 제니가 무엇을 말하고자 하는지 바로 이해한 것 같았다.

"정확하게 어떻게 된 거죠? 비닐 천막 뒤쪽으로 갔는데 거기에 칼이 있었나요? 바닥에? 아니면 어디죠?"

대답하기 전에 요한네스가 다시 한동안 곰곰이 생각했다.

"아니요, 마티아스 씨가 첫 번째로 들어갔고 그다음에는 아니카 씨가 들어갔어요. 제가 들어갔을 때 그 칼은 이미 그의 손에 있었어요."

"칼을 손에 들고 있었다고요?" 다비드가 눈썹을 치켜올리며 마티아스를 쳐다봤다.

"범행 도구로 짐작되는 흉기를 맨손으로 만졌어요?"

"네, 제가…." 마티아스가 말을 더듬기 시작했다. "아 나 참, 칼날에 묻은 얼룩을 봤을 때 흥분했어요. 그래서 그 순간에는 아무 생각 없이 그냥 손으로 잡았죠."

"아니카 씨, 당신은 칼을 언제 처음으로 봤죠?"

"그게 대체 지금 이 일과 무슨 상관이 있죠?"

"그냥 알고 싶어서요."

아니카는 대답하기 전에 마티아스와 눈빛을 교환했다.

"저는 마티아스가 칼을 손에 들기 전에 봤어요. 간이 탁자 위에 놓여 있었죠. 그리고 제니 씨가 말해서 알고 있듯이 그 남자가 칼을 거기에 놨고요."

계속해서 안나의 얼굴을 쓰다듬던 제니가 아니카를 향해 말했다.

"저는 그렇게 말한 적 없어요. 제가 어떻게 티모 씨가 거기에 그 칼을 놨다고 말할 수 있겠어요? 저는 이전에 티모 씨를 거기서 봤다고 말했을 뿐이에요. 그사이에 누구든 그 방에 갔을 수도 있고 칼을 가져다 놨을 수도 있어요. 누구든지요."

"이론적으로 생각해 보면, 마티아스 씨와 아니카 씨가 그 칼을 주머니에 가지고 있었을지도 모르죠. 그리고 나중에 지문 때문에 문제가 생기지 않도록 마티아스 씨가 지나치게 흥분한 것처럼 그 칼을 손에 들고 요한네스 씨한테 보여 준 거고요."

"막 나가는군." 마티아스가 갑자기 흥분했다. "우리한테 죄를 뒤집어씌우다니. 당신 아무래도 제정신이 아닌가 보군."

"게다가 제니 씨가 이미 말했잖아요." 아니카가 날카롭게 말했다. 마티아스가 채 그녀의 방향으로 몸을 돌리기도 전에 그녀가 덧붙였다. "누구든지 그 칼을 거기에 놨을 수 있어요."

다비드의 입이 뒤틀리며 사악한 미소를 지었다.

"그러니까요!"

갑자기 조용해졌다. 마티아스의 얼굴이 어두워졌고 그는 자신의 아내에게 화난 시선을 던졌다.

침묵을 깬 것은 니코였다.

"그럼 중요한 부분은 얘기가 되었네요. 이제 이 칼만으로는 티모 씨가 범인이라는 증거가 되지 않는다는 걸 당신도 이해했다니 다행이에요."

"제가 말한 건 그게 아니…." 아니카가 다시 말을 이으려 했지만, 산드라가 끼어들었다.

"아니, 맞아요. 당신이 말한 게 바로 그거예요. 누구든지 그 칼을 거기에 놨을 수 있어요."

"좋아요." 다비드가 말하면서 자리에서 일어섰다. "그럼 이제 그 불쌍한 사람을 풀어 줘야겠네요."

"저는 다르게 생각해요." 마티아스가 이의를 제기했다. "저는 아직도 그가 범인이라고 확신해요."

"그렇게 생각하시는 분 더 있나요?" 다비드는 사람들을 둘러보았다. 아무도 손을 들지 않았다. 심지어 아니카도 손을 들지 않고 시선을 아래로 떨구었다.

다비드가 고개를 끄덕였다.

"누가 같이 갈래요?"

"저요." 니코가 말했다.

"저도요." 산드라도 동참했다.

세 사람이 나가고 나서 제니는 다시 안나의 뺨과 이마를 쓰다듬기 시작했다.

마치 그에 감사를 표하려는 듯 안나가 고개를 움직였다.

"엘렌 씨, 혹시 안나를 위해서 물 한 잔만 가져다줄 수 있어요?"

"네, 하지만 혼자는 안 가요." 엘렌이 대답하더니 요한네스에게 물었다. "부탁인데 함께 가 주시겠어요?"

요한네스가 몸을 일으켜 세우는 순간 다비드, 산드라, 그리고 니코가 돌아왔다. 그들뿐이었다.

그리고 그들의 표정은 전혀 좋지 않았다.

24

자신이 어디에 놓여 있는지는 모르겠지만, 사람들이 자신을 찾았다는 것은 알 수 있었다. 방향감각을 완전히 상실해 버린, 자신의 끔찍한 상황을 인지할 때마다 그녀는 미쳐 버릴 것 같았다.

아니, 어쩌면 이미 미쳐 버렸는지도? 스스로 미처 깨닫기도 전에?

미친 사람이 자기가 미쳤다고 하는 거 본 적 있어?

그녀 안의 새로운 목소리가 음흉하게 물었다.

아니, 그런 적은 없다. 하지만 그녀는 지금 아주 논리적으로 그녀의 상황에 대해 곰곰이 생각하고 있었다. 미친 사람이 이렇게 생각할 수 있을까?

그럼 이렇게 물을게. 새로운 목소리가 말했다. **너는 아마 평생**

눈도 귀도 먼 벙어리에 온몸이 마비된 채 살게 될 거야. 그런데 네가 미쳐 버리게 될지, 아니면 이미 미쳤는지에 대해 이렇게 침착하게 곰곰이 생각한다고?

 그녀는 그 목소리와 생각들을 한쪽으로 제쳐 두었다. 그러자 고통이 굶주린 짐승처럼 그녀를 다시 덮쳤다. 하지만 그때 또 한 번 누군가가 그녀를 만졌다.

 그녀는 이따금 그녀가 마지막으로 들었던 두 단어를 떠올렸다. 그리고 그 단어들을 더 많이 생각하고 기억하려 할수록 그녀는 자신이 틀리지 않았다는 것을 확신했다.

 그녀는 누가 이 모든 짓을 했는지 알고 있었다. 만약 그녀의 청력이 아직 남아 있다면 지금 바로 이 순간 그 목소리를 들을 수 있을까? 그 괴물이 이 방에 그녀와 함께 있고 어쩌면 지금 그녀를 열심히 보살피고 있을까?

 소리치고 싶었다. 소리쳐야만 했다. 그녀는 입을 크게 벌렸다.

 곧바로 미칠 듯한 고통이 그녀의 목에서부터 머리 전체로 폭발하듯 퍼졌지만 무시했다. 그리고 그녀가 어떤 소리를 내는지조차 알지 못한 채 폐에서 모든 공기를 짜냈다.

 그녀는 한 번 더 시도하려 했지만 끝내 할 수 없었다. 고통이 맹렬한 발톱으로 그녀를 낚아채 자비로운 어둠 속으로 끌어당겼다.

25

"그가 사라졌어요!" 다비드가 표정 변화 없이 말했다. "문은 열려 있고 냉장실에는 아무도 없었어요."

"제기랄, 젠장!" 마티아스가 소리쳤다. "이제 만족해요? 그 미친 인간이 자유롭게 이 호텔을 활보하면서 다음에는 누구의 눈을 태우고 혀를 자를지 고민하고 있을 거라고요!"

"여보세요, 내 말을 못 들으신 건가요? 아니면 진짜 내 말을 이해 못 할 정도로 멍청한 건가요?" 다비드는 통제력을 잃지 않기 위해 애쓰는 것처럼 보였다. "누군가가 티모를 꺼내 줬다고요. 우리가 거기 도착하기 전에요."

그는 한 사람 한 사람을 쳐다봤다. "자, 누구죠?"

그들은 서로를 미심쩍은 얼굴로 쳐다봤으나 아무도 시인하지 않았다.

"꺼내 준 사람은 걱정 말고 자백해도 괜찮아요. 우리도 방금 그를 풀어 주려고 했으니까요."

여전히 아무도 시인하지 않았다. 다비드의 시선이 호르스트에게 향했으나 그는 고개를 저었다.

"나는 아니오. 물론 난 티모를 가두는 데 강력히 반대했소. 그리고 그가 이 모든 일과 전혀 관련이 없다고 확신하지. 하지만 내가 풀어 준 건 아니오."

"어쨌든 그는 도망쳤어요." 아니카가 말했다. "무죄라면 아무도 그렇게 안 할 거예요."

"자칭 보안관 무리에 의해 감금되었고, 다시 발견되면 똑같은 일을 당할 게 뻔한 상황에서 그가 한 행동은 논리적으로 보이기만 하는데요." 다비드가 감정이 없는 말투로 말했다.

"그를 찾아야만 해요." 마티아스는 벽난로 방 입구로 몇 걸음 움직이더니 다른 사람들을 향해 몸을 돌렸다. "다들 뭐 해요? 뭘 기다리고 있는 거죠? 그자가 다른 사람을 잡아챌 때까지요? 자, 어서요. 우리는 그를 찾아야만 해요."

다비드가 고개를 저었다. "그건 아무 의미 없어요. 티모 씨는 우리 누구보다 이곳을 더 잘 알아요. 호르스트 씨를 빼면요. 만약 티모 씨가 이 미로 같은 건물에서 발견되지 않으려고 작정했다면 우리는 그를 찾을 수 없을 거예요."

"말도 안 되는 소리. 안나 씨는 우리가 찾았잖아요."

"그녀를 찾아야만 했으니까요." 니코가 대답했다

"맞아요." 다비드도 그의 말에 동의했다.

"젠장, 이 모든 게 우리 안전을 위한 거잖아요." 마티아스의 목소리는 이제 애원하듯이 들렸다. "정말 더 이상 누가 죽지 않기를 바라는 건 나뿐이에요?"

"그건 분명 아니에요." 니코가 다시 입을 열었다. 제니는 토마스가 죽은 후부터 그가 입을 여는 횟수가 점점 줄어들었다고 생각했다.

"솔직히 말하면, 당신의 가장 큰 걱정은 우리가 아니라 당신 자신의 안전 같은데요. 당신이 티모 씨를 가두려고 했을 때 그가 한 말 때문이에요."

"헛소리." 마티아스가 성급하게 자신의 거짓말을 변명하는 듯한 말투로 말했다.

다비드는 소파에 앉아 한숨을 쉬며 부드러운 등받이에 몸을 묻었다.

"어쨌든 나는 티모 씨를 찾으러 다니지 않을 겁니다. 하지만 하고 싶은 대로 해요. 당신이 티모 씨를 찾게 된다면 분명 흥미로운 일이 일어나겠네요."

마티아스는 방을 나가지도, 자기 자리로 돌아오지도 못한 채 입구 앞에 망설이며 서 있었다. 결국 그가 무엇을 해야 하는지 결정한 건 아니카였다.

"어쩌면 저 말이 맞아." 그녀가 그녀의 남편에게 말했다. "그 남자는 당신을 완전히 대놓고 위협했어. 만약 그가 이 저주받은 건물 어딘가에 숨어 있다면 당신은 아무것도 할 수 없어. 그가 당신에게 무슨 짓을 할지 누가 알아. 그러니까 다시 앉아."

마티아스는 이해할 수 없는 말을 웅얼거리더니 다시 아니카에게 돌아가 그녀 옆에 앉았다.

"착하기도 하지." 다비드가 말했다. 그러자 아니카와 마티아스는 다시 분노에 찬 눈빛으로 그를 보았다.

그러는 동안 제니는 안나에게로 관심을 돌렸다. 갑자기 안나의 머리가 움직였고, 그다음 순간 그녀의 입에서 인간의 것이 아닌 듯한 낯선 소리가 흘러나왔다. 제니의 등골이 서늘해졌다. 그것은 마치 무거운 문의 녹슨 경첩이 삐걱거리는 소리처럼 들렸다.

모두의 시선이 안나에게 향했다. 엘렌은 한숨을 내쉬더니 두 손으로 얼굴을 덮고 흐느끼기 시작했다.

안나의 머리가 한 번 더 움찔하더니, 다시 모든 움직임이 사라졌다.

두근거리는 심장을 안고 제니는 안나의 목을 만져 보았다. 안나의 맥박이 여전히 뛰는 것이 느껴지자 안심하며 숨을 내쉬었다.

"정신을 잃은 것 같아요." 그녀가 말했다. 하지만 단지 추측일 뿐이었다. 확언할 수는 없었다.

제니는 몸을 일으켜 벽난로의 불 쪽으로 다가갔다. 추위를 느꼈지만, 그것이 방 안의 온도 때문인지는 알 수 없었다.

"저는 이제 확신해요." 그리고 제니는 특정한 누군가를 쳐다보지 않고 말을 시작했다. "범인은 호텔 어딘가에 숨어 있는 제삼자가 아니라 우리 중 하나예요."

"왜죠?" 엘렌이 울먹이는 목소리로 물었다.

"어젯밤, 우리는 모두 방에 들어가서 문을 잠갔어요. 왜냐면 우리에게 토마스와 같은 일이 일어날까 겁이 났으니까요. 안나는 모르는 사람에게 절대로 문을 열어 주지 않았을 거예요. 하지만 안나는 분명 문을 열어 줬어요. 그렇지 않으면 누구도 그녀의 방에 들어갈 수 없었겠죠."

그녀의 시선이 사람들 사이를 방황했다.

"저는 그 미친 사람이 우리 중 하나라고 생각해요."

"그럼 이 사람은 뭐죠?" 아니카가 플로리안을 가리켰다. "이 사람은 살해협박 그리고 뭐 비슷한 사건에 엮인 적이 있잖아요."

"말도 안 되는 소리!" 플로리안이 소리쳤다. "이미 설명했잖아요. 나는 아무 짓도 하지 않았다고! 심지어 기소도 안 당했어요. 경찰도 그렇게 판단했으니까요."

"아무래도 대체 어떤 일이 있었던 건지 네가 모두에게 정확히 설명하는 게 좋겠어." 제니가 플로리안에게 제안하면서 아니카 쪽을 힐끗 보았다. "그러면 이 의심들도 한 번에 다 사라질 거야."

"저, 죄송한데요. 지금 여기서 아주 끔찍한 일들이 일어나고 있어요. 그러니까 누군가가 살해협박 혐의로 신문에 난 적이 있다면 그 일에 대해 물어보는 건 정당하다고 생각해요."

"당신들이 칼을 발견했다고 주장한 방에 누군가가 머물렀었다는 이유만으로 그 사람을 감금한 것처럼 말이죠." 다비드가 말했다.

"주장한다뇨? 정신 나갔어요? 우리를 뭘로 보는 겁니까?"

다비드가 어깨를 으쓱했다. "당신들은 티모 씨를 뭘로 봤는데요? 그리고 지금 플로리안 씨는 뭘 의심하는 거죠? 다음 타자는 누구인가요? 저요? 엘렌 씨? 요한네스 씨?"

"그래요, 좋아요," 플로리안이 다툼을 끝내고자 끼어들었다.

"무슨 일이 있었는지 말하죠."

그는 소파에 앉아 허리를 앞으로 숙이고 허벅지에 팔을 괸 뒤 숨을 깊이 쉬었다.

"그녀의 이름은 카트린이었어요. 그녀가 왜 하필 제게 그랬는지는 저도 몰라요. 어쩌면 그녀를 어디선가 우연히 만난 적이 있을지도요. 모르겠어요. 어쨌든 언제인가 밤에 그녀에게 이상한 전화가 왔어요.

첫마디가 *나야, 자기*. *자기의 카트린*이길래 처음에는 잘못 걸린 전화라고 생각했죠. 그런데 그녀가 제 이름을 말하면서 오늘 회사에서의 하루가 어땠는지 묻는 거예요. 그 당시에 저는 다른 통신사에서 일하고 있었죠. 그녀는 저에 대해 믿을 수 없을 정도로 많은 것을 알고 있었어요.

제가 그녀에게 누구냐고 물으니까 그녀는 상당히 공격적으로 반응했고 자신에게 왜 이러는지 혹시 제게 다른 사람이 생긴 건지 물었어요. 거기서 짜증이 나서 전화를 끊었죠. 그런데 전화를 끊은 지 2분도 채 안 돼서 그녀가 다시 전화하더니 자신의 태도에 대해 사과를 하더군요. 그녀가 말하길, 이까짓 다툼이 방해하기에는 우리의 사랑이 너무나 특별하고, 그녀는 내가 그녀만을 사랑한다는 것을 안다고 했어요."

"정말 그녀를 몰랐나요?" 엘렌이 못 미더워하며 물었다.

"몰랐어요. 그녀의 모든 말들이 정신 나간 소리 같았고요. 저는 그녀에게 나는 당신을 모르고 우리는 사귀는 사이가 아니니 이제 그만하라고 설명했죠.

그날 밤은 조용했어요. 그래서 이 모든 걸 그냥 작은 미친 짓 혹은 장난 전화로 가볍게 넘기기로 했죠. 하지만 그다음 날 다시 전화가 왔어요. 그녀는 그녀가 나를 얼마나 사랑하는지 그리고 내가 또다시 하루 종일 그녀에게 연락하지 않아서 얼마나 많이 상처받았는지 이야기했어요.

그녀는 제가 언제 출근했는지 그리고 언제 집에 왔는지도 알고 있었어요. 심지어 제가 점심 때 누구를 만났는지도요."

"어우, 무섭네요." 산드라가 마치 추운 듯이 그녀의 팔뚝을 문질렀다.

"네, 무서웠어요. 그리고 그녀의 행동은 점점 더 심해졌죠. 전화가 계속해서 오니까 저도 어느 순간 더 이상 참을 수가 없어서 경찰서로 갔어요. 하지만 경찰은 이 일을 진지하게 받아들이지 않았죠. 이런 일이 종종 일어나고 그녀가 저를 위협하지 않는 이상 자신들이 할 수 있는 일은 별로 없다고 했어요. 제가 할 수 있는 방법은 몰래 새 전화번호를 만드는 것뿐이라나.

그래서 저는 그렇게 했어요. 그러고 나서 하루는 조용했죠. 그 후 그녀가 저를 신고했어요."

엘렌이 믿을 수 없다는 듯 눈을 크게 떴다. "하지만 뭘로요?"

"그녀가 밤에 경찰에 전화를 걸어서 제가 그녀의 스마트 스피커와 휴대폰에 바이러스를 깔았다고 주장했대요. 그 바이러스로 그녀의 기계들을 조종해서 그녀를 협박할 수 있게요."

플로리안이 무슨 일이 일어난 건지 여전히 믿지 못하겠다는 것처럼 고개를 저었다.

"완전히 미쳤죠. 그런데 그녀가 어찌나 그럴듯하게 이야기했는지 경찰이 찾아왔더라고요. 경찰이 내 휴대폰과 컴퓨터를 모두 압수해 가서 검사했어요. 그녀의 것도요. 결과는 당연히 아무것도 없었죠. 그때부터 그녀는 매일 밤 또 경찰에 전화해서 어떤 기계가 말을 걸고 그녀를 강간하거나 고통스럽게 죽일 거라고 협박했다고 말했대요. 그리고 그녀가 생각하기에는 제가 그런 방식으로 그녀를 미치게 만들려고 하는 거라고요.

경찰들이 그녀에게 이 모든 것에 증거가 없다고 말했을 때 그녀는 격분했어요. 그녀가 얼마나 펄펄 뛰고 행패를 부렸는지 결국 정신병원으로 보내졌고요. 그 이후로 그녀가 어떻게 되었는지는 저도 모릅니다."

"자살 시도를 했어요." 다비드가 말을 덧붙였다.

"적어도 제가 읽은 기사에는 그렇게 나와 있었어요. 그리고 그녀는 완전히 정신이 나가서 폐쇄병동에 들어갔고요."

한동안 아무도 말하지 않았다. 제니가 아니카를 향해 질문을 던지기 전까지.

"자, 어때요? 제가 제대로 이해했다면 이런 일은 누구에게나 일어날 수 있어요. 아직도 플로리안을 의심하시나요?"

"저는 누구든 의심해요." 아니카가 대답했다.

제니는 다비드의 눈이 가늘어지는 것을 보았다. 그의 시선은 계속해서 플로리안을 향해 있었다. "빠진 게 있어요."

"뭐가 빠졌다는 거죠?"

"제가 그 부분을 특별히 흥미롭다고 생각했던 것이 기억나서요. 그 숙녀분께서 자필로 유언장을 썼는데 그 안에 당신을 단독 상속인으로 지정했다죠. 그녀의 사망 시점에 그녀 말고 다른 여자나 애인이 없다는 전제 조건하에 말입니다."

제니의 위가 오그라들었다.

다비드가 덧붙였다. "이 경우라면 모든 경찰이 범행동기는 충분하다고 볼 것 같은데요. 제 생각에는요."

"이런 젠장!" 플로리안이 소리치며 자리에서 뛰어올랐다. 그의 얼굴은 칠면조처럼 시뻘겠다.

"완전 정신 나간 여자였다고요! 저는 유언장에 대해 아무것도 아는 게 없었어요. 그 여자를 알지도 못했다니까요. 제가 유일하게 본 건 그녀의 사진들뿐이었어요. 유언장은 그 여자가 저를 더 의심받게 하려고 생각해 낸 거예요. 내가 자기한테 반응하지 않은 벌로 나를 감옥에 가게 만들려고요. 이게 뭔 개 같은 경우죠? 당신은 지금 갖은 수를 다 써서 나를 의심받게 만들고 싶은 겁니까?"

"아니요. 저는 단지 자신에게 불리할 수 있는 부분을 빼놓고 얘기하고서는 다른 사람들이 의심하는 걸 의아해해서는 안 된다고 생각할 뿐이에요."

아니카가 제니를 경멸하는 눈빛으로 바라보았다. "이 부분에 있어서는 당신 말이 맞네요. 이 미치광이는 제삼자가 아니라 우리들 중 하나라는 거요."

그리고 시선을 플로리안에게 돌리며 말을 덧붙였다. "더 이상 당신들 근처가 안전하다고 느껴지지 않아요."

"하지만 어젯밤에 안나에게 일어난 일을 보면 우리가 방에 혼자 틀어박혀 있는 건 아무 소용 없다는 걸 알 수 있잖아요." 제니는 날 선 대화를 조금이라도 누그러뜨려 보려고 했다.

마티아스가 자리에서 일어섰다. "어제와 다른 점은, 이제 여기서 그 누구도 믿을 수 없다는 걸 알게 됐다는 거죠. 나와 내 아내는 우리 방에 아무도 들이지 않을 겁니다. 절대로. 그게 누구든지, 뭐라고 말하든지 간에요."

그가 그의 아내에게 말했다. "지금 당장 부엌으로 가서 비상시에 우리를 방어할 수 있도록 대비하자고."

"그게 대체 무슨 말이죠?" 니코가 물었다.

"그게 무슨 말이냐면, 나와 내 아내는 여기서 구조될 때까지 칼로 무장하고 우리끼리 움직일 거라는 말이에요. 그 정신병자는 당신들 중 하나일 테니까. 우리 반경 10미터 내로 가까이 다가오기 전에 잘 생각하는 게 좋을 거요. 자, 아니카, 가자고."

다른 사람들은 아무 말 없이 그들이 벽난로 방을 나가는 걸 지켜보았다. 심지어 다비드에게서도 비꼬는 말을 들을 수 없었.

한참이 지나서야 엘렌이 말했다.

"그냥 저렇게 가게 둘 건가요?"

"그럼 당신 생각에는 우리가 어떻게 해야 하는데요?" 다비드가 물었다. "냉장실에 가둘까요?"

그것으로 다비드는 엘렌 역시 티모를 가두는 데 찬성했다는 사실을 슬쩍 비꼬았다.

"아니요." 그녀가 조금 큰 소리로 말했다. "그건 실수였어요." 그녀는 입구 쪽을 바라봤다. "우리가 점점 미쳐 가기 시작한 건지 궁금하네요."

다비드가 고개를 끄덕였다. 그의 시선도 조금 전 마티아스와 아니카가 떠나간 문을 향했다.

"첫 번째 피해자들은 이미 확실히 나왔네요."

26

"이제 어떻게 하죠?" 요한네스가 남은 사람들을 둘러봤다.

제니는 안나의 창백해 보이는 얼굴을 바라보았다. "안나에게 뭔가 마실 걸 줘야겠어요. 누가 물 좀 가져다줄래요?"

니코와 다비드는 거의 동시에 일어난 뒤 잠시 후 아직 개봉하지 않은 작은 물병 몇 개를 가지고 돌아왔다.

"여기. 식당에서 가지고 온 거예요." 니코가 병 하나를 제니에게 건네며 말했다. 다비드도 나머지를 소파 옆의 탁자 위에 놓았다.

제니가 조심스럽게 안나의 입술에 물을 조금 떨어뜨리자 안나가 약간 입을 벌렸다.

"자?" 요한네스가 말했다. "이제 어떻게 하죠?"

"적어도 우리는 같이 있어야 해요." 엘렌이 제안했다.

니코는 벽난로 쪽으로 두 걸음 정도 걸어가더니 불 가까이 손을 뻗었다.

"저도 우리가 함께 있어야 한다고 생각해요. 하지만 누가 티모 씨를 냉장실에서 꺼내 준 건지는 정말 알고 싶네요. 서로를 믿을 수 있어야 하는데, 누군가가 다른 사람들에게는 비밀로 하고 일을 저질렀다 생각하면 그닥 유쾌하지 않아요."

"그게 대체 무슨 상관이죠?" 플로리안이 대꾸했다. "어차피 그를 놓아주려고 했잖아요."

제니는 플로리안이 말을 아끼는 게 좋을 것 같다고 생각했다. 그 스토커와 관련된 모든 이야기는 여전히 의심스러웠으니까. 게다가 그런 일이 있었다면 플로리안이 그녀에게 먼저 말해 줬기를 바랐다. 그녀는 플로리안과 단둘이 그 일에 대해 이야기해 봐야겠다고 결심했다. 그러지 않으면 그녀의 마음이 편치 않을 것 같았다. 동시에, 그녀는 재빠르게 안나의 머리가 여전히 이전과 같은 위치에 있는 것을 확인했다.

하지만 계속해서 의식을 잃은 상태인 건지 아니면 의식은 돌아온 건지는 알 수 없었다.

"우리가 그를 놓아주려고 했던 건 중요하지 않아요." 니코가 설명했다.

"당사자가 그것을 우리에게 말하는 게 원칙상 중요한 겁니다. 자, 그래서 누가 그랬죠?" 그는 대답을 구하듯이 사람들을 둘러보았다. "우리 중 하나일 수밖에 없잖아요. 마티아스 씨가 그를 놔줬으리라고는 생각되지 않으니까요."

"아니카 씨는 어떻고요?" 다비드가 물었다.

니코가 어깨를 으쓱했다. "그녀는 그의 아내잖아요."

"바로 그것 때문에 티모 씨를 놓아줬을 수도 있지 않나요? 어쩌면 자신들에게서 의심을 돌리려고 그 두 사람이 꾸민 일일 수도 있어요. 칼을 발견한 것만 봐도 상당히 수상하잖아요. 그렇죠?"

"어쨌든 간에요." 플로리안이 자리에서 일어섰다. "방에서 우리가 필요한 것들을 가져와 잠자리를 준비하는 게 좋겠어요."

"마티아스 씨를 만나지 않도록 조심해요." 산드라가 조언했다. "그의 눈빛에서 진심으로 협박하고 있다는 느낌을 받았어요."

"내 생각에는 그 부인이 더 위험한 듯했소." 호르스트가 말했다. "더 영리하기도 하고."

"그리고 잊지 말아야 할 건," 다비드가 말하며 손가락을 치켜들었다. "그녀가 이미 한 번 정신병원에 있었다는 거죠! 잘 생각해보면 우리 여기 정말 대단한 사람들과 함께 있네요."

"정직함과 신뢰에 대해 얘기하고 있으니 말인데요." 플로리안이 말했다. 그는 그의 방으로 가는 것을 최대한 늦추려는 것처럼 보였다. "당신은 당신이 말하는 것처럼 그렇게 완전무결한 사람인가요?"

다비드가 큰 소리로 웃었다.

"내가 완전무결하다고 누가 그러죠?"

"적어도 당신은 항상 그렇다는 듯이 행동해요." 플로리안이 대답했다.

"이렇게 말하죠. 제가 문제가 될 만한 행동을 한 것은 모두 금융 거래와 관련이 있지, 여기서 논의되는 그런 일들과는 관련이 없어요."

"그걸 당신이 어떻게 알죠?" 엘렌이 물었다. "사실, 우리 중 누구도 왜 이런 일이 일어나고 있는지 모릅니다. 그렇죠? 물론 범인을 제외하고요."

"이유 같은 건 없어요." 다비드가 추측했다. "단지 지금 이 순간 호텔을 돌아다니는 여러 머리통 중 하나의 퓨즈가 제대로 나간 것뿐이에요."

제니의 생각은 다비드와 달랐지만, 그것을 입 밖으로 꺼내기가 주저되었다. 왜냐하면 정말 그들 중 한 명이 범인이라면 굳이 그것을 범인에게 알릴 필요는 없었다.

그녀가 생각하기에 다비드의 의견은 너무 단순했다. 보이는 것과 같이 범인은 그의 희생양이 살아남기를 원했기 때문에 자신의 수법을 더 완벽하게 만들었다. 결코 무작위로 저지르는 짓 같지는 않았다.

다만 생각해 봐야 할 것은 그녀의 팀 중 두 사람이나 당했다는 사실이다. 어딘가 동기가 있는 걸까? 그녀가 다음 타자일까? 아니면 플로리안?

플로리안….

"방에 가서 필요한 걸 몇 가지 가져오려고 하지 않았어?" 제니가 플로리안에게 물었다. "그럼 나도 같이 가서 내 방에 들러야겠어. 위층에 혼자 올라가고 싶지 않아."

플로리안은 잠시 생각하는 것처럼 보이더니 지금 거절한다면 의심을 살 것이라는 결론에 도달한 듯했다.

"그럼 당연하지. 같이 가자."

둘은 함께 벽난로 방을 떠났다.

그들이 로비를 지나가는 동안 제니는 여전히 눈이 오고 있는 것을 확인했다. 이번 일이 있기 전까지 그녀는 이런 극심한 폭설이 가능하리라고는 상상조차 해 본 적이 없었다.

"우선 네 방으로 같이 가자, 알았지?" 그들이 2층에 도착했을 때 그녀가 말했다.

"그래, 알겠어." 그는 달가워하지 않는 것 같았다.

제니는 플로리안을 따라 그의 방으로 들어갔지만 문 옆에 멈춰서서 그가 욕실로 사라지는 것을 지켜보았다.

"왜 나한테 그런 얘기 한 번도 안 했어?" 그녀가 그의 뒤에서 말을 꺼냈다.

"왜냐면 그건 업무와 전혀 상관 없는 얘기니까." 말소리가 욕실에서 나지막하게 울렸다.

"하지만 신뢰와 관련된 거잖아. 나는 우리가 서로 신뢰할 수 있는 사이라고 생각했어."

플로리안이 문 앞에 나타났다.

"저기, 뭐 의심병이라도 걸린 거야? 다들 신뢰 타령만 하네."

"그럼 너는 그게 중요하지 않다고 생각해?"

"중요하지!" 그가 단호하게 말했다.

"그래서 나는 네가 나를 믿길 바라. 난 아무 죄도 없고, 그 미친 여자가 그저 망상에 빠져 거짓말을 했을 뿐이라고 말한다면 그걸 믿어 주길 바라."

둘은 서로의 눈을 쳐다봤다.

"그래, 믿어." 완전히 확신하지 못한 채 제니가 말했다. "나는 너를 믿어."

"고마워." 플로리안은 몸을 돌려 다시 욕실로 사라졌다. 그가 그곳에서 뒤적거리는 동안 제니는 아름답기는 하지만 전형적인 호텔방처럼 보이는 방 안을 둘러보았다.

구석에 있는 소파 위에는 청바지가 하나 걸려 있고, 물병 하나와 시계 그리고 팔찌가 놓여 있는 작은 책상, 그 위쪽 벽에 걸려 있는 텔레비전, 그리고 침대 옆 탁자….

제니는 책상 위에 놓인 검은 물체가 무엇인지 고민하고 있기는 했지만, 사실 마음 한구석에서는 그것이 무엇인지 이미 정확하게 알고 있었다. 하지만 그녀 안의 모든 것이 그 사실을 받아들이기를 거부했다.

천천히 그 물체에 다가가는 동안 그녀는 마치 최면에 걸린 것처럼 그것을 빤히 쳐다보았다. 이건 말도 안 되는 일이었다. 그리고 만약 이게 그녀가 두려워하는 그것이 맞다면, 무언가 뻔한 설명 말고 제대로 된 다른 설명이 있어야만 했다. 왜냐하면 그게 없다면…. 더 이상 아무것도 생각하고 싶지 않았다.

그녀는 책상 앞에 도착해 손으로 그 물체를 잡고 들어 올려 이리저리 돌려 보았다. 아니, 이것이 무엇인지에 대해서는 의심의 여지가 없었다. 조금도. 그녀는 절망적으로 탄식했다.

이 발견이 무엇을 의미하는 거지? 이것으로 추론되는 논리적인 결과는 어떤 것이지?

"거기서 뭐 해?" 플로리안이 갑자기 뒤에 나타나 물었다.

그녀는 몸을 움찔했다. 그녀가 플로리안 쪽으로 몸을 돌리자 그도 그녀가 손에 들고 있는 물체를 보았다. 그의 표정이 변했다. 그 모습이 그녀를 너무도 두렵게 만들어서 당장이라도 뛰쳐나가 아래층 사람들에게로 도망치고 싶은 충동이 그녀를 압도했다.

슬로우 모션처럼 손을 들어 플로리안에게 그 물건을 말없이 내밀어 보였다. 그가 그것에 대해 무해하고도 납득할 만한 이유를 말해 주기를 바라면서. 하지만 그럴 가능성은 거의 없다는 것을 이미 알고 있었다.

그녀는 플로리안을 쳐다봤고 플로리안은 그 물건을 바라보았다. 그렇게 그들은 영원처럼 느껴지는 시간 동안 그 자리에 서 있었다.

"이게 뭐야?"

결국 그녀는 물었고, 자신의 목소리가 얼마나 연약하게 들리는지에 놀랐다.

"이거 네 거야?"

그의 눈에 눈물이 고인 건가? 그게 정말 사실인 건가….

"그건 내 칼의 칼집이야."

"네 칼?" 그녀가 거의 속삭였다. "그럼 네 칼은 어디 있어?"

그는 대답하지 않았다.

"마티아스 씨가 그 방에서 찾은 칼이 네 거야? 칼날에 피가 말라붙어 있던 그게?"

플로리안이 고개를 푹 숙이고 말했다. "맞아."

무의식중에 제니는 옆으로 한 걸음 물러나 만약의 경우 플로리안이 그녀에게 닿기 전에 달아날 수 있도록 문에 가까이 섰다. 동시에, 플로리안이 모든 일을 저질렀을 가능성에 대해 자신이 진지하게 생각하고 있는지 고민했다.

"내가 아무 말도 하지 않은 건 그걸 도난당했다고 얘기하면 아무도 믿지 않았을 것 같아서야."

"언제?"

"뭐?"

"언제 도난당했는데?" 그녀는 팔꿈치가 문틀에 닿을 정도로 조금 더 문 쪽으로 가까이 갔다. 플로리안은 그녀를 가만히 바라봤다.

"지금 나를 무서워하는 거야? 진심으로?"

"그 칼, 언제 도난당했어?"

"나도 몰라. 마티아스 씨가 그 칼을 가지고 왔을 때 알아챘어. 처음에는 내가 뭔가 착각하는 게 분명하다고 생각했는데 나중에 정말로 칼이 사라졌다는 걸 알았어. 제니… 내가 칼로 토마스를… 해쳤다면 이 칼집을 여기에 이렇게 부주의하게 뒀을 거라고 생각해? 그렇게 생각하지 않는다고 말해 줘."

그의 목소리가 애원하는 것처럼 들렸다.

"더 이상 뭘 믿어야 할지 모르겠어." 제니가 솔직하게 말했다. "그리고 정말 이해가 안 돼. 네가 범인으로 의심받는 것을 막기 위해서라도 너는 그때 바로 그 칼이 네 거라고 자백했어야만 해."

"그러고 나서는? 그다음엔 무슨 일이 일어나는데? 티모 씨는 그 방에 있었다는 이유만으로 감금됐어. 그게 내 칼이라는 걸 알게 되었다면 사람들이 나한테 무슨 짓을 했을 거라고 생각해?"

"플로리안, 너도 티모 씨를 감금하는 걸 찬성하고 도왔어. 사실을 알고 있었는데도 어떻게 그럴 수가 있어?"

"알고 있었다고?" 그가 흥분해서 그녀의 말을 끊었다. "티모 씨가 무죄라는 거? 내가 그걸 어떻게 알아? 내 칼을 훔쳐 간 사람이 그가 아니라는 걸 너는 어떻게 확신하지?"

"그가 훔친 거였다면 다른 사람들에게 그 칼의 주인이 너라고 말하지 않고 자신을 가두도록 그냥 있었겠어?"

그가 고개를 숙였다.

"이제 어떻게 할 거야?"

그녀는 더 길게 생각할 필요가 없었다.

"다른 사람들에게 말할 거야."

"그럴 수는 없어. 제니 너도 봤잖아. 사람들이 그 옛날 얘기에 어떻게 반응하는지. 네가 지금 그걸 얘기하면 그들이 날 어떻게 할 거라고 생각해?"

"그 사람들이 왜 그렇게 반응했는데? 네가 그중에 중요한 사실은 말하지 않았으니까 그런 거잖아. 내가 어떻게 생각하냐고? 네가 나라면 어떻게 하겠어?"

"나라면 나와 일 년 반을 함께해 온 내 직원을 믿겠어."

"네가 나한테 그랬던 것처럼. 이 모든 얘기를 비밀로 한 것처럼?"

"그건 얘기가 달라. 제니, 부탁이야. 나와는 전혀 상관없는 일이야. 내가 토마스나 안나에게 그런 짓을 할 리 없잖아. 다른 사람들에게 말하지 마, 알겠지?"

그녀는 한동안 그의 애원하는 시선을 피하지 않고 마주 보다가 몸을 돌려 나가면서 조용히 내뱉었다.

"미안."

27

깨어났다. 그녀는 무언가를 의식적으로 지각하는 것을 통해 그녀가 깨어난 것을 알아차렸다. 여전히 어둡고 숨막힐 정도로 고요하다.

놀라울 정도로 빠르게 그녀는 자신이 처한 상황을 이해했다. 동시에 그녀는 다시 비명을 지르고 싶은 충동을 느꼈지만, 그로 인해 뒤따를 고통이 그녀를 다시 깊은 어둠으로 끌어내릴 것을 알았다.

아니야, 더 이상 소리 지르려고 시도하지 마. 생각을 하자. 그녀는 생각해야만 했다. 사람들의 관심을 끌어서 그녀의 의사를 전달할 방법에 대해. 어쩌면 그 괴물은 지금 그녀를 포함한 다른 모

든 사람들과 한방에 있을 것이다.

그녀는 다른 사람들이 그녀를 찾은 지금, 더 이상 아무도 혼자 있고 싶어 하지 않을 것이라고 가정했다. 하지만 그렇다는 것은 그녀가 여전히 위험 속에 놓여 있고 다른 사람들도 위험에 처했다는 것을 의미한다. 그녀는 누가 그녀에게 이런 짓을 한지 아는 유일한 사람이다. 그 목소리를 들었고 그녀가 착각하지 않았다는 것을 이제는 확신한다. 믿을 수 없는 일이라 해도.

다른 사람들에게 그 괴물이 누구인지 알릴 길을 찾아야만 한다. 그녀는 머릿속으로 그녀가 할 수 있는 방법들을 차례로 생각했다.

할 수 없는, 이겠지. 그녀 안의 새로운 목소리가 재미있어하며 그녀의 말을 고친다. 그 목소리의 말이 맞다.

안나는 말을 할 수도, 손짓을 할 수도, 눈을 깜빡일 수도 없다. 그녀가 할 수 있는 유일한 일은 머리를 움직이는 것뿐이다. 어떻게 하면 머리의 위치를 바꾸는 것으로 의사소통할 수 있을까? 그녀가 무엇을 하려는지 다른 사람들에게 설명할 수 없는 상황에서? 그녀가 시도하는 것을 다른 사람들이 이해했는지 보지도 듣지도 못하고, 그녀 외의 다른 사람들이 방에 있는지 그리고 그녀의 노력을 알아차렸는지조차 모르는 상황에서.

어떤 노력을 말하는 건데?, 새로운 목소리가 꼬치꼬치 캐물었다. 머리로 대체 뭘 하려고? 움찔거리는 거? 그러고 나서는?

그래, 그러고 나서는? 그 후에는 아무것도 없다. 그녀에게는 가망이 없다. 그리고 이 지옥 같은 통증. 이 통증은 멈추지 않는 건가? 어쩌면 정말로 그녀도 토마스처럼 죽는 게 최선일지도 모른다.

아니, 젠장. 익숙한 목소리가 말했다. 방법이 있을 거야. 방법은 항상 있어.

그 목소리가 옳다고 느껴졌다.

그래서 계속해서 더 곰곰이 생각했다.

보통 때라면 생각하는 동안 눈을 감았겠지만, 그건 이제 더 이상 불가능하다.

28

니코와 호르스트를 제외한 사람들은 여전히 벽난로 방에 남아 있었다. 산드라는 바닥에 무릎을 꿇고 안나의 옆에 앉아 있었다. 안나의 뺨에 손을 얹고 있던 산드라가 고개를 들어 제니에게 물었다.

"방에서 뭘 가져오려고 하지 않았어요?"

"맞아요." 제니가 간결하게 대답했다.

"그랬었죠. 여러분에게 할 말이 있어요." 제니는 사람들을 향해 돌아섰다. 플로리안은 보이지 않았다. 그녀가 그의 방을 나올 때 그는 그녀를 따라오지 않았다. 어쩌면 지금 그도 티모처럼 사라졌는지도 모른다. 티모와 같은 이유로. 왜냐하면 다른 사람들이 그를 가둘 수도 있기 때문에. 아니, 어쩌면 더 안 좋은 일이 일어날 수도 있기에.

그녀가 잘못한 걸까?

아니, 그렇게 생각해서는 안 됐다. 그녀는 다른 사람들에게 말해야만 한다. 그럴 리 없기를 바라지만, 만약 플로리안이 실제로 토마스와 안나에게 벌어진 끔찍한 신체 훼손과 관련이 있고 그녀가 침묵해서 더 많은 사건이 발생하게 된다면 그녀 역시 그에 따른 책임을 져야 할 것이다.

"제가…."

그때 호르스트가 방으로 들어왔다. 그의 어깨에는 갈색 가방이 걸쳐 있었다. 제니는 그가 자리에 앉을 때까지 기다렸다가 다시 말하기 시작했다.

"제가 조금 전에 플로리안의 방에서 무언가를 발견했는데, 그걸 여러분에게 이야기해야만 해요."

그녀는 갑자기 목구멍이 긁히는 느낌에 침을 삼켰다.

"하지만 그 전에 여러분이 한 가지 아셨으면 하는 게 있어요. 저는 전과 다름없이 플로리안이 이 일과는 아무런 상관이 없다고 믿어요."

"이렇게 긴장되게 하지 말아요." 다비드가 말했다.

"플로리안의 침대 옆 테이블에 칼집이 하나 놓여 있었어요. 빈 칼집이요. 그가 도둑맞은 칼의 칼집이에요."

"제가 맞춰 볼게요. 그 칼이 우리 친애하는 마티아스 씨가 찾은 그 칼이죠. 맞나요?"

제니가 진지하게 다비드를 바라봤다.

"네, 맞아요."

"뭐라고요?" 엘렌이 소리 내어 신음했다. "플로리안 씨요? 하지만 그가 왜 그걸 우리에게 말하지 않았죠?"

"범인 취급을 당할까 봐 무서웠으니까요. 여러분 중 몇몇이 티모 씨에게 한 일을 생각한다면 그를 비난할 수는 없죠."

"우리 제니 씨가 뭔가 잘못 생각하는 것 같은데요." 다비드가 농담조로 말했다. "칼이 처음 발견되었을 때는 티모 씨에게 아직 어떠한 짓도 하지 않은 상태였어요. 그런데도 플로리안 씨는 아무 말도 하지 않았죠. 자신의 칼인 걸 알아봤는데도요. 티모 씨는 당신이 그를 봤다고 말하고 나서야 감금되었어요. 그러니까 그건 플로리안 씨가 침묵한 이유가 될 수 없죠."

요한네스가 고개를 흔들었다.

"점점 미쳐 가는군. 하지만 그 말은, 플로리안 씨가…."

말 중간에 제니가 끼어들었다.

"마티아스 씨가 발견한 그 피 묻은 칼은 플로리안의 것이고, 그 칼은 도둑맞았다는 거예요. 다른 건 없어요."

"하지만 누구에게 도둑을 맞은 거죠?"

"아마도 그 칼로 토마스 씨의 혀를 자른 그 미친놈이겠죠." 산드라가 제니 대신 대답하며 자리에서 일어섰다. "그리고 그건 결국 우리 중 누구도 될 수 있고요."

제니가 어깨를 으쓱했다. "저도 모르겠어요. 제가 이리로 올 때, 플로리안은 그냥 방에 남았어요. 그는 두려워하고 있었어요…. 무슨 말인지 아시죠."

"그렇다면 그 역시 지금쯤 이 건물 뒤편의 어딘가로 사라졌다는데 내 빵빵한 엉덩이를 걸겠어."

"유감스럽게도 내기에서 지셨네요."

모두가 방 입구 쪽을 바라보았다. 플로리안이 축 처진 어깨를 하고 서 있었다.

"여러분에게 아무 말도 하지 않은 건 죄송해요. 하지만 어쩌면 조금은 저를 이해하실 수도 있지 않나요."

아무도 그 말에 대답하지 않자 그는 가만히 방 안으로 들어와 빈 소파의 옆에 섰다.

"그 칼은 저희가 도착했을 때부터 제 침대 옆 테이블 위에 있었어요. 언제 도둑맞은 건지는 몰라요. 호텔에 도착한 뒤로는 더 이상 칼에 대해 생각하지 않았거든요."

"하지만 어떻게 누군가가 그냥 당신 방으로 가서 그걸 가지고 나올 수 있었던 거죠?" 요한네스가 확인하려는 것처럼 물었다.

"몰라요! 어쩌면 제가 언젠가 문을 열어 뒀었는지도요?"

"그럴 가능성은 굉장히 적소." 호르스트가 설명했다. "문은 그냥 두면 저절로 닫히면서 잠기고 열쇠로만 열 수 있네."

"문에 달려 있는 카드 리더기는 뭐죠?"

"그것들은 아직 작동하지 않소. 모든 문과 자물쇠가 교체되고 컴퓨터가 설치되어야만 작동할 거요."

요한네스가 양손을 올렸다. "그 말은 도둑이 열쇠를 가지고 있었다는 거네요."

모든 시선이 고개를 가로젓는 호르스트에게로 향했다.

"또다시 티모와 나를 의심하지는 말아 주오. 우리는 당연히 여분의 열쇠를 가지고 있고 그걸로 플로리안 씨의 방에 들어갈 수도 있을 거요. 하지만 누군가가 그의 열쇠를 가져갔을 가능성도 충분히 있소."

"세 번째 가능성도 있어요." 다비드가 집요하게 플로리안을 쳐다봤다. "칼이 도난당하지 않았을 가능성이요."

"칼은 당연히 도난당했어요." 플로리안이 큰 소리로 반박했다. "생각을 해 보라고요, 젠장. 제가 왜 제 칼로 그런 끔찍한 일을 저지르고 그걸 수색 중에 틀림없이 발견될 만한 장소에 뒀겠어요. 그건 완전히 미친 짓이라고요."

"문제는, 사람에게 그런 짓을 하는 누군가는 우리와 완전히 다른 사고방식을 가졌다는 거죠. 그리고 우리 눈에는 비논리적으로 보여도 그에게는 그만의 논리가 있고요."

다비드는 그렇게 대답하더니 마치 플로리안에게 변명할 기회를 주듯이 말을 잠시 멈췄다.

"이 인간은 정신병자예요. 그러니까 생각도 정신병자처럼 할 거예요." 플로리안이 아무런 반응도 하지 않자 그가 계속해서 말했다.

"저는 다르게 생각해요." 산드라가 끼어들었다. "누구든 간에 우리가 여기 도착했을 때부터 함께했던 사람들 중에 있을 가능성이 높아요. 그 사람은 그러니까 우리 중 하나겠죠. 그리고 그는 눈에 띄지 않게 행동하는 법을 알고 있어요. 그 말은 그가 지능이 높고 논리적이기 때문에 그렇게 행동할 줄 안다는 의미 아닌가요?"

아무도 대답할 수 없는 질문이었다.

제니는 안나에게로 가서 그녀 쪽으로 몸을 숙였다. 아직도 차갑게 느껴지는 안나의 이마에 손을 얹자 고개가 잠시 움직였다.

그녀는 안나에게 진통제를 준 것이 언제였는지 곰곰이 생각하고서는 작은 병을 움켜쥐었다. 안나가 얼마나 큰 고통을 느끼고 있을지 그녀는 생각하고 싶지도 않았다.

"이제 어떻게 할 거죠?" 플로리안이 기죽은 목소리로 물었다. "그러니까, 저 말이에요."

"우리가 당신이랑 뭘 해야 한다는 거죠?" 마침 방으로 들어오던 니코가 물었다.

아무도 니코에게 설명하려 나서지 않자, 제니가 안나의 얼굴을 한 번 쳐다보고서는 자리에서 일어나 그녀가 본 것과 지금까지의 대화에 대해 이야기해 주었다.

그녀의 이야기가 끝나자 니코가 입을 삐죽 내밀고선 한동안 생각에 잠긴 채 플로리안을 바라보았다.

"제 생각에는 우리가 함께 있으면서 서로를 지켜 주는 것 말고는 다른 방법이 없는 것 같네요. 진짜로 어떤 일이 일어났는지 아는 것은 범인뿐이에요. 우리가 이미 세 그룹으로 나눠진 것만으로도 충분하다고 생각해요."

"제 생각도 완전히 같아요." 요한네스가 동의했다.

다비드도 고개를 끄덕였다. "완전히 만족스럽지는 않지만 그것 외에는 다른 방법이 없어 보이네요. 티모 씨나 자칭 경찰관 마티아스 씨, 그리고 스포츠 감각이 대단히 뛰어나신 그의 아내분에게 공격을 당하지 않도록 주의해야 하는 것만으로도 충분해요. 여기에 더 이상의 불화로 우리 그룹을 더 약하게 만들 필요는 없어요."

"티모는 우리를 공격하지 않을 거요." 호르스트가 말했다. "하지만 다른 것에 있어서는 여러분과 같은 생각이오."

"당신은 여전히 당신이 남들보다 똑똑하다고 생각하나 보지, 허풍쟁이 양반?" 그때 갑자기 마티아스가 방문 앞에 나타났다. 오른손에는 고기를 써는 큰 칼이, 왼손에는 정육점용 도끼가 들려 있었다. 그의 그 이상한 눈빛이 아니었더라면 충분히 기이해 보였을 모습이었다.

"어디 보자, 나쁜 사람들 소굴에 들어올 수 있겠어요?" 다비드가 비웃었다.

"보다시피 지금 나는 만반의 준비가 되어 있어, 이 개새끼야. 밖에서 저 여자가 니코에게 방금 말한 거 다 들었어. 그리고 다시 한번 확인했지, 당신들이 얼마나 미쳤는지. 우리는 지금 우리가 찾은 그 칼이 플로리안의 것이라는 사실까지 알고 있어. 그 피 묻은 칼. 그런데도 더 고민한다고? 도저히 믿을 수가 없군. 당신들은 도대체 얼마나 더 증거가 필요하지?"

"*당신들*이 밖에서 우리를 엿들었다고?" 다비드가 확인하듯 물었다.

"근데 당신 부인은 어디 있지? 운동이라도 하고 계시나?"

"잠시만요." 니코가 황급히 끼어들었다.

"당신은 티모 씨가 범인이라고 확신하지 않았나요? 그럼 지금은요?"

"그 칼이 명백한 증거 이상이라고!" 마티아스가 말을 돌렸다.

다비드는 믿을 수 없다는 듯이 고개를 저었다.

"저런 성격이라서 그 많은 1억 5천만 마리 정자들을 다 이기고 태어난 건가?"

"어쨌든 내가 당신들이라면 저 자식과는 거리를 두겠어."

마티아스는 다비드의 말을 무시하고 시뻘게진 얼굴로 플로리안을 쳐다봤다.

"그럼 그러세요." 다비드가 마티아스를 지나 로비 쪽을 가리켰다. "달려, 포레스트, 달려."

마티아스의 눈이 순수한 증오로 불타올랐다.

"부디 네놈이 그 정신병자라서 나한테 접근하길 바라지."

그러자 마치 스위치를 누른 것처럼 다비드의 낯빛이 일순간 어두워졌다.

"자기가 뭘 바라는지 잘 생각해 봐야 할 겁니다, 마티아스 씨. 때때로 소망이 현실이 되기도 하잖아요."

두 사람의 시선이 서로 얽히면서 잠시 정적이 흘렀다.

다음 순간, 마티아스가 과장스러운 몸짓으로 돌아서서 다시 사라져 버렸다.

"정말 도발적인데요." 제니가 말했다. "모두 정신 똑똑히 차려야 해요. 이미 상황은 극으로 치닫고 있고, 마지막 금기는 언제나 빨리 깨지기 마련이니까요. 우리가 무너지면 모든 게 더 악화될 뿐이에요." 그녀는 또다시 다른 사람들에게 어떻게 행동해야 할지 선생님처럼 설명했다.

"미안합니다. 하지만 저런 행동 방식은 도저히 참을 수가 없네요. 내가 아무 반응도 하지 않거나 화를 좀 풀지 않으면, 언젠가 저 인간의 목을 비틀어 버릴지도 몰라요."

"그럴 수 있겠어요?" 엘렌이 물었다. "혹시 폭력적인 성향이 있으신가요?"

"걱정 말아요. 당신에게는 엉덩이나 한 번 때리는 것 외에는 아무 짓도 안 할 테니까." 다비드가 대답했다.

"세상에!" 산드라가 탄식하며 눈동자를 이리저리 굴렸다. "당신은 그런 멍청한 말을 할 기회는 절대 놓치지 않죠, 그렇죠? 아니지, 방금 한 말은 단순히 멍청한 걸 넘어서 성차별적이고 정말 어리석었어요."

다비드가 고개를 끄덕였다.

"네, 당신 말이 맞아요. 사과할게요. 하지만 한 가지 조건이 있어요. 다른 사람들도 더 이상 멍청한 말들을 하지 않는다고 약속하면요." 그리고 호르스트를 보며 덧붙였다. "그리고 우리 중 티모 씨를 가장 먼저 만나는 사람이 티모 씨에게 이 말을 전해 준다면요. 지금 마티아스 씨와 그의 아내가 우리와 따로 떨어져 그들 방에 둘만 있다고."

"여러분에게 물어보고 싶은 게 있습니다만," 요한네스가 능숙하게 끼어들며 자신에게로 관심을 돌렸다. "제가 생각을 해 봤는데요. 이미 알아챈 분도 있겠지만, 누군가가 혼자서 토마스 씨의 축 처진 몸을 한 장소에서 다른 장소로 옮기기는 굉장히 어려웠을 겁니다. 저도 그렇게 생각해요.

그리고 마티아스 씨가 칼을 찾던 상황도 눈앞에 계속 다시 그려 봤는데, 맞아요. 제가 그 칼을 처음 본 건 마티아스 씨가 저에게 그 칼을 내밀었을 때예요. 그러니까 이전에는 칼이 책상 위에 놓여 있었다는 거, 저는 확신할 수 없어요.

그리고 마티아스 씨와 아니카 씨의 그 이상한 행동이요. 그들은 우리를 불신하다는 이유로 이 그룹을 떠났지만, 솔직히 말해서, 그 두 사람이 함께 그 끔찍한 일을 저질렀을 가능성을 진지하게 생각하는 건 저뿐인가요?"

29

 제니도 이미 그 가능성을 떠올려 보기는 했지만 누군가를 의심하는 생각을 모두 떨쳐 버린 것처럼 그 생각 역시 바로 떨쳐 냈다. 플로리안과 관련된 것도 마찬가지였다.

 입에 담기 힘들 정도로 끔찍한 범죄와 관련해 누군가를 부당하게 의심하는 것일 수도 있다는 두려움이 너무도 컸다. 그래서 소리 내어 말할 수 없었다. 하지만 그 생각을 아예 안 해 본 것은 아니었다.

 "내 생각에 마티아스 씨는 그냥 얼굴을 한 대 때려 주고 싶은 정도의 등신일 뿐이에요." 다비드가 말했다. "게다가 자기 아내의 꼭두각시고요. 그 인간이 그런 일을 할 수 있을 거라고는 생각되지 않아요. 그럴 배짱이 없는 사람이에요."

"제 생각에 마티아스 씨가 저렇게 행동하는 건 이 상황이 그에게는 너무 감당하기 버겁기 때문이에요. 그 뒤에서 아내가 모든 것을 지시하고 있기도 하고요." 제니가 말했다.

니코가 잠시 소리 내어 웃었다.

"당신은 어떻게 생각하는데요?" 산드라가 물었다. 그에 니코는 고개를 갸우뚱했다.

"저는 한 명씩 생각해 본 결과, 우리 그룹 중 그 누구도 토마스 씨와 안나 씨에게 그런 짓을 할 수 있는 사람은 없을 거라는 결론에 도달했어요. 하지만 만약 의심의 여지 없이 우리들 중 하나여야만 한다면 저도 사실 마티아스 씨가 가장 유력하다고 생각해요. 혼자서든 아니카 씨와 함께든, 어떤 식으로든요."

"어딘가에 제삼자 혹은 여러 사람이 숨어 있을 가능성은 없다고 보는 건가요?" 엘렌이 주위를 둘러보며 모두에게 물었다.

"가능하기는 하죠." 니코가 대답했다. "하지만 그렇다면 그 사람들은 이 호텔을 구석구석 정말 잘 알고 있어야만 해요. 이 정도로 눈에 띄지 않는 걸 보면요."

그에 모두가 침묵하며 생각에 잠긴 채 멍하니 앞을 쳐다봤다. 제니도 그녀의 시선이 방 안을 방황하게 두었다.

소파 팔걸이에 앉아서 장작이 거의 다 타 버린 벽난로를 바라보던 니코는 이전의 여유롭던 태도를 많이 잃은 상태였다. 하지만 그의 결백은 보장할 수 있었다. 사람이 그렇게까지 자신을 꾸밀 수는 없었다. 그것만큼은 그녀가 확신했다.

호르스트는 한쪽 팔꿈치를 소파 팔걸이에 받치고 엄지와 검지로 아랫입술을 만지작거렸다. 그러는 동안 그의 시선은 벽을 향해 있었다.

플로리안은 더 이상 이곳에 속하지 않은 사람처럼 소파 가장자리에 앉아 있었다. 당장이라도 울 것 같은 표정이었다. 지난 며칠간 그녀는 그를 생각했던 만큼 잘 알지 못한다는 사실을 깨달았다. 그녀는 그에게 숨겨진 비밀이 더 있지 않을까 의심스러웠다.

엘렌은 얼굴을 두 손에 파묻고 있었다. 마치 우는 것처럼 그녀의 어깨가 이따금씩 움찔거렸다. 그녀가 상상했던 새로운 직장의 첫 번째 업무는 분명 이렇지 않았을 것이다. 가끔 제니는 엘렌의 순수함이 놀라웠다. 훌륭한 교육 과정을 마친 젊은 여성에게 주어지는 무언가 다른 것을 기대했을 테다.

자리에서 일어나 안나에게 다가가는 산드라로 인해 제니는 상념에서 깨어났다. 산드라는 매트리스 옆에 무릎을 꿇고 앉아 안나의 이마에 손을 얹었다가 이내 다시 떼더니 두 손가락으로 목의 맥박을 확인했다. 곧바로 제니의 심장 박동이 빨라졌다.

"뭐죠? 괜찮은 건가요?"

산드라는 몇 초간 움직임 없이 바닥을 쳐다보다가 고개를 끄덕였다.

"이런 상태를 괜찮은 거라고 말할 수 있다면, 네, 그래요. 맥박은 규칙적이에요."

어느 정도 마음이 안정된 제니는 산드라에게 고개를 끄덕인 후 그녀가 자리에서 일어서는 것을 지켜보았다. 그녀는 앉아 있던 소파로 돌아가지 않고 요한네스의 옆으로 가 앉았다. 그는 플로리안에게서 최대한 멀리 떨어진 반대편 소파에 앉아 있었다.

"괜찮아요?" 산드라가 물었다. 하지만 요한네스의 대답 소리가 너무 작아 제니는 그의 대답을 알아들을 수 없었다. 게다가 그는 산드라 쪽으로 몸을 조금 수그린 상태였다.

두 사람이 대화를 나누는 동안 제니는 그들의 표정을 읽어 보려고 했으나 불가능했다.

"날씨를 한번 보고 올게요." 니코의 말이 제니의 주의를 돌렸다.

"계속 눈이 오지 뭐 다른 게 있겠어요?" 엘렌이 울먹이는 목소리로 말했다. "절대 멈추지 않을 것 같아요."

"제가 2층 창문 밖으로 하늘이 어떤지 확인해 볼게요. 어쩌면 곧 그칠지도 모르잖아요."

"당신 혼자 위층으로 올라간다고요?" 엘렌이 니코에게 제정신 이냐는 듯한 말투로 물었다.

"저 위에 누구 하나 죽일 기세인 사람이 있다는 거 잊지 말라고요." 다비드 역시 경고했다.

니코가 손을 내저었다. "괜찮을 거예요. 마티아스 씨는 그저 공포에 질린 것 뿐이에요. 그에게 가까이 가지 않을게요."

니코가 방을 떠나자마자 호르스트가 자리에서 일어났다.

"미안하지만, 나도 난방을 확인하러 가야 하오. 조절 컨테이너 하나가 제대로 작동하지 않고 있소. 그리고 나는 이 건물 전체가 폭발하지 않도록 관리해야 하는 사람이니까."

"우리 같이 있기로 한 걸로 알고 있는데요." 엘렌이 조그만 목소리로 불평했다.

"당신들 중 한 명이 돌아오지 않으면 어떻게 되는 거죠? 그럼 다시 찾으러 가야 하나요? 저는 안 해요. 또다시는 안 할 거예요. 그 정신병자와 마주치고 싶지 않아요."

호르스트가 다시 어깨를 으쓱했다.

"좋든 싫든 나는 난방 장치를 확인해야 하오. 마티아스 씨는 자기 방에 있고, 티모는 두렵지 않소. 사실 아무도 그를 겁낼 필요 없지. 그는 그저 자기를 부당하게 감금한 사람들을 피해 도망갔을 뿐이니." 그는 엘렌을 가만히 쳐다보며 말했고, 엘렌은 부끄러워하며 눈을 내리깔았다.

"제가 같이 가도 괜찮을까요?" 플로리안이 물으며 자리에서 일어섰다. "여기서 좀 나가야겠어요."

호르스트는 망설이다가 고개를 끄덕였다.

"오해하지는 마오. 하지만 그렇다면 누군가 한 명 더 같이 가면 좋겠소."

"당신은 내가 범인이라고 생각하는 겁니까?"

"나는 누구든 범인일 수 있다고 생각하오. 그리고 당신이 아니라면, 어쩌면 내가 그 정신병자일지도 모르잖소. 그러니 우리 둘 모두를 위해 다른 한 명이 함께 가는 게 더 안전할 거요."

"제가 같이 가죠." 호르스트가 난방 장치를 정비하는 동안 어쩌면 플로리안과 이야기할 기회가 있지 않을까 하는 기대를 가지고 제니가 말했다.

"뭐, 나는 좋소. 갑시다."

플로리안은 그 생각을 반기지 않는 것 같아 보였지만 호르스트가 대답할 때 아무런 말도 하지 않았다.

"여러분에게 질문 하나만 할게요." 그들이 방을 떠나려는 찰나에 다비드가 물었다. "식사는 어떻게 되는 거죠?"

엘렌이 고개를 흔들었다. "당신은 어떻게 이런 상황에서 먹는 걸 생각할 수가 있죠?"

"언젠가는 다시 뭘 먹긴 해야 하잖아요. 그리고 관심을 조금 다른 곳으로 돌리는 게 아마 당신에게도 도움이 될 거예요. 지금까지 니코랑 같이 요리했죠. 우리 둘이 같이 뭐 먹을 것 좀 준비하는 거 어때요? 적어도 빵 몇 조각이라도요."

"저는 그러고 싶지 않아요. 음식 생각만 해도 속이 안 좋아져서요."

다비드가 산드라와 요한네스 쪽을 쳐다봤다. 그들은 아직 깊은 대화 중이었다. 산드라는 한 손을 요한네스의 팔 아래쪽에 얹고 있었고 긴장이 조금 풀린 것처럼 보였다.

"산드라 씨? 요한네스 씨?"

두 사람이 무슨 일이냐는 듯한 눈빛으로 다비드를 쳐다봤다.

"저희 뭘 좀 먹을까요? 두 분은 어떠세요?"

"저는 한 입도 못 먹을 것 같아요." 산드라가 대답했다.

요한네스도 고개를 저었다. "지금은 딱히 생각이 없어요."

마침 방으로 돌아온 니코가 입구에 멈춰 서서 말했다.

"제대로 잘 보지는 못했는데 날이 갤 수도 있을 것 같아요. 그런데 저 위가 꽤 소란스럽던데요. 마티아스 씨와 아니카 씨 방이 너무 시끄러워서 아니카 씨 목소리는 복도까지 들릴 정도였어요."

"무슨 얘기를 하던가요?" 다비드가 물었다.

"그건 몰라요. 그냥 시끄러웠어요."

"그럼 이제 출발하는 건 어떻소?"

호르스트가 플로리안과 제니를 향해 물었다. 둘은 고개를 끄덕인 뒤 그와 함께 방을 나섰다.

제니는 건물 관리인의 뒤, 그리고 플로리안의 앞에서 걸었다. 그녀는 그녀의 직원을 등 뒤에 둔 것이 불안하게 느껴진다는 것을 깨달았다.

그들은 말없이 계단을 내려가 난방용 파이프가 있는 복도를 따라 걸었다. 그리고 마침내 강철로 된 문에 도달했다. 호르스트가 문을 열자 둔탁하게 들리던 기계 소리가 굉음으로 변했다. 그가 그들을 향해 몸을 돌렸다.

"한 5분 정도 필요할 거요. 밖에서 기다리는 게 낫지 않겠소? 안은 상당히 시끄러워서."

"네, 그렇게 할게요." 제니가 재빨리 대답했다. 플로리안과 다시 한번 이야기할 기회였다.

호르스트의 뒤로 문이 닫히자 그녀는 오래 망설이지 않았다.

"네 칼이 도난당했다는 거, 나는 믿어."

그렇게 말하면서 그녀는 플로리안의 두 눈을 똑똑히 바라봤다.

"그럼에도 불구하고 내가 다른 사람들에게 그 얘기를 할 수밖에 없었다는 걸 네가 이해해 주길 바라."

"아니, 나는 이해 못 해." 그가 차갑게 대답했다.

"네가 진심으로 나를 믿었다면 침묵했을 거야. 다른 사람들은 그 사실을 알든 말든 아무 상관 없었을 거야. 네가 나를 그 상황으로 몰아넣은 건 완전히 불필요한 행동이었어."

제니가 격렬하게 고개를 흔들었다.

"그렇지 않아, 플로리안. 상황을 이렇게 만든 건 내가 아니라 너야. 게다가 누가 언제 네 칼을 훔쳐 갔는지 생각해 보기 위해서라도 다른 사람들에게 그 사실을 알려야만 했어. 어쩌면 그렇게 진범을 찾을 수도 있잖아."

"아니, 제기랄. 네가 다른 사람들에게 그걸 말한 이유는, 이게 네가 올바른 상사라는 걸 보여 줄 좋은 기회였기 때문이야. 직원들의 사소한 의무 위반도 그냥 지나치지 않는 아주 올바른 상사 말이지."

"나를 그렇게 생각해?"

플로리안이 콧방귀를 뀌었다.

"모르는 척하지 마. 네가 직원들의 작은 실수까지 전부 다 사장에게 일러바쳐서 그 자리에 올라갔다는 거, 회사 사람 모두가 알고 있어. 설마 아무도 몰랐을 거라고 생각하는 거야?"

"하지만 나는…." 제니는 완전히 당황하여 말을 더듬었다. 그녀는 뺨에 눈물이 흐르는 것을 느끼고 화가 났다.

"나는 항상 우리가 서로 정말 잘 지낸다고 생각했는데." 심지어 목소리는 울먹이는 것처럼 들렸다. "내가 완전히 잘못 생각한 거야? 안나랑 토마스도 그렇게 생각해?"

플로리안이 무언가를 말하려다 그녀의 축축한 뺨을 보고서는 침묵했다. 그리고 시선을 아래로 떨구었다. 그녀는 재촉하지 않고 그가 생각할 시간을 주었다.

"그 질문에 안나랑 토마스는 이제 어떠한 대답도 할 수 없으니 그냥 내 마음대로 그렇다고 대답할 수 있겠지만… 그러면 거짓말하는 게 될 거야. 아니, 그 두 사람은 너 좋아해. 좋아했었어. 그리고 나는, 아 젠장, 미안. 나도 알아. 네가 그 자리까지 올라가기 위해 정말 열심히 일했다는 거. 나는 단지 정말 화가 난 거야, 네가 그 칼에 대해서…."

그가 다시 그녀를 쳐다봤다.

"미안해."

그 순간 문이 열리고 호르스트가 난방실에서 나왔다.

"끝났소." 그가 두 손을 회색 걸레에 닦았다.

"이제 한동안은 조용할 거요."

하지만 그건 그의 착각이었다.

30

 그녀는 시간이 감각의 영향을 받는다는 것에 대해 생각해 본 적이 없었다. 단 한 번도. 그럴 이유가 없지 않은가? 사람이 보고 들을 수 있다면 그런 생각을 할 이유가 없으니까.
 지금 그녀는 주변이 밝은지 어두운지, 낮인지 밤인지도 모른 채 여기 누워 있다. 그런 것은 이제 더 이상 그녀에게 중요하지 않았다. 그녀에게는 그녀의 생각밖에 남지 않았다. 그리고 그녀의 앞날은 어떻게 될 것인가 하는 물음에 계속해서 정신이 무너지느니 차라리 시간에 대해서 생각하는 것이 나았다. 아니면 고통에 대해서나.
 고통은 조금 더 참을 만해진 건지, 어느 정도 익숙해졌다. 마치

얼마간의 시간이 지나면 코가 적응을 하여 끔찍한 악취도 느낄 수 없게 되는 것처럼. 하지만 계속해서 그녀의 머리를 관통하는 이 뜨거운 화살은 도저히 익숙해지지 않았다. 그것은 주기적으로 그녀를 찾아오는, 그녀가 견뎌 내야만 하기 때문에 견딜 수밖에 없는 악독한 친구가 되어 버렸다. 그리고 가끔씩 그녀는 그들에 의하여 어둠 속으로 끌려 들어갔다.

그리고 거기에 다시 그 질문이 있었다. 결국 그녀라는 존재에게 남은 하나의 질문. 지금 이 모습이 이제 그녀의 미래인가? 어디인지, 누가 그녀의 곁에 있는지도 모르고, 어떤 의사 표현도 할 수 없는 채로 누워 있는 것? 불구가 되어 쓸모없는 몸에 갇혀서?

하지만 무엇보다도 끔찍한 것은 그녀가 아무것도 할 수 없으리라는 확신이었다. 그녀는 이렇게 가치 없이 비참하게 살아가는 것을 끝낼 수조차 없었다.

혀를 삼켜 버리면 되지, *오랜만에 새로운 목소리가 말했다. 단지 가상의 목소리임에도 불구하고 그녀는 그 목소리에 담긴 사악함을 느낄 수 있었다.*

어쩌면 생각만큼 어렵지 않을 수도 있어. 효과적이기도 하고. 일단 혀가 목구멍에 끼기만 하면 손가락으로 잡지도, 다시 꺼낼 수도 없으니까. 몸이 마비되고 눈과 귀가 먼 게 좋은 점도 있네.

아니면 이제 너만의 시간을 가지게 된 걸 기뻐하면서 이 안에서 좋은 시간을 보내고, 밖에서는 다른 사람들이 너를 돌보도록 놔둬. 어떤 사람들은 너를 부러워할걸.

이건 그녀의 머릿속을 슬금슬금 침범하는 광기의 목소리일까? 어쩌면 그 목소리가 하는 말이 맞지 않을까?

아니다. 그녀는 벗어나야만 한다. 이 목소리와 생각으로부터.

의사소통! 그래 바로 그거야! 그녀는 지금부터 더 이상 이 목소리가 들리지 않을 정도로 다른 사람에게 의사를 표현할 방법을 곰곰이 생각할 것이다. 그래 맞아.

하지만 그녀의 머리만 가지고 그녀가 무엇을 할 수 있을까?

규칙!

충분히 반복할 경우 다른 사람들이 알아챌 만한 규칙이 필요하다. 그녀는 흥분해서 고개를 조금 움직였고 그것은 다시 그녀의 신경계에 폭발을 일으켰다.

이 고통에 굴복해서는 안 된다. 무시하자. 그냥 무시하자. 어디까지 생각했지?

아아, 아프다.

그래, 규칙. 다른 사람들이 알아챌 수 있는 규칙이 필요하다. 모스 부호를 사용하는 영화를 본 적이 있다. 머리로 모스 부호를 시

도해 볼 수 있을 것이다.

네가 모스 부호를 알면 그렇게 할 수 있겠지. 하지만 너도, 다른 사람들도 모르잖아.

안타깝게도 맞는 말이다.

뜨거운 용암처럼 새로운 고통이 밀려왔다. 관심을 다른 데로 돌려야만 한다. 시간에 대해서 그리고 모스 부호가 나온 영화에 대해서 생각하자. 영화 제목이 뭐였더라? 제니와 플로리안에게.

그녀는 그녀의 직업에 대해서도 생각했다. 그리고 미친 것 같지만, 그녀가 그것을 어떻게 활용할 수 있을지 결정적인 힌트를 준 것도 그 새로운 목소리였다.

31

제니, 플로리안, 그리고 호르스트가 벽난로 방으로 돌아왔을 때 다른 사람들은 손에 잔을 들고 있었다. 가장 앞에 있는 소파 왼쪽 탁자에는 임시 식당에서 가져온 음료들이 놓여 있었다.

모두가 기대에 찬 눈으로 세 사람을 바라봤다. 마치 세 사람이 무언가 특별한 일이라도 경험했을 것처럼.

"괜찮아요?" 니코가 제니를 향해 물었다. 그러면서 고의인지 아닌지 모르겠지만 잠시 플로리안을 쳐다봤다.

"네, 괜찮아요. 난방도 계속 작동하고."

니코는 투명한 액체가 손가락 두 마디 정도 높이까지 채워진 잔을 들어 올렸다. 물일 수도 있겠지만, 보드카일 가능성이 더 높아 보였다.

"우리가 주방에 있던 음료 테이블을 가지고 와서 마실 것을 준비했어요. 여러분도 뭘 좀 마셔요."

"그래요, 마음대로 마셔요." 다비드도 맞장구를 쳤다. "방금 막 우리가 아직 살아 있고, 잔을 들 수 있다는 사실에 대해 건배하려고 했지. 당신들도 함께 하자고."

제니는 술을 그다지 좋아하지 않았지만 이런 상황에서는 술을 마시는 게 나을 수도 있었다. 그녀는 테이블로 갔고 곁눈질로 요한네스가 또다시 위스키를 고른 것을 확인했다. 그녀는 그가 저번처럼 다시 이상하게 변하지 않기를 바랐다.

그의 옆에는 엘렌이 앉아 있었다. 그녀는 샴페인 잔을 손에 들고 있었다. 제니 역시 샴페인을 잔에 반 정도 따랐다. 미지근하긴 했지만, 도수가 높은 것보다는 나았다. 플로리안은 보드카를 따랐고 호르스트는 아무것도 따르지 않았다.

"자 그럼…."

다비드가 보드카가 든 것으로 보이는 잔을 들고 그의 입술로 가져갔다. 호르스트를 제외한 모두가 그를 따라 했다. 그리고 제니는 실온의 샴페인은 정말 맛이 없다는 것을 느끼면서 이 상황이 얼마나 괴상한지 생각했다.

문밖에는 꽁꽁 언 시체가 있고, 방 안 매트리스 위에는 끔찍하게 신체가 훼손된 여자를 곁에 둔 채 텅 빈 호텔에서 마치 회사 야유회라도 온 것처럼 건배를 하고 있었다. 물론 적어도 토마스, 플로리안, 안나, 그리고 그녀는 회사 일로 온 것이 맞았다. 하지만 그녀가 이 생각에 더 빠져들기 전에 엘렌과 산드라가 갑자기 동시에 소리를 질렀다.

제니는 깜짝 놀라 몸을 움찔하는 바람에 샴페인까지 엎지르고 말았다. 그리고 급히 고개를 돌린 그녀의 눈에 들어온 것은 요한네스가 소파에서 앞으로 천천히 넘어지며 바닥으로 떨어지는 광경이었다.

옆으로 약간 기운 자세 때문에 제니 쪽을 향한 그의 낯빛은 어두웠고 눈은 기괴하게 뜨여 있었다. 요한네스가 바닥에 부딪히면서 난 쿵 소리와 비명을 제외하고는 이 모든 게 으스스한 침묵 속에서 일어났다.

자리에서 벌떡 일어난 제니는 니코보다 먼저 요한네스의 곁으로 갔다. 마지막으로 응급 처치 교육을 받은 지 꽤 오랜 시간이 지났지만 그건 아무래도 상관없었다. 고민할 여유도 없이 그녀는 손목의 맥박부터 쟀다. 하지만 아무것도 느껴지지 않았다. 목에도 시도했으나 여기도 맥박은 느껴지지 않았다.

"맥박이 안 느껴져요." 그녀는 말을 마치자마자 니코의 도움을 받아 요한네스를 바로 눕혔다.

"심근경색인 것 같아요. 당신이 가슴을 압박해요. 제가 인공호흡을 할게요." 제니는 심근경색에 대한 응급 처치가 이 방법이 맞는지 확신하지 못했지만 우선 지시를 내렸다.

그녀가 머리를 잡고 뒤쪽으로 기울여 요한네스의 코에 그녀의 입술을 대려던 순간, 누군가가 그녀의 어깨를 거칠게 뒤로 잡아당겼다. "그만둬요!" 누군가가 소리쳤다.

당황하여 몸을 돌린 제니가 본 것은 몸을 굽힌 채 그녀의 어깨에 손을 얹고 있는 다비드의 얼굴이었다.

"뭐 하는 거예요?" 그녀는 그에게 소리치며 그의 손아귀에서 벗어나고자 했다. 하지만 그럴수록 다비드는 그녀를 더욱 단단히 붙들었다.

"저것 좀 봐요." 다비드가 요한네스의 얼굴을 가리켰다. 얼굴이 더 어두워지고 이상하게 부어올라 있었다.

"이건 심근경색이 아니라 독약이에요. 확실해요. 보아하니 꽤 강력하고 효과도 빨라요. 당신, 절대로 저 사람 몸에 닿으면 안 돼요."

"하지만…." 제니가 말을 흐렸다. 그녀는 여전히 지금 무슨 일이 일어난 건지 제대로 이해하지 못한 상태였다.

"제기랄." 그녀의 옆에서 플로리안이 욕설을 내뱉었다. 엘렌은 흐느끼기 시작하더니 무언가 이해할 수 없는 말들을 중얼거렸다.

"하지만 그게 어떻게 가능하죠?" 산드라의 목소리는 얇고 부서질 것같이 들렸다. "요한네스 씨는 조금 전까지만 해도…."

"이미 말했듯이 굉장히 빠르게 작용하는 독 같아요."

다비드는 요한네스의 옆을 가리켰다. 축축하게 젖어 어두운 얼룩이 생긴 바닥에 유리잔이 놓여 있었다.

"아마도 위스키가…."

"점점 더 미쳐 가는군." 호르스트가 경악하며 말했다.

"어쩌죠? 뭔가 해야만 해요. 요한네스 씨를 이대로 그냥 둘 수는 없어요."

제니는 만약 다비드가 요한네스에게 인공호흡을 하려던 자신을 말리지 않았다면 어떤 일이 일어났을까 하는 생각에 충격에서 벗어나지 못했다.

"아니, 아니, 아니! 이런 건 받아들일 수 없어요!"

니코는 황급히 요한네스의 맥을 짚어 보더니, 한 손을 그의 가슴 위에 올리고 다른 한 손을 그 위에 얹었다. 그리고 몸을 일으켜 요한네스에게 심장 마사지를 하기 시작했다.

그는 큰 소리로 숫자를 셌다.

"하나, 둘, 셋, 넷…." 그리고 삼사 초간 잠시 멈췄다.

"하나, 둘, 셋, 넷, 하나, 둘, 셋, 넷…."

다른 사람들은 그가 요한네스의 가슴을 압박하는 것을 조용히 지켜보았다. 다시, 그리고 또다시. 이제 니코는 지쳐 숨을 헐떡이고 있었다.

"하나, 둘, 셋, 넷…."

마지막으로 제니가 두 손가락을 다시 요한네스의 목에 대고 잠시 집중하더니 고개를 저으며 니코를 바라봤다.

"소용없어요. 그는 죽었어요."

등산 가이드는 아주 느린 동작으로 죽은 사람의 가슴에서 두 손을 떼더니 뒤로 주저앉았다.

"말도 안 돼." 엘렌이 흐느꼈다. "요한네스 씨를 왜…?"

"그럼 토마스는 왜고, 안나는 왜죠?" 플로리안이 버럭 화를 내며 손을 이마에 얹었다. "이 정신병자에게는 누가 그다음 희생양인지 전혀 상관없다는 거, 이해 못 하겠어요? 완전 미쳤다고요."

그는 몇 발짝 뒤로 물러서서 차례로 한 사람씩 쳐다봤다.

"우리가 여기 이렇게 다 같이 모여 있는 거, 아무 소용 없어요. 이 미친놈이 방금 우리에게 그걸 보여 준 거예요. 우리가 무슨 짓을 해도 그는 어떻게든 우리를 죽일 방법을 찾을 거라고요. 다들 이해 못 하겠어요?" 그의 목소리에서는 히스테리가 느껴졌다.

"맞는 말이에요." 다비드가 그답지 않게 조심스럽고 조용한 말투로 동의했다. 그의 얼굴에도 공포가 역력했다.

"우리, 우리는 대체 어떻게 해야…." 산드라의 목소리가 끊어졌다. 그녀는 두 손에 얼굴을 묻었다.

"하지만 누가 위스키에 독을 넣을 수 있었던 거죠?" 엘렌이 물으며 그녀의 죽은 동료를 바라봤다.

"누구라도요." 다비드가 대답했다. "이 병들은 열린 채로 계속 식당에 있었어요."

엘렌이 고개를 흔들었다. "하지만 우린 거의 계속 같이 있었잖아요. 티모 씨, 마티아스 씨, 그리고 아니카 씨만 우리와 따로 떨어져 있었어요. 그 사람들이 한 짓일 수밖에 없어요. 분명 그들 중 한 사람일 거예요."

"말도 안 되는 소리." 플로리안이 안절부절못하며 문 쪽으로 갔다가 다시 돌아왔다. 요한네스의 죽음이 평정을 잃게 만든 것처럼 보였다. "우리들, 그리고 다른 사람 중 누구라도 어제부터 뭔가를 병에 넣었을 수 있어요."

다비드는 음료 테이블로 가서 위스키병을 열고 조심스럽게 냄새를 맡았다.

"병이 아닌 그의 잔에 독을 넣은 것이라면. 그렇다면 우리 중 하나예요."

사람들은 마치 얼굴에서 범죄 사실을 읽어 내기라도 하려는 듯 서로를 충격에 빠진 표정으로 쳐다봤다.

"정확하게 말하자면, 당신들 중 하나요." 플로리안이 어두운 목소리로 덧붙이며 산드라, 니코와 엘렌, 그리고 다비드를 순서대로 쳐다봤다.

"당신들이 잔을 가져와서 채울 때 제니와 호르스트 씨, 그리고 나는 여기에 없었으니까요."

"누구라도 될 수 있어요. 당신 스스로 방금 그렇게 말했잖아요." 엘렌이 기분이 상한 아이처럼 투덜거렸다.

"정말 누군가가 그의 잔에 무언가를 넣었다면." 제니가 머릿속에 떠오르는 대로 중얼거렸다. "그 얘기는 누군가가 요한네스 씨를 독살할 계획이었다는 의미가 돼요. 그렇지 않다면 왜 독을 가지고 다니겠어요?"

다비드가 어깨를 으쓱했다.

"어쩌면 범인은 그저 누군가를 독살할 계획이었고, 그때 요한네스 씨의 잔이 거기에 있었던 것일지도요."

"당신, 일 때문에 그와 마찰이 있었죠? 그렇지 않나요?" 플로리안이 산드라를 향해 물었다. 그녀는 당황하여 플로리안을 바라봤다. "그리고 그의 잔에 독이 들어갔을 때, 당신은 여기 있었고."

"그래요. 하지만 세상에, 당신은 내가 그를 독살할 사람으로 보이나요? 나 때문에 직장에서 잘릴까 봐 두려워한다는 이유로요? 정말로 그렇게 믿는 건 아니겠죠."

다비드도 끼어들었다. "그렇다면 오히려 요한네스 씨가 산드라 씨를 독살할 동기가 있었겠죠. 아니면 내가 잘못 생각하는 건가요?"

"우리 중 한 사람은 아니었어요." 이미 눈물로 뺨이 축축하게 젖어 버린 엘렌이 울부짖었다. "마티아스 씨나 아니카 씨, 아니면 티모 씨일 거예요." 그녀는 손등으로 뺨을 닦았다. "도대체 왜 누가 이런 짓을 하는 거죠? 그리고 왜 독이죠?"

"정말 독이 맞다면 말이지." 호르스트가 조심스럽게 말했다. 말하는 동안 그는 죽은 사람을 쳐다보지 않으려고 노력했다. "내 생각에 우리들 중 사인을 단정할 수 있을 만큼 의학적인 지식을 가진 사람은 없소."

"어쨌든 난 이걸로 됐어요." 플로리안이 선언하고서는 빠른 걸음으로 문 쪽을 향해 갔다.

"어디 갈 건데?" 제니가 그의 뒤에서 소리쳤다. 하지만 그는 더 이상 뒤도 돌아보지 않고 바로 방을 떠났다.

"젠장." 그녀는 크게 소리치더니 한 사람씩 차례차례 쳐다봤다. "우리, 지금 자제력을 잃어서는 안 돼요. 우리가 서로를 뿔뿔이 흩어지도록 놔두면 살인자에게는 더 쉬운 게임이 되는 거예요."

다비드가 콧방귀를 뀌었다. "말 한번 잘했네요. 그럼 우리가 어떻게 해야 할지에 대한 방법도 마련해 놨겠네요, 그렇죠?"

"아니요, 그런 건 없어요."

"그럴 줄 알았어요. 나는 모든 일이 계획대로 일어나고 있다는 기분을 떨칠 수가 없어요."

"무슨 뜻이에요? 플로리안이 나간 일을 말하는 거예요?"

"네, 그것도요." 다비드가 애매하게 대답했다. 다비드가 더 자세하게 설명할 생각이었는지는 알 수 없지만, 다시 돌아온 플로리안 때문에 대화는 멈추고 말았다. 플로리안의 얼굴은 무언가를 결심한 것 같았고 오른손에는 큰 칼을 들고 있었다.

"뭐 하려는 거예요?" 산드라가 물었다. 그녀는 길고 번쩍이는 칼날에서 시선을 떼지 못했다.

"당신들, 다 같이 모여 있겠다 했지? 그래, 그럼 나도 그렇게 할게. 하지만 나는 이 방 뒤쪽에 있을 거야. 그리고 경고하는데, 절대 나에게 가까이 오지 마."

"플로리안, 하지만 그건…."

"입 다물어!"

그는 제니에게 버럭 소리치더니, 칼끝이 그녀를 겨누도록 칼을 높이 들었다.

"이건 너한테도 적용되는 거야. 여기서 너는 나한테 아무 말도 할 자격 없어, 알겠어?"

"알았다고요." 다비드가 달래는 듯한 몸짓을 했다. "우리 모두 당신 말 이해했어요. 그럼 당신이 말한 뒤쪽 구석으로 가요. 거긴 모두 당신 거예요. 하지만 부탁인데 영역표시는 하지 말아 줘요, 알겠죠? 냄새도 냄새지만 아무도 당신의 그 비참한 물건을 보고 싶지 않으니까."

제니는 플로리안을 더 자극하는 다비드를 저주했다. 하지만 플로리안은 아무 대꾸도 하지 않고, 단지 눈을 잠시 가늘게 떴다가 몸을 돌리더니 무거운 소파 중 하나를 방 뒤쪽으로 밀기 시작했다. 그러고 나서는 소파 하나를 더 뒤로 밀었다. 플로리안이 소파 두 개를 가까이 밀어 조금이나마 편안한 잠자리를 만들 때까지 그 모습을 모두가 지켜보았다.

"여기서 죽을 것만 같은 느낌이 들어요."

갑자기 너무나도 냉정하고 무감각하게 내뱉은 엘렌의 말에 제니는 등골이 오싹해졌다. 그러는 동안 엘렌은 난로 안에서 타는 장작의 미약한 불빛을 바라보았다.

"내 생각에 우리 중 대부분은 여기서 죽게 될 거예요. 그게 아니면 눈과 귀가 멀어서 좀비처럼 되겠죠. 한 명씩 차례대로요. 저 정말 무서워요."

그리고 그녀는 위를 쳐다봤다. 제니는 다시 오싹함을 느끼며 엘렌의 눈에서 모든 빛이 사라진 것을 확인했다.

자리에서 일어난 엘렌은 요한네스의 시체를 지나서 문 앞에 멈추더니, 잠시 텅 빈 눈으로 시체를 바라봤다.

"더 이상 당신들과 함께 있고 싶지 않아요. 당신들, 무서워요."

"엘렌 씨, 그건 좋은 생각이 아니…." 산드라가 제지하려 했으나, 엘렌은 몸을 돌려 방을 떠나 버렸다.

"좋지 않아." 니코가 한 손으로 그의 턱을 문질렀다. 이제 그에게서 청년다운 모습은 더 이상 찾아볼 수 없었다.

"좋지 않죠. 하지만 경악스러울 정도로 논리적이에요." 다비드가 대답했다. "이 끔찍한 사건의 배후에 누가 있든지 간에, 범인은 사냥감 무리에 접근하는 사자처럼 행동하고 있어요. 무리를 흩어지게 만들 생각인 거죠. 각각의 개체가 그룹보다 더 약하니까요. 그리고 보아하니 그의 계획은 꽤 성공적으로 진행되고 있군요."

"당신도 그게 요한네스 씨를 죽인 이유라고 생각해요?" 제니가 물었다. 그녀는 다비드가 그녀와 같은 생각을 했음을 다시 한 번 확인했다.

"그러니까, 그게 누군가를 죽일 이유였던 거죠. 그게 진짜 독이었는지는 몰라요. 만약 독이었다 해도 그게 병에 들어 있었는지, 아니면 오직 그의 잔에만 들어 있었는지도 알 수 없죠. 향도 없고, 굳이 그걸 테스트해 보고 싶지도 않으니까요."

"하지만 그게 요한네스 씨를 노린 건지 아니면 누구든 상관 없었든지 간에 중요한 건, 이제 더 이상 그 누구도 다른 사람을 믿을 수 없다는 거예요."

"그래서 그게 당신한테는 무슨 의미가 있죠?" 산드라가 물었다. "나는 그래도 혼자 있기 싫어요. 내 생각에는 여기 남는 게 더 나을 것 같네요. 우리 중 하나가 살인자라고 의심되더라도요."

다비드가 고개를 끄덕였다.

"결국 플로리안 씨의 생각은 그렇게 끔찍한 선택은 아니에요. 우리는 여기 같이 있으면서 서로를 주시해야 해요."

"그렇다면 당신 생각에는 우리 모두 칼로 무장해야 하나요? 경우에 따라 서로 찌를 수 있게요?" 제니가 날카롭게 대꾸했다.

다비드는 대답하기 전에 곰곰이 생각하는 것처럼 보였다.

"그래요."

32

 갑자기 크게 흥분한 그녀는 모든 고통을 무시한 채 머리를 좌우로 흔들며 신음함으로써 사람들의 관심을 끌려고 시도했다. 한 손이 그녀의 이마에 닿도록 하기 위해. 하지만 그녀는 목이 불타는 느낌에도 불구하고 그녀가 실제로 신음하고 있는지, 그르렁거리는 소리라거나 어떤 소리를 내긴 했는지 알 수 없었다.

 그리고 나서 그녀는 얼마 동안인지 모르겠지만 기다렸다.

 아무 일도 일어나지 않았다.

 어쩌면 다시 혼자 남겨진 걸까? 그녀를 어디엔가 눕혀 놓고 이제 아무도 신경 쓰지 않는 걸까? 아니면, 상상하기도 어려울 만큼 끔찍한 생각이지만 다른 사람들이 이미 죽은 걸까? 그 괴물이 모두를 음흉한 방법으로 죽이거나 불구로 만들고 지금 그들의 몸을 변태 같은 놀이에 사용하고 있는 걸까?

누가 알아, 새로운 목소리가 능글맞게 말했다. **어쩌면 다른 사람들도 너랑 똑같이 이 끔찍한 호텔 어딘가에 살아 있는 조각상처럼 걸려 있는 걸지도?**

그녀는 어떤 쪽이 더 나쁜지 알 수 없었다. 목숨은 붙어 있지만, 이후 몇 년간 이 상태로 비참하게 살아가는 것, 아니면 그 괴물을 제외한 모두가 죽었거나 그녀와 같은 상태인 것. 아니면 그녀가 며칠 내로 목이 말라 죽는 것.

순간, 다른 생각이 그녀의 머릿속에 떠올랐다. 더 끔찍하고 역겨운 생각. 그녀는 이미 한동안 그녀의 몸을 제어하지 못하고 누워 있었다. 혹시 그녀가 그 사이에….

그녀는 숨을 크게 들이마시고 그녀가 우려하는 일이 있었는지 냄새로 확인하고자 했으나 아무것도 느껴지지 않았다.

아직은 아니야. 하지만 그녀는 인간이고 인간의 신체는 언젠가….

그녀는 이 생각을 떨쳐 버리고 조금 전 그녀를 그토록 흥분시킨 것에 다시 집중하려고 노력했다.

그러니까, 그러니까 그게 뭐였지?

그녀는 패닉에 빠져 흥분했던 이유를 찾으려고 이것저것 곰곰이 생각했다. 그것이 중요하다는 것을 그녀는 알고 있었다. 대단히 중요했다. 젠장, 겨우 몇 분 전이었는데. 아니면 몇 시간이 지났나? 그녀 안의 모든 것이 날카로운 비명을 내지르며 해방되기 위해 애쓰고 있었다. 하지만 그것조차도 할 수 없었다.

그녀는 절망에 빠져 고개를 이리저리 흔들었다. 그로 인해 고통이 탐욕스러운 손으로 그녀의 의식을 움켜쥐자 속으로 비명을 질렀다. 난무하는 고통과 고뇌 속에서 그녀는 갑자기 방금 전에 그녀가 생각했던 것을 다시 기억해 냈다.

그녀는 어떻게 의사 표현을 할 수 있을지 알아냈다. 적어도 플로리안과 제니에게는 말이다.

그 순간, 뺨과 이마에 닿는 손길이 느껴졌다. 그녀는 움직임을 멈췄다. 그녀는 혼자가 아니었다.

믿지도 않았던 신에게 감사했다.

효과가 있을지도 모른다.

33

 매트리스에서 소름 끼치면서도 목이 쉰 것 같은 그르렁거리는 소리가 났을 때, 산드라와 제니는 거의 동시에 반응했다. 산드라는 곧바로 안나의 움찔거리는 머리 옆에 무릎을 꿇고 앉았다. 제니도 즉시 그녀의 옆으로 다가갔다.

 산드라는 큰 부상을 입은 환자의 뺨과 이마에 조심스럽게 손을 얹었다. 그러자 움찔거림이 멈췄다.

 "어때요?" 제니가 물었다. "열이 있나요?"

 산드라는 더 확실히 느낄 수 있도록 잠시 눈을 감았다.

 "모르겠어요. 제 생각에는 아닌 것 같아요. 기껏해야 살짝 높은 정도예요. 하지만…."

그녀는 손을 거두고 망연자실하여 제니를 바라봤다.

"이제 판단을 못 하겠어요. 심지어 제 자신이 정상 체온인지도 모르겠거든요. 미안해요. 당신이 한번 해 봐요."

제니는 고개를 끄덕였다. 그리고 안나의 이마에 손을 얹고 집중하더니 말했다.

"아니요. 열은 없는 것 같아요."

그와 동시에 안나의 고개가 다시 한쪽으로 기울었다. 하지만 이번에는 격렬하게 흔들리지 않았고, 부드럽게 움직였다.

왼쪽, 오른쪽, 그러고 나서 그녀는 가만히 멈췄다. 제니가 다시 그녀의 손을 이마에 얹으려고 하자 이번에는 머리가 위아래로 움직였다.

"제 생각에 정신이 돌아온 것 같지는 않아요." 산드라가 추측했다. "꿈을 꾸고 있는 것 같기도 하고."

"마지막으로 안나 씨에게 진통제를 준 게 언제죠?" 다비드가 물었다.

제니는 잠시 생각했다. "오래되지는 않았는데, 아마 한 시간 정도 됐을 거예요. 제가 조금 더 줄게요."

병은 매트리스 옆에 있었다. 제니가 그녀의 입술을 벌렸을 때 안나는 전혀 반항하지 않았다. 오히려 손가락을 느끼자 스스로 입을 열었다. 즉, 잠든 것은 아니었다.

 진통제를 주고 나서 그녀는 요한네스의 시체 쪽을 바라봤다.

 얼굴은 그사이에 알아보기 어려울 정도로 까매지고 더욱 부풀어 올라 있었다.

 "시체를 밖으로 옮겨야 해요." 그녀가 자리에서 일어나 말했다.

 그리고 동시에 지난 며칠간 벌어진 일들이 그들 모두를 얼마나 둔감하게 만들었는지 내심 놀라워했다. 마치 그녀의 감각에 굳은살이 덮인 것처럼. 일주일 전까지만 해도 죽은 사람, 그것도 독살된 사람과 한방에 있는 것을 생각만 해도 진땀을 흘렸을 것이다.

 "그를 토마스 씨 옆에 둘 수 있을 거예요. 우리가 테라스 문에서 충분히 멀리 눈을 파 뒀거든요." 니코가 떨리는 목소리로 제안했다. 그의 얼굴은 조금 창백해져 있었다.

 "우리가 얼마나 생각이 깊었던지." 다비드는 짧게 장난기 없이 웃으며 말했다. "묘지를 더 확장하지 않아도 되길 빌자고요."

 그는 일어나서 플로리안 쪽으로 돌아섰다. "도와줄래요?"

 플로리안이 과연 그 물음을 들었는지는 알 수 없었다. 그는 홀린 듯 멍한 눈으로 난로 옆쪽 벽의 한 지점을 응시하고 있었다.

 "플로리안?" 제니는 한 걸음, 그리고 한 걸음 더 그에게 다가갔다. 그의 눈은 여전히 벽에 고정되어 있었다.

"플로리안, 뭐라고 말 좀 해. 부탁이야."

그녀가 소파로 만들어진 그의 요새에서 세 걸음도 채 떨어지지 않은 곳에 도달했을 때, 그가 갑자기 벌떡 일어나더니 정신없이 다급하게 옆으로 손을 뻗었다. 그리고 손을 들어 제니에게 칼을 겨누었다.

"거기 그대로 멈춰." 그의 충혈된 눈은 결의에 차 보였다.

"플로리안, 내가 …일 거라고 믿는 건 아니겠지."

"당신들이 뭘 하려고 하는지 정확하게 알아. 나는 더 이상 아무도 믿지 않아. 너희들이 여전히 날 범인으로 의심하고 있다는 걸 모를 정도로 내가 멍청하다고 생각해? 아무 죄도 없는데 의심받는 거, 아주 질렸다고. 두 번은 안 해. 내가 왜 이 거지 같은 일을 얘기 안 했냐고 물었지? 대답해 줄게. 내가 처음부터 얘기했더라면 나는 애초에 회사에 고용되지도 않았을 거고, 나중에 말했다면 너희는 나를 내쫓았을 거야."

"그렇지 않아."

"거짓말하지 마!" 그가 소리를 질렀다. "그 미친 여자가 나를 신고하고 나서 자살하려 했을 때 어땠는지 네가 알아? 나에 대한 모든 혐의가 무혐의 처리되고 재판까지는 가지도 않았지만, 다들 그 사건을 알게 됐지. 경찰이 잔뜩 몰려와서 내 아파트를 탈탈 털

없는데 어떻게 모를 수가 있겠어. 이보세요 내 상사님, 그때 나는 직장을 잃었어요. 내 결백은 믿지만, 예민한 고객들이 어떻게 반응할지 나도 잘 알지 않냐더군. 개 같은! 문밖으로 한 발짝만 나가도 다들 이상한 눈으로 날 쳐다봤다고."

그가 잠시 말을 멈춘 사이, 제니가 뭔가 대꾸하려 했지만, 플로리안이 손을 들어 막더니 말을 이었다.

"아니, 너는 입 다물어. 난 결국 이사를 가야 했고 새로운 직장을 구해야 했어. 어딘가 아무도, 아무것도 모르는 곳. 또는 그 정신병자가 고른 사람이 나라는 걸 모르는 곳에서. 내가 이 일에 대해 조금이라도 말했으면 분명 취직할 수 없었겠지. 그래도 나 일은 잘했잖아, 그렇지 않아?"

제니는 그가 정말로 대답을 바라는지 확신이 들지 않았지만 그럼에도 불구하고 가능한 한 차분한 목소리로 말했다.

"응, 잘했어."

"그 정신 나간 년이 내 인생을 망쳐 놓은 후로 나는 새로운 삶을 시작했어. 그런데 지금? 그 거지 같은 일들이 처음부터 다시 시작되고 있어. 다시는 안 돼. 나는 누군가가 우리를 구하러 올 때까지 여기서 나 스스로를 지키겠어. 경찰이 사건을 조사해서 지문 같은 증거들을 확보하고 나면 그들도 내가 이 일과는 아무런 상관이 없다는 걸 확인하게 될 거야."

다시 잠시 말을 멈춘 그가 바로 덧붙였다. 이번에는 제니도 무언가를 말하려는 시도를 하지 않았다.

"그리고 경찰은 당신들, 그리고 저 위에 있는 저 사람들 중에서 누가 범인인지 밝혀 낼 거야. 그러니까 이제 나 건드리지 마."

플로리안은 얼마간 시간이 지난 후에야 칼을 천천히 내리고 소파에 몸을 기댄 뒤 다시 벽을 바라봤다.

제니는 몸을 돌려 다른 사람들과 눈빛을 교환했다.

"칼은 어디에 있죠?" 다비드가 갑작스럽게 물었다.

제니는 그가 무슨 말을 하는지 이해하지 못했다.

"무슨 칼을 말하는 거예요?"

"플로리안의 칼. 식당 식탁 위에 있었는데, 여기서 기다려 봐요."

다비드는 빠른 걸음으로 방을 나갔다. 그를 기다리는 동안 아무도 입을 열지 않았다. 모든 사람의 얼굴에서 점점 평정심이 사라져 가는 것이 보였다. 제니는 모두의 마지막 가면이 벗겨지고 자기 자신, 그리고 자신의 생존만 생각하기까지 얼마나 걸릴지 걱정이 되었다. 그리고 미친 것 같지만 그녀는 남은 여생 동안 스마트폰 없이는 단 한 발짝도 움직이지 않겠다는 결심을 했다.

디지털 디톡스 — 디지털 해독 — 듣기에는 정말 좋았다. 그녀의 상사가 그녀의 팀이 트리플 오 저니에 테스터로 초대되었다고 말했을 때, 그녀는 직원들과 더 가까워질 수 있는 계기를 얻게 되어 기뻤다. 분명 그렇게 되긴 했지만….

마침내 다비드가 돌아왔을 때, 그녀는 식당까지 그 짧은 거리를 다녀오는 데 왜 이렇게 오랜 시간이 걸렸는지 의문스러웠다.

그가 입구에 멈춰 섰다.

"칼이 사라졌어요. 누군가가 가지고 간 것 같은데, 당신들 중 누가 가져갔죠?"

아무도 대답하지 않자, 그가 소파 두 개를 이어 붙인 쪽을 바라봤다.

"플로리안?"

"꺼져." 플로리안이 대답했다.

"말해, 당신 칼 다시 가져갔어?"

"아니, 안 가져갔어. 젠장, 장담컨대 내 칼을 훔쳐 갔던 그 사람의 짓이야. 너희끼리 서로 수색해 보는 게 좋을 거야."

"증거와 관련된 당신의 이론은 거기까지 하죠. 그건 경찰이 판단할 거예요." 다비드는 다시 다른 사람들을 향해 말했다. "이게 다가 아니에요. 부엌에 갔는데 칼이 든 서랍이 완전히 텅 비어 있었어요. 거기뿐만이 아니라 다른 모든 서랍에도 무기로 쓸 만한 건 아무것도 없어요."

그가 턱으로 음료가 놓인 탁자를 가리켰다. "기껏해야 병목을 깨서 쓸 수 있겠네요."

니코가 상스러운 욕을 내뱉었다. 제니는 그가 그런 말을 할 수 있을 거라고는 생각지도 못했다.

"대체 누가 한 짓이지?"

"원칙적으로는 누구든 가능해요. 하지만 나는 여기에 있지 않은 사람들 중 하나라고 추측합니다."

"왜 아무도 저 대단하신 다비드 씨가 부엌에 가려고 했었는지는 묻지 않지?" 플로리안이 악의를 품고 물었다.

"그건 내가 말해 줄 수 있어, 이 멍청한 자식아. 네 칼이 사라진 걸 알았을 때, 나는 네가 여기 가지고 나타난 칼을 떠올렸어. 그리고 나머지 칼들이 아직 거기 남아 있는지 확인해 보고 싶었지. 여차하면 너한테서 우리를 지킬 수 있도록 말이야. 아니 뭐, 너만 칼을 쓸 자격이 있는 줄 알았어?"

"이제 어쩌죠?" 산드라가 걱정스럽게 물었다. "저 밖에 있는 사람들도 무장하고 있어요. 우리는 완전히 무방비 상태고요. 이 악몽이 끝나긴 할까요?"

그에 아무도 대답하지 않았다. 아니, 그들 중 누구도 어떤 대답을 해야 할지 알지 못했다.

"자, 일단 움직이자고요." 다비드가 대화를 끝냈다. 제니는 그에게 고마웠다. 그는 우선 니코를, 그리고 호르스트를 쳐다봤다.

"남자 셋에 여자 두 명이에요. 할 수 있을 겁니다. 다행히도 요한네스 씨는 더 가벼우니…." 그는 말을 끊고 머리를 흔들었다.

"그럼 안나 옆에는 누가 있죠?" 제니가 물었다.

"플로리안 씨요." 다비드가 대답했다.

"하지만…." 새로운 다툼을 불러일으키지 않기 위해서 그녀는 다음 말을 참았다. 어쨌든 그녀는 여전히 플로리안이 이곳에서 일어난 일과 관련이 없다고 믿고 있었다.

그들이 들것을 가지고 와서 요한네스를 옮겨 눕히기까지 약 10분 정도가 걸렸다.

요한네스의 얼굴은 공포영화에나 나올 것처럼 보였다. 검은색에 가까운 얼굴, 보라색으로 변해 부풀어 있는 입술, 여전히 뜨고 있는 눈은 생명이 빠져나간 채 멍하니 천장을 향해 있었다.

들것을 들어 올리기 전, 니코가 용감하게 두 손가락을 요한네스의 부은 눈꺼풀 위에 올리고 눈을 감기려 했지만 꿈쩍도 하지 않았다. 그러자 니코는 음료가 놓인 탁자로 가서 거기 있던 냅킨 하나를 가지고 와 그것으로 요한네스의 얼굴을 덮었다. 그리고 그들은 들것을 들어 올렸다. 다비드와 호르스트가 앞쪽에, 제니와 니코가 뒤에 섰다. 산드라는 앞장서서 문을 열었다.

그들이 로비에 도달했을 때, 다비드와 호르스트가 갑자기 멈추는 바람에 제니는 나무 손잡이를 그만 놓칠 뻔했다.

위층으로 올라가는 계단의 중간쯤에 아니카와 마티아스가 섬뜩한 모습으로 앉아 있었다. 그들의 손에는 각각 칼이 들려 있었다.

"당신들이 부엌에 있는 칼을 다 가져갔어요?" 다비드가 큰 소리로 물었다.

대답 대신 마티아스가 물었다. "죽은 건가?"

"그래요. 칼은 어떻게 된 거죠?"

"내가 이미 말했잖아." 마티아스가 조용히 대답했다. "그를 가두지 않다니, 당신들은 미친 거라고. 당신들 중 하나가 그를 풀어 줬어. 그 대가를 치른 거야. 나는 처음부터 그 개자식이 범인이라고 말했어."

"가던 길 가죠." 다비드가 다시 걷기 시작했다.

"이게 끝이 아닐 거야!" 마티아스가 그들 뒤에서 소리쳤다. "정신 나간 인간들!"

제니는 그녀의 텅 빈 위에 경련이 이는 것을 느꼈다. 그가 옳았을 수도 있다는 사실에 두려웠다.

34

 그들이 헐떡이며 토마스의 시체가 있는 테라스 문 가까이에 들 것을 내려놓았을 때 제니는 거의 비명을 지를 뻔했다.

 문에서 약 2미터 정도 떨어진 곳 바닥에 얼어붙은 시체가 있었다. 그녀는 커다란 유리창을 통해 얼음 결정층에 덮인 얼굴을 보았다. 지나치게 초현실적이라 오히려 비현실적이었다.

 눈 속에 누워 있는 유해는 그녀의 동료가 아니라, 토마스를 닮았지만 비율이 조금 뒤틀린 밀랍인형 같았다. 마치 자연사 박물관의 유리 뒤에 재연해 놓은 모형처럼.

 그 얼굴이 모르는 얼굴이었다면….

 "괜찮아요?" 니코가 물었다.

"네, 조금 놀랐을 뿐이에요."

그가 고개를 끄덕였다.

"끝내 버리자고요." 다비드가 말하고서는 문을 열었다. 얼음같이 차가운 바람이 제니를 스쳐 가자 온몸이 떨렸다.

"좋아요. 니코 씨랑 내가 팔을 들 테니까 제니 씨랑 호르스트 씨는 다리를 들어요. 자, 듭시다."

그리고 5분 뒤, 호르스트가 그들 뒤로 다시 테라스 문을 닫았다. 그곳을 떠나기 전 그들 모두가 다시 한번 바깥을 쳐다봤다. 이제 요한네스는 냅킨을 얼굴 위에 덮은 채 토마스 옆에 누워 있었다. 그 냅킨은 얼굴 위에서 꽁꽁 얼어붙으리라.

"이제 어떻게 할지 계획을 세워야 해요." 그들이 로비 방향으로 돌아가는 동안 다비드가 말했다.

"특히 마티아스 씨와 아니카 씨를 어떻게 할지 생각해 봐야 해요." 니코가 덧붙였다. "좀 전에 계단에 앉아 있던 걸 떠올리면 그 두 사람, 어쩐지 으스스하네요."

"저는 엘렌 씨와 티모 씨가 어디로 간 건지도 궁금하네요." 산드라가 말하면서 마치 그에게서 대답을 기대하는 듯이 호르스트를 쳐다봤다.

"티모가 어디에 있는지는 나도 모르오." 호르스트가 설명했다.

"하지만 그가 이 건물에 꽁꽁 숨으려 마음먹었다면, 우리는 절대 그를 찾지 못할 거요."

"티모 씨가 마티아스 씨를 위협하던 게 생각나네요." 제니가 건물 관리인을 향해 말했다. "그를 잘 알잖아요. 그가 진지하게 한 말이라고 생각해요?"

호르스트는 어깨를 으쓱했다. "모르겠소. 그는 꽤 다혈질이라, 그 순간만큼은 또다시 부당한 의심을 받은 것에만 화가 나서 마티아스 씨를 겁줄 생각이었을 거요."

그의 표정은 솔직해 보였다.

"하지만 그 보석 도난 사건 이후로 티모가 그렇게 흥분한 건 처음 봤소. 나는 여전히 토마스 씨와 안나 씨에게 일어난 일이 티모가 한 게 아니라고 장담한다오. 하지만 마티아스 씨에 관한 거라면 장담하긴 어렵군."

"엘렌 씨도 그를 가두는 걸 도왔죠." 제니가 생각에 잠겨 혼잣말을 중얼거렸다. "그리고 그녀는 지금 이 호텔 어딘가에 혼자 있고요. 그 두 사람이 마주치면 어떻게 될까요?"

"이미 말했듯이 나도 모르오. 하지만 그가 그녀에게 무슨 짓을 할 거라고 상상하기는 어렵소."

하지만 제니는 그 부분만큼은 확신하기 어려웠다.

"또다시 자신을 부당하게 의심한 여자라도 말이에요?"

그에 호르스트는 아무 말도 하지 않았다.

그리고 그들은 로비에 도착했다. 로비를 지나면서 계단 쪽을 봤지만, 이미 마티아스와 아니카는 사라지고 없었다. 게다가 그들이 벽난로 방으로 들어갔을 때 소파에는 아무도 없었다.

제니는 신음했다. 그녀는 플로리안이 이 모든 일과 그 어떠한 관련도 없다고 믿고 싶었지만, 우려하던 일이 지금 실제로 일어난 걸까 두려웠다. 플로리안이 사라졌다.

"젠장!" 그녀의 뒤에서 니코가 소리쳤다. "그가 도망쳤어."

제니는 빠른 걸음으로 안나에게 갔다. 그리고 몸을 숙여 조심스럽게 손으로 그녀의 머리를 만졌다. 마치 기다렸다는 듯이 안나가 머리를 왼쪽, 오른쪽으로 움직였다.

"괜찮은 거예요?" 니코가 물었다.

"네, 만지면 반응을 해요." 제니가 다시 일어섰다.

"그래서 사라진 거군." 다비드가 말했다. "궁금한 건, 왜지?"

"어쩌면 그저 잠시 화장실에 간 것뿐이고 곧 돌아올지도요?" 제니가 스스로도 믿기 어려운 일을 애써 추측하며 말했다.

산드라는 소파 중 하나에 털썩 앉아 손등으로 이마를 문질렀다. 그녀의 얼굴은 전보다 더 창백해져 있었다.

"이 모든 일의 배후에 누가 있든 간에 하나는 해냈네요. 우리는 점점 흩어지고 있어요. 계속 이렇게 된다면 곧 서로가 서로를 죽이게 될까요?"

"그보다 더 중요한 질문이 있어요. 여기 이 방에 있는 우리 중 누군가가 범인이라고 생각하는 사람 있어요?"

갑자기 사람들은 마치 그들 중 누가 이 끔찍한 짓을 저질렀는지 읽어 내려는 것처럼 서로의 얼굴을 바라보았다.

"저는 그렇게 생각 안 해요." 제니가 침묵을 깨며 말했다. "누가 그런 짓을 했는지는 모르겠지만 우리들 중 하나가 그런 짓을 할 수 있다고는 생각하지 않아요."

산드라가 소심하게 고개를 끄덕였다. "저도 같은 생각이에요."

"저는 엄밀히 말하면 어떠한 사람도 그런 짓을 할 수 있으리라고 생각하지 않아요." 니코도 동의했다. "하지만 누군가는 했다는 거겠죠. 그래도 그게 우리들 중 하나라고는 생각 안 해요."

다비드가 고개를 끄덕이고서는 건물 관리인을 쳐다봤다.

"호르스트 씨?"

그가 쳇 하고 혀를 찼다. "아주 솔직히 말해서? 나는 티모와 내가 한 짓이 아니라는 건 알고 있소. 내가 아는 건 그게 전부요."

"그러니까 그 말은?" 다비드가 확인하려는 듯이 물었다.

"그 말은 나나 티모는 당신들 그룹 중 하나가 아니라는 뜻이오. 나는 당신들이 서로를 아는 것만큼 당신들을 알지 못하니까. 그렇게 끔찍한 방법으로 사람을 불구로 만들고 냉정하게 죽일 수 있는 사람이 누구인지 내가 어떻게 알겠소. 그래도 당신들만 괜찮다면 당신들과 함께 있으면서 모두를 지켜보고 싶군."

"그건 솔직한 대답이네요." 다비드가 말했다. 제니도 같은 생각이었다.

"그리고 당신은요?" 다비드가 그녀의 눈을 똑바로 쳐다봤다.

"저도 호르스트 씨의 말에 동의해요. 상상할 수는 없지만 누구든 가능해요."

"당신도요?" 그의 얼굴은 진지해 보였다.

"여러분의 입장에서는 저도 마찬가지겠죠."

그때, 안나의 그르렁거리는 소리가 다시 제니의 관심을 그녀에게로 돌렸다.

제니가 머리카락을 쓰다듬자 안나의 머리가 곧바로 다시 왼쪽과 오른쪽으로 움직였다. 마치 손길에 감사하려는 것 같았다. 그리고 잠시 쉬더니 또다시 움직였다. 이번에는 위, 아래. 저번과 똑같다. 처음에는 좌우로, 그다음은 위아래로.

왜 이러는 걸까? 어째서 마치 '*아니오*'라는 신호와 '*예*'라는 신호를 번갈아 보내는 것처럼.

"안나가 우리에게 뭔가를 알리려고 하는 것 같아요."

제니가 자신이 추측한 사실에 대해 이야기하자, 다비드와 산드라가 다가와 안나의 움직임을 쫓았다. 왼쪽, 오른쪽.

"아니라고 하는 걸까요?"

왼쪽, 오른쪽.

"모르겠어요. 근데 아닌 것 같아요. 처음에 '예'라고 신호를 보낸 다음에 '아니오'라는 신호를 보내는 게 무슨 의미가 있겠어요?"

제니는 안나가 그들에게 말하고자 하는 것이 무엇일지 골똘히 생각했다. 그리고 그녀의 추측이 맞을지, 아니면 단지 우연한 움직임이었을 뿐인지도.

위, 아래.

자리에서 일어나던 제니는 니코가 갑자기 소파에 털썩 앉더니 엄지와 세 번째 손가락으로 그의 눈을 누르는 것을 보았다. 그는 점점 신경이 곤두서는 듯 보였다.

그녀가 막 다시 안나에게 돌아서려던 순간, 그들 뒤에서 누군가가 말했다. "여기 완전 개판이구만."

티모였다. 그는 방 입구에 서서 그들을 음산하게 쳐다보고 있었다. 머리카락은 엉망으로 헝클어져 있었고, 작업복 바지의 멜

빵 한쪽만 뼈가 툭 불거져 나온 어깨에 헐렁하게 걸쳐 있었다.

"티모!" 호르스트가 그에게 한 발짝 다가갔지만 티모가 손을 들어 막았다.

"그 자리에 그대로 있어, 호르스트."

"뭐? 뭐야, 미친 거요?" 그의 주름진 얼굴에 놀란 감정이 뚜렷하게 나타났다.

"응. 어쩌면 그럴지도. 하지만 더 미친 건 너희들이 나를 가뒀다는 거야."

"하지만 그건 우리가 아니었잖아."

티모가 니코를 가리켰다.

"저 사람은 맞아."

"다시는 아무도 당신을 가두지 않을 거예요." 니코가 애써 설명하려 했다. "실수였다는 거 알아요. 그리고 저도 마음이 편치 않았다고 말…."

"당신이 뭔 말을 했었는지는 전혀 상관없어. 어쨌든 너도 함께 했어."

"티모." 호르스트가 다시 조심스럽게 그를 불렀다. "아무도 자네가 한 일이라고 생각 안 한다네. 그러니까 자네도 여기 있도록 해."

"절대 싫어. 너희들이 그 여행 가이드 남자를 밖으로 옮긴 거 다 봤어. 너희들끼리나 서로 죽이라고. 나 없이 말이야."

"그러니까 당신은 인사차 잠시 들른 거군요." 다비드가 비꼬듯 말했다.

"아니. 이 잘난 척하는 새끼야, 나는 너희한테 저 위층 남자가 부엌의 절반을 비워 버렸고, 너희들이 장례식 놀이를 하는 동안 그 늙은이들과 엘렌이 여기 왔었다고 말해 주려고 온 거야. 하지만 이 방을 나간 사람은 네 명이었지."

"플로리안이 마티아스 씨랑 같이 갔다는 건가요?" 제니는 혼란스러웠다. "자발적으로요?"

"누가 강요한 것처럼 보이지는 않던데."

"흥미롭네." 다비드가 말했다. "그렇다면 우리는 이제 두 팀으로 나눠진 거군. 마티아스와 아니카, 엘렌, 그리고 플로리안이 한 편이고, 우리가 다른 편이고."

"잘못 생각했어, 이 잘난 척하는 새끼야." 티모가 거칠게 반박했다. "셋으로 나눠진 거야."

그는 몸을 돌렸고, 몇 초 후 다시 사라졌다.

35

 그들은 이해하지 못하고 있다.
 누군가가 그녀의 얼굴을 만지는 게 느껴질 때마다 그녀는 바로 그들과 소통하려고 시도했다. 하지만 그들은 당최 이해하지 못하고 있다.
 간단하지 않은가. 적어도 제니와 플로리안은 그녀의 움직임 뒤에 어떤 공식이 숨어 있는지 금방 알아차릴 수 있어야만 한다. 그 두 사람은 멍청하지 않으니까.
 어쨌든 계속해서 시도해야 한다. 절대로 그만둬서는 안 된다. 그녀는 자신이 포기한다는 것이 무엇을 의미하는지 안다. 그렇게 되면 그녀의 머릿속에서 무슨 일이 일어날지도.

다른 사람들과 소통할 수 있는 방법, 심지어 그들에게 대답을 얻을 수도 있는 방법을 찾았다는 희망은 그녀가 이성을 잃지 않도록 붙들어 주는 닻이다. 언제든 그 새로운 목소리가 그녀에게 속삭일 때마다, 어두운 구름이 그녀의 정신을 뒤덮고 결국에는 질식시키려는 것을 느낄 때마다 그녀는 그 닻을 꽉 붙잡았다.

그녀가 미쳐 버리는 것을 막는 닻.

이게 지금 뭐야? *새로운 목소리가 은밀하게 속삭였다.*

모두와 연락을 끊고 싶어 했잖아. 그건 더할 나위 없이 성공했어. 하하, 이거 보라고. 좋게 생각해. 그냥 포기해. 내가 하는 대로 그냥 둬. 그다음은 아무것도 신경 쓰지 않아도 돼. 어쩌면 완전히 혼자가 된 걸 좋아하게 될지도 몰라. 멍청하게 떠들어 대는 소리도 안 들어도 되고. 다시는 말이야. 그러니까 놔 버려. 아주 쉽잖아. 그만 포기해….

아니야, *그녀 안의 익숙한 다른 목소리가 끼어들더니 또다시 최면을 거는 듯한 속삭임을 쫓아내 버렸다.* 이게 얼마나 더 가능할까?

그냥 포기해…. *유혹적으로 들린다. 그녀가 다른 사람들과의 소통을 위해 지금까지 했던 모든 시도에는 매번 지옥 같은 고통이 뒤따랐다. 게다가 얼마 남지 않은 에너지를 상당히 소모해*

야 했다.

 더 이상 저항하지 않는다면, 그녀의 생각이 그냥 자유롭게 흐르도록 두고 새로운 목소리가 마음대로 떠들게 둔다면 견딜 만해질지도 모른다. 아니, 어쩌면 모든 통증이 완전히 가라앉아 더는 그녀를 괴롭히지 않을 수도 있다. 그녀의 이성도 그 통증을 그저 존재하지 않는 것처럼 무시하게 될 것이다. 이미 거의 그렇게 되었다. 고통이 없는 것. 이제 그것은 그녀가 상상조차 할 수 없는 상태가 됐으니까.

 상상이 아니야. 약속하지. 새로운 목소리가, 에덴의 뱀을 연상시키는 최면과 같은 목소리가 말했다.

 더 버티지 마. 평범하던 네 삶은 끝났어. 다른 사람들은 네가 뭘 전하고 싶어 하는지 결코 이해하지 못할 거야. 괜찮아. 그건 아무것도 중요하지 않아. 자, 내 세계가 얼마나 다채로운지 보여 줄게. 거기서는 모든 게 가능하다고. 그건 네 안에 있어. 너는 이미 거기에 아주 가까이 와 있다고. 그냥 포기하기만 하면 돼.

 그래, 그냥 포기하는 거. 그게 바로 그녀가 원하는 거다. 잠에 빠져 꿈꾸는 것. 꿈속에서는 귀머거리에 장님인 사지 마비 환자처럼 누워 있지 않다. 쓸모없고 침 흘리는, 고깃덩이 같은. 거기서는 걸을 수도, 말할 수도, 들을 수도, 그리고 심지어 날 수도 있다.

맞아, 나랑 같이 날자. 네게 길을 보여 줄게….

안 돼! 내면의 오래된 목소리가 필사적으로 다시 일어섰다. 꺼져 버려. 난 포기하지 않을 거야. 나에게 이런 짓을 한 괴물이 누구인지 알려야 하니까. 나는 그가 대가를 치르기를 원해.

그녀는 곰곰이 생각했다. 달콤한 속삭임은 사라졌지만 그녀가 앞으로 몇 번이나 더 이겨 낼 수 있을까? 그녀의 이성을 유지하고, 이 새로운 목소리가 그녀에게 약속하는 유혹에 맞서 싸울 수 있을까? 더 이상 걱정하지도 절망하지도 않고, 어쩌면 고통도 느끼지 않을 수 있다는 유혹. 그녀가 지금 어떤 상황인지, 앞으로 그녀의 비참한 삶이 어떻게 될지 몰라도 된다는 유혹.

하하, 목소리가 아주 조용히 소리를 냈다. 그 목소리는 멀리 떨어져 있는 것 같았다.

안나는 속으로 울었다. 그녀는 지금 곁에 누가 있든 간에 그 사람이 아무것도 눈치채지 못했다는 것을 알고 있었다. 앞으로도 항상 이럴 것이다.

다른 사람들에게는 들리지 않는 울음이 이어지는 동안 그녀 안에서 한 가지 생각, 한 가지 소망이 타올랐다. 그것을 위해서라면 그녀는 단 1초의 망설임도 없이 죽을 수 있었다. 아니. 죽겠다, 라고 정정했다. 왜냐하면 어차피 죽음과 가까운 상태였으니까.

그녀는 한 번만 더 움직이고, 한 번만 더 보고, 듣고, 말할 수 있기를 바랐다. 그저 단 한 번만. 그럴 수만 있다면 그녀는 그 괴물을 모두가 보는 앞에서 죽일 것이다. 지금까지 이런 소망은 생각해 본 적이 없었다. 하필이면….

아니, 그녀는 포기하지 않을 것이다. 아직은.

다른 무언가가 그녀의 머릿속을 비집고 들어왔다. 한 장면. 마치 짙은 안개에 쌓인 것처럼 매우 흐릿하지만, 안나는 그녀가 인내심을 가진다면 장면이 조금 더 선명해질 것 같았다.

처음 흐릿한 장면에서도 그녀는 알아봤다. 그것은 무언가의 윤곽이었다. …문. 그리고 깨달음과 동시에 그녀는 이것이 무슨 장면인지도 알게 됐다. 그녀에게 이 끔찍한 일이 일어나기 직전의 기억이었다.

그녀가 머물던 방으로 가는 길. 그 문은, 실제로 문이 맞다면, 그 방으로 들어가는 입구일 테다. 그녀가 뭔가를 조금만 더 알아볼 수 있다면. 조금 더 집중한다면… 그녀가 기억할 수 있는 마지막 순간은 뭘까?

그녀는 침대에 누워 두 발로 이불을 살짝 들어 끌어당긴 후 재빨리 다리를 다시 내렸다. 그렇게 하니 그녀의 발이 마치 침낭으로 감싼 것처럼 빈틈없이 가려졌다. 그리고 나서 거의 모든 피부가 덮일 정도로 이불을 코끝까지 끌어 올려 꽉 쥐었다. 그녀가 어릴 때부터 하던 행동이었다. 방 안의 어둠이 무서울 때면 침대에 누워 두려움을 이겨 내기 위해 쓰던 방법. 이불은 그녀에게 안정감을 주는 누에고치와 같았다.

어느 순간 그녀는 분명 잠이 들었다. 그다음으로 그녀가 기억하는 것이⋯ 바로 이 장면이다. 다시 떠올려 보니 조금 더 명확해졌다. 맞아, 이건 실제 문이다. 하지만 평범한 문이 아니다. 아니, 뭔가 다르지만 그녀는 그게 뭔지 도무지 알 수 없었다. 그 대신 다음 기억이 더욱 또렷해졌다. 그녀가 잘 아는 목소리다.

조용히 해. 그 괴물이 말했다.

아니, 포기해서는 안 된다. 그녀는 다른 사람들에게 그 이름을 알려 줘야만 한다.

이 생각과 함께 그녀는 다시 평온해졌다. 새로운 목소리는 멈췄다. 그리고 안나는 기다렸다. 다음 신체 접촉을. 다음번 시도를. 언젠가는 그들이 알아챌 것이다.

적어도 그녀는 그러길 바랐다.

36

 저녁 어스름이 깔리는 동안, 그들은 무거운 가죽 소파에 앉아 멍하니 허공을 바라보고 있었다. 뒷벽에 설치된 두 개의 채광창을 통해 해가 지는 광경을 볼 수 있었다. 그녀는 1층에 위치한 이런 멋진 방에 왜 큰 창문이 없는지 의아했으나 금세 고개를 저었다. 지금 같은 상황에서 어떻게 창문 크기에 대한 생각을 할 수 있을까? 저녁이 찾아왔으니 곧 밤이 될 것이다. 이 호러 여행의 세 번째 밤. 또 어떤 일이 일어날까? 이 밤이 우리 중 누군가에게는 마지막 밤이 되는 걸까?
 공포가 배고픈 하이에나처럼 그녀의 곁을 맴도는 것이 느껴졌다. 그리고 이런 상황에서 어떻게 잠시라도 눈을 붙일 수 있을지 궁금했다.

그녀의 옆에 앉아 있는 사람들 중 한 명이 정말로 그 정신병자라면 어떻게 되는 걸까?

아니, 그 문제에 대해서는 그냥 생각을 하지 말아야겠다. 거의 꺼져 버린 불씨에 장작 몇 개를 얹기 위해 그녀는 자리에서 일어나 벽난로 쪽으로 갔다.

"우리, 오늘 밤에 정신 똑바로 차려야 해요." 그녀가 말했다.

"저 위에 있는 사람들이 우리를 습격할 거라고 생각하는 겁니까?" 다비드가 물었다.

제니는 이 질문이 진지하게 묻는 것인지 빈정대는 것인지 판단하기 어려웠다.

"그냥 문에 바리케이드를 쌓아요."

"제 생각에는 우리가 항상 두 명씩 보초를 서는 게 제일 좋을 것 같아요." 제니가 말을 돌렸다.

"흠, 하지만 그건 어려워요. 우리는 다섯 명이잖아요."

"아니, 당신들은 네 명일 거요." 호르스트가 말했다.

"무슨 의미죠?" 산드라가 걱정스러워하며 물었다.

건물 관리인은 자신의 두 손을 쳐다보며 대답했다.

"여러분은 이해하지 못할 수도 있겠지만, 나는 티모가 나에게 등을 돌렸다는 것이 믿기지 않소. 우리가 지난 몇 년간 낮이고 밤이고 함께한 시간이 있는데. 그리고 그 시간 동안 그에게는 내가 전부였을 텐데. 만약 그를 진심으로 생각한다면… 나는 그의 결백을 믿는다는 것을 보여 줘야 하오. 이해하겠소? 내가 그를 신뢰한다는 것을 말이오. 그러니 나는 그를 찾으러 갈 거요."

"당신이 착각하는 거라면요?" 산드라가 물었다. "그가 정말로 토마스 씨와 안나 씨, 그리고 요한네스 씨한테 그런 짓을 한 사람이면 어떻게 할 거죠?"

"내가 틀리지 않았다고 확신한다오. 게다가 다른 이유도 있고. 혹시 마티아스 씨와 마주치게 된다면 그의 옆에 있고 싶소. 그때 티모가 무슨 짓을 할지는 모르겠지만, 어쨌든 내가 옆에 있는 게 나을 테니…. 그가 어리석은 행동을 하는 것을 막기 위해서요."

산드라가 고개를 저었다.

"말이 앞뒤가 안 맞는 거 아닌가요? 당신은 티모 씨가 그 누구에게 어떤 짓도 하지 않았다고 확신하면서, 그가 마티아스 씨한테 어리석은 행동을 하는 것을 막고 싶다고요?"

"당신이 말한 대로요. 그리고 앞뒤가 안 맞는 것도 아니고."

"우리는 이 정신병자에게 더 유리한 상황을 만들어 주는 겁니다." 다비드가 확신에 차 말했다. "만약 이 그룹이 더 나뉘면, 그건 좋지 않아요."

호르스트는 고개를 끄덕인 뒤 소파에서 일어났다.

"나도 알고 있소. 하지만 미안하네. 지금 가봐야 한다오."

그들은 그가 문에서 다시 한번 그들 쪽으로 몸을 돌리는 것을 지켜보았다.

"어쩌면 내가 티모와 함께 돌아올 수도 있소."

"네, 한번 보자고요." 다비드가 전혀 달갑지 않다는 듯이 대답했다.

그리고 호르스트가 문을 닫고 사라지자, 다비드가 입을 삐죽거리며 나지막하게 말했다. "이제 네 명 남았군."

산드라가 냉소적으로 날카롭게 웃었다. "이제 어쩌죠? 오늘 밤에 정말 두 명씩 교대로 보초를 설 건가요? 아무도 여기 들어오지 못하게 막고, 나머지 두 사람은 서로를 죽이지 않도록 감시하게요?"

제니는 지금까지 평정을 잘 유지하던 산드라의 신경이 극도로 날카로워진 것을 느꼈다.

니코가 어깨를 으쓱했다. "더 좋은 생각이 있으신가요?"

"네, 있어요. 저는 어젯밤처럼 제 방에서 문에 바리케이드를 칠 거예요. 그러면 아무도 감시할 필요 없죠. 적어도 사이코 살인마와 한방에 있지 않다는 건 확실하니까요. 만약 누군가 내 방에 들어오려 한다면, 그 사람은 온 건물 사람들이 다 들을 정도로 큰 소리를 내게 될 거예요."

니코의 눈이 커졌다. "그 말은, 당신은 정말로 우리들 중 하나가…."

산드라는 그녀답지 않게 날카롭게 그의 말을 끊었다. "그 정신병자 말고는 우리 중 누구도 그가 누구인지 모른다는 말이에요."

"그럼 이제 세 명만 남네요." 다비드가 손뼉을 쳤다. "여러분, 내 생각에는 산드라 씨 말이 맞아요. 우리가 여덟 명 혹은 아홉 명이었을 때는 함께 머무르면서 두 명씩 보초를 서는 게 의미가 있었을 겁니다. 그렇다면 서로를 통제할 수 있었겠죠. 그 또라이가 누구든 간에 그런 상황에서는 무슨 짓을 할 기회가 없었을 거예요. 하지만 지금은, 산드라 씨마저 떠나면 우리는 어떻게 해야 하죠? 두 명에서 자고 있는 사람을 감시할 건가요? 자, 니코 씨가 우리의 정신 나간 살인자라고 가정해 보죠."

니코가 흥분하기 전에 다비드가 손을 들어 올렸.

"그냥 가정입니다. 그러니까 니코 씨가 범인이라고 가정해 보죠. 니코 씨와 제니 씨가 보초를 서는 동안 내가 편안히 잘 수 있을 거라고 생각해요?" 그가 제니를 향해 말했다. "그가 이 게임을 계속 이어 가기로 결심한다면 당신은 그에 대항해서 할 수 있는 게 하나도 없어요. 그리고 솔직히 말해서 당신, 이렇게 셋이서 함께 밤을 보내고 싶어요? 우리 둘 중 하나가 범인일지도 모른다고 생각해도요?"

"우리가 서로 의심하면 더 나아질 게 없어요." 니코가 조용히 말했다.

"하지만 우리가 서로를 의심하지 않으면 부주의한 것뿐만 아니라 치명적인 실수가 될 수도 있어요."

"알겠죠? 그래서 저는 제 방에 가서 바리케이드를 치는 게 더 낫다고 생각해요."

다비드가 동의하며 고개를 끄덕이고서는 니코와 제니를 쳐다봤다. "나도 그렇게 할 거고 당신들도 그렇게 하기를 추천해요."

제니가 매트리스 쪽을 가리켰다. "그럼 안나는요?"

모두가 움직임이 없는 몸을 쳐다봤다.

"제가 그녀 곁에 있을 수 있어요." 니코가 제안했지만 제니는 고개를 저었다.

"아니요. 좀 더 생각해 볼래요. 우리 중에 누구라도 범인이 될 수 있다고 가정한다면 당신도 범인일 수 있어요. 안나는 내 직원이고 나는 그녀에 대한 책임이 있어요. 나는 그녀를 누구와도 단둘이 둘 수 없어요. 그러니까 내가 있을게요."

"그렇다면 우리 둘 다 있죠."

"아니요."

니코가 이마에 주름을 지었다. "그 얘기는 당신은 나를 믿지…."

"젠장!" 산드라가 갑자기 소리쳤다. "당신들, 이제 정말 그놈의 '너 설마 내가 그랬다고 믿는 거야?' 좀 그만할 수 없어요?"

그녀의 목소리가 흥분으로 떨렸다.

"우리 중 누구라도 살인자일 수 있다는 건 충분히 확인했잖아요! 누. 구. 라. 도. 요!" 그녀는 니코를 집요하게 쳐다봤다. "그러니까 제니 씨가 당신이 여기 있는 걸 원치 않는다면 나도 그걸 충분히 이해해요. 한 번 더 확실히 말하는데, 그래요, 나도 당신이 범인일 수 있다고 믿어요. 다른 누구와 마찬가지로요."

눈물이 그녀의 뺨을 타고 흐르면서 남긴 두 개의 얇고 불규칙적인 흔적이 천장 등의 불빛에 반짝였다.

"산드라 씨." 제니가 조심스럽게 불렀지만, 산드라는 고개를 저으며 손을 내저었다. 그러고는 얼굴을 손에 묻었다.

"미안해요. 더 이상은 못 하겠어요." 그 말이 먹먹하게 들렸다.

그러자 다비드가 산드라에게 다가가더니 소파 팔걸이에 앉아 한 손을 그녀의 어깨에 얹었다. 제니는 깜짝 놀라 그 모습을 멍하니 바라보았다.

"이거 봐요. 괜찮아요. 우리도 다 마찬가지예요. 다른 사람들은 다르게 표현하는 것뿐이에요. 그들은 곧 전투를 치르려고 할 텐데 그것보다는 차라리 한 번 우는 게 나아요."

평소에 다비드가 내뱉는 말에 비하면 상당히 다정한 말이었다.

산드라가 얼굴을 가리던 두 손을 천천히 내리고서는 한 손을 그녀의 어깨 위에 놓인 다비드의 손 위에 얹었다.

"친절하게 말해 줘서 고마워요."

그들은 그대로 몇 초간 가만히 앉아 있었다. 니코와 제니가 자신들을 보고 있다는 것을 산드라가 깨달을 때까지. 그녀는 재빨리 손을 뗐다.

"흩어지기 전에 우리 같이 뭐라도 먹는 게 어때요? 여러분은 어떤지 모르겠지만, 나는 배고파요."

제니 역시 그녀의 위가 분명한 신호를 보내오는 것을 느꼈다.

"그럼 우리 같이 부엌에 가서 뭐가 있나 찾아보죠."

"아무래도 마티아스 씨가 이미 부엌을 다 뒤진 것 같은데, 우리가 뭘 찾을 수 있다면요." 다시 진정을 찾은 듯 보이는 산드라가 말했다.

"회사에서 충분한 양의 식량을 여기로 보냈어요." 니코가 설명했다. "그가 다 가져가지는 않았을 겁니다."

"만약 그 정신병자가 먹을 거에 독을 탔다면요?" 산드라가 지적했다. "요한네스 씨의 위스키를 생각해 봐요."

다비드가 어깨를 으쓱했다. "흠, 그런 위험까지 감수하고 먹거나, 아니면 우리가 구조될 때까지는 먹는 걸 아예 포기해야겠죠."

"구조되기까지 상당한 시간이 걸릴 수도 있어요." 니코가 말했다. "그냥 가서 한번 확인해 보죠. 포장된 식료품들이 있어요. 그것들만 먹으면 돼요."

"저는 여기 안나 옆에 있을게요. 여러분이 뭘 좀 가져다줄 수 있잖아요."

"몇 분 정도는 그녀 혼자 있어도 되지 않을까요? 그녀는 어차피 우리 중에 누가…."

"아니요!" 제니가 니코의 말을 끊었다. "안나를 혼자 두지 않을 거예요."

안나의 얼굴은 창백했고 피부는 광대뼈 위로 팽팽하게 잡아당긴 얇은 종잇장 같았다. 머리가 한쪽으로 조금 기울어져 있어서 귀에서부터 목을 따라 흐른 피가 말라붙어 있는 게 보였다. 핏자국은 목의 상처를 감싼 붕대 아래로 사라졌다.

이 모습에 제니의 눈에 눈물이 차올랐다. 울지 않기 위해서는 상당한 노력이 필요했다.

그녀는 다시 니코 쪽으로 돌아섰다.

"바로 그게 내가 여기 안나 옆에서 밤을 보내려는 이유예요. 그녀를 혼자 뒀다가 범인이 돌아와서 자기 일을 마무리해도 당신은 상관없을지 모르지만요."

"하지만…."

"저는 다르게 보는데요." 다비드가 니코보다 먼저 끼어들었다. "내 생각에 당신은 니코 씨를 오해한 것 같아요. 왜냐면 그도 나와 같은 생각을 한 것 같거든요."

"그게 뭔데요?" 제니는 자신의 목소리가 공격적이라 느꼈지만 신경 쓰지 않았다.

"내 생각에 범인은 이미 자기 작품을 끝냈어요." 다비드의 시선이 안나의 움직임 없는 얼굴로 향했다. "이게 그가 하려던 일이라고 생각해요."

그에 제니는 더 이상 반응하지 않았다.

어쩌면… 다비드의 말이 맞았다.

다시 매트리스 옆에 무릎을 꿇고 앉은 제니는 그녀의 뒤로 사라지는 발소리를 들었다. 다른 사람들은 갔다.

그녀와 안나, 둘만 남았다.

제니는 조심스럽게 안나의 이마에 손을 얹었다. 몇 초간 손을 얹고 있다가 부드럽게 안나의 머리카락을 쓰다듬기 시작했다.

"네가 내 말 못 듣는 거 알아. 그래도 내가 널 혼자 두지 않을 거라는 걸 말해 주고 싶어. 내가 네 옆에서 널 지켜 줄게. 너에게 이런 일이 일어나다니 정말 끔찍할 뿐이야. 네 괴로움과 고통을 덜기 위해 뭐라도 할 수 있었으면 좋겠어."

그녀는 거듭 손을 올려 안나의 정수리부터 부드럽게 머리를 쓰다듬었다. 그리고 그녀가 막 손을 떼려고 했을 때 안나가 머리를 움직였다.

왼쪽, 오른쪽.

안나의 입에서 그르릉거리는 소리가 흘러나왔다. 그리고 그녀의 머리가 다시 움직였다.

위, 그리고 아래…. 왼쪽, 오른쪽…. 왼쪽, 오른쪽….

37

다시 느껴진다.

손. 제니의 손인가?

이런 질문을 해야만 한다니 얼마나 끔찍한가. 자신을 만지는 사람이 누군지 모른다는 것. 괴물일 수도 있다. 그 사이코 같은….

아니, 지금은 이 생각을 떨쳐 버려야 한다. 누군가가 자신의 곁에 있고 그 사람은 그룹 중 한 사람일 것이다. 그녀는 그저 자신의 메시지를 전달하는 데 집중해야만 한다. 이 '규칙'을 알아챌 수 있게.

그녀가 해내야만, 비록 가능성은 점점 희박해지고 있지만, 괴물을 잡아 모두를 구하고 병원으로 옮겨질 기회를 얻을 수 있다.

다시 그 장면이다.

그 장면이 계속해서 머릿속에 떠올랐다. 이상한 문….

손이 다시 그녀의 머리카락을 쓰다듬었다.

단지 그녀의 느낌일 뿐 어떠한 근거도 없지만, 그녀는 머리를 부드럽게 쓰다듬는 그 손이 제니의 것임을 확신했다.

그녀는 다시 시도해야만 한다. 그다음에 뒤따를 일이 미친 듯이 두렵지만, 그래도 해야만 한다. 바로 지금.

머리를 움직이면 귀와 목에서 동시에 시작된 고통이 그녀의 온몸을 관통했다. 아직 감각이 남아 있는 몸의 작은 부분들까지 모두 꿰뚫고 퍼져 나간 고통이 그녀의 이마 뒤에서 모여 폭발로 이어졌다. 그 고통에 그녀는 거의 정신을 잃을 뻔했다. 집중하는 것이 불가능했다.

내가 뭐… 뭘 하려고 했었지?

결국 이렇게 될 줄 알았으면서 왜 머리를 움직이려고 했지? 이 견디기 힘든 고통….

무엇 때문에 문이 이상하게 보이는 거야? 이 문이 뭔가 이상하다는 걸 알면서도 대체 왜 그게 뭔지를 모르는 걸까? 내게 마지막 결정적인 정보가 없기 때문에 이것으로 아무것도 할 수 없는데도 왜 자꾸 이 장면이 나타나는 걸까?

하지만 이 빌어먹을 문의 작은 부분까지 보이든 안 보이든 그게 무슨 상관이란 말인가. 그녀의 신호를 아무도 이해하지 못하는 한, 그녀가 작은 디테일까지 기억해 내도 아무 소용이 없는데.

손이 그녀를 쓰다듬는 것을 멈췄을 때 그녀는 다시 손을 인식했다. 손… 제니의 손… 메시지….

온 힘을 다해 그녀는 이를 꽉 물고 다시 머리를 움직였다. 이번에는 고통을 참아 내는 데 성공했다.

어디까지 했지? 머리를 움직여서 코드의 어떤 부분까지 이미 표현한 거지?

겨우 첫 부분만 한 것 같다. 그러니 거기서부터 다시 시작해야 한다. 턱을 위로, 아래로. 왼쪽, 오른쪽, 다시 위, 그리고 아래로….

손이 사라졌다.

안 돼!

그녀는 소리치고 싶었다.

그대로 있어! 제발 알아채라고, 내가 하고 싶은 말이 뭔지. 기억해 봐. 너는 이걸 이해해야만 해. 부탁이야… 그대로 있어….

하지만 손은 사라졌고, 또다시 다가오지 않았다.

안나는 그녀의 안에서 무너져 내렸다. 그 모든 고통이 아무 소

용도 없이.

그들은 이해하지 못한다. 희망이 없다.

그녀의 가장 간절한 소망이 뭐였더라? 이제는 모르겠다.

하지만 그녀는 지금 그녀가 바라는 것이 무엇인지는 알고 있었다. 더 이상은 고통을 참고 싶지 않다. 더는 견디고 싶지 않다.

죽고 싶다.

38

제니는 일어서서 벽난로 바로 앞에 있는 소파로 갔다. 그리고 편안한 자세로 소파에 기댄 후 활활 타오르는 불길을 바라보았다.

그녀의 마음속은 마치 당장이라도 무언가 끔찍한 일이 일어날 수 있는 지하실처럼 느껴졌다. 그녀의 모든 에너지를 빼앗아 가는 블랙홀. 그녀는 너무나도 비현실적이고 기이한 상황에 처해 있었다. 잠에서 깨어나 모든 일이 끔찍한 악몽이었음을 확인하고 안도하기를 바랄 뿐. 하지만 그녀는 이 모든 것이 현실임을 알고 있었다.

그녀는 잠깐 모습을 드러낸 티모에 대해 곰곰이 생각했다. 누가 그를 냉장실에서 풀어 줬는지, 아무도 그에게 물어보지 않았다. 혹시 마티아스가 풀어 준 걸까? 하지만 그가 왜 그랬겠는가? 그리고 티모는 왜 자신들에게 마티아스가 플로리안을 찾아왔고, 플로리안이 그를 따라갔다고 말해 준 걸까? 그가 그걸로 얻는 것이 뭘까?

그리고 마지막으로 가장 중요한 질문. 누가 이런 끔찍한 짓을 저지른 걸까? 안나를 고문하고 토마스와 요한네스를 죽인 사람은 누굴까? 동일인이기는 할까? 어쨌든 요한네스는 독살된 것 같고, 다른 두 사람은….

그녀가 질문에 대한 답을 찾기 전에 다른 사람들이 돌아왔다. 니코는 온갖 종류의 통조림과 포장 제품으로 채워진 빨간 플라스틱 상자를 앞에 들고 있었다.

"이거면 이틀은 충분할 거예요." 그는 설명하며 상자를 음료 테이블 옆의 바닥에 내려놓았다. "모두 데우지 않고 먹을 수 있는 식료품들이에요."

그의 시선이 술병들로 향했다. "내 생각에 이건 손대지 않는 게 좋을 것 같아요. 누가 알아요? 또 뭐에 독이 들었을지."

"글쎄요, 적어도 보드카는 괜찮은 것 같은데요." 다비드가 당당하게 말하면서 병을 집었다. "그렇지 않다면 우리 둘은 지금 이미 저 밖 눈 속에, 요한네스 씨 옆에 누워 있었을 거예요."

니코는 그 투명한 액체를 품평하듯 자세히 관찰했다.

"우리가 마셨을 때는 괜찮았어요. 그건 우리가 이 방을 떠나기 전이었죠. 누가 알아요, 지금도 여전히 괜찮은지?"

"그게 무슨 뜻이죠?" 제니가 그에게 공격적으로 소리쳤다. "당신들이 부엌으로 간 틈을 타서 *내*가 보드카에 독을 넣기라도 했다는 건가요?"

니코가 고개를 흔들었다. "아니, 저는…."

"아니, 당신이 뭐요?" 제니는 그녀의 목소리가 커진 것을 신경 쓰지 않았다. 이런 파렴치한 추측에는 대항해야만 했다.

"그런 짓을 할 수 있는 건 나뿐이었잖아요. 그렇지 않아요? 이 병들과 여기 있던 건 나뿐이니까요. 그러니까 *나밖에*…."

"좀 이성적으로 생각해요." 다비드가 말했다. "우리 모두가 요한네스 씨를 밖에 묻기 위해서 이 방을 나갔던 걸 벌써 잊은 거예요? 당신도요!"

맞는 말이었다. 거의. "플로리안을 제외하고는요." 제니가 이제 확연히 작아진 소리로 말했다.

다비드가 고개를 끄덕였다. "그래요. 플로리안 씨 역시 가능해요. 그와는 완전히 별개로 우리 중 누군가가 아무도 보지 않는 순간에 무언가를 병에 넣을 기회가 있었을 수도 있고요. 그러니까 당신이 그렇게 화낼 이유 없어요. 니코 씨는 당신을 의심한 게 아니라 단지 논리적으로 생각한 걸 얘기했을 뿐이에요."

그는 여전히 손에 들고 있던 병을 유심히 보다가 다시 탁자 위에 올려 두었다. "어쨌든 이 병들 중에는 어느 것도 마시고 싶지 않네요."

자리에 앉은 니코는 제니와 눈이 마주치는 것을 피했다.

제니는 니코를 공격한 것에 대한 부끄러움을 찾아보려 그녀의 마음속에 귀 기울여 보았지만, 그의 노골적인 비난에 대한 분노만 남아 있음을 발견할 뿐이었다.

"여기." 다비드가 제니에게 번들거리는 소시지 두 개가 놓인 냅킨을 건넸다. "병에서 막 꺼낸 신선한 거예요. 호화로운 식사도 아니고 먹는 즐거움을 느낄 만한 음식도 아니지만, 병은 밀봉되어 있었고 데우지 않고도 먹을 수 있어요."

제니는 냅킨과 소시지를 건네받은 뒤 그에게 감사의 표시로 고개를 끄덕였다. 그러자 다비드는 다시 상자로 돌아가서 몇 초 뒤 같은 것을 들고 산드라의 옆에 섰다.

하지만 그녀는 망설였다. "당신이 지금 무언가를 음식 안에 넣지 않았다고 누가 장담하죠?"

다비드가 무심하게 어깨를 으쓱했다. "아무도 장담하지 않죠."

산드라가 그를 믿어도 되는지 아닌지 판단하는 동안 그들은 서로의 눈을 쳐다봤다. 그리고 결국 배고픔이 이겼는지 그녀는 소시지가 든 냅킨을 받아 들었다.

다비드가 다시 빨간색 박스로 돌아가려 하자, 니코가 소파에서 일어나 상자로 다가간 뒤 유리병에 남아 있던 소시지를 꺼냈다.

다비드는 니코가 그 자리에 선 채로 소시지 하나를 두 입 만에 삼키는 것을 말없이 지켜보았다.

그사이에 방의 채광창으로 어둠이 밀려들었다. 여전히 눈이 오고 있는지는 알 수 없었다.

"산드라 씨, 말해 봐요." 다비드가 손에 소시지 하나를 들고 말했다. "당신은 방에서 자고 싶다고 했었죠. 그러면 보안관 마티아스와 그의 패거리 바로 옆에 있어야 한다는 건 생각해 봤어요?"

"네, 생각해 봤어요. 그래서 당신들이 이따 저를 방까지 데려다준다면 정말 고맙겠어요."

"흠, 그러니까 당신은 우리 중 하나가 그 정신병자일까 봐 무서워서 우리와 함께하고 싶지 않은 거군요. 하지만 동시에 그 잠재적인 정신병자가 다른 잠재적인 정신병자들로부터 당신을 보호하도록 당신 방까지 동행해 주기를 원하고요. 맞나요?"

니코가 비꼬듯이 물었다.

"아니요, 당신이 방금 말한 이유 때문만은 아니에요." 산드라가 변명했다. "나는 그저 그룹 중 누군가와 단둘이 남는 것을 피하고 싶을 뿐이에요. 그건 우리 모두가 피해야 할 일이고요. 누구든 범인일 수 있으니까요. 그러니 제발 하지도 않은 말이나 그런 의도가 아닌 말을 지적하는 건 멈춰 줘요. 그게 서로에게 더 도움이 될 거예요. 그렇지 않아요?"

모두가 점점 자제력을 잃고 있다, 제니는 깨달았다.

하지만 과연 이게 놀랄 일일까?

그녀는 마지막 남은 소시지 조각을 입에 넣은 후 일어나서 방 안을 서성거리기 시작했다. 그러는 동안 그녀의 시선은 다시 채광창으로 향했다.

"니코 씨, 당신 생각에는 눈이 멈추고 누군가가 우리를 찾아야겠다고 생각하기까지 시간이 얼마나 걸릴 것 같아요?"

니코가 어깨를 으쓱했다. "모르죠."

그는 여전히 조금 상처받은 것 같았다. 그것은 제니가 지난 며칠간 그에 대해 느꼈던 것과는 전혀 다른 모습이었다.

"우리에게 아무 문제 없는지 물어보려고 산악구조대가 이미 무전으로 통신을 시도했을 수도 있어요. 이대로 아무런 대답이 없으면 날씨가 허락하는 대로 바로 출발하겠죠."

"그래서 그게 언제죠?"

이번에는 그녀를 똑바로 쳐다봤다. "내가 그걸 어떻게 알아요?"

"당신 같은 산악가이드들은 경험이 있을 거라 생각했어요."

니코가 냉소적으로 웃었다.

"경험이라, 내 경험에 따르면 우리가 여기서 겪고 있는 이 모든 일이 절대 일어나서는 안 될 일이라는 거네요. 강한 폭설은 그렇다 쳐도, 이런 일이라니요?"

다비드가 입을 비죽거렸다. "그러니까 우리는 핸드폰을 두고 온 게 어리석은 행동이었다는 걸 확인했네요. 두 번 다시는 이럴 일 없을 거예요. 디지털 디톡스. 그래요. 인터넷도 없고, 전화도 안 되고, 아무것도 안 되고, 다 좋다고요. 하지만 휴대폰을 꺼 두고 사용을 금지하는 것만으로도 충분했을 겁니다. 그 정도 신뢰는 있어야죠. 결국 나는 성인이고 이 모든 것에 자발적으로 참여하는 거니까요."

"맞아요." 니코가 대꾸했다. "서로 얼마나 신뢰할 수 있는지는 토마스 씨가 몰래 가지고 온 핸드폰을 보고 확인했죠. 그렇죠?" 그가 도발적으로 다비드를 쳐다봤다. "그래서 그게 무슨 소용이 있었나요? 아무것도요. 어차피 여기서는 수 킬로미터 떨어진 곳까지 통신망이 없으니까요. 우리 모두 휴대폰을 가지고 있었다

해도 상황은 달라지지 않았을 겁니다."

다비드가 손을 내저었다.

"어쨌든 간에 한 가지는 확실하게 알았어요. 우리가 여기서 나가게 되면 나는 앞으로 내 스마트폰 없이는 단 한 발짝도 움직이지 않을 거예요."

그때, 입구 쪽에서 들리는 쿵쿵거리는 소리가 모두의 관심을 돌렸다. 다음 순간, 호르스트가 문 앞에 나타났다.

"무슨 일이죠?" 제니가 물었다.

"내가, 내가 티모와 얘기를 했소."

"그는 어디 있죠?" 니코가 물었다.

"나도 모르오, 그가 지금 어디 숨었는지. 뒤쪽 빈 건물의 지하 어딘가에 있을 거요. 내가 그를 찾아다니는 소리를 들은 것 같소. 갑자기 한 복도에서 내 앞에 나타나더군. 그는…."

호르스트는 눈을 문지르더니 머리를 흔들었다.

"그는 손에 식칼을 들고 있었소. 그래서 더 이상 그에게 가까이 다가갈 수 없었지. 그가 나에게 떠나라고 했다오. 그러지 않으면 아무것도 장담할 수 없다고. 그가 나를 칼로 위협했소. 나를요!"

"끔찍한데요." 다비드가 말했다. "아무것도 장담할 수 없다는 건 무슨 뜻이죠?"

호르스트는 가장 가까운 소파로 가서 털썩 앉았다.

"그건 나도 잘 모르오. 하지만 티모의 눈에서 내가 모르는 무언가를 봤소. 확고한 결심 같은 거 말이요. 저 위의 멍청한 놈이 티모가 그 정신병자라는 헛소리를 하고 그를 가둔 게 트라우마를 제대로 자극해서, 티모는 지금 제정신이 아닌 것 같소."

"그래서 지금은 어떻게 생각하죠?" 니코가 확인하듯이 물었다. "이제는 그가 범인일 수도 있다고 생각하나요?"

호르스트는 잠시 니코를 쳐다보다가 조용히 대답했다. "그건 아니오. 여전히 그렇게 생각하지 않소."

하지만 제니는 그의 믿음이 다소 줄었음을 느꼈다.

"하지만 티모의 저런 모습을 본 적이 없어서, 나도 그가 마티아스 씨를 만나게 되면 무슨 일이 일어날지는 모르겠소."

"당신, 굉장히 피곤해 보여요." 산드라가 말하며 방 뒤쪽을 가리켰다. 플로리안이 붙여 놓은 소파들이 여전히 그대로 남아 있었다. "잠시 누워 있는 게 어때요?"

건물 관리인은 고개를 저었다. "아니오. 나는 괜찮소."

하지만 산드라는 일어나서 그녀의 소파에 있던 쿠션을 들고 플로리안의 보금자리로 갔다.

"그러지 말고 이리 와요. 이편이 당신에게도 좋을 거예요, 당신은⋯."

그녀가 갑자기 입을 다물고 소파를 빤히 응시했다.

"뭐죠?" 제니가 불안해하며 물었다.

몇 걸음만에 그녀의 옆에 다가간 다비드도 같은 곳을 보고서는 말했다. "맙소사!"

"뭔데 그래요? 말해 봐요." 이유는 모르겠지만 제니는 일어나서 제 눈으로 확인하고 싶지 않았다.

"소파 틈 사이에 칼이 꽂혀 있어요." 산드라가 시선을 고정한 채 말했다. "제 생각에는 플로리안 씨의 칼인 것 같아요."

"그렇다면 칼을 되찾아 왔고, 마티아스 씨를 따라갈 때 잊어버리고 여기 두고 간 거네요." 다비드가 추측했다.

"눈에 띄는 건, 칼에 핏자국이 없다는 건데."

"뭐라고요?" 니코가 일어섰다. "확실해요?"

"냅킨 좀 줘 봐요." 다비드가 식료품 상자를 가리키며 부탁하자, 니코가 상자에서 종이 냅킨을 꺼내 다비드에게 가져다주었다. 다비드는 냅킨으로 조심스럽게 칼을 잡고 자세히 관찰했다.

"완전히 깨끗해요. 내가 보기엔 누군가가 꼼꼼하게 닦았거나, 물로 씻었어요." 그의 시선이 제니를 향했다.

"맙소사, 이제 경찰이 퍽이나 칼에 묻은 증거를 찾을 수 있겠군요."

"하지만…." 제니가 무슨 말을 해야 할지도 모른 채 입을 열었다. 인정하고 싶지 않지만 상황은 이제 그녀의 한계를 넘어서고 있었다.

"여러분은 어떻게 생각할지 모르겠소만." 호르스트가 말했다. "내 생각에, 가능한 경우는 많지 않소. 가장 논리적으로 보이는 상황은 플로리안 씨가 피를 닦아 낸 거요. 그는 칼에서 자기 지문 외의 다른 건 찾을 수 없다는 사실을 알고 있었을 테니 말이오. 그 칼을 사용한 게 그뿐이라는 사실이 확실해지겠지."

"아니면 마티아스 씨가 그 칼을 가져가서 깨끗하게 닦은 다음, 여기 왔을 때 몰래 두고 갔든지요." 다비드가 덧붙였다.

"음, 저는 잘 모르겠는데…." 니코가 알 수 없다는 듯이 고개를 갸웃거렸다. "그가 왜 그런 짓을 하겠어요?"

"흠, 그가 왜 그래야만 했을까요?" 다비드가 반복했다.

"적어도 그 경우는 플로리안이 왜 칼을 가지고 가지 않았는지 설명해 줄 수 있어요." 제니가 그 생각에 동의하며 말했다. 그녀는 플로리안의 혐의를 벗겨 줄 논리적인 근거를 찾은 것에 기뻐했다.

산드라가 고개를 끄덕였다. "맞아요. 플로리안 씨가 여기 뒀을

리는 없어요. 그는 칼에 대해 아무것도 몰랐을 테니까요. 말이 안 되잖아요. 자기 칼을 몰래 가져와서 닦은 다음에 여기를 떠날 때 소파에 잊어버리고 두고 갔다고요? 그게 가능하다고 생각해요?"

"마티아스 씨가 이 일의 배후에 있다는 것을 말해 주는 또 다른 사실이 있어요." 다비드가 다시 자신의 생각을 말했다. "그게 플로리안 씨의 칼이라는 사실을 알게 되자마자 그는 빠르게 티모 씨가 아닌 플로리안 씨를 범인으로 확신했어요."

"네, 그래서요? 우리가 요한네스 씨를 밖으로 옮길 때는 또다시 티모 씨를 비난했어요. 그는 제정신이 아니라고요. 그건 확실해요." 니코가 어깨를 으쓱했다. "당신이 마지막으로 한 말에는 완전히 동의해요. 하지만 그것과 별개로, 마티아스 씨는 저 밖 로비에서 다시 티모 씨를 의심했어요. 방 안에 있던 플로리안 씨까지 다 들을 정도의 큰 소리로 말이에요. 만약 그게 플로리안 씨의 신뢰를 얻고 그에게 칼을 밀어 넣을 기회를 얻기 위한 속임수였다면요?"

그 생각은 제니의 이마에 식은땀이 나게 했다.

"그 말이 맞다면." 그녀가 조용히 말했다. "마티아스 씨와 함께 있는 플로리안은 지금 대단히 위험한 상황이에요."

39

"이제 어떻게 하죠?"

산드라가 칼에서 눈을 떼지 않은 채 물었다.

다비드는 어깨를 으쓱하더니 작은 탁자에 칼을 내려놓고 그 옆의 소파에 앉았다.

"안타깝지만 내 생각에 우리가 할 수 있는 건 거의 없어요. 어쨌든 우리가 잠시 방을 비웠을 때 안나 씨를 여기 혼자 눕혀 두고 마티아스 씨와 사라진 건 플로리안 씨의 결정이니까요."

"문제는, 그가 정말 자발적으로 그랬냐는 거예요." 산드라가 생각에 잠겨 말했다.

"플로리안 씨가 자발적으로 함께 가는 걸 티모 씨가 봤다잖아요." 니코가 지적했다. 그러자 산드라가 콧방귀를 뀌었다.

"그건 티모 씨가 하는 말이고요!"

"나는 그의 말을 믿네." 호르스트가 끼어들었다. "티모가 왜 우리에게 거짓말을 하겠소?"

산드라가 두 손을 들어 올렸다.

"그를 의심하는 건 아니에요. 당신이 그를 좋게 생각하는 것도 알고 있고요. 하지만 플로리안 씨에게 의심을 돌리고 싶어서 그랬을 수도 있어요."

그러고서 그녀는 안나에게 다가가 몸을 굽힌 뒤 뺨과 이마에 손을 댔다. 몇 초 뒤, 그녀는 다시 일어섰다.

"아직도 열은 없어요. 다행이네요."

"맞아요." 다비드가 암울하게 한숨을 쉬며 말했다. "그 정신병자가 토마스 씨로 실험하면서 자기 방법을 더 발전시켰어요. 안나 씨는 살 수 있을 것 같아 보이는군요. 문제는 그녀가 저런 상황에서 정말 그것을 바랄지…."

"무슨 소리를 하는 거예요?" 제니가 할 말을 잃고 그를 쳐다봤다. "뭐든지 죽는 것보다는 나아요."

"확신해요?" 다비드가 눈썹을 추켜세웠다.

"네, 아주 확신해요." 하지만 동시에 그녀는 자신이 정말로 그렇게 믿는지 스스로에게 물었다. 그녀라면 제정신을 잃지 않고 그런 삶을 견딜 수 있을까?

"정말로 오늘 밤에 여기 안나 씨 옆에 있고 싶어요?" 산드라가 물었다.

"네." 제니가 확신에 차서 대답했다. "어느 누구도 그녀와 여기에 단둘만 남겨 두고 싶지 않아요."

그러면서 제니는 다비드를 비난하는 눈으로 쳐다봤다.

"내가 당신과 함께 그녀 곁을 지킬 수 있소."

호르스트가 제안했다. 하지만 제니는 고개를 저었다.

"오해하지 말아요. 하지만 저는 혼자 있고 싶어요."

그녀는 직감적으로 호르스트를 믿고 있었지만, 그래도 확신할 수는 없었다. 그의 친구 티모를 맹렬히 변호하던 모습…. 누군가가 범인 한 명이 혼자서 토마스를 옮기기에는 토마스가 너무 무겁다고 지적하지 않았던가.

아니야! 그녀는 이 생각을 떨쳐 버리려고 애쓰며 다시 산드라 쪽을 향했다.

"다른 방법이 있다면, 안나를 위층 제 침대로 옮기고 내일 아침에 다시 아래로 데리고 내려오는 거예요. 하지만 그건 너무 번거롭고 분명 안나에게 고통을 줄 거예요. 저는 여기에 그녀와 함께 있을게요." 그녀의 시선이 플로리안의 칼로 향했다. "만약 여러분이 저를 위해서 저 칼을 저기에 둔다면…."

"나는 당신이 칼을 가지고 있어도 상관없어요." 다비드가 결정했다. "하지만 내일에 대한 건, 오늘 밤에 무슨 일이 일어나는지 일단 지켜보고 결정하자고요."

"당신은 정말 사람에게 용기를 주는 법을 제대로 알고 있군요." 산드라가 고개를 저으며 말했다.

"나는 그저 지난 이틀간의 경험을 통해, 정확하게 말하면 우리가 항상 아침에야 알게된 결과만 가지고 얘기하는 겁니다."

"그래도 이제는 우리가 뭘 조심해야 하는지 안다는 차이가 있죠." 니코가 대꾸했다. "우리는 이제 미리 대비할 수 있어요."

"어젯밤에도 그렇게 생각했지. 토마스 씨에게 그런 일이 일어나고 나서."

"어쩌면 내일은 누가 우리를 구하러 오지 않을까요?" 산드라가 기대에 차서 말했다. "그럼 이 무시무시한 일도 끝나겠죠."

"그래요. 누가 알겠어요." 다비드의 말투에서 구조 가능성에 대해 그가 실제로는 어떻게 생각하는지 명확하게 느낄 수 있었다. 하지만 제니는 이에 대한 생각을 더 이어 갈 수 없었다. 갑자기 호텔 안에 비명이 울려 퍼졌고, 이어서 쿵쾅거리는 소리가 크게 들렸기 때문이다. 어딘가 가까운 곳이었다. 아마도 로비인 것 같았다.

제니는 깜짝 놀라 문 쪽을 돌아봤고, 산드라는 공포에 질려 눈을 크게 떴다.

"이게 대체 무슨…." 다비드가 소리치며 자리에서 벌떡 일어났다.

니코도 자리에서 일어났다. "누구 목소리였죠?"

"그걸 내가 어떻게 알아요?" 다비드가 신경질적으로 대꾸했다.

모두가 긴장한 채 입구 쪽을 응시하며 비명이 계속 들리는지 확인하기 위해 귀를 기울였다. 하지만 더 이상 아무 소리도 들을 수 없었다.

"확인해 봐야 해요." 제니가 잠시 후 말했다.

산드라가 그녀 쪽으로 몸을 돌렸다. 산드라의 얼굴은 공포로 가득 차 있었다.

"별로 좋은 생각 같지 않아요."

"나도 마찬가지예요. 하지만 누가 다쳐서 도움이 필요한 거면…."

"그게 함정이라면요?" 니코가 지적했다.

다비드가 고개를 저었다.

"누가 만든 함정이라는 겁니까? 마티아스 씨요? 티모 씨? 아니면 엘렌 씨? 제니 씨 말이 맞아요. 확인해 봐야만 해요. 어쨌든 우리는 다섯 명이잖아요."

그는 처음에 니코를, 그다음에는 호르스트를 번갈아 쳐다봤다.

"자, 가자고요. 우리 셋이 가서 확인해 봐요. 제니 씨와 산드라 씨는 여기 안나 씨 옆에 있어요."

"그렇다면 문을 잠가요." 산드라가 대답했다. 다비드가 놀라 그녀를 쳐다봤다.

"니코 씨 말이 맞아요. 만약 함정이면 어떡해요? 예를 들어 우리를 떨어뜨려 놓기 위한 거면요?"

"아 네, 그렇군요!" 산드라가 자신의 말에 동의한 것이었지만 니코는 거칠게 대꾸했다. 그는 평정심을 유지하기 위해 상당히 애쓰고 있는 것 같아 보였다.

"그럼, 젠장. 문 잠가요. 이제 그만 확인해 보러 가도 되죠?"

다비드가 고개를 끄덕인 뒤 탁자로 가서 플로리안의 칼을 집었다.

"지문…." 호르스트가 지적하려 했지만, 다비드가 손을 내저었다.

"어차피 다 지워졌어요."

그는 지체 없이 문을 벌컥 열고 나간 뒤 심호흡을 몇 번 했다. 그리고 잠시 서서 로비를 둘러보았다. 다비드의 뒤로 보이는 호텔 입구에는 조명만이 희미하게 켜져 있었다.

"아무도 없어요."

다비드가 뒤를 돌아보지 않은 채 조용히 말했다.

"한번 확인해 보자고요."

하지만 첫걸음을 떼기도 전에 갑자기 그림자 하나가 그의 앞에 나타나 몸을 부딪혔다. 만약 호르스트와 니코가 다비드의 뒤에 서서 지탱하지 않았더라면 그는 분명 넘어졌을 것이다.

제니는 산드라가 그녀와 거의 동시에 비명을 지르는 것을 들었다. 하지만 곧바로 그녀 앞에 벌어진 혼란을 머릿속으로 정리하려 애썼다.

갑자기 나타나 다비드에게 부딪힌 그림자는 플로리안이었다. 그는 여전히 다비드의 팔에 매달려 있었는데, 이마의 상처에서 다량의 피가 흐르고 있었다.

"세상에!"

소리를 지르며 그에게 가려는 제니를 호르스트가 붙잡았다.

"다들 뒤로 물러서고 문 닫게."

그는 평소와 달리 날카로운 목소리로 명령했다. 그러고는 바로 다비드와 플로리안을 옆으로 밀어내고 스스로 문을 닫았다. 빠른 움직임으로 열쇠를 돌린 후에야 그도 겨우 진정하는 듯했다.

그사이에 다비드와 니코는 여전히 붙여 놓은 소파로 플로리안을 데려가서 그가 그 위에 눕는 것을 도왔다.

"젠장, 대체 무슨 일이 일어난 거야!" 피가 잔뜩 흐르는 플로리안의 이마를 쳐다보며 다비드가 소리쳤다.

"냅킨 좀 줘요."

"마티아스요." 플로리안이 헐떡거렸다. "그가 나를 속였어요. 그와 아니카는 내가 토마스와 안나에게 그런 짓을 했다고 확신하고 있어요. 그 미친…."

제니는 다비드의 옆에서 상처 부위가 얼마나 큰지 확인하고 냅킨으로 피를 닦기 위해 몸을 조금 앞으로 구부렸다. 매우 조심스럽게 했음에도 불구하고 플로리안은 고통스러워하며 얼굴을 찡그리고 한숨을 내쉬었다.

"이 상처는 어떻게 생긴 거야? 그 쿵쾅거리는 소리는 뭐였고?"

"아니카가 나를 칼로 위협하는 동안 마티아스가 나를 묶으려고 했어. 겨우 뿌리치고 방에서 도망쳤는데 계단 바로 앞에서 마티아스가 내 팔을 잡았고, 그 개새끼가 정말로 나를 칼로 찔렀어. 나는 발을 헛디뎌서 계단 아래로 떨어졌고."

제니는 플로리안의 팔 아래쪽에서도 피가 나는 것을 발견했다. 하지만 상처는 그다지 깊지 않은 것처럼 보였다.

"세상에!" 산드라가 믿을 수 없다는 듯 고개를 흔들었다.

"이제 우리 중 과연 누가 얼마나 정상인지 물어봐야 할 판이군."

"우리가 미친 상황에 처해 있잖아요." 니코가 말했다.

"이런 상황에서 누군가 미쳐 버리는 것도 놀랄 일은 아니죠."

"그 정신 나간 개자식을 감싸는 겁니까?" 플로리안이 날카롭게 대꾸했다. "미친 상황이라서? 제정신이에요? 그러면 한번 올라가서 그 개자식한테 가 보시죠. 그리고 고기 써는 칼로 목에 위협당하면서 그가 형사처럼 당신을 취조하도록 해 봐요! 완전 돌았다고요. 둘 다."

피를 닦아 낸 제니는 상처가 왼쪽 눈썹 살짝 위부터 머리카락이 시작하는 부분까지 약 5센티미터 정도 크기라는 것을 확인했다. 상처 부위는 이마뼈가 보일 정도로 크게 벌어져 있었다. 어떻게든 봉합해야만 했다.

"엘렌 씨는요?" 산드라가 플로리안의 팔 아래쪽에 난 상처의 피를 닦으며 물었다.

플로리안은 대답하기 전에 몇 차례 숨을 깊게 들이쉬었다.

"그녀는 제가 그들을 따라가기 조금 전에 이미 사라지고 없었어요. 아마 그 두 사람이 완전 돌았다는 것을 알아챘겠죠. 갑자기 사라졌어요. 어디로 간지는 몰라요."

"우리 모두 점점 뿔뿔이 흩어지고 있군." 호르스트가 차분한 목소리로 말했다.

제니는 냅킨을 술에 적셔서 상처를 소독할까 잠시 고민했으나 요한네스의 위스키 안에 들어 있던 독이 생각나 그만두었다.

"도대체 왜 같이 간 거야?"

"그들이 말하길, 당신들이 요한네스 씨를 밖으로 옮길 때 하는 말을 엿들었다고 했어. 나를 냉장실에 가둘 거라고 했다며."

제니는 고개를 흔들며 그의 이마 위로 흐르는 피를 닦았다.

"그러려고 했어?" 플로리안이 물었다.

"당연히 아니지. 그 말을 정말로 믿었어?"

플로리안이 그녀를 쳐다봤다.

"응, 이제는 누구든 무슨 짓이라도 할 수 있다고 생각해서."

"그래 놓고 당신은 다른 누가 당신을 의심한다는 것에 놀라는 겁니까?" 다비드는 등을 돌렸지만 계속해서 말을 이었다. "혹시 당신 칼이 어디 있는지 알아요?"

"아니, 저 위에 있는 개새끼도 그걸 알고 싶어 했죠. 고기 써는 칼을 내 목에 대고 그 칼이 어디 있는지, 누가 가지고 갔는지 얘기하지 않으면 찌르겠다고 협박하더군요."

"흠." 다비드가 고개를 갸웃거렸다. "그거참 이상하네."

"왜죠?"

"왜냐면 우리는 마티아스 씨가 그 칼을 네 자리에 갖다 놨다고 생각했거든. 사람들이 너를 더 의심하도록 만들려고 말이야." 제니가 설명했다.

플로리안이 이해하지 못한 채 그녀를 쳐다봤다.

"무슨 말이야, 내 자리라니? 그리고 나를 더 의심하게 만들려고 했다는 건 대체 무슨 소리지?"

"여기!" 다비드가 플로리안에게 칼을 가리켜 보였다.

"저게 여기 놓여 있었다고. 당신이 지금 앉아 있는 곳, 그리고 마티아스가 여기 나타났을 때 앉아 있던 곳에. 그리고 당신을 더 의심하게 만들려고 했다는 건, 당신이 범인이라고 믿게 만들었다는 뜻이지."

"그럼 당신은 나한테 칼이 어디 있는지 아냐고 왜 물은 거지?" 플로리안이 그에게 소리쳤다.

"당신이 어떻게 반응하는지 보려고?"

"그래서 이제 뭘 좀 더 알아냈나?"

다비드가 입을 비죽거렸다.

"그런 것 같아. 다만 내가 지금 생각하고 있는 게 내 마음에 들지는 않지만 말이야."

"똑똑하신 분께서는 어떻게 생각하시는데요?" 니코가 대화에 끼어들었다.

"집으로 돌아오신 여기 우리 탕아 씨가 하는 말이 맞다면, 내 생각에는, 보안관 마티아스 씨가 칼을 닦아서 여기 가져다 놨을 가능성은 낮아요. 그가 그랬다면 플로리안 씨를 위협하면서 칼에 대해 물을 이유가 전혀 없죠. 어차피 플로리안 씨가 자신과 함께 있는데 다른 사람들을 속일 필요도 없고요. 그럼 이걸로 아니카 씨도 자동으로 제외되는군요. 게다가 앞서 말했다시피 우리의 탕아 씨도 하지 않았다고 가정한다면…."

"이봐! 까먹었나 본데, 나 여기 있다고!" 플로리안이 흥분하여 끼어들자, 다비드가 그를 찬찬히 평가하듯 쳐다봤다.

"응, 지금은 그렇지. 하지만 누가 알아. 당신이 몇 분 뒤에는 무슨 짓을 할지. 내 말 좀 끝내도 될까? 그 칼을 거기에 둔 게 당신이 아니라고 가정한다면, 마티아스, 아니카, 그리고 당신은 용의선상에서 벗어나는 거지. 게다가 아무도 없던 잠깐 사이에 엘렌 씨나 티모 씨가 몰래 여기에 들어와 칼을 두고 갔을 가능성도 매우 낮다는 것을 생각하면…. 자, 그렇다면 결론은 하나밖에 없는

데 그게 내 마음에 전혀 안 든다는 말이지."

그는 말을 잇기 전에 모두를 한 명씩 천천히 둘러봤다.

"왜냐면, 그럼 범인은 우리 중 하나거든."

40

"말도 안 돼!"

산드라는 플로리안의 팔을 놓고 자리에서 일어나 뒷걸음질 치더니 가슴에 팔짱을 끼었다.

"그럴 수는, 그게…."

그리고 등을 돌린 뒤 고개를 숙였다. 그녀의 어깨가 떨렸다.

그녀가 조용히 흐느껴 우는 동안 모두가 침묵했다. 몇 초 뒤, 그녀는 큰 소리로 콧물을 들이마시더니 두 손으로 눈과 뺨을 닦고 다시 그들 쪽으로 몸을 돌렸다.

"미안해요. 하지만 나는 그저 오늘 밤이 무서워요."

"미안해할 필요 없어요." 제니가 말했다. "우리 모두 신경이 곤두서 있고, 당신은 지금까지 정말 용감하게 행동했어요. 그리고 혹시 도움이 될까 모르겠지만, 저도 오늘 밤이 무서워요. 미친 듯이 무서워요."

"두려운 건 우리 모두 마찬가지입니다." 다비드도 동의했다. "하지만 저는 여전히 우리가 오늘 밤에 각자 바리케이드를 치기로 한 결정이 맞다고 생각해요."

"그것보다 일단, 플로리안의 상처 난 이마를 봉합할 무언가가 필요해요. 그러지 않으면 피가 멈추지 않을 거예요."

"아래 사무실에 스테이플러가 있소. 그걸로…."

"제정신이에요?"

플로리안이 호르스트를 의심의 눈초리로 쳐다봤다.

"내가 무슨 종이 쪼가리라도 돼요?"

"내가 뒤통수가 한번 찢어진 적이 있는데." 호르스트가 차분하게 설명했다. "그 상처도 일종의 스테이플러로 봉합했소. 내가 밑에 가지고 있는 것과 그 도구가 그닥 다르지 않아 보여서 그러오."

"하지만 그건 멸균 처리가 된 거고요. 그리고 당신의 찢어진 상처는 빌어먹을 건물 관리인이 아니라 의사가 꿰맸고요."

호르스트가 고개를 끄덕였다.

"나는 그저 좋은 뜻으로 말한 거요."

"나한테 반짇고리가 있어요." 산드라가 말했다. "꼭 필요한 것만 들어 있는 작은 케이스죠. 그걸로…."

"찢어진 청바지 깁듯이 일반 바늘로 그냥 나를 꿰매겠다고요?" 플로리안은 검지로 다치지 않은 쪽 이마를 가볍게 두드렸다.

"미쳤어요?"

"바늘을 뜨겁게 달구면 소독한 거나 마찬가지야." 제니가 설명했다.

"뭐가 됐든 아무것도 안 하는 것보다는 나아. 상처를 이대로 둘 수는 없어. 피가 멈추지 않을 거야. 뭐, 너를 도와주려고 제안하는 모든 사람들에게 계속해서 미쳤냐고 물어봐도 되고. 네 마음대로 해."

플로리안은 마치 분명 존재하지만 그에게 말하지 않은 다른 가능성을 찾으려는 듯이 그녀의 눈을 쳐다봤다. 결국 그는 고개를 끄덕였다.

"그래, 좋아. 그럼 산드라 씨의 실과 바늘로 하죠."

"하지만 아직 두 가지 문제가 있어요." 산드라가 말했다. "반짇고리는 저 위 내 방에 있어요."

"그리고 두 번째 문제는?"

"그런 일이 있을 거라고는 생각하지 않지만 그래도 상처가 감염될 수 있어요."

"그래서 그게 무슨 뜻이죠?"

"염증이 생긴다는 말이죠." 다비드가 설명했다. "토마스 씨의 혀에 있던 상처도 감염되었어요."

제니는 플로리안의 창백해진 얼굴을 보고 다비드가 조금 만족스러워하는 것 같다는 느낌이 막연하게 들었다.

"그리고 토마스는 그걸로 뒈졌지!" 플로리안이 소리쳤다.

"관둬요. 바느질용 바늘이랑 실도 없는데."

"네가 지금 제대로 이해를 못 한 것 같은데."

플로리안의 상처를 닦는 동안 술로 소독하는 법을 생각해 낸 제니가 다시 한번 술을 떠올리며 말했다.

"바늘 때문에 그러는 게 아니야. 문제는 네가 계단에서 넘어졌을 때 상처에 염증을 일으킬 무언가에 이미 감염됐을 수 있다는 거야. 그러면 열이 날 거고."

"토마스 씨와 마찬가지로요." 다비드가 덧붙였다.

"제기랄, 그래서 어쩌라고?"

산드라가 어깨를 으쓱했다. "어쨌든 우선 꿰매야죠."

"염증이 생기지 않도록 소독할 수 있는 게 아무것도 없나?"

"술이 있긴 하지." 제니가 병들을 흘끗 보며 말했다. "하지만 요한네스 씨를 죽인 그 독이 다른 병에도 들어 있을지 몰라."

플로리안의 시선도 음료가 있는 탁자로 향했다. 그리고 다시 냅킨을 몇 장 겹쳐서 조심스럽게 이마의 상처를 누르는 제니를 쳐다봤다.

제니는 플로리안의 손을 냅킨 위로 가져갔다. "꽉 눌러."

그는 그녀가 말하는 대로 따랐지만 동시에 얼굴을 찡그렸다.

"젠장, 진짜 아프네…. 요한네스 씨가 죽었을 때, 우리 모두 뭔가를 마셨어. 하지만 독은 위스키병에만 들어 있었지."

"좀 전에 그거에 대해서 얘기했어요." 니코가 설명했다. "그 사이에 다른 음료에도 독이 들어가지 않았다고 누가 장담할 수 있겠어요?"

"네, 그 말이 맞아요. 내가 독살당하지 않을 거라 장담할 수는 없겠죠. 하지만 토마스를 생각하면, 나는 감염되느니 차라리 그 위험을 택하겠어요. 부탁인데 지금 뭐라도 좀 해 줄래요?"

"나는 모르겠어…."

제니는 뭐라도 말하고 싶었지만, 플로리안이 거친 손놀림으로 그녀의 말을 끊었다.

"내가 알아."

산드라가 무언가를 바라는 듯한 눈빛으로 제니를 쳐다봤다. 그녀는 이제 뭘 해야 할지 제니가 결정해 주길 기대하는 것 같았다. 마침내 제니가 고개를 끄덕이자 산드라는 플로리안의 팔을 놓고 자리에서 일어나 남자들을 차례로 쳐다봤다.

"누가 내가 반짇고리를 가지고 오는 데 동행해 주겠어요? 가는 김에 토마스 씨의 방에서 붕대도 가지고 올 수 있을 것 같아요."

"내가 같이 가겠소."

호르스트가 말했다. 그리고 다비드도 고개를 끄덕였다.

"저도요."

그들이 벽난로 방을 떠나기 전에 다비드는 플로리안의 칼을 챙기더니 다른 사람들의 시선을 의식하고서는 어깨를 으쓱했다.

"무슨 일이 일어날지 아무도 모르는 거잖아요."

잠시 후 세 사람은 로비로 나갔다. 그들 뒤로 벽난로 방의 문이 닫혔다.

제니는 플로리안을 향해 다시 몸을 돌리고서는 그의 이마를 가리켰다.

"그거 다시 치워 봐. 피로 흠뻑 젖었어."

그리고 마지막 남은 냅킨 다발을 접어서 상처를 누른 후, 제니는 여전히 미동도 없이 매트리스에 누워 있는 안나를 바라봤다.

"의식이 있을까요?"

그녀의 시선을 쫓던 니코가 물었다.

"모르겠어요."

플로리안의 상처를 마지막으로 살펴본 후 그녀는 안나에게 다가가 매트리스의 가장자리에 앉았다. 살짝 어루만진 안나의 이마는 여전히 차가웠다.

하지만 제니가 손을 거두려고 하자 안나가 다시 머리를 움직이기 시작했다. 그녀의 움직임은 아니오, 예의 신호를 번갈아 가며 보내고 있었다.

"나는 네가 뭘 말하려는 건지 모르겠어, 안나."

제니는 그녀의 직원이 들을 수 없다는 걸 알면서도 말했다.

"아니오, 예, 아니오, 예, 그게 어떤 의미인지 알 수만 있다면…."

"내가 보기에는 안나가 어떤 방식으로 너와 접촉하려는 것 같아." 플로리안이 추측했다.

"그래, 나도 그렇게 생각해. 하지만 이렇게 아니오, 예를 번갈아 가며 전하는 게 무슨 의미냐는 말이지? 안나가 적어도 내가 하는 말을 들을 수 있다면, 그러면 아니오와 예로 대답할 수 있도록 질문이라도 할 수 있을 텐데, 이렇게는…."

그래도 제니는 한 번 더 시도할 수밖에 없었다. 그녀는 손을 떼고 안나의 머리 움직임이 멈출 때까지 몇 초간 기다렸다. 그리고 몸을 아래로 숙여 안나의 귀 가까이에 입을 가져갔다.

그녀는 안나의 귀 안쪽부터 시작해서 목을 따라 피가 흘러내린 흔적을 보았다. 말라 버린 핏자국은 안나의 피 묻은 셔츠 가장자리 아래로 사라져 있었다.

"안나?"

제니는 반응을 기다렸다. 하지만 아무 반응도 없자 그녀는 다시 한번 더 크게 불렀다.

"안나, 내 말 들리니?"

예상했던 대로 전혀 반응이 없었다.

"그래 봤자 소용없어." 플로리안이 말했다. "안나는 토마스처럼 귀가 멀었다고."

"하지만 보지도 듣지도 못한다면 내가 어떻게 안나와 의사소통을 해? 그게 어떻게 가능해?"

"어쩌면 그녀가 하는 것과 비슷하게요." 니코가 제안했다. "어떻게든 그녀의 얼굴에 *예, 아니*오로 신호를 주는 거죠."

"훌륭하네요! 그런 다음에는요? 그다음에는 어떻게 하죠?"

그녀의 목소리가 다소 신경질적으로 들렸다.

"서로 계속 *예, 아니오* 신호만 주고받아요? 그게 대체 무슨 소용이 있는데요?"

"나도 모른다고요, 젠장!"

니코가 버럭 화를 냈다.

"그렇다고 나한테 화낼 필요는 없잖아요. 나는 그냥 도우려던 것뿐이라고요."

"둘 다 좀 그만할 수 없어?"

플로리안이 지긋지긋하다는 듯이 말했다.

"우리끼리 성질만 돋우는 건 아무 도움이 안 돼. 저 위에 있는 사람들도 계속 그러고 있다고. 분명 저들은 밤사이에 서로의 머리를 깨부술 거야."

"그럼 걱정 하나가 줄겠네요." 니코가 퉁명스럽게 중얼거렸.

그 순간, 갑자기 문이 열리는 바람에 제니는 깜짝 놀랐지만 다행히도 금방 긴장을 풀 수 있었다. 산드라, 호르스트, 그리고 다비드가 돌아온 것이다.

"반짇고리 여기 있어요."

산드라가 갈색 케이스를 높이 들어 보였다.

다비드는 소파에 털썩 앉아 마치 엄청나게 애를 쓴 듯이 숨을 내쉬었다.

"하지만 붕대는 못 가져왔어요. 그건 이미 토마스 씨 방에 없었어요. 누군가가 가져간 게 분명해요."

"마티아스 씨요." 니코가 플로리안에게 자신이 추측한 내용을 물었다. "그 사람들 있는 데서 붕대는 못 봤어요?"

"봤으면 산드라 씨가 토마스의 방에서 그걸 가지고 오자고 했을 때 뭐라고 말을 했겠죠."

"티모 씨가 가지고 있을 수도 있어요." 제니가 지적했다.

"아니면 엘렌 씨나."

"어쨌든 간에 붕대는 거기에 없었어요." 산드라가 다시 그 케이스를 보란 듯이 위로 들어 올렸다. "자, 그래서 누가 꿰맬 건가요?"

"당신이 하는 줄 알았는데요?" 제니가 놀라며 말했다.

"플로리안 씨가 괜찮다면, 그리고 혹시 이쪽으로 더 경험이 있는 누군가가 하겠다고 하지 않으면 제가 할게요."

"이쪽으로 경험이라…." 플로리안이 피로 젖은 냅킨을 이마에서 떼고 그녀를 바라봤다.

"바로 시작해야겠어요. 이게 마지막 냅킨이었어요. 누가 보드카 병 좀 줄래요? 시작하기 전에 몇 모금 마셔야겠어요."

"그걸 마시겠다고?" 제니가 물었다. "확실해? 나 같으면 안 마실 거야."

"나는 마실 거야. 그 안에 독은 없어. 독이 있었다면 우리 중 누구도 살아 있지 못할 거야. 자, 어서요?"

그들은 서로를 불안하게 쳐다볼 뿐, 아무도 움직이지 않았다. 결국 호르스트가 탁자로 가서 꽉 찬 보드카 한 병을 집어 플로리안에게 가져다줬다.

"여기 있소. 이건 아직 안 딴 거요."

"고마워요."

플로리안은 망설임 없이 병을 건네받은 뒤 뚜껑을 열고 입술을 가져다 댔다.

제니는 그를 감탄과 경악이 뒤섞인 기분으로 지켜봤다.

그리고 그가 병을 다시 내려놨을 때는, 최소한 손가락 세 마디 정도의 내용물이 비어 있었다. 뚜껑도 아직 다른 손에 쥔 채였다.

방에 있는 모든 사람들이 마치 그가 곧 경련을 일으키며 앞으로 쓰러지기라도 할 듯 그를 쳐다봤으나 그런 일은 일어나지 않았다.

"뭐요?" 그가 물었다. "다들 아직도 그 안에 독이 있다고 믿는 거예요? 유감스럽게도 내가 실망시켰군요."

그런 다음 그는 다시 병을 들고 보드카를 들이켰다.

"당신 동료, 저렇게 확신하는 거 이상하지 않아요?"

다비드가 제니의 귀 가까이에 속삭였다.

하지만 그녀가 뭐라 대답하기도 전에 플로리안은 거의 반이 빈 병을 바닥에 놓고 산드라를 쳐다봤다.

"자, 시작하자고요."

41

그녀는 이게 아무런 소용이 없다는 것을 받아들여야만 한다. 다른 사람들은 그녀가 그들에게 말하고자 하는 것이 무엇인지 이해하지 못할 것이다. 그들은 이렇게 간단한 의사소통 방법이 있다는 걸 알아채지 못하고 있다. 그들이 사실상 매일 쓰는 방법인데도.

이제야 깨달았구나, 그녀 안의 새로운 목소리가 속삭였다.

게다가 계속해서 네 이마에 손을 얹는 건 어차피 그 괴물일 거야. 그 더러운 자식 말이야. 한번 생각해 봐. 처음에는 토마스, 그 다음은 너. 그 자식의 손아귀 안에 들어갈 때 뭐라도 할 수 있었어? 아니지. 그 일이 어떻게 일어난 건지나 알아? 모르지.

그 이상한 문….

다른 사람들이 너보다 똑똑할 거라고 생각해? 그것도 아니지. 그렇다면 네가 논리적으로 내릴 수 있는 결론이 뭘까? 어쩌면 다른 사람들 중 몇 명은 이미 너처럼 고깃덩어리같이 어딘가에 누워 있을지도 몰라. 그리고 그 외의 사람들은 모두 토마스처럼 죽었고.

만약 그렇다면… 모두들 그 문 뒤에서 잔인하게 고통받고 죽임을 당한 걸까?

사실이 아니야. *전부터 알고 있던 목소리가 말을 걸었다.*

그 괴물은 아마 혼자일 거고, 그가 모두를 제압하는 건 불가능해. 그러니 너는 계속해서 시도해야 해. 사람들에게 이런 짓을 한 게 누구인지 알리고 경고해야만 해. 그리고 네가 더 고통받는 걸 막아야 해. 그리고 마치 술이라도 마신 것처럼 계속 희미하게 보이는 그 빌어먹을 문이 뭐가 다른지까지 기억해 낼 수 있다면, 사람들이 어디를 찾아봐야 할지도 말해 줄 수 있을 거야.

그녀가 그녀 안에서 싹트는, 조금은 살고 싶다는 의지를 다지는 동안, 또다시 음흉한 속삭임이 찾아왔다.

더 고통받는 거? 그 미친놈이 너한테 이 이상 뭘 더 할 수 있지? 다리를 부러뜨리는 거? 하하, 그러면 뭐? 너는 어차피 느끼지도 못할 텐데. 너는 보지도, 듣지도, 느끼지도 못하잖아. 한 손을 자르는 거? 팔 한쪽? 그래서? 누가 신경쓰는데? 너는 확실히 아닐 거고, 하하. 그러니까 말해 봐… 네가 어떤 종류의 고통을 더 받을 수 있다는 거지?

안나는 그 목소리를 귀 기울여 들었다. 물론 마음 한구석으로는 그 목소리가 자신을 향해 굶주린 발톱을 뻗는 광기에서 나온다는 사실을 알고 있었다.

광기는 여전히 그녀의 곁을 맴돌면서 언제든지 그녀 안의 마지막 이성을 영원히 죽여 버릴 준비가 되어 있었다. 그리고 나서는….

미치는 거지. 그래서 뭐? 생각해 봐, 미치는 게 너한테 어떤 의미일지. 잘 생각해 봐, 반쪽만 남은 안나야. 미친다는 건 더 이상 무서울 게 없다는 걸 의미해. 더 이상 생각하지 않아도 되고 네 주변에서 무슨 일이 일어나든 누가 뭘 하든 신경 꺼도 돼. 너는 어차피 다른 사람들과 절대 소통할 수 없을 거야. 왜냐면 그들은 널 이해하지 못하거든.

아니, 반쪽짜리 안나야, 미친다는 건 너한테 나쁜 게 아니라니까. 그건 네 전부가 되어 버린 이 어둡고 적막한 정신병원에서 도망칠 수 있다는 걸 의미해. 미친다는 건 다시 행복해지는 걸 뜻한다고. 곰곰이 잘 생각해 봐, 반쪽짜리 안나야.

그녀는 곰곰이 생각했다. 생각에 잠겨 있는 동안 오래된 목소리가 그녀를 다시 설득하려 했지만 새 목소리의 유혹이 너무도 컸다. 그리고 안나는 그 살랑거리며 속삭이는 목소리가 옳다는 것을 알고 있었다. 다른 사람들은 그녀를 이해하지 못할 것이다. 그 문….

문에서 신경 꺼.

아니, 그녀는 이제 더 이상 시도하지 않을 것이다.

포기할 것이다.

그래 옳지, 그녀 안의 새로운 목소리가 속삭였다.

42

 산드라는 바늘구멍에 검은 실을 끼운 후 바늘을 옆으로 치우고 보드카 병을 힐끗 봤다. 그러더니 음료가 있는 탁자로 다가가 병 몇 개를 차례로 들어 올리며 상표를 확인했다. 그리고 마침내 갈색 럼이 든 병을 손에 들고 플로리안에게 돌아왔다.

"라이터 가지고 있는 분?"

 호르스트는 벽난로 위 선반에 놓여 있던 길쭉한 라이터를 그녀에게 건넸다. 그러는 동안 다른 사람들은 그 광경을 말없이 지켜보았다.

"왜 플로리안 씨가 마신 병으로 하지 않죠? 그 병에는 독이 없는 것 같은데요."

"그건 알코올이 37.5도밖에 안 돼요." 산드라가 사무적으로 대답했다. "불이 붙지 않죠."

그 말과 함께 그녀는 라이터를 옆으로 치우고 한 손으로는 피에 흠뻑 젖은 냅킨을, 다른 한 손으로는 럼주 병을 잡았다. 그리고 냅킨을 한데 접어서 플로리안의 부상 부위 아래쪽에 대고 누른 다음, 상처 위로 술을 부었다.

플로리안이 눈을 꾹 감고 비명과 함께 거친 욕을 내뱉었으나, 산드라는 전혀 아랑곳하지 않고 이번에는 병을 앞으로 기울여 갈색 액체에 바늘을 담갔다.

그런 다음 그녀는 라이터 불꽃을 그 밑에 댔다. 푸른 불꽃이 몇 초간 타오르다가 다시 꺼졌다.

손 위에도 술을 부은 후 그녀는 망설임 없이 상처의 가장자리를 잡고 눌러서 모으더니 바늘을 꽂았다. 플로리안이 신음했다.

산드라는 마치 이런 일을 수백 번은 해 본 사람처럼 능숙하게 상처를 여덟 바늘 꿰맸다. 제니에게 가장 인상 깊었던 것은 산드라가 이 일을 해내는 동안의 침착함과 결연함이었다. 만약 자신이었다면 한 땀, 한 땀마다 주저하며 플로리안이 얼마나 고통스러울지 떠올렸을 것이라고 확신했다.

산드라가 마지막으로 매듭을 짓고 실을 입으로 끊기 위해 몸을 앞으로 구부렸을 때 다비드가 긴장감이 가득한 침묵을 깼다.

"꽤나 훈련된 것처럼 하는데요. 이런 건 어디서 배웠죠?"

산드라는 바늘을 옆에 두고 씁쓸하게 웃으며 그를 쳐다봤다.

"엄마 없이 남동생 셋과 외진 농장에서 자라면 이런 것들을 배우게 되죠. 저를 믿으세요."

제니는 산드라의 어머니에게 무슨 일이 있었던 건지 묻고 싶었으나 꾹 참았다.

"젠장, 당신 남동생이 아니라서 기쁘네요." 플로리안이 술에 취한 듯 거친 목소리로 말했다.

"천만에요." 산드라가 대답하고서는 자리에서 일어났다.

"그래, 당신 말이 맞아요. 고마워요." 그는 잠시 두 눈을 감았다. "그럼 이제 마티아스 씨는 어떻게 하죠?"

다비드가 플로리안을 의문스럽게 쳐다봤다. "우리가 뭘 해야 하죠?"

"그러니까, 어쨌든 그가 플로리안 씨를 칼로 공격하고 다치게 했잖아요." 니코가 플로리안 대신 대답했다. "아무 일도 없었던 것처럼 있을 수는 없지 않나요."

"도움을 기다리는 것 말고는 아무런 방법이 없어요." 제니가 말했다. "다른 모든 것은 부질없어요."

플로리안이 히스테릭하게 킥킥 웃었다.

"재밌네. 불쌍한 티모는 단지 내 칼 근처에 있었다는 이유만으로 가둬 놓고, 위층의 저 개새끼는 고기 써는 칼로 나를 찌르고 죽이려 했는데도 아무런 조치를 안 하겠다니. 당신들 참 훌륭한 팀이야."

"플로리안." 제니가 똑바로 그를 향해서 말했다.

"네가 그 사람한테 화가 난 건 이해하겠는데, 우리가 뭘 어떻게 해야 하지?"

"내가 화난 걸 이해한다고?"

혀가 꼬인 말투로 플로리안이 크게 말했다.

"나는 그냥 화가 난 정도가 아니야! 아주 제대로 열받았다고!" 그 발음이 마치 *욜바다따고*처럼 들렸다.

"우리가 뭘 해야 하는지 알고 싶어? 다 같이 위로 올라가서 그놈을 그 개 같은 방에서 끄집어내고 티모를 가뒀던 냉장실에 가둘 수 있어. 그 멍청한 마누라도 같이 말이야. 우리는 민주 시민으로서 그럴 권리가 있어. 그가 나를 죽이려고 했으니까. 혹시 그 자식이 저항하면 한 방 날려 버리고. 그렇게 하면 돼."

"이제 좀 진정해 봐요." 다비드가 말했다. "그건 아무 소용도…."

"입 닥쳐, 이 잘난 척하는 새끼야." 플로리안이 버럭 소리를 질렀다.

"네가 떠들어 대는 거, 계속 내 신경을 긁었어. 그 자식이 너를 돼지처럼 도살하려고 했으면 넌 뭐라고 할 것 같은데? 어?"

"플로리안." 제니가 다시 플로리안을 진정시켜 보려 했다. "네가 마신 보드카 때문에 지금 이성적인 판단이 어려운 것 같아. 괜찮아. 그러니까 누워서 조금이라도 좀 자."

"엿 먹어요, 상사님." 그가 산드라에게 시선을 돌렸다. "만약 당신이 방으로 가려고 하는데, 그 개새끼가 자기 방에서 뛰쳐나와 당신 배에 칼을 꽂는다면 어떻게 할 거요? 그렇게 재빠르게 방어할 수 있는 사람은 없을 텐데?"

산드라가 눈을 크게 뜬 채 멍하니 그를 쳐다봤다. 그녀가 대답하지 않을 것임을 안 플로리안이 번뜩거리는 눈으로 한 사람 한 사람씩 둘러봤다.

"자, 나는 지금 저 위로 올라가서 저 자식이 누군가를 죽이지 못하도록 할 거야. 저 인간, 완전히 이성을 잃었다니까. 저 인간이 자유롭게 돌아다니는 한 누구도, 한시도 안심할 수 없다고."

플로리안은 의자에서 몸을 일으키려고 애썼다. 세 번의 시도 끝에 그가 일어나서 의자 등받이를 붙잡았다.

"자, 누가 같이 갈 거지?"

"저요!" 니코가 자리에서 일어섰다. "어쩌면 마티아스 씨가 그 자식… 제가 무슨 말 하려는지 다들 알죠."

"나도 같이 가겠네." 호르스트도 동의했다. "티모가 지금 호텔에 숨어 있는 것도 그의 책임이지. 게다가 티모가 무슨 일을 꾸미고 있을지도 모르겠고. 만약 마티아스 씨가 감금된 걸 알면 티모가 진정하고 나올지도 모르오."

"아주 굳게 믿고 있나 보네요." 플로리안이 혀 꼬인 소리로 말했다. 그의 시선이 다비드를 향했다. "또 누구요?"

"미안해요." 다비드가 대답했다.

"나도 보안관 마티아스 씨를 딱히 좋아하지는 않지만 누군가가 또 다칠 위험을 감수하는 건 의미가 없다고 봐요. 어차피 산 아래쪽과 연락이 되면 바로 경찰에 신고해서 그를 처리할 수도 있고요. 당신은 방금 당신 상사가 충고한 대로 잠을 자서 술을 좀 깨는 게 좋을 것 같습니다."

"아래와 연락이 되면이라니… 당신, 허세나 부리면서 겁까지 많군. 진짜 역겨워, 그거 알아?"

순간 다비드의 얼굴이 일그러지는 듯했지만, 그는 애써 태연하게 어깨만 으쓱할 뿐이었다.

"그건 받아들여야 할 거야."

플로리안이 몸을 돌렸다.

"자, 갑시다. 어서 가서 그 새끼를 굴 속에서 꺼내 오자고요. 어쩌면 칼을 가진 저 허풍쟁이랑 함께 가두는 것도 좋겠네요. 분명 멋진 파티가 되겠지."

다음 순간, 다비드의 갑작스러운 행동에 플로리안은 아무런 반응도 하지 못했다. 미처 반응할 틈이 없었다. 순식간에 달려든 다비드가 마치 작은 공을 잡듯 오른 손가락으로 플로리안의 후두부를 꽉 움켜쥐었다. 플로리안은 극심한 고통에 신음조차 내지 못했다. 이어서 다비드가 플로리안의 코앞까지 얼굴을 가져다 댔다. 둘 사이의 간격은 불과 몇 센티미터밖에 되지 않았다.

"다비드 씨!" 제니가 경악하며 소리쳤다. "다친 사람이잖아요!"

"당신의 그 혀 꼬부라진 소리, 충분히 들었어."

제니의 제지에도 아랑곳 않고 다비드가 조용히 읊조렸다. 다비드의 평소 목소리와는 확연히 달랐다. 그 목소리가 상당히 위험하게 들렸다.

"계속하려면 알아서 해. 하지만 그러는 동안 입 다물고 나를 내버려 둬. 알아듣겠어?"

플로리안이 헐떡거리는 소리를 내자 다비드는 손가락을 조금 더 세게 조였다.

"알아들었는지 알고 싶은데."

플로리안이 간신히 알아챌 만큼 힘겹게 고개를 끄덕이자 다비드가 한 걸음 뒤로 물러나 그의 후두를 놓아주었다. 그사이에도 다비드의 시선은 계속해서 플로리안에게 고정돼 있었다. 다른 사람들은 모두 얼어붙어 있을 뿐이었다.

플로리안의 목 부분이 검붉은 색으로 물들었다.

"빌어먹을, 당신 어떻게…."

니코가 마침내 입을 열었지만, 다비드가 한 손을 들어 그를 침묵시켰다.

"묻지 말아요, 알겠어요? 좋은 수련을 받았었죠."

한참 동안 기침을 하며 목을 문지르던 플로리안이 증오에 찬 눈으로 다비드를 노려보더니 등을 돌렸다.

"정말로 그만두는 게 나을지도 모르겠어요." 산드라가 니코에게 말했다. 하지만 니코가 대답하기도 전에 플로리안이 잔뜩 쉰 목소리로 말했다.

"나는 갑니다. 그것도 당장요."

그런 다음 그는 다시 다비드 쪽으로 몸을 돌려 손을 뻗었다.

"내 칼."

그들은 그렇게 서서 한동안 서로의 눈을 뚫어지게 쳐다봤다.

그 모습을 보면서 제니의 머릿속은 정신없이 돌아갔다. 방금 그녀 앞에 펼쳐진 장면, 플로리안을 제압하던 다비드의 그 빠른 속도, 그리고 정확하게 후두를 공격하던 모습은 불안감 이상의 두려움을 주었다.

"그 칼은 내 거고, 내 몸을 방어하기 위해 나는 그게 필요해요." 플로리안이 말했다.

마침내 다비드가 등 뒤로 손을 뻗었다. 보아하니 칼은 그의 벨트에 꽂혀 있는 것 같았다. 플로리안은 그것을 말없이 받아들고 호르스트와 니코를 향해 말했다. "당신들은 같이 갈 겁니까?"

"이제 다시 칼을 가지게 됐네요." 니코가 지적했다. "마티아스 씨는 칼을 종류별로 다 갖고 있어요. 그가 정말로 공격한다면 나와 호르스트 씨는 어떻게 하죠? 우리는 무기가 없잖아요."

"그럼 당신들도 뭐든지 찾아봐요."

"그리고 만약에 그가 자기 방문을 막아 놨으면 어쩔 거요?" 호르스트가 물었다.

"그럼 부수고 들어가야죠, 젠장!"

플로리안이 버럭 소리를 지르자마자 허리를 구부리며 심하게 기침을 했다. 간신히 몸을 일으킨 그의 이마에서 붉은 액체가 다시 흘러나와 코를 타고 입까지 흘러내리고 있었다.

산드라가 그것을 가리켰다.

"당신 상처에서 다시 피가 나요. 정말 그만두는 게 좋겠어요."

"나는…." 플로리안이 분노하며 말을 시작했지만 호르스트가 말을 끊었다.

"생각이 바뀌었네. 나는 같이 가지 않겠소."

"지금 대체 뭐 하자는 겁니까?"

"다비드 씨 말이 맞소. 다칠 위험이 너무 크네. 니코 씨도 이미 말했지만 우리 둘만 아무런 무장도 하지 않았잖소."

"나 참, 그렇게 겁먹지 말아요. 우리를 함부로 공격하지는 못할 겁니다. 우리는 셋이잖아요."

"그럼 왜 당신 칼을 그에게 주지 않고요?" 다비드가 제안했다.

"왜냐면 이건 내 칼이니까, 당신이 방금 말했듯이."

"저도 그냥 여기 있을래요." 니코도 한 발짝 뒤로 물러섰다. "그리고 당신도 그러는 게 좋을 거예요."

"당신들." 플로리안은 경멸하는 듯한 표정을 지었다. "아, 됐어. 지금 이게 어떤 결과를 가져올지 보게 될 거야. 분명 흥미로운 밤이 되겠군."

그리고 그는 자신이 붙여 놓은 소파에 돌아가 앉더니 조심스럽게 자신의 목을 쓰다듬기 시작했다.

"나는 오늘 밤에 제니랑 안나랑 같이 여기 있을 거예요."

플로리안은 마치 이미 제니와 얘기가 끝난 것처럼 확고하게 말했다.

"아니! 나는 나 혼자 안나와 여기 있을 거야."

그가 그녀를 쳐다봤다. "뭐라고? 하지만 너, 내가 언제든지 열이 날 수도 있다고 했잖아. 만약 내가 위에서…."

"만약 원하신다면 저랑 같이 가도 돼요." 갑작스러운 산드라의 제안에 사람들은 이해할 수 없다는 시선을 보냈다.

"그러죠." 플로리안이 씁쓸하게 말했다. "보아하니 여기서 당신만이 유일하게 내가 재미로 다른 사람의 혀를 잘라 내는 놈이 아니라는 걸 믿는 것 같네요."

"그 누구도 믿을 수 없어." 제니가 변명하듯 말했다. "그래서 오늘 밤에 안나와 내 곁에 아무도 있지 못하게 하려는 거야."

"다비드도 안 돼?" 플로리안이 도발적으로 물었다.

그에 그녀는 고개를 저었다.

그가 가장 안 돼, 라고 그녀는 생각했다.

43

"이제 나는 정말로 지쳤어요."

모두가 잠시 각자의 생각에 잠겨 있는 사이, 산드라가 나직하게 중얼거렸다. 그리고 다비드를 향해 말했다.

"부탁인데 저랑 같이 위층으로 올라가 줄래요?"

그녀는 플로리안을 흘끗 보고 말을 고쳤다.

"그러니까, 우리 말이에요."

"호르스트 씨, 같이 가겠어요?" 다비드가 물었다. "우리 둘이 함께 가는 게 마음이 더 편할 것 같군요."

호르스트가 고개를 끄덕였다. 다비드가 플로리안을 '우리'에 포함시키지 않았는데도 플로리안이 이에 대해 불평하지 않아 제니는 안도했다. 그 대신 플로리안은 신음하며 반쯤 누운 자세에서 몸을 일으켰다. 이마의 상처에서는 여전히 피가 가늘고 불규칙하게 얼굴을 타고 흘러내리고 있었다. 게다가 상처 주변은 심하게 부어올라 있었다.

"당신은 오늘 밤에 어디에서 잘 생각입니까?" 다비드가 건물 관리인에게 물었다. "우리처럼 저 위에 있는 방 중 하나에서? 당신은 모든 방의 열쇠를 다 가지고 있잖아요."

호르스트가 고개를 저었다.

"기분 나쁘게 생각하지 않았으면 좋겠소만. 그건 비밀이오."

산드라와 니코가 놀라서 그를 쳐다보았다. 하지만 호르스트는 아무 말 않고 입을 다물었다.

"알았어요." 다비드가 자리에서 일어섰다. "아무도 당신이 오늘 밤을 어디서 보내는지 알아서는 안 된다면, 나도 바로 저 위층 내 방에 머물고 당신은 혼자 움직여도 상관없겠네요. 어디로 가든지 간에요."

"그러시오. 상관없소."

니코도 일어섰다. "그렇다면 저도 제 방으로 갈게요."

산드라는 한 번 더 안나 옆으로 다가와 앉더니, 손을 잠시 그녀의 뺨 위에 올렸다가 자리에서 일어났다.

"제 생각에 오늘 밤에는 열이 나지 않을 듯하네요. 그녀는 분명 잘 견뎌 낼 거예요."

그리고 제니에게 시선을 돌렸다. "당신도 눈 좀 붙이는 게 좋겠어요. 그러면 내일은 세상이 다르게 보일 거예요."

중요한 건 어떻게 달라 보이냐는 거지, 제니는 생각했다. 하지만 애써 미소를 지으며 고개를 끄덕였다.

"아, 모두를 위한 또 한 가지 정보가 있어요."

이미 입구 앞까지 걸어간 다비드가 다시 사람들 쪽으로 몸을 돌리며 말했다.

"나는 방으로 돌아가서 문을 잠그자마자 내일 아침까지 열지 않을 겁니다. 그러니까 다들 어떠한 이유든 간에 노크할 필요 없어요. 절대로 안 열어 줄 거니까. 이 정신병자가 대체 어떻게 한 건지 어젯밤에 안나 씨가 문을 열게 만들었어요. 그놈이 그녀에게 무슨 말을 했는지 누가 알겠어요. 하지만 나한테는 안 통해요. 그러니까 오늘 밤에 무슨 일이 일어나든 당신들은 나 없이 알아서 잘 해결해야 할 겁니다."

"당신답군." 플로리안이 씁쓸하게 말했다. "끝까지 이기주의자네."

"말하고 싶은 대로 말하시지. 어쨌든 나는 내일 아침에도 여전히 내 눈과 귀로 보고 들을 생각이니까."

"나도 같은 생각이에요." 니코가 다비드의 말에 동의했다. "모두가 그렇게 한다면 그 살인마 자식은 오늘 누군가를 해칠 기회가 전혀 없을 거예요. 저도 똑같아요. 제 방문도 무슨 일이 있든 간에 굳게 닫혀 있을 겁니다."

"흠, 그렇다면 우리는 오늘 밤에 누구도 도움이 필요하지 않기를 바라는 수밖에 없겠네요." 제니가 시선을 안나에게로 향하며 말했다.

다비드가 양손을 들고서는 고개를 끄덕였다.

"제니 씨, 당신이 우려하는 건 알겠어요. 하지만 부디 이해해 주기를 바랍니다."

"네, 이해해요." 그녀가 대답했다. "그래도 정신병자가 돌아다니면서 끔찍한 짓을 저지르는 이런 큰 건물에 완전히 혼자 남겨진다는 건 별로 기분이 좋지 않네요. 우리가 집단으로 뭉쳐서 한 개인에게 충분히 대항할 수 있는데도 말이에요. 만약 우리가 함께 모여 있다면요."

"하지만 당신도 기억하겠지만, 우리는 처음부터 그러지 않았어요." 다비드가 대답했다.

"그래요, 나도 알아요. 하지만…."

플로리안이 그녀를 향해 몸을 돌렸다.

"하지만 여기 완전히 미친 사람이 있다는 건 명백한 사실이라서, 유감이지만 어쩔 수 없어."

플로리안은 여전히 혀 꼬부라진 소리로 말했지만, 목소리에서 공격성은 사라지고 없었다. 살짝 비틀거리며 제니에게 다가간 그는 2미터 정도 떨어진 곳에 멈춰 서서 담담한 눈빛으로 그녀를 쳐다봤다.

"이렇게 무례하게 행동해서 정말 미안해. 하지만… 그 거지 같은 일들이 다 끝났다고 생각했는데 여기서 또다시 부당하게 의심을 받고 공격을 당하니 정말 미칠 것 같았어. 네가 아주 조금만이라도 나를 이해해 주면 정말 고맙겠어."

제니는 무슨 말을 해야 할지 몰라 잠시 입을 다물었다. 그녀가 플로리안의 행동을 이해할 수 있을까? 어쩌면.

"우리 모두 심리적으로 크게 압박받고 있잖아." 대신 그녀는 그렇게 말했다. "사람마다 그 상황에 대처하는 게 다를 수 있지."

"좋은 말이네요." 다비드가 말했다. "자, 이제 인간관계의 문제들을 적당히 해결했으면 위층으로 가자고요. 나는 솔직히 몇 시간만이라도 혼자 있을 수 있다는 게 기대돼요."

"계속 그렇게 혼자 지냈으면 좋겠네요." 플로리안이 말했다.

"나는 무조건 그럴 겁니다." 잠시 안나를 쳐다본 다비드가 제니에게 시선을 돌렸다. "하지만 여기 당신과 안나 씨 옆에는 있을 수 있어요. 나는 분명⋯."

"당신이 방금 그랬죠. 만약 당신이 오늘 밤 절대로 문을 열지 않더라도 내가 이해하기를 바란다고." 제니가 그의 말을 끊고 중간에 끼어들었다. "마찬가지로 저도 당신이 이해하기를 바라요. 당신은 절대 여기 있을 수 없다는 거."

그가 입을 삐죽거렸다. "네, 그래요. 하지만 내가 여기에 있기로 결심한다면, 당신이 나를 내쫓을 수는 없어요."

"그녀는 못 하겠지만 우리는 그렇게 할 수 있소." 호르스트가 차갑게 말했다. "제니 씨는 오늘 밤에 여기서 안나 씨를 돌볼 거요. 그녀가 원하는 대로 혼자서 말이오."

제니는 다비드가 플로리안을 몇 초 만에 제압했던 것을 떠올렸다. 그래서 호르스트와 니코가 과연 다비드를 제지할 수 있을지 확신하기 어려웠다. 그래도 다행히 그를 제지할 일은 일어나지 않았다.

"그냥 가정했던 겁니다, 건물 관리인님. 내가 방금 말했잖아요. 몇 시간만이라도 혼자 있게 되어서 좋다고. 그것도 가능한 한 빨리 그러고 싶은데."

그의 시선이 산드라와 플로리안을 차례로 훑고 지나갔다.

"이제 그만 좀 갈까요?"

플로리안은 이해할 수 없는 혼잣말을 중얼거리더니 산드라를 따라 움직이기 시작했다.

"내일 봐요!"

제니는 마지막으로 니코가 방을 떠날 때까지 말없이 그들을 바라보았다. 그리고 문으로 가서 열쇠를 두 번 돌려 문을 확실하게 잠갔다.

"좋아."

그녀는 마치 안나가 들을 수 있는 것처럼 매트리스 방향에 대고 말했다.

"그럼 문에 바리케이드를 쳐 보자고. 걱정하지 마, 안나. 내가 여기 아무도 못 들어오도록 할게."

그리고 그녀는 첫 번째 소파를 문 쪽으로 미는 동안 다비드에 대해서 곰곰이 생각했다. 그는 극도로 파악하기 어려운 사람이었다. 그녀는 여전히 그가 어떤 인간인지 알 수 없었다. *좋은 수련을 받았었죠*, 그는 그렇게 말하는 것을 끝으로 사람들이 더 이상 아무 질문도 하지 못하게 만들었다. 그리고 방금 그가 어떤 경우에도, 심지어 비상사태에도 방문을 열지 않겠다고 한 말.

"만약 네가 그 나쁜 놈이라면, 다비드 바이스."

그녀가 다음 소파를 문 쪽으로 밀면서 중얼거렸다.

"그러면 너는 오늘 밤 방해받지 않고 사냥하러 갈 수 있는 상황을 만든 거야. 네가 한 말 때문에 아무도 네 방문을 두드릴 생각은 하지 않을 테니까."

소파가 입구 바로 앞에 있던 첫 번째 소파에 부딪혔다. 제니는 소파의 등받이를 다른 소파의 팔걸이 위에 놓을 수 있도록 몸을 굽혀 소파의 아래쪽 가장자리를 잡고 들어 올렸다. 누구도 이 무거운 소파 두 개를 한 번에 빠르게 무너뜨릴 수는 없을 것이다.

"안나, 어떻게 생각해?"

제니가 헐떡거리며 다음 소파로 향했다.

"정말 영리한 계획 같지 않아? 그렇지?"

그녀는 자신이 혼잣말을 하고 있음을 깨달았다. 어차피 안나는 그녀의 말을 들을 수 없었다. 하지만 제니는 앞으로 다가올 몇 시간을 이겨 내기 위해서 무엇이든지 해야만 했다.

제니는 혼자가 된 후에야 자신의 공포가 얼마나 거대했는지 깨달았다.

44

그녀는 그녀의 주변에서 무언가가 변하고 있음을 감지했다. 비록 보고 들을 수는 없지만 무언가가 다르다는 것을 느꼈다.

잠시간 그녀는 혼자 남겨진 게 아닌지 생각했지만 새로운 목소리가 말을 걸었다.

뭔가 달라진 게 느껴져? 너, 네 감각이 얼마나 조잡한지 알기나 해? 너는 보지도, 듣지도 못하고 느끼지도 못해. 암흑 속의 고요라고. 알아? 감각이 죽었다고. 그리고 만약 네가 느낀다고 해도 달라지는 게 뭔데, 이 불쌍한 반쪽짜리 안나야?

분명 차이가 있었다. 그녀는 그것을 알았다. 비록 그녀에게 직접적인 영향은 없다 해도 혼자 있고 싶지 않았다. 필요한 경우에

자신을 지켜 줄 수 있는 누군가가 있다는 것은 다른 느낌이다.

지켜 준다고? 누가 너를···.

새로운 목소리는 안나의 이마에 손이 얹어지는 순간 갑자기 침묵했다.

제니의 손.

그녀는 확신했다.

그리고 부질없는 일이라는 것을 알기 때문에 더 이상 시도하지 않겠다고 결심했음에도 불구하고 그녀는 다시 규칙에 따라 머리를 움직이기 시작했다. 한 번만 더.

왼쪽, 오른쪽, 일시정지··· 위, 아래, 일시정지··· 왼쪽, 오른쪽, 일시정지··· 왼쪽, 오른쪽, 일시정지··· 왼쪽, 오른쪽, 일시정지··· 위, 아래, 일시정지··· 위, 아래, 일시정지··· 왼쪽, 오른쪽.

그리고 그녀는 기다렸다. 손은 여전히 그녀의 이마 위에 있었다. 그녀 안에서 아주 작은 희망의 불씨가 피어올랐다.

제니가 이해했을까?

안나는 잠시 더 기다렸지만 아무런 반응도 오지 않았다. 그래도 그녀는 다음 부분을 시도했다.

왼쪽, 오른쪽, 일시정지···. 조금 있으면 이 부분도 끝난다. 지금! 만약 그녀 이마 위의 손이 제니의 것이고 그녀가 이 규칙을 이해했다면 지금은 반응이 와야만 한다.

몇 초가 지났다. *5초? 10초?*

갑자기 손이 사라졌다.

안나는 절망으로 가득 차 비명을 지르고 싶었다.

제발! 부탁이야, 지금 당장!

하지만 아무런 일도 일어나지 않았다.

45

 소파 두 개를 추가로 입구 앞까지 밀어서 가져왔다. 제니는 마지막 남은 전력을 다해 그 두 개를 쌓아 올린 후 그녀가 서 있던 바로 그 자리에서 바닥으로 미끄러져 주저앉았다.

 그녀는 잠시간 눈을 감고 호흡이 어느 정도 정상으로 돌아올 때까지 숨 쉬는 것에 집중했다. 그리고 나서 그녀는 신음하며 몸을 일으켜 안나의 매트리스로 가서 다시 바닥에 앉았다.

 "불쌍해라." 그녀가 조용히 말했다.

 "너에게 일어난 일을 막아 주지 못해서 정말 미안해. 토마스한테 그런 일이 일어난 뒤에 우리가 아무것도 하지 않아서. *내가* 아무것도 하지 않아서."

그녀는 그녀가 할 수 있는 일이 없었음을 알면서도 그렇게 말했다. 아니, 그건 사실이 아니었다. 전날 밤에도 기회가 있었고, 오늘 밤에도 또 기회가 있었다. 함께 뭉쳐 있어야만 했다. 하지만 그러려면 그들도 함께 붙어 있어야만 했다. 모두.

그건 희망사항일 뿐임을 제니는 인정해야만 했다. 모두가 혼자였다.

그동안 경영 세미나를 몇 번이나 참여했더라? 셀 수 없을 정도로 많지. 비폭력적인 의사소통 방법, 프레젠테이션 기법, 시간 관리, 팀 구성…. 이 세미나들 중 그 어떤 것도 심각한 상황에서 팀 또는 그룹에 어떤 일이 일어나는지는 고려하지 않았다. *정말로 심각한 상황.* 다들 공포에 질려 가면을 벗고 오직 자신만 생각하게 되는 상황에서. 제니는 이런 생각을 애써 밀어내며 안나의 이마를 쓰다듬었다.

얼마 지나지 않아 안나가 무언가를 의미하는 듯 다시 머리를 움직이기 시작했다. 제니는 그녀의 손을 그대로 두고 안나의 머리가 그녀에게 보내는 메시지를 함께 조용히 소리 내어 읽었다.

"아니오… 예… 아니오… 아니오… 아니오… 예… 예… 아니오…."

움직임이 불규칙적이었다. 안나가 그저 단순하게 아니오와 예를 번갈아 가며 표시한 거라 생각했는데, 틀렸다. 이 사실을 알아차릴 만큼 오랫동안 주의 깊게 보지 않은 탓이다. 하지만 그렇다면 뭘…. 움직임이 다시 시작됐다.

아니오… 예… 아니오… 아니오… 아니오… 아니오….

이게 도대체 뭐지? 왜 이렇게 자주 아니오가 나오지? 안나가 이렇게도 부인하는 게 뭐지? 그리고 도대체 이게 뭔지 그녀가 어떻게 안단 말인가?

제니는 갑자기 분노가 치밀어 오르는 것을 느꼈다. 안나는 마치 자신이 천리안이라도 가져서, 이 멍청한 머리 움직임이 무엇을 의미하는지 알 수 있을 거라고 믿는 게 분명했기 때문이다. 제니는 손을 홱 떼고 자리에서 일어섰다. 그렇지 않아도 지금 상황만으로도 충분히 어려웠다. 그런데 이제 이해할 수 없는 이 수수께끼까지 풀어야 한다는 말인가?

제니는 방 안을 이리저리 왔다 갔다 하며 양 손바닥을 끊임없이 서로 문질렀다. 이를 깨닫자 그녀는 자신의 손을 청바지 주머니에 찔러 넣었다.

그녀는 안나의 불탄 눈을 거듭 쳐다봤다가 겨우 시선을 뗐다. 하지만 시선은 곧바로 다시 그쪽을 향했다. 제니는 갑자기 솟구쳐 오른 분노가 점점 가라앉는 것을 느꼈다. 그녀는 자신에게 무슨 일이 일어났던 것인지 이해할 수 없었다. 안나가 그녀에게 전하려는 것이 무엇이든지 간에 — 안나는 눈과 귀가 멀었고 말을 할 수 없었다. 이 머리 움직임이 안나가 의사소통할 수 있는 유일한 방법이었다. 그런데 자신은 어떻게 했는가? 안나가 자신에게 전하려는 것을 바로 이해하지 못한다는 이유로 분노했다.

그녀는 플로리안이 붙여 놓은 소파로 가서 긴장을 풀었다. 나중에 다시 시도해 볼 것이다. 하지만 우선 휴식을 조금 취해야만 했다. 지금 이대로는 끝없는 무력감과 피로감에 패배할 뿐이었다.

제니는 소파에 몸을 웅크리고 누워 눈을 감았다. 여러 가지 생각들로 머리가 복잡해 아무래도 잠들기 어렵겠다 생각하던 순간, 어느새 잠이 들었다.

하지만 불안감 때문에 잠에서 깬 그녀는 곧바로 정신을 차리고 자신이 어디에 있었는지 기억해 냈다.

그녀는 자리에서 일어나 안나가 변함없는 자세로 누워 있는 매트리스 쪽을 흘끗 쳐다보았다.

그럼 그렇지. 안나가 어떻게 자세를 바꾸겠어, 라고 생각하며 그녀는 손목시계를 확인했다.

1시 10분. 4시간 정도 잔 거였다. 왜 더 오래 자지 못했을까?

몸과 마음 모두 여전히 매우 피곤하고 지쳐 있었다. 그녀는 다시 안나를 바라봤다. 그녀의 잠을 방해한 것은 바로 그 머리의 움직임이었다. 분명 극심한 고통이 따를 텐데도 안나가 계속해서 집요하게 시도한다는 것은, 그 움직임에 무언가 중요한 의미가 있음을 말해 주고 있었다. 조금 더 일찍 이 움직임에 집중했어야 하나?

제니는 자리에서 일어나 소파 옆에 잠시 서 있었다. 시선은 안나에게 고정된 채였다. 그러는 동안 그녀의 머리는 맹렬히 이 수수께끼의 답을 찾고 있었다.

안나는 실용적으로 생각하는 사람이었다. 그녀는 뛰어난 추상화 능력도 가지고 있었다. 이는 정보처리 기술사이자 뛰어난 프로그래머로서 프로그램 내부의 복잡한 문제들을 처리하기 위해 갖추어야 할 중요한 자질이었다.

만약 안나가 지금처럼 의사소통 가능성이 매우 제한된 상황에서 한 가지 방법을 찾았다면, 그녀는 어떤 방법을 사용했을까? 예, 아니오, 예, 아니오? 이게 뭐지?

비언어적인 의사소통 방법 중에 제니가 이해할 것이라고 안나가 믿을 만한 방법이 뭐가 있을까? 우리 그래도 상당히 오랫동안 함께 일했는데….

예, 아니오, 예, 아니오….

안나가 쉬기 전에 머리를 얼마나 자주 움직였더라? 제니는 기억을 떠올리기 위해 필사적으로 노력했다. 안나는 번갈아 가며 예, 두 번과 아니오, 두 번을 표시하고 나서 멈췄다. 하지만 그 다음에는 뭐였더라? 집중했지만 아무리 애를 써도 기억이 나지 않았다.

하지만 안나는 매번 그녀의 손이 닿는 것을 느낄 때마다 처음부터 다시 시작하지 않았던가? 그녀 역시 다시 시도할 필요가 있었다.

제니는 매트리스 옆에 무릎을 꿇고 앉아 안나의 이마에 손을 얹고 움직임이 시작되기를 기다렸다. 몇 초, 몇 분을 기다려야 할까.

하지만 더 이상 아무 일도 일어나지 않았다.

46

 그녀는 손을 느꼈다 — 분명 또 제니의 손이리라 — 하지만 더 이상 힘이 없었다. 제니는 어쨌거나 그녀가 전하고자 하는 내용을 이해하지 못할 것이다. 그 '이름'을.

 이게 다 무슨 소용이 있단 말인가? 그녀는 더 이상 그것에 대해서 생각하고 싶지 않았다. 피곤했다. 잠을 자야 하는 피곤함이 아니라 살아 있는 것에 지쳤다. 그녀는 항복했다. 이 상황 앞에, 그녀의 운명 앞에, 그 새로운 목소리 앞에.

 그녀는 포기하고 그저 아무것도 생각하지 않으려고 노력했다. 그러자 다시 그 장면이 나타났다. 이미 몇 번이나 본 것과 같은 장면. 그 문. 그 특별한 문. 방문은 아니었다. 그러기에는 폭이 너무 좁았다. 그리고 그 문은 회색 철판으로 되어 있었다. 아니, 아니다. '그것들'은 회색 철판으로 되어 있었다. 왜냐하면 그것들은 두 개였다. 두 개. 철판.

그녀는 갑자기 불안해졌다. 그녀는 방금 그 문들을 아주 명확하게 보았고 갑자기 그 문이 무엇에 속하는지도 깨달았다. 이건 미쳤어. 하지만… 아니다. 그녀가 다시 기절하기 전에 그 철문들을 본 것이 확실했다. 그녀 안의 오래된 목소리가 그녀에게 한 번 더 시도하라고 명령하는 것과 동시에 그녀도 다시 활력을 되찾았다.

이 정보는 다른 사람들에게 중요할 수도 있다. 사활이 걸렸을 정도로. 게다가 이 정보를 이용하면 더 많은 피해를 입기 전에 사람들이 그 괴물을 잡을 수 있을지도 모른다.

안나는 남은 힘이 거의 다한 것을 느꼈다. 지금 이 순간만이 아니라 영원히.

이번이 그녀의 마지막 시도가 될 것이 거의 확실했다. 그래도 그녀는 해야만 했다. 그 후는 아무것도 중요치 않았다. 그 후에 그녀는 죽어도 괜찮았다.

아니, 오히려 그러고 나서 그녀는 죽고 싶었다.

47

　제니가 낙담하여 막 손을 떼려던 찰나, 갑자기 안나의 머리가 움직였다. 천천히 그리고 규칙적으로.

　그녀는 집중해서 함께 셌다.

　아니오… 예… 아니오… 아니오… 아니오… 예… 예… 아니오….

　일시정지.

　여덟. 안나가 한 건 여덟 번의 움직임이었다. 제니는 아직 명확하게 말할 수 없었지만 그녀가 정답을 찾을 수 있으리라 확신했다. 정답이 손에 잡힐 정도로 가까웠다. 여덟 번의 아니오, 예….

　그녀는 무심결에 손을 안나의 머리에서 뗐다. 아니오, 그리고 예. 그녀는 손으로 입을 막았다.

"끄고 켜고."

그녀가 속삭였다.

"0 그리고 1… 세상에…."

그것은 바이너리 코드였다. 프로그래머라면 누구나 이 코드를 알고 있었다. 정말 천재적인 방법이었다. 모든 문자와 숫자, 그리고 특수문자까지 비트라고 하는 0과 1로 구성된 여덟 자리 코드로 표현할 수 있었다. 8비트가 1바이트, 즉 컴퓨터가 표시할 수 있는 하나의 문자를 만들어 낸다. 거기서 1과 0은 기계에 전류가 흐르거나 흐르지 않는 것을 의미했다.

그리고 안나는 제니와 소통하기 위해서 이 시스템을 예와 아니오로 표현해서 사용하고 있었다. 제니가 그녀와 마찬가지로 이른바 ASCII 코드에서 가장 일반적으로 사용되는 문자를 잘 알 것이라 믿었기 때문이다.

제니가 다시 안나의 이마에 손을 얹었을 때 그녀의 손은 흥분으로 떨리고 있었다. 하지만 그녀는 손을 잠시만 그대로 두었다가 이내 떼고, 검지만 뻗어 매끄러운 이마의 피부를 만졌다.

그런 다음, 손가락 끝으로 안나의 이마를 살짝 누르며 왼쪽에서 오른쪽으로 선을 그어 안나가 고개를 좌우로 흔들어 신호했던 0을 표시하고 잠시 멈췄다.

그리고 이어서 그녀는 손가락을 위에서 아래로 움직였다. 머리의 끄덕임, 또는 1. 그리고 계속해서. 0, 0, 1, 0, 1, 0.

그렇게 그녀는 'J'란 문자를 전했다. 이어서 A를 추가하려고 하자 안나가 격렬하게 고개를 끄덕였다. 그 행동은 분명 안나에게 지옥 같은 고통을 가져왔을 것이다. 그래서 제니는 이 끄덕임은 어떤 신호를 표현하는 것이 아니라 마침내 이해시켰다는 흥분에서 오는 것임을 알았다. 그들은 마침내 대화를 할 수 있게 되었다.

그래서 제니는 듣고 있다는 표시로 다시 안나의 이마에 손을 얹고 기다렸다. 그리고 안나가 시작했다. 네 번째 철자 후, 제니는 그다음으로 올 것이 무엇인지 알았다. 안나가 그녀에게 말한 것은 이름이었다. 그리고 제니는 안나가 알려 준 이름이 누구의 것인지 조금도 의심하지 않았다. 그것은 그녀가 가장 두려워하고 피하고 싶던 일이 사실이었음을 확인시켜 줬다.

기절할 것만 같았다. 결국 그녀는 벌떡 일어나 정신없이 안나에게서 몇 걸음 떨어진 후 바닥에 구토를 하고 말았다.

위 속에 있던 내용물을 거의 다 토해 낸 다음, 그녀는 비틀거리며 다시 안나에게 돌아갔다.

지금 제니가 느끼는 공허함은 위가 텅 비었기 때문만은 아닐 것이다. 이것은 결코 불가능하다고 생각했던 일을 경험하게 되었을 때 생기는 그런 종류의 공허함이었다.

제니는 다시 안나의 옆에 무릎을 꿇고 앉아 깊게 심호흡을 한 후, 검지를 안나의 이마에 댔다.

범인? 손가락을 왼쪽과 오른쪽, 그리고 위와 아래로 움직였다.

응, 안나가 대답했다. 있어서는 안 되는, 있을 수 없는 일이라 여겼는데. 일말의 희망이 사라졌다.

짧은 휴식 후, 안나가 다시 움직이기 시작했다. 제니는 집중해서 그녀가 깨달은 것을 조용히 속삭였다. 조금씩, 하나하나 한 글자씩.

ㅊ-ㅓ-ㄹ-ㅁ-ㅜ-ㄴ.

철문? 그녀는 이 단어가 무엇을 의미하는지 파악하는 데 열중했다. 그리고 그녀 안에 무언가가 떠오르는 것을 느꼈다. 그게 대체 뭘까?

제니는 다시 안나의 이마에 손가락을 대고 물음표를 의미하는 여덟 개의 비트를 만들었다.

안나의 머리가 또 한 번 가까스로 움직이기 시작했다. 그녀가 가진 모든 힘을 동원하고 있는 듯했다.

안나는 첫 번째 글자를 다시 한번 반복하더니 '처'까지 표시하고서는 멈춰 버렸다.

초조한 마음으로 안나의 목에 손가락을 대 본 제니는 맥박이 느껴지자 안도의 숨을 내쉬었다. 맥박은 미약했지만 분명히 느껴졌다.

제니는 그 철문에 대해 더 알아내려고 시도하는 것을 멈췄다. 철문은 나중에 생각해도 됐다.

그녀는 매트리스 옆에 있던 반쯤 채워진 물병을 들어 안나가 삼키기를 거부할 때까지 물을 흘려보냈다. 그러고 나서는 몸을 앞으로 숙여 안나의 뺨에 두 손을 얹더니 살짝 누른 뒤 일어섰다.

창백해진 얼굴을 마지막으로 한 번 쳐다본 후, 그녀는 몸을 돌려 바리케이드가 쳐진 입구로 가서 위에 있는 소파를 끌어 내리기 시작했다.

그녀는 자신이 알게 된 사실을 다른 사람들에게도 알려야만 했다. 그것도 그 괴물 몰래. 제니는 자신이 어떻게 행동하면 좋을지 전혀 알지 못했고, 말할 수 없을 정도로 무서웠지만, 그래도 시도해야만 했다.

제니는 그 방법에 대해 고민하는 동시에 헐떡거리며 소파 하나하나를 옆으로 치웠다. 곧 입구 앞이 텅 비었다.

한동안 그녀는 문 앞에 서서 열쇠 구멍에 꽂혀 있는 열쇠를 응시했다. 하지만 결국 마음을 다잡고 열쇠를 돌렸다. 지금 망설이면 안 된다. 그랬다가는 또 하나의 인생이 망가질 수 있었다. 그녀는 부디 아직 늦지 않았기를 바랐다. 그녀는 떨리는 손으로 열쇠를 빼고 문을 연 다음 벽난로 방을 나섰다.

언젠가 리셉션이 될 공간의 조명이 로비를 비현실적인 빛으로 채우고 있었다. 제니는 주변을 둘러봤다. 아무도 없었고, 아무 소리도 들리지 않았다. 그녀는 방문을 잠그고 열쇠를 바지 주머니에 넣었다. 그리고 출발했다.

로비를 지나 계단 앞에 다다르자 잠시 멈췄다. 여전히 아무런 소리도 들리지 않았다. 그녀는 맨 첫 번째 계단에 발을 올려놓고 잠시 위를 쳐다보다가 마침내 계단을 오르기 시작했다. 하지만 마지막 계단에 도착해서 다시 한번 멈춰 섰다.

복도의 조명은 꺼져 있었고 아주 약한 빛만 새어 들어왔다. 그녀는 소리를 내지 않으려고 주의하며 계속해서 걸었다. 다행히 두꺼운 카펫 덕분에 발소리는 문제가 되지 않았다.

요한네스의 방 앞에서 또다시 멈춘 제니는 그 옆에 있는 방문들을 바라봤다. 그다음은 아니카와 마티아스의 방이었고, 자신의 방과 엘렌의 방이 나란히 이어졌다. 그 옆에는 다비드의 방, 그리고 산드라의 방이 있었다.

제니는 억지로 계속 움직였다. 마치 온몸의 근육들이 거부하는 것 같았지만, 그래도 움직여야 했다.

모든 방이 쥐 죽은 듯 조용했다. 이런 끔찍한 상황에서도 다들 정말 자고 있는 것 같았다. 악몽이 현실이 되어 버린 상황에서도, 몸은 결국 본능적인 욕구를 따르기 마련이었다.

마침내 그녀는 산드라의 방문 앞에 도착했다. 심장이 너무나도 세차게 갈비뼈를 두드려서 제니는 마치 이 빌어먹을 호텔 전체에 그 소리가 들릴 것 같은 느낌이 들었다. 순간 주춤했다. 문이 열려 있었다.

그녀는 손을 들고 잠시 망설이다가 마침내 조심스럽게 노크를 했다. 그녀 안의 모든 감각이 지금 당장 돌아서서 1층을 향해 최대 속도로 달려가라고, 벽난로 방으로 도망쳐서 바리케이드를 치라고 비명을 질렀다. 그래도 그녀는 가만히 기다렸다.

방에서는 아무 소리도 들리지 않았다. 목소리도, 발소리도, 아무런 소리도 들리지 않았다. 결국 그녀는 조심스럽게 문을 밀며 겁먹은 소리로 물었다.

"산드라 씨?"

아무 대답도 없었다.

문이 충분히 열리자, 제니는 모든 용기를 끌어모아 방 안으로 한 걸음 들어갔다. 그리고 주변을 재빨리 둘러보았다.

방은 텅 비어 있었다.

48

 오래 생각하지 않고 제니는 바로 몸을 돌려 다비드의 방으로 향했다. 맥박이 미친 듯이 빠르게 뛰었고, 그와 동시에 쇠로 된 고리가 가슴을 짓누르는 것 같은 느낌을 받았다. 산드라와 플로리안은 어디에 있는 거지? 그녀는 너무 늦기 전에 *반드시* 그들을 찾아야만 했다.

 *철문*이라고 안나가 알려 주었다. 두 번이나. 철문이 단서인 것이 분명했다. 그리고 제니는 그 묘사에 맞는 문을 이미 본 적이 있었다. 하지만 어디서였지?

 다비드의 방문을 두드렸으나 아무런 반응이 없었다. 제니는 다시 방문을 두드리며 조심스럽게 그의 이름을 불렀다. 단, 최대한 조용히 하려고 노력해야만 했다. 그녀가 그 정신병자의 정체를 알아챘다는 것을 그자가 눈치채서는 안 됐다. 하지만 한편으로 그녀는 그가 더 이상 1층에 없으리라고 확신했다.

다비드의 방에서는 여전히 아무런 움직임도 없었다. 그래서 조금 더 세게 방문을 두드려 봤지만 헛수고였다.

"부탁이에요." 그녀가 조용히 속삭였다.

"부탁이에요, 문 좀 열어요." 조금 더 큰 소리로 말했다.

"다비드 씨, 나 당신 도움이 필요해요. 최소한 뭐라고 말이라도 좀 해 봐요, 제발."

하지만 방문 뒤에서는 침묵만이 흘렀다.

또 한 번의 절망적인 시도 끝에 그녀는 포기하고 다른 쪽으로 몸을 돌렸다. 니코! 그녀는 니코의 방에도 도움을 요청해 봐야 했다. 하지만 등산 가이드 역시 여러 번의 노크와 그녀의 절망적인 부름에도 대답하지 않았다.

제니는 눈을 감은 채 머리를 숙여 이마를 문에 기댔다. 눈물이 뺨을 흘렀다.

어떻게 다비드와 니코 둘 다 아무 반응도 안 할 수가 있지? 심지어 그녀에게 꺼지라는 말도 하지 않았다. 마치 이 문 뒤의 모든 방들이 텅 빈 것 같았다.

그녀는 눈을 뜨고 고개를 들었다. 만약 다비드와 니코가 산드라와 플로리안처럼 실제로 그들의 방에 없었다면? 그들은 왜 방을 떠난 거지? 두 사람 모두 방 안에 바리케이드를 치고 절대 문을 열지 않겠다고 강조했는데?

바로 그것 때문에? 이 모든 게 다 속임수였나? 하지만 누구를 상대로? 설마 자신을 상대로? 왜 다비드와 니코, 두 사람 다 그녀를 속이려고 했을까? 설마 진심으로 그녀가 이 무시무시한 일과 관련이 있다고 생각한 건 아니겠지. 그들이 그녀로부터 스스로를 보호해야만 할 정도로.

아니야. 두 사람 다 응답하지 않은 데에는 무슨 다른 이유가 있을 거야. 그녀는 그것을 확신했다. 어쨌든 간에 ― 그녀는 여기서 포기할 수 없었다. 그녀는 *반드시* 뭔가를 해야만 했다. 적어도 한 명의 목숨이 그녀에게 달려 있을지도 몰랐다.

그녀는 마티아스와 아니카의 방문 쪽을 쳐다봤다. 잠시 갈등했지만, 마음을 다잡고 그곳에도 노크를 했다.

그러나 결과는 같았다.

한 번 더 조심스레 방문을 두드렸는데도 안에서 아무런 소리가 들리지 않자 그녀는 절망하며 돌아섰다.

이 호텔에서 갑자기 완전히 혼자가 된 것처럼 느껴졌다. 만약 그 정신병자를 제외한 모두가 진짜로…. 그 생각에 그녀는 몸을 떨었다. 한 번도 경험해 보지 못한 무거운 공포가 그녀를 둘러싸고 있음을 느꼈다. 그 공포는 언제라도 그녀를 파멸로 잡아끌어 무력하게 만들 준비가 되어 있었다.

아니, 그런 생각은 절대 하지 말아야 한다. 다른 사람들의 반응이 없던 이유가 뭐든 간에 — 그가 모두를 죽였을 리는 없었다.

지금 가장 중요한 것은 산드라와 플로리안이 어디에 있느냐였다.

철문…. 젠장, 철문을 어디서 봤더라? 그리고 언제였지? 언제 그녀가 로비나 자신의 방, 벽난로 방이 아닌 곳에 갔었지? 토마스와 안나를 찾으러 다녔을 때. 그때 그녀는 1층의 리모델링이 끝나지 않은 구역을 둘러봤었다. 그 플라스틱 천막이 있던 큰 방. 티모가 그녀를 놀라게 한 곳.

머릿속으로 그녀는 그 길을 다시 한번 걸어갔다. 그곳 어디에도 철문은 없었다.

안나를 찾으러 다녔을 때, 그녀는 지하에 있었다. 그 복도… 파이프…. 두 번째로 갔을 때. 그들이 안나를 찾았던 그 방. 처음 그곳에 갔을 때, 그녀는 무슨 소리를 들었다고 생각했었다. 그리고 어떤 냄새가 났는데…. 기름지고 썩은 내…. 철제 선반 위에 녹슨 통들….

그 캐비닛! 거기에 철문 두 개가 달려 있었다.

"세상에…."

그녀는 작게 중얼거리고서 바로 출발했다.

혼자 지하로 가야 한다는 생각에 그녀의 위가 공포로 움츠러들었다. 갑자기 다시 토할 것 같은 메스꺼움을 느꼈다.

그녀는 계단을 내려가 로비를 통과했다. 그리고 지하로 내려가는 계단이 있는 문으로 다가갔다. 문을 연 뒤 손으로 벽을 더듬어 전등 스위치를 찾은 제니는 네온등을 켜기 전에 잠시 멈췄다. 그리고 어둠 속에서 애써 귀를 기울였다. 몇 초간 집중해서 귀를 기울인 후 그녀는 첫 계단에 발을 내디뎠다.

하지 마! 마음 깊숙한 곳에서 이성의 목소리가 간청했다. 지금까지 제니는 그 목소리가 하는 말을 순순히 따르곤 했다.

영화 속에서 여자들이 밤에 혼자 어두운 숲속이나 창고를 돌아다니는 걸 볼 때면 어리석다고 생각했잖아. 살인자가 거기 있다는 걸 알면서도 가니까 말이야.

하지만 그녀는 산드라와 플로리안, 안나와 토마스를 생각하며 그 목소리가 멈추도록 했다.

마지막 계단에 도착한 제니는 난방용 파이프가 천장에 이리저리 뻗어 있는 복도를 바라봤다.

양쪽의 거친 콘크리트 벽은 드문드문 좁은 복도와 문들로 이어지곤 했다. 그리고 약 15미터 정도 앞에 양철로 된 캐비닛이 있었다.

천천히 그리고 조심스럽게 그곳으로 향하는 동안, 그녀는 그 안에서 무엇을 발견하게 될지 곰곰이 생각했다. 캐비닛 안은 곰팡이가 슨 용기나 통들이 올려진 선반으로 가득했다. 그녀가 거기서 뭘 찾을 수 있단 말인가?

5미터만 더 가면 돼.

어쩌면 어떤 단서라도? 하지만 무엇에 대한?

안나를 불구로 만들고 토마스와 요한네스를 죽인 정신병자의 정체를 그녀는 이미 알고 있었다.

앞으로 2미터. 캐비닛 앞에 도착했다. 귀에서 피가 흐르는 느낌이었다. 손이 너무 심하게 떨려서 문을 열려다 스타카토처럼 문의 철판을 두드리게 될까 두려웠다.

그래도 다시 한번 크게 심호흡을 한 뒤 손을 뻗어 문고리를 움켜쥐고 문을 열었다.

잠시 얼어붙은 것처럼 굳어 있던 그녀는 비명을 막기 위해 간신히 손으로 입을 틀어막았다.

49

 그 광경은 그녀가 지난번에 문을 열었을 때와 같았다. 깡통, 양철 쟁반, 그리고 곰팡이 핀 내용물이 담긴 그릇들이 올려져 있는 여러 개의 선반.

 다만 제니가 공포에 질린 이유는 그녀가 본 것이 아니라 들은 것 때문이었다. 뒤쪽 벽 너머에서 무시무시한 노랫소리 같은 말이 둔탁하게 흘러나왔다.

 "내가 너를 데리러 갈… 거…야…. 너는 이제 죽을… 거야…."

 제니는 비틀거리며 몸을 지탱할 곳을 찾아 더듬거리다가 양철 선반 중 하나를 짚었다. 하지만 겨우 잠깐 몸을 기댈 수 있을 뿐이었다. 선반과 뒤쪽 벽이 기울어지는 바람에 앞으로 넘어질 뻔한 것이다. 겨우 균형을 잡고 몸을 일으킨 제니는 눈앞에 펼쳐진 장면에 다시 얼어붙고 말았다.

캐비닛의 뒤쪽 벽과 그곳에 부착된 여러 선반, 그리고 선반 위에 있는 깡통과 그릇까지 모두가 하나의 문처럼 안쪽으로 열리면서 그 뒤에 숨어 있던 방이 드러났다.

그 방은 1층의 객실 크기 정도였다. 안나가 발견되었던 세탁물 카트가 반대편 벽의 각종 도구들이 놓인 탁자 옆에 세워져 있었다. 제니는 이 도구들이 어디에 사용된 것인지 바로 눈치챘다. 가위, 펜치, 긴 바늘, 그리고 그 옆에는 관이 달린 플라스틱병에 투명한 액체가 반쯤 채워져 있었다.

이 모든 것을 그녀는 순식간에 파악했다. 그리고 그녀의 시선이 방 한가운데로 향했다. 플로리안이 의자에 앉아 있었다. 그의 양손은 등받이 뒤로 묶여 있었고, 머리가 기괴하게 비스듬히 기울어져 턱이 가슴에 닿아 있었다. 아무래도 의식이 없는 것 같았.

그 옆 바닥에는 산드라가 벽에 등을 기대고 앉아 마치 유령이라도 본 것처럼 제니를 쳐다봤다.

"제니 씨! 천만다행이에요! 저 여기서 죽는 줄 알았어요."

산드라는 바닥에서 급히 몸을 일으키더니 혼란에 빠진 제니를 끌어안았다.

"뭐…."

제니는 당황해서 말을 더듬으면서도 플로리안에게서 시선을 떼지 못했다.

"당신 어떻게… 그러니까…그가 그 정신병자예요. 그가 토마스와 안나에게 그런 짓을 했고 요한네스 씨를 독살했어요. 안나가 그렇게 말했어요. 하지만…."

"*내가 너를 데리러 갈… 거… 야…. 너는 이제 죽을… 거야….*" 스피커에서 흘러나오는 듯한 이 끔찍한 목소리가 그녀의 말을 끊었다.

"이 정신병자가 저를 여기로 유인했어요. 그는…." 산드라가 흐느껴 울기 시작했다. "그가 저에게도…."

제니의 어깨에 얼굴을 묻은 산드라의 몸이 잘게 떨렸다. 제니는 산드라의 뒤통수에 한 손을 얹고 잠시 그녀에게 시간을 주었다. 그리고 산드라의 어깨를 잡고 그녀를 부드럽게 조금 밀어냈다. 그녀의 시선은 다시 플로리안을 향했다.

"어떻게 이런 일을 해낸 거예요? 그리고 왜 도망가지 않았어요?"

"저도 잘 모르겠어요. 그가 잠깐 등을 돌려서."

그녀는 탁자 위의 육중한 파이프 렌치를 가리켰다.

"그때 제가 저걸로 그를 내리쳤어요."

"당신, 정말 믿을 수 없을 만큼 운이 좋았네요." 제니가 말했다. 그사이에도 그녀는 계속 플로리안을 바라봤다. 플로리안이 어떻게 그런 비인간적인 짓들을 할 수 있었는지 여전히 믿을 수가 없었다. 그녀는 간신히 그에게서 눈을 떼고 무거운 쇠로 된 파이프 렌치를 바라보았다.

"플로리안은 얼마나 다친 거죠? 그러니까 내 말은 그가 설마…."

"저도 몰라요." 산드라가 작은 목소리로 대답했다. "확인하려고 다시 그에게 가까이 갈 용기가 나지 않았어요. 어쩌면 당신은 할 수…."

제니가 고개를 끄덕이고서는 주저하며 플로리안에게 다가갔다. 그리고 한 손을 뻗어 그의 맥박을 확인했다. 맥박은 느낄 수 있었다.

"어쨌든 살아는 있어요."

제니는 무거운 연장이 남긴 상처를 확인하기 위해 몸을 앞으로 숙였다. 하지만 머리는 완전히 멀쩡했다.

"렌치로 어디를 때린 거죠? 상처가 안 보이는데."

"살아 있다니, 놀랍지는 않죠."

산드라가 뒤에서 기묘한 목소리로 대답했다. 그리고 제니가 다시 그녀에게 몸을 돌리려던 순간, 무언가에 목이 찔리는 고통을 느꼈다.

가까스로 몸을 돌린 제니의 눈앞에 산드라의 얼굴이 커다랗게 다가왔다. 그리고 그녀의 얼굴이 흐릿해지더니 이내 모든 것이 어두워졌다.

50

 눈을 뜬 제니가 마주한 것은 뿌옇고 흐릿한 혼란뿐이었다. 정의할 수 없고 형태도 없는 고통이 느껴졌다. 끔찍한 두통이 몰려왔다. 그리고 점차 기억이 돌아왔다.

 그녀는 눈을 크게 떴다. 그러자 뿌연 혼란이 사라지고 일그러지기는 했지만 선명해진 주변이 나타났다.

 그녀는 바닥에 누워 있었다. 그 캐비닛 뒤쪽 방 안에.

 몸을 일으키려 했지만 손이 등 뒤로 묶여 있었다. 발목 또한 밧줄로 묶여 있었다.

 "깼구나."

 산드라의 목소리가 들렸다.

산드라가 자신을… 하지만….

"무슨 짓을 한 거죠?"

제니의 목소리는 꼭 다른 사람 같았다. 거칠게 쉬어 알아듣기 어려운 목소리.

그녀는 신음하며 다시 몸을 일으키려 했지만 쉽지 않았다. 마치 사슬에 묶인 개처럼, 등 뒤에서 손을 묶은 밧줄이 어딘가에 고정되어 있어 몸을 거의 움직일 수 없었다. 혼란스러웠다. 졸지에 벌어진 상황을 어떻게 이해해야 할지 몰라 어안이 벙벙한 얼굴로 산드라를 올려다보았다.

분명 그녀는 플로리안으로부터 산드라를 보호하기 위해 이 끔찍한 방에 왔다. 조금 늦기는 했지만 다행히 아무 일도 일어나지 않았고. 아니, 오히려 그 반대였다. 플로리안은 무력한 상태였다. 산드라가 그를 제압했다. 제니는 그저 이 모든 것을 이해할 수 없었다.

"왜죠?"

산드라가 미친 사람처럼 크게 웃었다.

"왜냐고? 아직도 이해를 못 한 거야, 멍청한 제니야? 그렇다면 내가 좀 도와줄게."

산드라는 두 걸음 옆으로 가더니 제니가 처음 이 방을 발견했을 때 산드라가 앉아 있던 위치에 미끄러지듯 주저앉았다.

"나였어, 이 멍청한 제니야. 플로리안이 아니라. 토마스, 안나, 요한네스, 모두 나였어. 너무 간단했어. 하지만 지금 이 모든 일에 플로리안이 아무 잘못도 없다고 생각한다면 넌 또 틀린 거야."

그녀는 다시 발작하듯이 웃었다. 그러더니 무자비하고 오싹한 표정이 그녀의 얼굴에 나타났다.

"산드라 씨, 저는…."

제니가 뭔가 말을 하려 했지만, 산드라가 끊어 버렸다.

"아니! 더 이상 나를 산드라라고 부를 필요 없어. 내 이름은 카트린이야. 나는 이름을 바꾸고 내 외모에도 조금 변화를 줘야만 했지. 그가 나를 알아보지 못하도록 말이야. 어쨌든 간에 오래전 일이기는 해도 우리는 연인이었으니까."

그녀의 시선이 잠시 플로리안에게 머물렀다가 이내 제니에게 돌아왔다.

"그 당시에 그는 내가 겁에 질려 이성을 잃게 만들었어. 내 전화기를 조작하고 내 다른 기계들도, 그가…."

그녀가 손을 내저었다.

"아, 그건 네가 상관할 일은 아니지."

"아니요, 말해 주세요."

제니는 시간을 벌어서 완전히 미쳐 버린 듯한 산드라, 아니 카트린에게 다가갈 기회를 잡기 위해 애원했다.

"아니!"

그녀는 무릎 위에 팔을 기대고 손에 얼굴을 묻으며 대답했다.

"그리고 이제 닥쳐. 나는 생각을 좀 해야 해."

"산드라, 아니 카트린, 부탁이에요."

제니가 애원했다.

하지만 그녀는 응답하지 않았다.

51

 그녀는 팔에 얼굴을 묻고 멍청한 제니의 외침을 무시했다. 그녀의 생각은 여행을 떠나 그때 일을 매 순간, 매초 다시 경험하는 것 같았다… 그 법정, 그 판결….

 그녀는 멍하니 판사를 응시했다. 방금 그가 한 말을 믿을 수 없었다. 감정인이 그녀가 정신분열증적 망상이 있다고 판단했다. 그녀의 전화기와 스마트 스피커에서 나오는 목소리는 존재하지 않는 것이고, 그녀가 만들어 낸 것이란다. 그리고 플로리안과 그녀는 연인 사이였던 적이 없다고 했다. 증명할 수 있단다. 모든 것이 단지 망상일 뿐이라고. *그녀가 그를 스토킹했다고.*

하지만 그녀는 지금 무슨 일이 일어나고 있는지 아주 잘 이해하고 있었다. 사람들은 그녀가 미쳤다고 말한다. 그녀에 대한 음모다. 누군가가 그녀의 재산을 가로채기 위해 그녀를 제거하려는 것이다. 그것이 진실이다.

"당신이 거기 같이 있기라도 했어요?"

그녀가 판사를 향해 소리쳤다.

"당신도 여기 있는 모든 사람들과 마찬가지로 범죄자예요! 당신들 모두가…."

"조용히 하세요!"

판사가 호통을 치고 그녀를 꾸짖는 눈빛으로 쳐다봤다. 하지만 그것은 그녀에게 아무런 효과도 없었다.

"당신들 모두 한통속이에요! 이제 알겠네요. 하지만 나는 미치지 않았어요. 난 내가 뭘 들었는지 알아요. 그리고 내가 그와 연인 사이였다는 것도 알아요. 이 모든 건 그가 계획한 거예요. 당신들이 그를 풀어 준다고 해도 그는 빠져나가지 못할 거예요. 도망가지 못한다고요!"

그녀는 거칠게 붙잡혀 끌려 나갔다. 그리고 어두워졌다.

정신을 차려 보니 그녀는 가구 하나 없는 방에 있었다. 딱딱한 바닥에 등을 대고 누운 상태였다. 손은 몸통 옆에 벨트로 결박되어 있었고 다리도 마찬가지였다.

어느 날, 한 여자가 그녀에게 왔다. 하얀색 옷을 입은 여자는 그녀의 입에 알약을 넣었다. 모든 것이 흐릿해지더니 다시 어두워졌다.

얼마나 많은 시간이 흘렀는지는 알지 못했다. 그녀는 창문 앞에 놓인 의자에 앉아서 유리창을 쳐다봤다. 그녀는 그 유리창 뒤에 무엇이 존재하는지 알지 못한다. 그녀의 시선이 창문으로 향하다가 어딘가에서 길을 잃었다. 마치 길을 잘못 들었다가 돌아갈 길을 찾지 못하는 것처럼.

그녀의 머릿속에서 목소리가 들렸다. 여러 가지 목소리들. 모든 목소리가 저마다 동시에 이야기한다. 그녀는 그 목소리들이 멈추기를 바라지만 멈추지 않는다. 오히려 그것들은 점차 늘어나고 각각의 목소리가 다른 목소리를 더 큰 소리로 압도하려고 한다.

그녀가 뭘 할 수 있겠는가? 그녀는 움직일 수도 없고, 그 이유도 알지 못한다. 눈을 뜨고 있어도 아무것도 볼 수 없다. 그들이 그녀를 이렇게 만들었다. 그들은 그녀가 좀비처럼 될 때까지 그녀의 정신을 완전히 파괴하려고 한다. 그녀는 그것을 막아야만 한다. 어떻게든.

그리고 카트린은 조금씩 그녀 자신 속으로 침전하기 시작했다. 정신을 오프라인으로 전환시켰다. 그녀 주변에서 일어나는 일들을 전혀 인식하지 못하는 상태. 그녀는 더 이상 아무것도 보지도, 듣지도 못하고 더 이상 움직일 수도 없으며 느끼지 못했다. 그녀는 온 세상에서 가장 외로운 사람이지만, 그렇게 돼야만 한다는 것을 알았다. 그녀는 자비로운 망각의 상태로 빠져들고 있었다.

어느 순간, 그녀의 정신이 되돌아왔다. 그리고 자신이 얼마나 외롭고 고립되어 있는지 깨닫게 됐다.

이 사실을 알게 된 이상, 이제 더는 외로움을 견딜 수 없었다. 그녀는 다시 돌아가기로 결심했다. 하지만 정신이 따라 주지 않았다. 더 심각한 사실은, 그것이 더 이상 그녀의 정신이 아니라는 것이었다. 이제는 그녀 자신이 낯선 타인이 되어 버렸다.

아무리 애를 써도 더 이상 앞으로 나아가지 못하고 그녀의 몸과 목소리를 통제할 수 없었다. 그녀 안의 피난처가 끔찍한 지하감옥이 되었다. 숨이 막힐 정도로 어둡고 고요한.

그녀는 생각할 수 있고 자신이 처한 상황도 인지하고 있었다. 그런데 그녀가 자의로 만들어 낸 상태임에도, 더 이상 아무것도 바꿀 수 없었다. 그녀 머릿속의 또 다른 낯선 정신이 그것을 허락

하지 않기 때문에. 그녀는 자신 안에 갇혔다.

그녀는 시간과 공간에 대한 감각을 잃었다. 그래도 제정신으로 생각할 수 있는 한, 언젠가는, 이 모든 짓을 저지른 사람이 이에 대한 대가를 치르게 할 것이라고 맹세했다.

그녀가 다시 '정상적으로' 행동할 수 있게 되기까지 거의 1년이 걸렸다. 그 시간 동안 그녀는 성숙해졌다. 낯선 정신과 공생하는 법을 배웠고, 상황에 따라 그녀의 의지대로 행동하는 법을 배웠다. 그녀의 상태를 안정시키기 위해 복용한 많은 약물도 도움이 되었다. 그리고 그녀에게는 목표가 있었다.

그녀가 다시 정상적으로 의사소통할 수 있게 되자, 그녀의 변호사들은 그녀를 폐쇄형 정신병동에서 개방형 정신병동으로 쉽게 옮겼다. 한 달 후, 그녀는 집으로 돌아왔다.

거의 반년이 지났을 즈음, 그녀가 기사를 하나 읽게 된다. 절대적인 접근성으로 끊임없이 메시지를 주고받는 시대에 휴식을 취하는 새로운 방법. *디지털 디톡스*. 외부 세계와 단절된 곳으로의 여행.

그녀는 인터넷에서 트리플 오 저니라는 곳을 발견한다. 처음에는 회사의 소유주가 회사를 팔 생각이 없었지만, 그녀의 변호사가 거부할 수 없을 만큼 터무니없이 좋은 제안을 했다. 그녀에게는 아무래도 상관없었다. 돈은 관심 없었다. 그녀가 원하는 것은 오직 한 가지. 복수였다.

그녀는 소유주로서 익명을 유지한 채, 투자자 그룹이 트리플 오저니를 인수했다는 소문을 퍼트렸다. 그러는 동안 그녀는 사람을 몇 달 동안 식물인간 상태로 만들 수 있는 방법과 기술을 연구했다.

자기 자신의 몸에 갇혀서, 눈이 멀고, 귀가 멀고, 감각을 잃고, 말도 못 하는 상태. 절대적인 고독. 그녀는 계속해서 계획을 다듬으며 개와 고양이에게 실험을 했다. 그리고 한 온라인 여행 포털에서 바츠만의 옛 산악인 호텔에 대한 글을 읽게 된다.

호텔 주인은 그녀의 실험을 위해 공사현장을 5일간 빌려주는 대가로 변호사로부터 어마어마한 금액을 받았다. 분명 값비싼 보수공사에 요긴하게 사용하리라.

때가 되었다.

그녀는 플로리안이 일하는 곳 역시 알고 있었다. 그래서 그 회사의 대표에게 직원들을 테스트 그룹으로서 거의 무료로 디톡스 여행에 참여시키는 제안을 했다. 의심을 사지 않도록, 그녀는 이

회사에 속하지 않은 다른 사람들도 여행에 동참시켰다.

요한네스에게는 자신을 여행에 동행할 직원으로 소개했다. 그리고 건물 관리인들이 휴가를 떠난 동안 혼자 몇 번이나 그곳에 갔다. 앞으로 다시 만날 일 없는 대리인들만 호텔을 지키고 있을 때 호텔 내부를 파악하고, 1층 모든 방의 열쇠를 손에 넣고, 오래된 도면도 열심히 익혔다. 그러던 중 그녀는 호텔의 이전 소유주가 불법으로 산 물건들을 보관할 용도로 사용하던 창고를 발견했다.

모든 것이 완벽하다.

그룹과 함께한 첫날 밤, 그녀는 토마스의 방문을 두드렸다. 지하에 다른 사람들을 위한 깜짝 이벤트를 준비하는 것을 도와 달라고 부탁했다. 그 뚱뚱한 놈은 얼마나 순진한지 그녀를 순순히 따라왔다. 그녀가 그의 목에 마취제를 찔렀을 때, 그는 놀라서 그녀를 뚫어지게 쳐다봤다. 그리고 뒤로 넘어지면서 미리 커버를 벗겨 놓은 세탁물 카트 안으로 쓰러졌다.

그는 그녀가 플로리안을 작업하기 전 마지막 연습, 최종 리허설이어야 했다. 하지만 그녀는 토마스에게서 혀를 자르고 눈을 태우는 것이 실수라는 것을 배웠다. 감염, 발열, 아웃. 그런 일은 일어나서는 안 된다. 그녀는 플로리안이 오랫동안 살아서 그녀가 만들어 놓은 상태를 만끽하기를 바랐다.

눈이 그치지 않고 내리는 것은 정말이지 믿을 수 없는 행운이었다. 무전기를 망가뜨리자, 한 번 더 연습할 충분한 시간이 생겼다. 안나의 후두를 손상시키고 염산으로 눈을 파괴한 것이 올바른 방법임이 증명되었다. 토마스와 안나가 사람들에게 발견되도록 한 방법 역시.

그룹은 다투고 서로에게서 떨어져 나갔다. 플로리안의 칼로 우선 티모, 그리고 플로리안이 의심을 받게 만들자 그에게 접근하는 것이 쉬워졌다.

그녀가 진짜 범인을 밝혀 낼 단서가 지하실에 있는 것이 기억났다고 하자, 플로리안 역시 순한 양처럼 그녀를 따랐다. 남자들만 그런 끔찍한 실험을 할 수 있다고 생각하다니, 순진하기 짝이 없다.

그리고 멍청한 제니가 이 숨겨진 방에 제 발로 걸어 들어왔다.

52

제니는 곁눈질로 카트린이 고개를 드는 것을 보았다. 이 미친 여자가 얼마나 오래 그 자리에 그렇게 있었는지는 알 수 없었다. 하지만 적어도 15분이 넘은 것은 분명했다. 플로리안은 여전히 꼼짝도 하지 않았.

그사이에 제니는 상황을 정리할 시간을 가졌다. 아직도 이해할 수 없는 것투성이였다.

"안나한테는 어떻게 한 거죠?"

카트린은 두 눈을 꼭 감았다.

"뭘?"

"안나는 플로리안이 그 미친 인간이라고 했어요. 그건 어떻게 한 거죠?"

카트린의 입꼬리가 사악한 미소를 지으며 일그러졌다.

"아, 그건 정말 쉬웠어. 내가 첫날 저녁에 플로리안과 길게 대화를 나눴거든. 그걸 녹음했지. 그가 적절한 단어들을 말하도록 한 다음, 그 단어들을 소프트웨어로 편집한 걸 안나에게 들려줬지. 혹시 모를 상황에 대비해서 말이야. 그녀의 후두에 하는 작은 수술이 과연 성공할지 알 수 없었거든. 안나가 그녀의 인생에서 마지막으로 들은 단어는 플로리안의 목소리로 말한 거야."

"소프트웨어요? 당신, 스마트폰을 가지고 있군요."

카트린이 큰 소리로 웃었다.

"훨씬 더 좋은 걸 갖고 있지. 내가 이미 예전에 노트북을 가져다 놨거든. 그리고 이리듐도."

"이리듐이요? 그건 인공위성이잖아요. 위성 전화기를 가지고 있군요!"

"이제 그만!"

카트린은 일어서서 테이블로 간 뒤 제니에게 등을 돌렸다. 다시 돌아섰을 때 그녀의 손에는 반쯤 채워진 주사기가 들려 있었다.

"플로리안의 목을 찌른 바늘이긴 하지만, 부디 불쾌하게 생각하지는 마."

그녀는 제니에게 다가왔다.

"그러면 요한네스 씨는요?"

제니는 조금이라도 시간을 벌고자 발버둥 쳤다.

"그는 왜 죽였죠?"

카트린이 그녀의 앞에 멈춰 섰다.

"그래 좋아. 그는 내가 뭔가 이상하다는 얘기를 멈추지 않았고, 내가 거짓말쟁이고 여기에 온 다른 이유가 있다고 다른 사람들에게 말하겠다면서 날 협박했어. 그래서 생각했지. 그가 더 이상 아무 말도 하지 못하게 만드는 게 좋겠다고."

그녀가 주사기를 들었다.

"산드… 카트린 씨, 아니, 잠시만요. 이럴 필요 없어요. 생각을 해 보세요. 여기서 혼자서 벗어날 수는 없어요. 다른 사람들에게는 이 모든 걸 어떻게 설명할 거죠?"

"설명 안 해. 이제 무슨 일이 일어나든 상관없어. 이 일만 끝내고 나면 그들이 나를 가지고 뭘 하든 상관없어. 그들이 깊은 잠에서 깨어난 후에 말이지."

그녀의 입이 일그러졌다.

"뭘 그렇게 못 믿겠다는 듯이 쳐다보는 거야? 완벽한 계획이었다고. 너, 네 방 창턱 아래에 쭉 이어진 덮개 못 봤어? 그 뒤로 난

방에 파이프가 지나가. 그리고 내 방에서 끝나는 얇은 호스도 있어. 공기 압축 펌프에서 나온 마취 가스가 우리 소중한 고객님들이 방에서 푹 잘 수 있도록 도와주거든. 자, 이제 그만. 플로리안을 처리하기 전에 내 방법을 한 번 더 너한테 테스트해서 완벽하게 만들 거야. 그러면 난 모든 걸 달성하겠지. 겁먹을 것 없어. 그냥 아주 조금 따끔하고 그다음에는 기껏해야 머리에…."

갑자기, 제니는 스토리가 반전되는 스릴러 영화의 관객이 된 것 같았다.

무언가가 그녀를 향해 날아오더니, 그녀를 지나쳐 카트린을 세차게 쳐서 넘어뜨렸다. 제니는 어깨를 바닥에 심하게 부딪혔고, 비명과 쿵쾅거리는 소리, 그리고 다시 비명을 들었다. 플로리안도 의자와 함께 1미터 정도 떨어진 곳에 넘어졌다. 그러더니 갑자기 크게 헐떡거리는 소리만 들렸다. 그리고 누군가가 몸을 움직이려 애쓰는 제니의 팔뚝을 붙잡더니 위쪽으로 당겼다.

"이리 와요, 내가 도와줄게요."

한 남자가 말했다. 그녀는 정신이 조금 혼미했지만, 그 목소리를 즉시 알아차릴 수 있었다. 티모였다.

제니가 몸을 일으켜 자리에 앉자, 카트린이 미동도 없이 바닥에 누워 있는 모습이 눈에 들어왔다.

"고마워요." 그녀가 말했다. "아슬아슬했네요."

"그렇게 아슬아슬하지도 않았어요." 티모가 플로리안을 살피면서 말했다. "내 은신처로 가려고 여기를 지나는데 벽장 문이 열려 있었어요. 그래서 이 안에서 벌어진 일을 보고 들었는데 일단 문 앞에 잠시 서 있었죠."

"뭐라고요? 왜 더 일찍 들어오지 않았죠?"

그가 어깨를 으쓱했다.

"제대로 된 순간을 잡으려고 했죠."

제니는 쓰러져서 움직이지 않는 카트린을 흘긋 보았다.

"내 생각에는 성공인 것 같네요."

그가 고개를 끄덕였다.

"우선 그녀를 처리하고 다른 사람들에게 가는 것이 좋겠어요. 그리고 저 미친 여자가 말한 게 거짓말이 아니라면 위성전화기로 산악구조대와 경찰에 바로 연락하도록 하죠."

53

그들이 카트린을 플로리안이 앉아 있던 의자에 묶는 사이, 카트린이 의식을 되찾았다. 그리고 무슨 일이 생긴 건지 금방 이해한 듯했다. 하지만 그녀는 제니가 예상했던 것처럼 소리를 지르고 위협하는 대신 아무런 말도 하지 않았다.

제니는 잠시 플로리안을 살펴봤다.

그는 여전히 의식이 없는 상태였지만, 팔과 이마에 난 상처 외에 더 다친 곳은 없어 보였다.

그리고 제니가 한 걸음 뒤로 물러나서 다시 카트린의 눈을 바라보았을 때, 완전히 생명력을 잃은 그녀의 눈빛에 깜짝 놀라고 말았다.

"카트린 씨?"

조심스럽게 이름을 불러 봤지만, 카트린은 아무 반응이 없었다. 아마 다시는 반응하지 않을 것이다.

카트린은 그녀의 정신을 *오프라인* 상태로 전환했다.

영원히.

에필로그

 그들은 로비의 바닥, 미래의 리셉션이 될 곳에 기대어 앉아 야외 조명으로 밝힌 큰 유리창을 바라보았다. 이제 눈송이는 드문드문 흩날리고 있었다. 산악구조대와 경찰의 헬리콥터는 날이 밝는 대로 이륙할 예정이었다.

 "머리통이 웅웅거려." 다비드가 투덜거렸다.

 니코는 머리에 손을 얹었다. "나는 어떻겠어요."

 다비드는 짧게 큰 소리로 웃었다. "이 개 같은 가스는 후유증이 꼭 나쁜 술을 먹은 것 같네."

 그리고 그의 시선이 건너편 벽에 기댄 채 바닥에 앉아 있는 마티아스와 아니카에게 향했다. 둘의 표정은 돌처럼 굳어 있었다.

"내 생각에 저 두 분은 문제가 좀 있겠어요."

"그래도 싸죠." 플로리안이 한 손을 제니의 팔에 얹었다. "정말이지 네가 아니었다면…."

카트린을 벽난로 방의 소파에 묶은 후, 매트리스에 누워 있는 안나까지 포함해 모든 사람들이 로비에 함께 모여 있었다. 그리고 그곳에서 플로리안은 거듭 감사 인사를 했다.

제니는 다시 한번 고개를 끄덕이며 말했다. "이제 됐어. 게다가 티모 씨가 아니었다면…."

그들은 호르스트, 엘렌과 함께 로비 정중앙 바닥에 앉아 있는 티모를 바라봤다.

호르스트는 그날 밤을 보내기 위해 리모델링되지 않은 구역에 있는 방으로 가던 중 우연히 엘렌을 만났다고 말했다. 그리고 그 두 사람은 이 미치광이로부터 그들을 보호할 안전한 곳으로 함께 가는 것이 좋겠다는 생각을 했다고 한다. 하지만 그가 엘렌을 바라보는 모습을 보니 과연 정말 우연이었을지 의심스러웠다.

이어서 그녀의 생각은 안나에게로 향했다. 안나는 어떻게 되는 걸까? 제니는 그저 그녀가 도움을 받을 수 있게 되기를 바랄 수밖에 없었다. 그리고 안나를 위해 그녀가 할 수 있는 모든 것을 다 할 생각이었다.

"다비드 씨, 아직 궁금한 게 하나 있어요." 제니 옆에 있던 플로리안이 말했다.

"뭔데?"

"당신이 받았다는 그 교육이 뭐예요?"

"독일 연방군." 그가 말했다. "8년 동안 KSK에 있었어."

"특수부대요?" 플로리안이 기가 막혀 하며 그를 쳐다봤다. "그거 특수부대 맞죠, 전부 전투기계들만 모인?"

"오래전 얘기야."

플로리안이 손으로 목을 어루만졌다.

"전혀 몰랐어요. 아직도 아픈걸."

"어쨌든 진짜 다치게 하지는 않았잖아. 나는 좋은 사람이라고."

"허풍쟁이." 플로리안이 말했다.

"멍청한 놈." 다비드가 대답했다.

그리고 그들은 미소를 지었다. 이삼 초 동안.

OFFLINE - Du wolltest nicht erreichbar sein. Jetzt sitzt du in der Falle by Arno Strobel
Copyright © 2019 S. Fischer Verlag GmbH, Frankfurt am Main
All rights reserved.
This Korean edition was published by PENCILPRISM, Inc. in 2023 by arrangement with
S. Fischer Verlag through KCC(Korea Copyright Center Inc.), Seoul.

이 책은 (주)한국저작권센터(KCC)를 통한 저작권자와의 독점계약으로 주식회사 펜슬프리즘에서 출간되었습니다. 저작권법에 의해 한국 내에서 보호를 받는 저작물이므로 무단전재와 복제를 금합니다.

오프라인

펴 낸 날 | 초판 1쇄 2023년 12월 29일

지 은 이 | 아르노 슈트로벨
옮 긴 이 | 차세명

편　　집 | 백지연
표지디자인 | 말리북

펴 낸 곳 | 어느날갑자기
출판등록 | 2017년 8월 31일 제2021-000322호
편 집 부 | 070-7566-7406, dayone@bookhb.com
영 업 부 | 070-8623-0620, bookhb@bookhb.com
팩　　스 | 0303-3444-7406

오프라인 ⓒ 아르노 슈트로벨, 2023

ISBN 979-11-6847-636-3　03850

* 잘못된 책은 구입하신 서점에서 바꾸어 드립니다.
* 이 책의 출판권은 지은이와 펜슬프리즘(주)에 있습니다.
　내용의 전부 또는 일부를 재사용하려면 반드시 양측의 서면 동의를 받아야 합니다.
* '어느날갑자기'는 펜슬프리즘(주)의 임프린트입니다.